내가
보이니

내가 보이니

© 배영익, 2017

초판 1쇄 인쇄일 2017년 8월 18일
초판 1쇄 발행일 2017년 8월 31일

지은이   배영익
펴낸이   정은영
편집   배주영 김은미
마케팅   이경훈 한승훈 정주원
디자인   서은영 김혜원
제작   이재욱 박규태

펴낸곳   (주)자음과모음
출판등록   2001년 11월 28일 제2001-000259호
주소   04083 서울시 마포구 성지길 54
전화   편집부 (02)324-2347, 경영지원부 (02)325-6047
팩스   편집부 (02)324-2348, 경영지원부 (02)2648-1311
이메일   neofiction@jamobook.com

ISBN 978-89-544-3789-9 (03810)

이 도서의 국립중앙도서관 출판시도서목록(CIP)은 서지정보유통지원시스템 홈페이지
(http://seoji.nl.go.kr)와 국가자료공동목록시스템(http://www.nl.go.kr/kolisnet)에서
이용하실 수 있습니다.(CIP제어번호: CIP2017020529)

내가
보이니

배 영 익 장편소설

네오
픽션

차례

프롤로그 —— 7

내가 보이니 —— 12

덕적도 앞바다 —— 26

목 매달린 장승 —— 35

추적의 시작 —— 44

도깨비감투 —— 69

굴업도 —— 83

암살자들 —— 124

리스크 매니지먼트 —— 139

암살의 배후 —— 188

멘토, 직선 그리고 프로파일링 —— 202

나라는 도깨비 —— 230

멘토에게 가르침을 준 자 —— 248

감투의 유혹 —— 265

그들이 빠져나가는 방법을 보라 —— 291

괴물의 탄생 —— 360

보이지 않는 위험 —— 371

폭설 —— 405

최후 —— 413

에필로그 —— 440

작가의 말 —— 448

프롤로그

최후의 인간

미래에 이 겉껍질 안에서 살 자가 누구인지, 이 엄청난 발전의 마지막에 전혀 새로운 예언자나 혹은 옛 정신과 이상의 강력한 부활이 있을지, 아니면 ─ 이 둘 다 아니고 ─ 일종의 발작적인 오만으로 장식된 기계화된 화석화가 있을지는 아무도 모른다. 만일 후자의 경우라면 물론 이 문화 발전의 '최후의 인간'에 대해서는 다음과 같은 말이 옳은 것이 될 것이다. 즉 "정신 없는 전문가, 가슴 없는 향락자 : 이 공허한 인간들은 인류가 전례 없는 단계에 도달했다고 생각할 것이다."

─막스 베버, 『프로테스탄티즘의 윤리와 자본주의 정신』에서

폭설이 쏟아지기 시작한 건, 영동고속도로 덕평 나들목 부근을 지난 직후였다.

"젠장, 예고도 없이 폭설이라니. 하필 이럴 때."

라디오를 켜자 온통 우울한 소식뿐이었다. 시간당 적설량이 유례없는 수준이며, 미시령, 진부령 등 사고 위험이 큰 구간은 벌써 진입이 통제됐다고 했다.

놈을 놓칠지도 모른다는 불안감에 나는 초조해지기 시작했다. 걱정이 돼서 조금 먼저 출발한 조기준 카메라 감독에게 연락했다.

"조 감독, 어디쯤이야? 여긴 꽉 막혔어! 앞이 안 보일 정도야!"

"여주 조금 지났는데, 도로가 아니라 이건 뭐 완전 주차장입니다! 사고 난 차도 있는 것 같고요. 이래 가지고 오늘 내로 도착할 수 있을까요?"

조 감독은 흥분해 있었다.

"문제는 갈수록 심각해지고 있다는 거야. 더 늦어지면 차 안에 갇혀서 밤새야 할 텐데."

"어떡하죠? 노상에서 얼어 죽는 건 아닌지 모르겠어요. 저도 이런 눈은 처음입니다."

"상황이 호전될 기미가 안 보이면 차라리 차 대놓고 전화해. 내가 따라잡을 수 있도록 말이야. 여주에 들러서 필요한 것들 좀 사서 갈 테니까, 합류하자고."

전화기 너머로 클랙슨 소리, 고함 소리, 사이렌 소리가 섞여 들렸다. 생존의 문제가 닥쳤다는 긴박함이 고스란히 전해졌다.

나는 간발의 차이로 사고 지점을 빠져나와 여주 휴게소에 진입할 수 있었다. 그곳에서 경찰의 통제를 받으며 월동 장구를 구입하고 타이어에 체인을 감기 시작했다. 그러는 동안에도 눈은 계속 쌓였다.

쫓아갈 수 있을까?

저 너머 어딘가에 살인마가 있다. 인간의 마음이 없는 냉혹한 계산자. 우리가 그를 의심 가는 존재로 처음 포착했을 때까지도, 놈은 범죄 용의자로 지목된 적이 단 한 번도 없었다. 이제 그는 자신의 흔적을 지우고 전혀 다른 존재로 다시 태어나고 싶어 하는데, 내가 진짜 두려운 건 바로 그 점이다. 여기서 놓치면 놈이 얼마나 더 거대해질지 상상할 수 없다. 그 괴물, 기어코 정체를 까발려야 한다. 어떤 희생을 치르고서라도.

이런 다짐을 하면서 나는 휴게소를 빠져나가는 차량 행렬을 시선으로 쫓았다. 깜빡이는 붉은색 점등은 느리게, 느리게 움직이다가 하얀 어둠 속으로 사라지곤 했다.

나는 혹시 모를 비상사태에 대비해서 물과 음식, 휴대용 가스버너, 부탄가스, 침낭 등을 구입한 후 곧장 다시 길을 나섰다. 원주에 도착하려면 서둘러야 했던 것이다.

고속도로는 온통 눈밭이었고 얼음길이었다. 나는 전진하려고 애썼지만 결국 멈춰서고 말았다. 10여 미터 앞이 보이지 않을 정도의 시정에, 비상용 갓길까지 철저히 막히고 나니 그대로 모든 것이 멈춰버린 것 같았다. 응급차나 경찰차, 렉커의 사이렌 소리도 더 이상 들리지 않았고, 때 이르게 컴컴한 어둠이 깔리기 시작했다.

나는 눈바람이 얼굴을 때릴 수 없도록 챙이 있는 모자를 꺼내 쓰고 그 위에 재킷에 달린 후드 모자를 썼다. 차에서 내려, 오르막길이 끝나는 언덕 꼭대기까지 걸어가 보았다. 그곳에 서면 멀리 조망해볼 수 있을 것이란 기대와 함께.

세상에……! 폭설이 리부팅이라도 할 것처럼 온 세상을 하얗게 지우고 있었다. 하행선 도로는 지평선에 닿기도 전에 폭설 너머로 사라져버렸고, 하얀 눈 카펫을 덮어쓴 차들은 서로 뒤엉켜 있었다. 움직이는 차는 한 대도 없었다. 그나마 서울로 향하는 상행선 도로는 느리게라도 움직였지만 하행선은 가망이 없었다. 사람들이 차례로 언덕 위까지 걸어왔다가 암울한 광경에 넋을 잃고 돌아가곤 했다. 차를 버려두고 일찌감치 고속도로를 벗어나는 사람도 있었고, 엔진을 끄고 소등하는 차도 있었다. 하루가 될지 이틀이 될지 아무도 몰랐기 때문에 연료를 아껴야 했다.

조 감독에게서 전화가 왔다.

"피디님, 틀린 것 같습니다. 더 이상 움직일 수가 없어요. 어쩌죠? 갈 건지 말 건지, 결정을 빨리 내려야 할 것 같은데."

"여기도 마찬가지야. 이쪽 상황 조금만 더 보고 전화 줄게."

나는 세워둔 차로 되돌아갔다.

음식과 물을 구걸하는 사람들이 내 차 주변을 어슬렁대기 시작했다. 나는 버너를 켜서 물을 끓였다. 옆 차선의 아이가 있는 임신부에게 반을 나눠주고 나머지 반은 커피를 타서 마셨다.

차라리 모르는 것이 나았을까. 아니면 모르는 척하기만 하면 안전해질 수 있는 것일까?

사람들이 말하곤 했다. 때는 이미 너무 늦었다. 그러나 나는 끝까지 희망을 버리고 싶지 않았다. 실낱같은 가능성이 아직 남아 있다고 믿고 싶었다. 나는 밤마다 불면에 시달리며 그 불가사의한 존재에 관한 글을 쓰곤 했는데, 이후로도 그를 알았던 사람들을 찾아다니면서 그에 관한 것이라면 무엇이든 듣고 기록하고 정리했다. 직접 보고 듣지 못한 것도 그렇게 채워 넣었다. 다큐멘터리 프로듀서라는 직업이 그때만큼 도움이 된 적은 없었으리라. 고백건대 그의 내면을 들여다보는 것은 나 자신을 발가벗기는 것만큼이나 고통스러운 일이었다. 그런 자들은 타고난다고 주장하는 이들이 있지만 꼭 그런 것만은 아닌 것 같다. 우리 또한 어쩌면 과거의 어느 한순간 그들처럼 될 수 있는 샛길을 무심코 지나왔거나, 어떤 현대적인 신기루로 만들어진 덫에 걸려들었을 수도 있었다. 그의 마음 또한 이 세상의 삶과 질서를 복제해가는 무엇이라면 각자의 방식, 약간의 차이를 고려하더라도 동시대를 살고 있는 우린 서로 닮았음이 틀림없으리라. 훗날 내가 쓴 이 글을 다시 펼칠 때마다, 그리고 그의 차가운 마음속으로 들어가야 할 때마다, 아마도 기록적인 폭설이 내렸던 그날의 고난을 먼저 떠올릴 것 같다. 도저히 멈출 것 같지 않던 그 하얀 눈 세상을……

놈을 처음 마주했던 일부터 차근차근 이야기해주겠다.

내가 보이니

도깨비감투 설화

어떤 사람이 우연한 기회에 도깨비감투를 얻었다. 그것을 쓰면 자신의 모습이 보이지 않는다는 사실을 알게 된 그 사람은 감투를 이용하여 시장에 가서 남의 물건을 훔쳐오기 시작했다. 그러다가 번잡한 곳에서 지나가던 사람의 담뱃불에 감투를 태우게 되어 아내에게 그 부분을 기워달라고 하였더니, 아내가 빨간 헝겊을 받쳐서 기워주었다. 그것을 쓰고 계속하여 남의 집 물건을 훔쳐왔으므로, 마침내 도둑을 맞은 사람들도 빨간 헝겊 조각이 왔다 갔다 하면 물건이 없어지는 것을 알게 되었다. 그리하여 사람들은 그 빨간 헝겊 조각이 나타나기만을 기다리고 있다가 빨간 헝겊 조각이 나타나자 한꺼번에 덮쳐서 감투를 벗기니 사람의 모습이 나타나므로 사람들이 모두 덤벼들어 그를 실컷 때려 주었다는 설화이다.

— 한국 민족문화 대백과사전, http://encykorea.aks.ac.kr

쉬, 무슨 소리 들린 것 같지 않아?

기담은 벌떡 일어나 앉았다. 어두컴컴한 거실 소파 위였다. 텅 빈 아파트는 싸늘하게 식어 있었고 미처 끄지 못했던 텔레비전에는 빈 화면이 송출되고 있었다.

"거기 누구 있어요?"

그는 구석구석 돌아보았다. 작은 환기창이 열려 있었을 뿐, 아무도 없었다. 현관문은 분명히 잠겨 있었고 밖에서 열었던 흔적 역시 없었다.

아닌가?

목을 축인 그는 침실로 가서 다시 잠을 청했다.

알람이 두 번 울렸는데도 기담은 듣지 못했다. 악몽을 꾼 듯 몸을 비틀어대던 그는 매캐한 그을음 냄새에 잠에서 깼다. 그 여자가 빤히 내려다보고 있었다.

여자의 나이는 삼십 대 중반쯤? 이번에도 마치 '내가 보이니?'라고 묻는 듯한 시선이었다.

못 본 척, 기담은 이불을 끌어올리고 돌아누웠다가 슬그머니 침대에서 빠져나왔다.

거실로 나온 기담은 부엌 테이블 위에 놓여 있는 머그잔을 발견했다. 방금 끓인 커피가 가득 담겨 있었지만, 그는 마시지 않았다. 매번 그랬듯이 탄내가 났기 때문이었다. 잠을 깨운 매캐한 냄새……. 그는 짜증이 났다.

여자는 베란다 창 커튼을 활짝 열어 부천 시가지를 덮고 있는 흐린 하늘을 보여주었다.

"난 이런 음침하고 우울한 날씨가 좋더라. 그래도 비가 올 것 같지는 않지?"

기담은 대꾸하지 않았다. 대신 커피를 쏟아버리고 차를 끓였다. 여자는 출근 준비를 하는 듯이 부지런히 오갔다. 욕실에서 씻는 소리가 들렸고, 알몸이 된 채 옷 갈아입는 모습이 보였고, 축축한 체취 위에 덧뿌리곤 하는 향수 냄새가 났다. 그러는 동안에도 기담은 샌드위치를 만드는 데 열중하는 체했다. 텔레비전을 켜서 뉴스를 보며 차를 마시고 샌드위치를 먹었다. 여자는 말을 걸고 싶어 했기에, 쫓아버리기 위해서는 제풀에 지치게끔 무시해야 했다. 하지만 여자가 그 벤틀리 남자 이야기를 했을 때 그는 솔깃하지 않을 수 없었다.

"벤틀리를 운전하던 보이지 않은 남자 이야기를 하려고 해. 성기담 씨, 당신에게도 중요한 이야기야. 잘 들어주었으면 좋겠어."

그녀는 그렇게 시작했다.

"강남역 부근이었어. 국기원에서 강남대로 방향으로 경사진 내리막길 알지? 술 배달하는 트럭 하나가 맥주 상자를 내리느라 지체하는 바람에 길이 막히고 있었나봐. 좁은 일방통행로인 데다가 길가에 주차돼 있던 차들 때문에 지나갈 틈이 보이지 않았던 거지. 그랬는데, 그 트럭에 막혀 있던 벤틀리 한 대가 그걸 참지 못하고 클랙슨을 눌러댔어. 조급증 걸린 환자마냥 신경질적으로 마구 눌렀나봐. 트럭 기사는 죄송하다, 금방 작업 끝나니까 조금만 기다려달라고 했어. 본인도 일을 하려면 어쩔 수가 없는 상황이잖아. 그런데 이 벤틀리가 트럭 기사의 사정은 무시하고 앞 범퍼를 트럭 뒤에 바짝 붙여버렸네? 트럭과 벤틀리 사이에 사람이 들어갈 공간도, 심지어는 열려 있는 트럭 뒷문을 닫을 공간도 사라져버린 거지. 트럭 기사는 맥주 상자 내리는 작업을 더이상 계속할 수가 없었어. 트럭 기사가 얼이 빠져 있는 와중에도 벤틀리는 클랙슨을 계속 눌러댔어. 좀 시끄러웠겠어? 근처 가게 사람들이 내다보기 시작했지. 그만하라고 사람들이 고함을 쳤나봐. 그런데도 벤틀리는 멈추지 않고 클랙슨을 울려대더래. 트럭 뺄 때까지 계속 그러고 있을 모양이었어. 도대체 어떤 놈인지 사람들이 차 안을 들여다보려고 해도 새카맣게 선팅한 차라 운전자가 누군지 보이지도 않았대. 결국 트럭 기사가 꼬리를 내릴 수밖에. 내가 말했지? 트럭 뒷문 닫을 공간도 없이 바짝 붙어 있었다고. 트럭 기사가 사정을 했어. 차 뺄 테니까 조금만 뒤로 물러가라. 트럭 뒷문이라도 좀 닫자. 벤틀리는 끝까지 대답이 없었어. 그냥 계속 클랙슨만 울려댈 뿐. 어쩌겠어? 트럭 기사가 두 손 두 발 다 들고 운전석에 올랐어. 트럭 뒷문을 열어둔 채 내리막길을 한 십여 미터 내려갔지. 공간을 만들기 위해서. 그런데 이 벤틀리 미친놈이 계속 따라가면서 앞 범퍼를 트럭 뒤쪽에 집요하게 들이댄 거야. 그것도 모르고 트럭 기사는 그만하면 됐겠지 생각하고 트럭을 멈추고 내렸어. 뒷문을 닫아야 하니까. 근데 어떻게 됐다? 벤틀리의 클랙슨은 여전히 시끄럽게 울리지, 트럭 뒷문은 또다시 닫을 수가 없지. 트럭 기사도 더 이상 화를 참을 수가 없었어. 그 친구도 조폭 출신이라 한 성깔 했었거든. 흥분한 트럭 기사가 술 상자 내릴 때 쓰는 수레로 벤틀리 앞 유리창을 박살내버렸어. 여러 번 내리쳤다더군. 이 대목에서 진짜 이상한 일이 벌어졌어. 벤틀리 앞 유리창이 다 깨지고 나서 차 안을 들여다보았는데, 아무도 없었다는 거야."

"설마……. 말이 돼? 운전자가 도주한 게 아닐까? 아니면 뒷좌석에 숨어 있었거나."

기담은 자신도 모르게 반응하고 말았다. 여자가 그를 가만히 들여다보다가 이야기를 계속했다.

"트럭 기사 혼자만 본 게 아니야. 주변 가게 사람들, 지나가던 행인들, 줄잡아 이십여 명이 주목하고 있었고, 증언이 하나같이 일치했어. 그때 분명히 벤틀리 안에는 아무도 없었다. 운전석은 물론이고 뒷좌석에도 사람이 없었다. 근데, 진짜 비극은 거기서부터야."

기담은 믿기지 않았지만 이야기는 마저 듣고 싶었다.

"그래서?"

"재수 없게도 트럭이 꿈틀거리더니 앞으로 움직이기 시작한 거야. 트럭 기사가 흥분한 탓에 사이드 브레이크 잠그는 것을 잊었던 것 같아. 하필 내리막길이어서 트럭에 가속이 붙었어. 트럭 기사가 죽을힘을 다해 트럭을 쫓아 뛰었는데, 그만 넘어지고 말았어. 트럭은 내리막길 끝에서 지나던 아반떼와 행인을 덮쳤고, 주변은 아수라장이 됐지. 사람들의 시선이 사고 현장으로 쏠려 있는 사이, 이번엔 벤틀리가 내리막길을 타고 움직이기 시작했어. 가속이 붙은 채로 또다시 사고현장을 덮치고 말았어. 여러 사람이 죽고 다쳤지. 그런데 이상한 일이 또 일어났어. 충돌로

찌그러진 벤틀리 운전석에, 이번엔 사람이 있었다는 거야. 젊은 남자였어. 재산이 어마어마한 부자였다더군. 불과 1년 전까지만 해도 그냥 평범한 회사원이었다는데, 주식으로 돈을 긁어모았다고 했어. 수익증식률이 경이로웠나봐. 아무튼 그 벤틀리 운전자가 웬 괴상한 옛날식 감투를 쓰고 죽어 있었대. 부검 결과 재수 없게도 유리 파편 하나가 우연히 경동맥을 끊어버렸다더군."

"운전석에 사람이 없었다가 다시 나타났다? 그것도 죽어서? 이해가 안 가는데."

기담이 말했다.

"나도 알아, 그런 반응. 하지만 전부 다 사실이고 CCTV에 그때 상황이 모두 남아 있어. 궁금하면 직접 찾아봐. 마지막으로 한 가지 더. 그 남자가 죽어가면서 운전석 창에 자신의 피로 쓴 마지막 한마디가 있었다는 거야. '내가 보이니?'"

이야기를 마친 여자가 시계를 들여다보았다. 때맞춰 서재에 있던 팩스기에 종이가 걸리는 소리가 들려왔다. 이어서 팩스가 도착했고, 여자는 서재로 갔다. 책장을 넘기는 소리, 서류를 뒤적이는 소리가 들렸다가 어느 순간부터 정적이 흘렀다.

기담은 서재로 갔다. 여자는 사라지고 없었고 누가 보냈는지도 모를 팩스가 도착해 있었다. 그것도 케이블도 전기도 연결되지 않은 팩스기에. 팩스에 인쇄된 것은 시답잖은 은행 대출 신청서 양식이었는데, 기담은 찢어버렸다.

언제까지 이럴 거야? 이제 그만 괴롭힐 때도 됐잖아.

전날 기담은 은행으로부터 자신이 운영하던 입시학원이 회생 불능의 부실 사업장이란 판정을 받았다. 당연히 대출 신청은 거절되었다.

그 여자 때문이다. 그 여자부터 쫓아버려야 해.

기담은 그녀가 왠지 불운의 상징처럼 여겨졌다. 여자를 집에서 내몰 방법부터 강구하기로 했다. 마침 도움을 구해볼 곳이 생각났기 때문에 그는 학원으로 출근하는 대신 차를 몰고 서울로 향했다.

그의 장인이 운영하는 골동품 가게는 구로 공구상가 한 귀퉁이에 자리 잡고 있었다. 기담은 공용주차장에 자신의 베라크루즈를 세워두고 포장해간 갈비찜과 과일 바구니, 한약 다섯 제를 챙겼다.

"아버님, 저 왔습니다. 계세요?"

그가 문을 열고 들어간 가게는 여전했다. 도자기와 벼루 같은 고미술품은 물론, 턴테이블, 엘피판, 자전거, 축음기, 엽전, 기념주화, 청동불상, 물고기가 달린 종 풍경, 문짝 등 온갖 잡화가 뿌연 먼지를 뒤집어쓴 채 묻혀 있었다. 오래돼서 파손되고 녹슨 잡동사니들이었는데, 본래 가지고 태어난 쓸모는 낡고 바래서 불능이 되었다고 해도 과언이 아니었다. 바로 그런 인상을 풍기는 구부정한 노인이 작은 뒷방에서 나왔다.

"안 그래도 웬 까마귀 한 마리가 며칠 전부터 울더라니. 자네가 올 줄 알았지."

장인은 한때 그가 친아버지처럼 따르던 존재였는데, 아내와 이혼한 이후로는 자연스럽게 소원해지고 말았다. 아내가 두 아이를 데리고 미국으로 건너가고부터는 특히나 더.

"어떻게 지내시는지 궁금해서 지나가다가 들렀습니다. 추석 때도 못 봬서."

기담은 가져간 것들을 내밀었다. 장인이 받아들고 말했다.

"앉게. 오늘은 이걸로 저녁이 되겠구먼."

장인이 갈비찜이 놓인 상을 내오는 동안, 기담은 가게를 둘러보았다.

"올 때마다 느끼는 거지만, 너무 구석이에요. 손님도 별로 없고. 적적하지 않으세요?"

"적적한 지가 벌써 한 30년 됐지. 새삼스러울 것 있겠나? 어때? 자네야말로 혼자 살 만해?"

"혼자 산 지가 저도 벌써 5년입니다. 너무 익숙해져서 탈이죠."

요강, 고리, 함, 제기 같은 걸 모아둔 선반 끝에서, 잠금쇠가 떨어져나간 궤짝 하나가 눈에 띄었다. 뭘까? 그가 손을 가져갔더니 지레 겁먹은 듯 뚜껑이 옆으로 비딱하게 어긋난 모양으로 젖혀졌다.

기담은 궤짝을 선반에서 내렸다. 케케묵은 먼지를 걷어내자 새끼줄에 감겨 있는 옛날 감투가 보였다.

"어우 먼지 냄새. 한 500년은 된 것 같네."

기담이 새끼줄을 풀자 구겨져 있던 감투가 동그랗게 부풀어올랐다. 감투는 양옆으로 늘어뜨린 날개 혹은 그 비슷한 장식 하나 없는 밋밋한 모양이었고 여러 번 기운 흔적이 있었다. 멀리서 보면 그냥 검은색 비니로 착각할 정도로 높이도 낮았다. 그는 이끌리듯 감투를 머리에 써보았다.

그러자 그의 모습이 사라졌다!

감투를 쓴 자신의 모습을 녹이 슨 요강에 비춰본 그는, "가게가 어둡네요. 낮인데도"라고 말했을 뿐이었다. 그 순간에는 자신이 보이지 않게 됐다는 사실을 깨닫지 못했던 것이다.

"우리 가겐 밤에도, 낮에도 어둡지. 가만 보면 어두워서 안 보이는 게 있고, 밝아서 안 보이는 게 있어. 안 그런가?"

상차림을 마치고 도기를 내와서 찻잎을 우려내던 장인이 돌아보았다.

기담은 감투를 요모조모 살피다가 내려놓고 있었다.

"아버님, 손자손녀 보고 싶지 않으세요?"

"자네가 보고 싶은 게 아니고?"

두 사람은 식사를 시작했고, 기담은 휴대전화에 저장해둔 아이들 사진을 장인에게 보여주었다.

"얘가 우리 미진이라고? 길에서 만나면 알아보기나 하겠나."

지난 생일파티 때 친구들과 찍은 사진이었는데, 1년 새 부쩍 성숙한 티가 났다.

쉽게 눈을 떼지 못하는 장인에게, 기담은 담았던 이야기를 꺼냈다.

"학원에서 가르치는 학생 중에 현우라고 있습니다."

"우리 현우랑 이름이 같군그래."

"나이도 동갑이에요. 이번 겨울 지나면 고3 올라가니까. 저희와 거래하는 은행의 지점장 아들이라서 눈여겨보게 되더라고요. 여러모로 잘난 녀석인데, 일주일 전에 사고를 쳤어요. 학원 뒤쪽 골목에서 몰래 담배를 피우다가 거기 벽면 옆에 쌓아둔 의자며, 테이블 같은 것들을 태웠지 뭡니까. 꽁초를 잘못 버렸다나. 벽에 그을린 얼룩 지우는 비용이랑, 타버린 가구랑 해서, 300만 원 정도 피해액이 나왔는데, 그걸 제가 다 물어줬습니다. 녀석이 부탁한 것도 있고, 제가 은행에 좀 아쉬운 것도 있고 해서…… 어리석었죠. 제가 대신 경찰서에 불려가서, 저희 학원 학생인데 제가 지도 감독 잘못해서 그런 거니까 책임지겠습니다, 그랬습니다. 하필이면 방화사건이어서 좀 그랬지만 어쩔 수 없었어요. 녀석이 눈치는 있어 가지고, 자기 아버지한테 학원 얘기 잘 해주겠다, 그러더군요. 그래서 내심 기대를 했습니다. 자금 사정이 좋지 않아서 대출 신청한 건이 물려 있었거든요. 잘 풀리겠다 싶었는데, 웬걸, 어제 퇴짜 맞았습니다. 막 화가 났는데, 은행에서 퇴짜 맞아서라기보다는, 제가 참 한심해 보였기 때문이랄까요."

이야기를 마친 기담은 헛웃음이 났다.

그는 대학 졸업 후 10여 년을 은행에서 일하다가 퇴직했는데, 학원은 나름 교사가 꿈이었던 시절을 회고하면서 시작한 일이었다. 학원은 집에서 가까운 부천 상동에 위치했고, 이름은 '느리게 공부하기', 줄여서 '느리공'이었다. 어쩌다가 그런 이름을 생각해내셨어요? 이름 바꿀 생각 없으세요? 개원 초기부터 숱하게 듣던 말이었다. 이름부터가 실패란 의미로. 한때 지역에서 가장 유망한 입시학원이었으므로 그는 그런 평들을 무시했다. 벚꽃 철만큼이나 덧없는 전성기를 지나 수강생이 조금씩 줄더니 재작년부터는 대부분의 수업이 정원 미달로 진행됐다. 올해는 나아지겠지, 하는 기대도 무너졌다. 살고 있는 아파트를 매물로 내놓은 것도 적자를 메우기 위함이었다.

"어쩐지 잠을 못 자는 얼굴이더라. 그래서 왔구먼. 눈이 퀭하고 얼굴색이 매련하게 죽었어. 기운 내게. 그 나이에 근심 걱정 없으면 사는 것도 아니지."

"그런가요?"

"그런 거지."

"저, 아버님. 귀신 쫓을 때 쓰는 부적이나 그림, 그런 게 있습니까?"

"왜? 요즘에도 그 여자가 보이는가?"

"네, 부쩍 자주. 오늘도 느지막하게 깼는데, 제 얼굴을 빤히 보고 있지 않겠습니까? 어떨 땐 꿈인지 현실인지도 헷갈립니다."

"그것 참 이상하다. 꿈을 꾼 것도 아니고. 별말은 없었고?"

"네."

"아직도 무섭나?"

"익숙해지긴 했습니다만. 깜짝깜짝 놀라게 되는 건 어쩔 수가 없나 봅니다."

"그렇겠지."

"해코지는 안 해서 그나마 다행이에요."

"할 말이 있는 겐가. 거 참. 그러고 보니, 우리 가게에 특이한 게 들어오긴 했어. 이걸 누가 사가나 싶었는데, 웬지 자네가 임자 같군. 보겠나?"

"네."

기담의 장인이 한쪽 선반 끝에 쌓아둔 조각상 더미를 차근차근 치우기 시작했다. 도롱이와 짚으로 만든 성긴 삿갓을 씌운 장승 조각이 드러났다.

"장승이라! 눈매가 부리부리하고 무시무시합니다."

늠름한 기운의 조각상에 기담은 감탄했다. 삿갓을 벗겨보니 사람 키보다 머리 하나가 더 큰 높이였다.

"그런데 만들다 말았는지 민머리야. 귀신을 상대하려면 위엄이 있어야 하는데 말이야."

장인이 혀를 찼다. 그러더니 댓개비를 엮어 만든 갓을 씌워 보았다.

"그래도 어색하지?"

"네, 약간."

"이 감투는 어떤가? 잘 어울릴 것 같은데 말이야. 마침 자네도 관심을 보이는 것 같으니."

장인이 조금 전 궤짝에 들어 있던 말총으로 만든 감투를 장승의 민머리에 씌워 보았다. 크기가 꼭 맞았고, 감투 덕분인지 장승의 얼굴은 더욱더 강렬한 생동감으로 살아났다. 주문이라도 걸면 바로 말이라도 붙일 기세까지 느껴지는 것이었다.

"어때?"

기담은 감투를 씌운 장승을 들어 보았는데, 무겁지 않았다. 차로 싣고 가기에 어렵지 않을 것 같았다.

"마음에 듭니다."

기담은 값을 치르고 감투를 씌운 장승을 주차장까지 안고 갔다.

들어갈까 싶었는데, 베라크루즈의 뒷좌석에서 조수석으로 걸쳐놓기에 알맞은 크기였다. 문을 어렵지 않게 닫을 수 있었다. 사실 장승은 차의 크기에 맞게 줄어 있었다.

집으로 돌아오는 길에 기담은 커다란 화분과 복숭아 나뭇가지, 방울과 막걸리를 샀다. 아파트 거실 귀퉁이에 흙을 가득 채운 화분을 가져다 놓고 장승을 심었다. 귀신 따위가 있을 리 없다. 그래도 모르니까.

그는 화분에다 막걸리를 조금씩 뿌리면서, 방울을 단 복숭아 나뭇가지를 흔들었다. 그러고는 주워들은 대로 중얼거렸다.

"이분은 귀신, 역병, 액운을 쫓는 걸 사명으로 삼으신 분이시다. 그냥 가기 억울하면 막걸리 딱 한 잔 걸치고 물러가라. 옜다! 다신 오지 마라!"

기담은 뇌가 퇴화하는 기분이었다. 기분 나쁘게 울리는 소리가 싫어서 방울을 떼어버렸고, 나머지는 그대로 두었다.

과연 그날 밤은 편안하게 잠들었다. 다음 날 깨어났을 때도 여자는 없었다. 대신 기담은 출근한 학원 앞에서 은행지점장 아들을 만났다.

"현우 아니냐? 이 시간이면 학교에 있어야지. 무슨 일 있는 거니?"

녀석이 실눈을 떴다.

"원장님, 설마 진짜 그 연쇄살인 방화범인 건 아니죠?"

"그걸 믿니?"

"다행이네요. 그때 그 재판 검색해봤거든요. 많이 억울하셨겠더라고요. 그런 줄도 모르고. 죄송해요. 하필이면 방화사건으로 경찰서에 불려가셨으니."

"무슨 일인지부터 말해주면 안 될까?"

기담은 내심 불안했다.

"원장님께 제안하고 싶은 게 있거든요. 기발한 계획이에요. 부담스럽긴 하겠지만, 학원이 살기 위해서는 이 방법밖에 없어요."

은행지점장의 아들은 학원 건물 외벽을 때리며 펄럭이고 있는 거대한 광고용 세로 현수막을 가리켰다.

덕적도 앞바다

연쇄살인

연쇄살인은 범죄자가 심리적 냉각기를 갖고 세 곳 이상의 개별적인 장소에서 세 건 이상의 독립적인 살인을 저지르는 것을 말한다.

— 김민지(숙명여자대학교 사회심리학과), 네이버 지식백과 심리학용어사전,

2014년 4월, 한국심리학회

지난 9월 하순의 일이었다. 탈북 주민 일가족 열두 명을 태운 무동력 목조선 한 척이 밤새 강한 조류에 휩쓸리다가 덕적도 북쪽 해상에서 1만 톤급 여객선에 부딪쳐 난파되는 사고가 발생했다. 오전 7시 반쯤, 하필 해무 때문에 시정이 엉망일 때였다. 해양경찰과 해군, 섬 주민이 즉각 구조 작업에 나섰지만 생존자는 성인 남자 세 명과 여자 두 명 등 겨우 다섯에 불과했다. 동행한 아이와 노인 들은 차가운 바다에서 목숨을 잃고 말았다.

그때 나는 한국과 중국을 잇는 뱃길과 '따이공'을 주제로 다큐멘터리를 준비하고 있었다. 따이공은 한중을 오가는 소규모 무역 상인을 의미한다. 우리말로는 보따리장수, 속되게 말하면, 오퍼상이었다. 중국에서 사전 취재를 마친 나는 전날 단동을 출발해 인천으로 돌아오고 있는 중이었다. 짙은 안개 속에서 거뭇하게 나타났던 그 물체가 사람을 태운 목선일 줄은 몰랐다. 그것이 내가 놈을 쫓게 된 시작이었다.

　다큐 제작에 나서기 전에는 서울지방경찰청 행동과학팀 소속의 범죄심리분석요원, 즉 소위 말하는 프로파일러였다. 결과부터 말하자면, 나는 완전히 실패한 프로파일러였다. 내 선임은 프로파일링은 과학이기 때문에 우선 과학자가 될 것을 끊임없이 강조했다. 직관과 주관의 투사를 철저하게 배제하고 객관적 증거를 토대로 귀납적 추론 절차를 밟아야 한다고 일렀다. 그런 과학적 방법만으로도 프로파일링이 가능하며 오직 그것만이 진짜 프로파일링이라고 했다. 그러나 나는 끝내 확신이 서지 않았다. 프로파일링, 즉 용의자의 윤곽을 그리는 일이 과연 직관적 통찰 없이도 가능한 것일까? 다만, 그 직관적 통찰이라는 것은 고도로 융합된 지식과 치열하게 쌓아 올린 경험, 그리고 끊임없이 회의하고 비판하는 태도에 의해 정확성과 객관성이 담보된 무엇이어야 한다고는 덧붙이고 싶다. 그러니까 내게 있어서 프로파일링은 엄밀한 의미의 과학이라기보다는 과학적 요소들을 제법 끌어다 쓰는 아트(art)에 가까웠다. 동료들은 어땠을까? 모르겠다. 동일한 자료를 놓고 분석관끼리 의견이 불일치했던 경우가 잦았음에도 우리가 과학이라고 자부하던 그 방법론에 대해서 솔직하게 토론할 기회는 별로 없었다. 우리는 볼 수 없는 것을 보아야 했고 알지 못하는 인간의 심연을 탐구해야 했다. 프로파일링은 본질적으로 예측인데, 예측이란 구체적일수록 정확성이 떨어진다. 이 딜레마는 좀처럼 해소되기 힘들었다. 그런데도 마치 컴퓨터처럼 주어진 프로그램 로직에 의해서만 인간을 판단하는 일은, 적어도 내게는 불가능해 보였다. 그렇다고 선임이 지향했던 바가 잘못된 것은 결코 아니었다. 범죄심리 분석이라는 영역에 누구나 동의할 수밖에 없는 과학적 토대를 마련하는 것. 그것이 우리가 언젠가는 성취해야 할 공동의 목표라는 데 나도 이견이 없었다. 다만 지나친 자의식이 부추기는 나의 어정쩡한 태도와 확신의 부족이 개인적인 실패의 원인이었을 뿐.

아, 치명적인 문제가 한 가지 더 있었다. '과학적' 프로파일링 기법만으로는 과거의 데이터베이스에 존재하지 않았던 전혀 새로운 유형의 범죄자를 포착하기가 무척이나 어렵다는 점이었다. 프로파일링은 주로 이미 존재하는 표본과 모델을 참고하기 때문이다. 그리고 덕적도 앞바다에서 조난당한 탈북자들을 만났는데, 처음에는 그저 조난사고의 비극성에 강하게 끌렸을 뿐이었다. 그때까지만 해도 나는 그 기이하고 낯선 인간성의 족적, 즉 프로파일링 데이터베이스상에서는 낌새조차 찾을 수 없는 어떤 유형의 특별한 존재와 마주치게 될 줄은 미처 몰랐던 것이다. 정말이지 전혀 예상하지 못했던 일이었다.

나는 입국 수속을 마친 즉시 덕적도로 들어갔고, 작업을 함께

하곤 했던 카메라감독 조기준을 불렀다. 스튜디오에서 갇혀 지냈다던 조 감독은 물 만난 고기처럼 구조 현장을 누비고 다녔다.

"생각보다 지지부진하네요. 노력에 비해서."

조 감독이 카메라 테이프를 갈아 끼우며 말했다.

"덕적도 북서쪽에 갑자기 가파르게 깊어지는 해저 골짜기가 있대. 깊은 곳은 수심이 200여 미터는 족히 넘는가봐. 그 골짜기가 실종자들을 삼켜버렸을 거란 얘기가 무성해. 사실이라면 기대를 접어야 할지도 몰라."

나도 들은 이야기를 전해주었다.

구조되지 못한 사람들의 생존가능성이 희박해짐에 따라, 사흘째 되던 날 작업은 실종자 수색으로 전환되었다. 우리는 강행군으로 계속된 구조 및 수색 작업을 카메라에 생생하게 담았고 덕적도에 머물며 지켜보겠다고 했던 생존자 가족을 인터뷰하는 데도 성공했다. 북적대던 기자들은 구조작업이 길어지자 대부분 떠났다.

수색 닷새째에 흥미로운 소식이 있었다. 탈북자 가족 대신, 엉뚱한 변사체가 발견된 것이다. 시신은 비닐에 싸인 채 돌덩이 여러 개와 함께 길쭉한 가방에 담겨 있었다. 태아처럼 양 무릎을 가슴께까지 끌어올려 등을 구부린 자세였고, 어류나 저서동물에 의한 훼손보다는 미생물에 의해 진행된 부패 현상이 더 현저해 보였다. 이제 막 뼈가 드러나기 시작한 것으로 보아 버려진 지 오래된 것 같지는 않았다. 그밖에 돌덩이에 눌려 만들어진 특이한 함몰 자국이 눈에 띄었다.

누가 봐도 시신은 타살돼 버려진 것이었다. 사고사나 자살은 분명 아니었다.

"부패할 때 발생한 가스가 시신을 감싼 비닐 안에 꽉 차 있었겠지. 어느 순간 가라앉으려는 힘보다 부력이 더 커졌을 거야."

내가 말했다.

"타이밍이 기가 막히네요. 하필 수색 중일 때 떠올랐으니까. 이런 건 피해자의 운이 좋다고 해야겠죠?"

"죽은 사람인데 운이란 게 있을 리가 없잖아."

"설마 죽으면 끝이라고 생각하는 거예요?"

조 감독이 카메라를 내 쪽으로 돌리면서 말했다. 나는 카메라를 밀쳐냈다.

"그럼 아니야?"

"원래 죽고 나서가 더 중요한 법이죠. 내가 봤을 때, 이건 기적이에요. 어떤 놈이 이런 짓을 했는지는 몰라도, 완전범죄를 노리고 증거 인멸했을 텐데, 이제 이 시체가 범인이 누군지 알려줄 거잖아요."

"그렇게 간단한 문제가 아니야. 신중하게 유기된 변사체여서 단서가 별로 없어."

마지막 날 오전에 또 다른 변사체 두 구가 바닥을 훑던 어망에 걸렸다. 동일한 가방에, 역시 돌덩이가 가득 들어 있었다.

무슨 일이 벌어졌던 것일까? 죽은 자와 죽인 것 사이에.

"이쯤 되면 장난 아닌 거죠? 따이꿍 말고 이걸로 가는 게 어떨까요?"

조 감독이 말했다. 그렇지 않아도 그럴 생각이었다. 나는 마지막 날 철수 직전 해경 구조선 갑판에서 다음과 같이 녹음 기록을 남겼다.

"탈북 가족 중, 리홍희 예순한 살 여자. 박동욱 여덟 살 남아, 박민철 다섯 날 남아, 세 사람은 찾지 못하고 실종 처리했다. 마지막 구조작업은 10월 1일 오후 2시 30분경 종료. 현재 시각 오후 3시, 구조팀은 철수 준비 중이다. 저녁부터 강풍을 동반한 폭우가 쏟아진다는 예보가 있다. 먹구름이 잔뜩 들어와 있고, 파도가 높아진다.

변사체 발견 현황은 다음과 같다.

오늘 오전 10시 10분경 해경 구조팀에서 수색 중, 덕적도 기차바위 부근에서 변사체2, 변사체3을 발견했다. 9월 27일 발견된 변사체1과 동일한 검은색 팩에 들어 있었고, 마찬가지로 신원불상이다. 변사체2, 변사체3의 경우에도 손가락 끝이 바닷물에 불어서 지문을 확인할 수 없다. 변사체2의 키는 173에서 176 사이, 삼사십 대로 보이며 체격은 보통이다. 변사체3은 키 165에서 170 사이, 나이는 육십 대 이상인 것으로 추정한다."

변사체와 나를 번갈아 지켜보던 해경 고참 경위가 있었다. 그가 담배 연기를 뿜어내며 말했다.

"나머진 못 찾을 거요. 지금까지 못 찾은 거면 가망이 없다는 얘기 아니겠소? 게다가 바다가 좀 거칠어야지. 조류 타고 해안 모래사장으로 떠밀려오면 모를까. 지금 철수하면 다시 작업 개시하기도 힘들어."

마흔의 나이임에도 직접 잠수 수색에 참여하고 있다는 그는 단단한 턱이 강인한 인상을 주는 남자였다.

"피해자 신원 확인이 어려울 것 같다는 얘기는 들었습니다만. 아직 진전이 없는 거죠?"

내가 말했다.

"피해자가 누군지 모르니까 닦달하는 사람이 없고, 닦달하는 사람이 없으니까 더딘 거 아니겠소? 왜? 이 남자에게 관심 있소?"

"비슷한 방식으로 유기된 변사체가 한 구도 아니고, 세 구예요. 심각한 거 아닌가요? 동일한 패턴으로 세 건의 살인이 시차를 두고 발생하면 연쇄살인으로 정의하잖아요."

"다큐 피디라고 하던데?"

"전엔 경찰이었습니다. 서울청에서 근무했었죠. 선배님처럼 해경은 아니지만."

나는 전직 경찰이었다는 점을 강조했다.

"후배? 진작 얘기하지."

그는 자신을 경비구난과 소속 경위 이기웅이라고 소개한 후, 두 구의 변사체 옆에 쪼그리고 앉았다.

"며칠 전 변사체와는 부패한 정도가 달라. 보이지? 그저께 건진 건 뼈가 보였는데, 이 사체는 눈, 코, 입술까지 형체가 거의 남아 있어. 그리고 나이 들어 보이는 이 사체는 셋 중에서 가장 부패가 심해. 서로 시차가 있단 얘기야. 몇 명이나 죽여서 버렸는지는 모르겠지만, 이 근처로 최소한 세 번 이상은 와본 자야. 흔하게는 낚싯배를 빌렸을 테고. 당연히 낚시가 목적은 아니겠지.

32

이 사람을 포함해서, 이번에 건진 변사체 세 구가 모두 신원을 알 수 있는 단서가 하나도 없어. 지문도 판독 불가능이래."

"이쯤 되면 부검을 해도 누군지 밝혀내기는 힘들겠죠?"

내가 물었다.

"그거야 모르지" 하면서도 그는 부패가 덜한 변사체의 손가락 끝을 들췄다.

"아무튼 여길 봐봐. 지문이 지워졌잖아? 근데 이건 바닷물에 불어서만 이렇게 된 게 아니거든. 태워서 지졌거나, 아니면 염산 같은 걸로 녹였을 거야. 칼로 파냈을 가능성도 있어. 정확한 건, 부검 결과가 나와 봐야 알겠지만, 내가 보기엔 화상 자국이 맞아. 열손가락 전부가 이 모양이야."

"지문을 지우고 바다에 유기했다? 누군지 못 알아보게?"

"그리고 이 나이 든 변사체는 발치도 했어."

"용의주도하군요."

그러고 보니 처음 발견된 변사체도 남아 있는 치아가 없었다.

"모르는 것 같아서 말해주는데, 이런 게 한 구 더 있어. 가방에 담긴 변사체 말이야."

"네? 그럼 합쳐서 네 구?"

나는 눈을 동그랗게 떴고 경위가 끄덕였다.

"정확히 말하면, 발견된 것만. 지난여름, 저기 덕적도 옆 문갑도 앞바다에서 발견됐지. 낚싯줄에 걸렸다나."

"얼마나 더 있을지 모른단 얘기군요?"

"글쎄, 난 상상력이 없어서……. 이런 사건 해결하려면 상상력이 필요하지 않겠어? 범인은 우리 같은 사람이 알아볼 수 있는 놈은 아닐 거야. 범죄심리 분석했다니까 자네가 더 잘 알겠지."

연안부두로 돌아오는 길에 경위는 소주 한 병을 바다에 부었다. 그렇게 하는 것이 전통이냐는 물음에, 미처 못 거둔 물귀신이 따라올까봐 그런다고, 그가 대답했다.

"아, 무슨 이런 개죽음이 다 있을까. 복도 참 지지리 없지."

목 매달린 장승

욕심

　도깨비감투를 쓰면 욕심이 생겨요. 평생 청렴하고 욕심 없는 사람이란 평판을 듣던 사람도 그렇게 되더라는 겁니다. 저희 아버지가 바로 그랬어요. 33년 공직 생활을 청산하고 정년퇴임하셨는데, 경기도 구리에 33평짜리 아파트 한 채와 연금, 그게 재산의 전부였죠. 그런 분이셨는데 어느 날 우연히 도깨비감투를 얻은 후부터는 변하셨어요. 웬만한 세풍에는 끄떡도 없을 것 같던 일흔 노인마저도 유혹에 넘어가는데, 젊은 사람이라면 오죽하겠어요?

　　　　　　—남미희(부친이 도깨비감투를 소유한 적 있다고 주장하는 40대 주부)

　"원장님, 화재 보험 든 거 있죠? 차라리 그 보험금이면 빚 갚고 새로 시작할 수 있다고 들었어요. 보세요, 저 현수막! 여기서 담배꽁초로 불을 붙이면 현수막을 타고 원장실이랑 강의실 옆에 있는 에어컨 실외기에 옮겨붙을 거란 말이죠. 마침 한창 가을이고, 실외기 주변에 마른 낙엽이 쌓여 있어서 불이 옮겨붙기 딱 좋잖아요. 퇴근하시기 전에 학원 안에 사람이 있는지만 확인하시면 돼요. 아, 불이 옮겨붙을 수 있게 창문을 열어놓고 커튼은 살짝 밖으로 빼놓으세요. 절대 의심 받지 않을 거예요. 누가 이걸 방화라고 생각하겠어요? 바이크 한 대 살 돈 정도면 담배꽁초 던져줄 놈은 제가 얼마든지 구해볼 수 있어요. 어떠세요, 제 계획? 죄송해서, 어제오늘 머리 쥐어짜서 생각해낸 아이디어입니다."

은행지점장 아들의 제안을 떠올리며, 그는 때때로 자신이 사이코패스가 아닐까 하고 생각했다. 마음이 사막처럼 메마르고 황량하기 그지없을 때가 있는데, 그럴 때면 사막에 자신 이외의 다른 이가 살고 있다고 상상하는 것조차 힘들었다. 범죄심리를 전공한 모 수사관은 지치고 외로워서 그렇다고 진단해주었다.

"선생님, 너무 예민하신 것 아닌가요? 후회하고 괴로워하며 살아간다는 것 자체가 사이코패스가 아니란 증거죠. 성찰과 반성은 세상을 향한 공감의 발현 없이는 불가능하다고 봐요. 사이코패스라고 불리는 인간들은 그런 것 자체가 아예 없어요. 그자들은 철저하게 자기중심적인 냉혈한입니다. 선생님의 경우는, 굳이 말씀드린다면, 마음의 상처? 흔히 쓰는 말로 트라우마? 그런 게 아닐까 싶어요."

정신을 차리고 보니 벌써 오후 1시. 기담은 막 끝낸 작업 결과를 바라보며 가슴이 무겁게 뛰는 걸 느꼈다. 그는 불이 안으로 옮겨붙는 걸 돕기 위해, 학원 원장실 에어컨 실외기의 전선과 배관 그리고 커튼의 밑단에 파라핀을 바르고 있었다. 출근한 직후부터 내내 그 짓을 몰래몰래 했던 것이다. 그러고는 불에 잘 타는 책과 신문, 서류 등을 창가에 적당히 쌓아두기 시작했는데, 어느 순간 지침과 동시에 갑자기 환멸이 찾아왔다. 주저앉은 그는 조용히 흐느껴 울기 시작했다.

아, 내가 왜 이러는 것일까.

펀드매니저를 겸업하는 변호사이자 친구인 이정민이 찾아온 것은 그때였다.

기담이 아무렇지도 않은 척 커피를 내오자 그가 대뜸 말했다.

"너 그거 아니? 우리 나이가 벌써 만 마흔여섯. 세상 나이로는 마흔일곱이야. 사는 게 원래 피곤한 것인지 세상이 피곤해진 것인지……, 내가 보는 세상, 내 시선이 닿는 세계의 크기가 점점 줄어들고 있더라. 난 나이 들면 더 멀리 보고 더 넓게 볼 줄 알았는데 그게 아니야. 그 작아진 세계에서조차 내가 너무 작아. 한심할 정도로. 아프고, 지치고, 완고해지고…… 아첨인 게 빤히 보이는 입에 발린 소리에도 쉽게 위로를 받곤 하고, 싫은 소리에는 자존심이 추락하는 현기증을 느끼고. 넌 안 그러냐?"

그렇게 말은 했지만 이정민에게는 자신감과 여유가 배어 있었다. 기담이 생각하기에, 낙오에 대한 공포는 자신의 삶에만 드리운 그림자였다.

"바쁘다며? 갑자기 웬일이냐?"

기담이 창문을 닫으며 말했다. 파라핀 냄새가 한결 덜 나는 것 같아 안심이 됐다.

"학원 자금 수혈은 잘 돼 가는지 모르겠다?"

"아직."

"쉽지 않겠지. 적은 돈도 아니고. 저번에 네가 얘기했던 거, 필요하면 가져가서 써라. 그 사람들한텐 푼돈이고, 내 얼굴 봐서 그렇게 해줄 수 있다고 하네. 대신 출처는 묻지 않는다는 조건이야."

"출처는 묻지 않는다?"

기담은 흔들렸지만, 그 단서가 마음에 걸렸다.

"내가 알면 안 되는 사람들인 거냐?"

"찝찝해할 거 없어."

"생각해볼게."

"친구끼린데 솔직해도 돼. 하긴, 누가 그러더라. 똑똑한 사람이 정직하기란 어렵다고."

기담은 그 말의 의미를 음미하면서 식어가는 커피 잔을 내려다보았다.

"아무튼 결심이 서면, 언제든지 연락해라. 준비하고 있을 테니까. 한 가지 더."

"뭐?"

"너 일 좀 해볼래? 투잡으로도 괜찮은데."

"무슨 일?"

"너 정도면 별로 어렵진 않아. 딱 두 가지가 필요한데, 하나는 외환과 해외거래 관리해본 경험. 전문적일 필요는 없어. 이해만 빠르면 되니까. 다른 하나는 무슨 일이 있더라도 고객의 비밀을 지켜줄 수 있는 과묵함."

"그래서 무슨 일인데?"

"자산 관리. 1년에 절반 정도는 밖에 나가 있어야 돼. 경비는 제한 없으니까, 좋은 데서 먹고 자는 게 일이야. 어때?"

이정민이 제안한 일은, 전 세계의 조세피난처를 돌고 돌면서 계좌를 트고, 대리인을 내세우고, 서류를 작성하는 일이었다. 유럽에서 아프리카로, 아프리카에서 카리브해로, 카리브해에서 아시아로……, 은폐를 목적으로 돈과 돈이 이어지는 사슬을 끝도 없이 늘리고 늘리는 일이었다.

"설마 잊은 거냐? 나한테 무슨 일 있었는지?"

기담은 날카롭게 반응했다. 은행에서 일하던 시절, 그들의 세계를 엿본 적이 있었다. 함부로 발 담그고 싶지 않은 세상의 일이었다.

"알지. 어쩌면 네가 모르는 것도."

"무슨 뜻이야?"

"진정하라고. 심사숙고한 끝에 제안하는 거니까 날 믿어주면 좋겠어. 널 잘 아니까 미리 말해두는데, 전부 다 합법적인 일이야. 불편하게 생각할 만한 일은 전혀 없어. 내가 보장하지. 애들코 묻은 돈 빼먹는 것보단, 훨씬 양심적이고 깔끔한 일이야. 잘 생각해봐. 이 일의 유일한 단점은, 너무 중독성이 강해서 그만두기 힘들다는 점이야. 일단 일을 시작하면 진정한 자유가 뭔지 알게 될걸. 사실 내가 할 수도 있는데, 보시다시피 난 처자식에 얽

매여 있는 사람이잖아. 넌 자유로운 영혼이고."

기담은 초조하게 보일까봐 신경이 쓰였다. 그래서 화제를 돌렸다.

"회사 일은 어때?"

"혼자 사는데 일이라도 잘 풀려야지. 안 그럼 무슨 재미로 사냐?"

"좋아 보인다."

"살찐 거야. 나잇살. 옛날엔 너도 나도 진짜 날렵했는데. 운동을 해야겠어, 운동을. 우리가 처음 만났던 때 나이가 열다섯이었지?"

"그랬지."

이정민은 만나면 으레 지난 시절 이야기를 즐겨 했다. 열다섯이었을 때, 기담의 강릉 고향집으로 이정민이 모친과 함께 세를 얻어 들어오면서 두 사람의 인연은 시작됐다. 이정민은 부친을 일찍 여의었다고 했다. 시간을 빠듯하게 쪼개서 신문배달이나 삯 심부름, 낚싯배 청소 등의 일을 해야 할 정도로 집안사정이 어려웠다. 그는 외톨이일 수밖에 없었고, 기담은 그 시절 이정민의 유일한 친구였다. 그렇지만 기담은 이정민이 불평하는 것을 한 번도 들어본 적이 없었다. 집념이 강하고 흐트러짐이 없는 친구였다고, 기담은 회고했다. 중학교 2학년 봄부터 늦가을까지 딱 여덟 달을 살고 이정민은 또다시 이사를 갔다. 마지막 한 달치 월세는 미납한 채였는데, 시쳇말로 야반도주라고 하는 것이었다. 두 사람이 다시 만난 건 10년 전 기담이 연쇄방화사건으로 기소돼 재판을 받던 해였다. 그때 이정민은 변호사였고, 기담은 형사재판의 피고였다. 결과적으로 기담은 무죄판결을 받아냈지만 못내 부끄러운 앙금 같은 것이 남았다. 그때 이후로 이정민과 마주할 때면 안 그래도 움츠러든 자신이 더 작아지는 기분을 느꼈다.

"그땐 진짜 먹고사는 일 걱정했던 기억밖에 없다. 제수씨는?"

이정민이 물었다.

"잘 지내겠지. 잘 못 지내면 이상한 여자니까."

"관심 없는 척은?"

이정민은 책상 위에 늘어서 있던 기담의 가족사진 액자를 살폈다.

"현우, 미진이는 많이 컸겠다? 금방금방 클 나이잖아."

"미진이는 이번에 고등학교 진학했어. 학교가 괜찮대. 벌써 친구도 꽤 사귀었나봐. 워낙 수더분한 애라 별로 걱정이 안 돼. 현우는 주내 수학경시대회인가 뭔가에 나가서 상 받았더라고. 다행이야, 잘들 지내줘서."

"역시 현우는 너 닮았구나. 좋은 대학에 갈 거야. 근데 미진이 학교는 어디?"

"라호야 뭐라던데. 샌디에이고에선 꽤 알아주는 사립고라고 했거든. 와이프 연구소와 가까워서 편한가봐. 잠깐만, 이메일이 있을 거야."

기담은 휴대전화를 꺼내 미진이 보내준 이메일과 사진을 보여주었고, 이정민은 뇌리에 새기듯이 그걸 오랫동안 읽고 감상했다.

서로의 가족 안부를 업데이트 한 후 이정민은 떠났는데, 그러고 나서도 기담은 그가 남긴 말들을 하나하나 곱씹어 보느라 쉽게 흥분을 가라앉히지 못했다. 혼란스러웠지만 한 가지 확실한 점은 녀석이 기가 막힌 타이밍에 방문했다는 것이었다.

그날 기담은 어쩌면 마지막이 될 수능시험을 앞두고 학원 교사들과 회식 모임을 가졌다. 그 자리에서 밀린 임금은 연말까지 반드시 지급하겠다고 약속했다. 그렇다고 이정민의 제안을 받아들이겠다고 결심한 것은 아니었다. 녀석의 제안에 점점 마음이 기울었지만 결정하지는 못했다. 일단 급한 자금은 아파트를 매각해서 충당하는 게 나을 것 같았다. 귀가해서도 그는 고민에 빠져 있다가 서재에서 선잠에 들었는데, 문득 소스라치게 놀라 깨어났다. 예의 그 여자가 또 내려다보고 있었던 것이다.

"내가 안 보냈어, 그 팩스. 성 과장도 알잖아?"

앙 다문 여자의 입술 사이에서 그 말이 질질 흘러내리는 것만 같았다.

잠결에 기담은 그녀를 밀쳤고 여자는 당황한 얼굴을 한 채 사라져버렸다. 동시에 그 팩스기가 또 하릴없이 수신을 시작했다. 의미 없는 빈 종이들만 줄줄이 계속 찍혀 나왔다.

그는 마음이 불편하기 이를 데 없었다. 무슨 짓을 한 거니? 도대체 무슨 자격으로 여자를 쫓아내? 그는 팩스기를 멈추게 할 수가 없어서 그냥 내버려두었다. 한참 후에야 팩스가 멈췄고 그도 진정할 수 있었다.

그는 우울해진 기분을 달랠 겸 커피를 마시기 위해 거실로 나갔는데, 예기치 못한 섬뜩한 광경에 그만 까무러치고 말았다. 장승이 목을 맨 채 거실 천장에 매달려 있었던 것이다.

정신을 차린 그는 현관문 디지털도어락의 비밀번호를 바꾸고 물을 벌컥벌컥 마셨다. 심장이 뛰고 신경이 곤두서는 일이었다.

누가 이런 짓을! 여자가? 아니야, 그럴 리가 없다. 여자는 그를 귀찮게 했을 뿐, 단 한 번도 물리적인 위협을 가한 적이 없었다. 그렇다면 그들이 보낸 자들일까? 이제 와서 왜?

추적의 시작

똑똑한 아이

  똑똑한 아이였죠. 제가 권해서 독서토론 동아리 활동을 시작했는데, 처음엔 솔직히 깜짝 놀랐어요. 대학 전공자 이상의 탁월한 실력을 보여주었거든요. 이해력, 분석력, 논리적 설명력 등, 나무랄 데가 없었죠. 다만 인물들의 감정이나 이야기 저변에 깔린 정서를 이해하는 능력은 좀 부족해 보였다고 할까요? 염상섭의 『만세전』을 토론하는 자리였어요. 그 소설에 병 때문에 죽어가는 아내가 나오잖아요? 일본에서 유학 중이던 주인공이 그런 아내 때문에 귀국하는 이야기죠. 주인공은 아내를 사랑하지 않고, 그래서 아내의 죽음에 대해서도 슬퍼하지 않는 것으로 묘사가 돼 있어요. 그런데 토론에 참가했던 한 여학생이 그런 식의 묘사를 받아들일 수가 없었어요. 주인공은 분명 아내를 사랑하는데 다만 소설의 전반적인 이야기가 반어적으로 표현됐다고 주장을 했어요. 화자인 주인공이 자신의 진짜 감정을 감추고 있으며 스스로를 비꼬고 있다는 것이었죠. 그러자 그 아이가 비웃으며 반론을 제기했어요. 논거는 대략 이랬어요. 주인공은 이지적 사고를 하고 사변적 태도를 가진 사람이다. 그는 조선의 비참한 현실에 낙담한 사람이고, 그 낙담이 자기 비하와, 나아가서 인간에 대한 혐오와 허무주의를 가져왔다. 그때의 주인공은 도저히 사랑이란 걸 할 수 있는 사람이 아니다. 사실 사랑이란 것을 이해 못 하는 사람인 것 같다. 관념 때문에 냉정해진 사람이다. 주인공은 공동묘지 같은 조선이 지긋지긋했고 일본으로 돌아갈 날만 기다렸다. 다시 여학생이 반론했는데, 다분히 감정적이었죠. 사랑이란 게 꼭 말로 표현해야 전달되는 게 아니잖아. 좋아하는데, 너 싫어, 라고 말해본 적 없어? 그게 이해가 안 돼? 그런 식이었거든요. 그러자 그 아이가 짧게 대꾸를 했어요. 아내를 잠깐 동정했을 순 있겠지. 하지만 그건 찰나의 순간이었을 뿐, 의미는 없었다. 내 말 이해가 안 되면, 텍스트를 다시 읽어라. 제발 글에 없는 내용을 상상하지 말고, 텍스트를 읽어. 다른 학생들 역시 대체로 주인공은 아내를 사랑하지 않았다는 그 아이의 주장에 동의하긴 했지만, 주인공이 아내를 사랑했을 거라고 말한 여학생의 주장 역시 그것이 무슨 맥락인지 이해는 했어요. 왜냐하면 그 나이 때의 감성으로는 그렇게 허무하고 냉소적인 캐릭터를 이해하는 게 쉽지 않거든요. 그런데 그 아이는 달랐어요. 주인공이 아내를 사랑했으면 좋겠다는 일말의 기대감 같은 것도 없었고, 왜 그런 해석이 나오는지 그 자체를 전혀 이해하지 못한 눈치였어요. 텍스트에 그런 기술이 없는데, 어째서 그렇게 마음대로 해

석하느냐는 것이었죠. 거기까지도 그럴 수 있다고 치죠. 한창 지
적 유희에 재미를 느끼기 시작한 똑똑한 아이들 중에는 그렇게 분
석하는 경우가 많으니까. 문제는 그다음에 터졌어요. 화자인 주인
공이 아내를 사랑하느냐, 그렇지 않느냐를 따지던 중에, 갑자기 그
여학생이 격해져서 엉뚱한 질문을 한 겁니다. 넌 그 아내란 여자가
가엾고 불쌍하지 않으냐? 그러자 그 아이가 어깨를 으쓱하더니 대
답했어요. 뭐가 가엾다는 것이냐? 오히려 주인공이 중요한 시험을
보지 못하고 귀국한 것은 심각한 낭비다. 주인공에게는 더 큰 미래
가 있는데, 아내의 죽음이 망친 것이다. 그 아이가 진심으로 그렇
게 말하고 있음을, 저는 느낄 수 있었어요. 그 대답이 어찌나 서늘
했던지, 열을 내던 그 여학생도 입을 다물어버렸죠. 아마 그 자리
에 있었던 학생들도 모두 비슷하게 느꼈을 거예요.

— 박성주(은퇴한 고등학교 교사)

　서울로 돌아온 나는 탈북가족 생존자에 대한 취재를 마치고
편집에 들어갔다.

　그사이에 변사체는 국립과학수사연구소 부검대 위에 올랐다.
나는 인천지검 출입 기자를 통해 부검 관련 정보를 입수했는데,
그때 녹음해두었던 기록은 다음과 같다.

　지난여름 발견된 변사체까지 합치면 모두 네 구. 발견된 순서
대로 1번은 사오십 대 남성, 2번은 삼사십 대 남성, 3번도 삼사십
대 남성, 4번은 육십 대 이상의 남성. 1번과 2번은 부패 경과로
사인을 특정할 수 없었고, 3번의 사인은 약독물에 의한 중독사

였다. 응고된 혈액과 장기에서 알카로이드류의 약독물이 검출됐고, 그로 인한 손상 흔적을 발견했다. 외상이 없는 것으로 보아 의식이 없는 상태에서 살해당했을 가능성이 있다. 3번의 문드러진 손가락 끝은 범인이 강산을 문질러서 의도적으로 지문을 지운 것으로 추정한다. 세 구 모두 골절이나 두부외상은 발견되지 않았다.

나는 변사체 부검 관련 자료 등을 가지고 다니면서 시간 날 때마다, 혹은 누군가를 기다릴 때마다 꺼내 보았다. 남자들만 골라서 외상 없이 깨끗하게 죽인 다음, 신원을 알아볼 수 없는 상태로 유기한다? 도무지 범인의 윤곽이 잡히지 않았다. 기존의 좌표로는 포착되지 않는 존재? 나는 이 기이한 범죄에 대한 호기심을 멈출 수가 없었다. 그래서 경찰에 취재 협조를 요청했는데, 조건부로 승인을 받았다. 범인의 윤곽이 드러날 때까지는 예비취재만을 허락한다, 수사가 실패로 끝날 가능성이 높아지면 취재는 종료한다는 조건이었다.

나는 조 감독과 팀을 꾸렸고 다큐의 콘셉트는 '독립수사'로 정했다. 조 감독에게는 이렇게 일러두었다.

"이건 경찰 다큐가 아니라, 살인마를 쫓는 다큐야. 범인은 어떤 종류의 인간인가? 그게 우리 질문이야. 경찰에 포커스를 두지 말고, 경찰이 보고 있는 것, 경찰이 추적하는 것, 그걸 카메라에 담아."

필요하다면 직접 카메라를 들고 범인을 추적할 것이고, 누구의 간섭도 받지 않고 결론에 이를 것이다. 경찰 시절의 개인적

실패를 만회해보고 싶다는 의지도 없지 않았다.

하지만 변수가 있었다. 인천지방경찰청 광역수사대에서 사건을 맡았는데, 담당 수사팀의 지휘자가 문제였다. 연우준 반장. 유능하지만 까다롭고 고집이 셌다. 무엇보다 언론에 비협조적이었는데, 아니나 다를까 그는 우리의 취재를 거부했다.

뜻밖에도 먼저 아는 척하며 다가온 수사관이 있었다. 이름은 진경희, 계급은 경사. 그는 자신을 나와 경찰학교 동기라고 소개했다. 비록 통성명을 한 적은 없었지만 얼굴만은 낯익었기에 우리는 금세 친해질 수 있었다.

"서열상으로 나는 밑에서 두 번째. 반장님이 광수대로 부임해 올 때 같이 왔어. 넌 퇴직했다며?"

그가 말했다.

"지금은 이것저것 해. 프로듀서이자 작가고, 어떨 땐 카메라맨이야. 출연도 해. 인터뷰 상대자에게 질문을 해야 하니까. 여유가 되면 책도 쓸 거야."

"원래 돈 없고 백 없으면 피곤한 법이다."

나는 제법 근사하게 내 일을 포장했지만, 그는 부럽다는 얘기 혹은 그 비슷한 말도 꺼내지 않았다. 이어서 나는 조 감독을 소개했고, 우리는 경찰서 인근 식당으로 자리를 옮겼다.

진 형사에 의하면, 연우준 반장이 이끄는 수사팀은 주로 살인, 강간, 강절도, 방화 등 강력범죄를 다루고, 대형사건이 발생했을 때에는 일선 경찰서로 지원 나가는 경우가 많다고 했다. 구성원은 나이와 계급 순으로, 손기창 경위, 허근배 경사, 그리고 본인,

마지막으로 한상훈 경장이라고 했다.

주로 광역수사대 현황과 사정을 화제로 올려 식사를 마쳤을 때쯤, 진 형사는 연 반장에 관해서 사적인 질문을 하지 말 것을 경고했다.

"밥 잘 먹고 이런 얘기해서 미안한데, 그때 그 연쇄방화사건 알지?"

"당연히 알지. 프로파일러들 사이에서도 논란이 많았던 사건이었으니까. 어떻게 보면 모순투성이인 사건이야."

2003년 가을에서 겨울 사이, 서울에서 연쇄차량방화사건이 발생했다. 처음에는 단순 차량방화로 시작했지만, 나중에는 살인방화로 변질된 기이한 사건이었다. 당시 서울지방경찰청 광역수사대 반장으로 있으며 수사를 진행한 연우준은 은행에 재직 중이던 삼십 대 중반의 직원을 피의자로 체포하고 검찰에 송치했다. 그런데 그 은행직원이 구속된 상태로 재판받는 동안 끔찍한 일이 벌어졌다. 진짜 범인으로 추정되는 인물이 연 반장의 가족을 노리고 방화를 저질렀고, 그 바람에 연 반장은 자신의 네 살 난 딸을 잃고 말았던 것이다. 그의 아내가 집 근처 과일가게 앞 갓길에 차를 세워둔 아주 잠깐 사이였다. 범인은 대담하게도 차문을 열고 발화물질과 지포라이터를 던져 넣은 후 사라졌다. 조수석부터 불길에 타올랐고 벨트를 맨 상태로 졸고 있던 딸이 미처 빠져나오지 못하고 화를 입고 말았다. 다분히 수사팀에 대한 조롱의 의도가 엿보이는 표적 방화였다. 분노한 연 팀장은 자신의 사생활 정보가 범죄에 노출된 과정을 추적하다가 평소 친분이 있었던 한 일간지 기자를 지목했고, 그를 폭행해 상해를 입혔다. 한때 경찰 홍보지의 모델로 등장했을 정도로 경찰대 출신의 엘리트였는데, 그 사건 이후로는 내리막길이었다. 그는 더 이상 승진이나 평가에 얽매이지 않았고, 신념도 목표도 상실했다. 인천지방경찰청으로 적을 옮긴 그는 지난 2010년 또다시 기자와 폭행 시비가 붙었다. 그 일로 경감에서 경위로 강등되는 중징계를 받았는데, 경찰계급강등제가 시행된 이래 첫 사례였다고 했다.

"가급적 그 일에 관련된 것은 질문하거나 연관시키는 일이 없도록 해줘. 또 반장님 허락 없이 사무실에 출입하는 건 자제하고, 서로 안면 트고 어느 정도 신뢰할 수 있을 때까지 인터뷰 얘기도 꺼내지 않는 게 좋겠어. 절차를 밟는 거라고 생각하면 돼."

"이해는 하지만, 그건 마치 취재 포기하란 얘기로 들리는데…… 아닌가?"

"우리 일에 몰빵하지 말라는 얘기야. 단서가 없어도 너무 없어. 다들 흐지부지될 가능성이 높다고 봐. 맡으려는 사람이 없어서 우리 팀에 배당된 사건이거든. 인력으로 안 되는 사건이 있다는 거 너도 잘 알잖아."

"그 정도냐?"

진 형사가 고개를 끄덕였다.

"오래 걸릴 거야. 다른 일 있으면 그것부터 먼저 하든지."

"그쪽이 바쁜 거라면 우리가 할게. 나온 거 있으면 공유 좀 하자. 우리 콘셉트가 독립수사야."

나는 포기하지 않을 거라는 의지를 밝혔다. 진 형사는 피식 웃더니 담배를 비벼서 껐다.

"혹시 녹음하는 건 아니지?"

그가 말했다. 분명 공유할 게 있다는 뉘앙스였다. 나와 조 감독은 진 형사가 안심할 수 있도록 평소 휴대하고 다니던 녹음기와 휴대전화, 카메라를 끈 채로 테이블 위에 꺼내두었다. 대신 나는 종이와 연필을 꺼냈다.

"적지도 마."

그가 말했다.

필기구마저도 정리한 다음에야, 진 형사는 설명을 시작했다.

"수색 마지막 날 발견된 변사체 중 하나의 척추에서 인공디스크가 나왔어. 디스크 치환 수술이란 걸 받았더라고."

"신원 파악 가능하다는 말?"

내가 눈을 동그랗게 뜨고 물었다.

"시술 받은 병원만 알아낸다면. 그래서 인공디스크의 모델과 제품번호를 확인해서 조회하고는 있는데, 문제가 좀 있어. 국내가 아니라, 외국에서 수술을 받은 것 같거든. 현재로선 미국을 유력하게 봐."

"미국? 그럼 결과는 언제 나와?"

"글쎄, 일단 미국 쪽에 서류 보내고, 그러고 나서는 기다려봐야지."

"그때까지 뭐해?"

"말했잖아. 기다린다고. 당분간 수사는 나 혼자 진행할 거야.

변사체 신원이 밝혀지면, 그때 가서 팀 전체가 움직일 수 있는 타이밍을 잡기로 했어. 일단 류 피디는 다른 일 보고 있으면 되지?"

"이것 봐, 진 형사. 여기서 공문 보내고, 미국에서도 또 이런저런 서류에, 법원 절차에, 병원까지……, 내가 봤을 땐 최소한 세 달짜리야. 마냥 기다릴 수는 없어."

"어쩔 수 없잖아. 그리고 류 피디. 반장님 성향상 프로듀서로서 네가 우리 사무실에 드나들기는 쉽지 않아. 앞으로도 계속 불편을 감수해야 돼. 프로듀서가 아니라, 한 팀이 된다면 또 모르지. 사건을 쫓는 동료로서 말이야."

그렇게 말해놓고 진 형사가 먼저 일어섰다.

"거 참 애매하게 말하네. 처음엔 손 떼라는 뉘앙스더니, 단서를 흘린다? 이번엔 동료가 되라? 일을 같이 하자는 거야, 말자는 거야."

잠자코 듣기만 하던 조 감독이 말했다.

"뭔가 있어. 우릴 과도하게 배제하려고 한단 말이야."

진 형사는 수사팀이 사건을 '떠안았다'고 말했지만, 실상 연 반장이 적극적인 의사를 밝히고 사건을 '따냈다'는 얘기를 들었다. 홍보팀장이 내게 직접 말한 내용이었다.

아래는 조사를 시작하면서 정리해둔 것이다.

"범인이 벌인 일련의 살인이 연쇄살인임에도 그 동안 눈에 띄지 않았던 몇 가지 이유가 있다. 첫째, 시체가 발견된 경우가 드물어서 대부분 실종 처리된 사건이었다. 피해자들 사이의 연관성은 물론, 범죄의 동기를 유추할 수 없었다. 둘째, 우연히 발견된 변사체도 여성이나 아이, 노인 등의 노약자가 아니라, 평범한 남성들이었다. 전통적인 범행 패턴과 어긋난다. 셋째, 피해자의 사체에서 폭행이나 강간, 신체를 훼손한 흔적, 살인 후 신체변형 등이 발견되지 않는다. 성격의 뒤틀림이나 덜 성숙한 지성, 흥분이나 분노 등 감정의 과잉, 성에 대한 비정상적인 환상 등 흔히 연쇄살인범이 가지는 광기가 투사된 흔적이 없다. 종교적이거나 이념적인 상징, 기호, 뉘앙스도 없다.

덧붙여서, 특정한 조직에 의해서 자행된 살인일 가능성은 없을까? 국가기관이나 민간의 권력조직 혹은 폭력조직, 이해집단일 수도 있지 않을까?"

수사팀의 협조를 이끌어내기가 요원해진 이상 내게 남은 선택은 한 가지. 우리 또한 독자적으로 추적에 나서기로 했다. 어차피 취재 대상은 경찰이 아니라, 누군지 모를 범인이었으니까. 행동과학팀 시절과 다르게 이번에는 직접 발로 뛸 생각이었다. 그 시절에도 정확한 자료를 모으고 검증하기 위해 현장을 누비고 다니긴 했지만, 날것 그대로의 사실을 발굴하는 역할은 아니었다. 이제 현장 수사관이 되어 누구도 가보지 못한 현장으로 항해를 떠나는 것이다.

나는 놈이 시시한 존재가 아니길 바랐다.

프로파일링이 아닌, 현장 수사는 어떻게 시작할 수 있을까? 나는 영등포 집에 틀어박혀서 궁리하기 시작했다.

사체를 은폐하고 옮기는 도구로 쓰인 가방이 발견됐다. 살인이 이루어진 장소와 유기된 장소가 다르다는 의미다. 피해자 제 압과 살인이 깔끔하게 이루어진 것으로 보였다. 피해자의 저항 이 최소한이었다는 것이다. 그렇다면 신중하게 계획된 범행이 다. 조직적으로 이루어졌을지도 모른다. 또 범인이 피해자와 최 초로 접촉한 장소와 살인이 이루어진 장소, 탈의, 지문 삭제 등 의 가공을 위해 옮겨간 장소가 각각 별도로 존재할 가능성이 높 아진다. 나는 영종도와 연안부두, 시화방조제, 대부도, 영흥도, 그리고 덕적군도를 잇는 타원형의 구역을 사체 유기 예상 지역 으로 설정했다. 수도권과 연안 바다를 이어주는 매개로서 섬과 어선, 낚싯배 및 요트 대여업자들을 뒤져볼 생각이었다. 어설퍼 보였지만 일단 시작은 할 수 있을 것 같았다.

나는 가방의 출처를 추적하는 한편, 낚싯배와 요트 대여업자 들을 만나고 다니면서 탐문수사를 진행했다. 가방의 경우에는 범죄에 사용된 것과 동일한 제품을 대량으로 주문한 의심스러 운 구매자가 있었다는 것까지 확인했으나, 정작 그 구매자가 누 군지를 밝히는 데는 실패했다. 탐문수사의 성과는 미미했다. 경 찰이 아닌 프리랜서 프로듀서가 던지는 질문의 위력은 신통찮 았다. 탐문 대상자에게서 양질의 첩보를 이끌어내기에는 분명 한 한계가 있었던 것이다.

조언을 해줄 사람이 필요해서 덕적도 앞바다에서 만났던 해 경 구조대 이기웅 경위에게 도움을 청했다. 이 경위는 섬 지역에 서 근무한 경력이 있는 후배들 중에서 내게 도움이 될 만한 사람 을 소개해주었다.

10월 셋째 주 수요일, 나는 그를 만나기 위해 인천 연안파출소를 찾아갔다.

"현동진입니다."

계급이 경장인, 삼십 대 중반의 남자 경찰관이 나를 맞이했는데, 처음에는 실수라도 할까봐 긴장하는 눈치가 역력했다. 언론 인터뷰에 잘못 응했다가 엉뚱한 기사가 나가는 바람에 곤란해진 사례가 잦다는 것이었다.

나는 그가 안심할 수 있도록 취지를 설명하고, 그때까지 파악하고 있던 대략적인 용의자 윤곽을 먼저 그려주었다.

"덕적도 주변에서 발견되긴 했지만, 섬 주민이 범인일 가능성은 별로 없어요. 낚시용 트렁크에 시신을 담아 유기한 방식이나 의학용 약독물의 사용, 사체 가공 등의 행태를 미루어볼 때, 외지인일 가능성이 높아 보여요. 이를테면 도시형 범죄라고 봅니다. 트렁크 가방이 필요했던 이유도 마찬가진데, 그런 가방이 필요했던 건, 시신을 차량에 실어 배를 댈 수 있는 부두 시설까지 눈에 안 띄게 운반하기 위해서였을 거예요."

현 경장이 입을 열었다.

"저는 수사에 전문가는 아닙니다. 주로 대민 지원이나 해상에서의 검문, 단속, 입출항 통제, 이런 쪽으로 일을 했었어요. 다만 섬 지역 사정을 두루 알고 있다는 것 정도? 연평도에 좀 오래 있었고, 덕적도에서도 잠깐 근무했었습니다. 도움이 될지 모르겠네요."

"알고 있습니다. 용의자 군과 조사 범위를 좁힌다? 사실 그 정도만으로도 큰 도움이 될 겁니다. 그리고 저를 언론이라고 생각하실 필요 없어요. 나름 경찰 출신이어서 그런지는 몰라도, 사명감 같은 것도 좀 있습니다. 누가 한 짓인지 꼭 밝혀내고 싶어요."

"끔찍한 일이죠."

"네."

그가 조심스럽게 운을 뗐다.

"이 점을 고려할 필요가 있어요. 사람을 담을 정도의 가방이라면 대번 눈에 띌 만큼 크지 않겠습니까? 섬이나 바닷가, 부두 안팎의 지리에 낯설고 수산업이나 뱃일에 익숙하지 않은 사람인데, 그런 걸 인적이 드문 바다 멀리까지 실어 날라서 유기한다? 생각보다 쉽지 않습니다. 제 말은 꼭 외지인이 그랬다는 법은 없다는 겁니다."

"그렇습니까? 구체적으로 말씀해주시겠어요?"

나는 의외의 견해에 솔깃해졌다.

"외지인이라면, 낚시어선, 그냥 어선, 요트 등을 개인적으로 빌릴 수가 있는데, 우선 선주와 공모를 해야 한다는 얘기겠지요? 그 점에서 부담스러울 겁니다. 둘째로는, 출항하는 어선은 경찰에 신고를 해야 하고, 경찰은 승선자를 일일이 체크하는 데다가 검문검색도 수시로 합니다. 외지인이 탔다 그러면 특히나 그렇죠. 반대로, 선주가 안면이 있고, 평소 하던 그대로 왔다갔다 하는 관내 선박에, 승선자도 늘 보던 사람이라면 경찰의 경계가 조금은 느슨해질 수 있지 않겠어요? 셋째로는, 연안에 운항 중인 모든 선박은 추적이 돼요. 예를 들어, 신항만 쪽 오이도항에서 어선 하나가 출항한다고 칩시다. 그런데 그 어선은 보통 계절별로 어장이 정해져 있어요. 저 어선은 지금 출항하면 대충 어디로 갈 것이다, 이렇게 예측할 수가 있는 거죠. 그런데 그런 이해되는 맥락과 무관하게 연평도든, 덕적도든, 자월도든 산책하듯이 간다? 그런 일은 흔치가 않아요. 항상 눈여겨보는 우리 해경 입장에서 보자면, 그런 경우는 오히려 눈에 잘 띈단 말입니다. 아무튼 톤수, 출항지, 탑승자, 항로, 선박의 종류, 그 정도만으로도 대충 저 선박이 수상하게 움직이고 있는지, 그렇지 않은지, 짐작이 갑니다. 운 좋게 안 걸리고 다닐 수도 있겠지만, 항상 요행을 바랄 수는 없지 않겠어요?"

다시금 밀려드는 막막함…….

"밤에 조용히 움직이는 것도 눈에 띌까요?"

"모르는 사람들이 착각하는 게 바로 그 점이에요. 영화나 드라마를 보면 밤에 몰래 은밀하게 거동을 하면, 잘 안 걸리잖아요? 그거 다 현실성 없는 설정이에요. 밤에는 일단 모든 해역에서 출항이 통제되기 때문에 바다가 텅 빈단 말입니다. 거기다가 해군의 레이더와 TOD 등의 장비까지, 감시하는 눈이 더 촘촘해져요. 무엇보다 각 선박에는 GPS가 장착돼 있습니다. 의무 사항이거든요. 차라리 대놓고 복잡한 낮에 다니는 게 더 눈에 안 띌지도 몰라요. 어종에 따라 주로 야간에 조업이 이루어지는 구역이 있긴 한데, 심지어 그런 경우에도 어장이 정해져 있기 때문에 어업지도선이나 해경 함정이 근거리에서 지켜봅니다."

경찰이었으면서 그런 것도 몰라? 하는 얼굴로 그가 나를 바라보았다.

시스템이 그렇게 완벽하게 작동되면 왜 실종자가 생기고, 변사체가 발견되고, 범죄가 끊이지 않을까? 밀수, 밀입국자도 심심치 않게 발생하고 있는 마당에. 그렇게 말하고 싶었지만, 현경장의 설명은 설득력이 있었다. 내게는 낯선 바다니 만큼 일단 귀를 기울여야 했다. 과연 외지인보다는 현지 사정에 밝은 주민이 범행에 더 유리할까?

"도움 많이 됐습니다. 처음부터 다시 다각도로 살펴봐야겠네요. 쉽지 않은 퍼즐이 되겠어요."

해양경찰의 파출소 업무에 대해서 몇 마디 더 나누고 일어나려는데, 현 경장이 아쉬운 듯 여운을 남기는 설명을 보탰다.

"만약 외지인이라면 말입니다. 요트를 눈여겨볼 필요가 있어요."

"요트요?"

"네, 레저용 요트. 외지인을 의심한다고 하니까, 드리는 말씀입니다. 전곡항만 하더라도, 거기서 출항한 요트가 자월도, 승봉도, 이작도, 덕적도까지 예사로 왕복한단 말이에요. 그게 다 허가가 난 것인지는 모르겠는데, 밤에 바다로 나갔다가 적발되는 요트도 제법 된다는 얘길 들었습니다. 제 고향이 영종돕니다. 이런 말 웃기지만, 외지인이 그랬다면 조금은 덜 기분이 상할 것 같아요. 그 끔찍한 일이 우리 앞바다에서 일어났다니……."

어쩌다가 꽤 많은 정보를 쏟아낸 현 경장은 후회가 되는지 불안해하는 얼굴로 떠났다.

그 길로 나는 바다에 익숙해질 겸, 월곶, 소래포구, 오이도 선착장과 대부도에서 전곡항에 이르는 해안을 둘러보았다.

요트라……. 눈에는 더 띄지만, 상대적으로 통제를 덜 받는 건 사실이었다.

전곡항을 나오다가, 조 감독의 전화를 받았다. 나는 그에게 수사팀을 미행할 것을 주문해놓고 있었다. 만약 수사팀이 나를 따돌리려 한다면 즉시 항의해야 했다.

"움직임이 있어? 언제?"

내가 물었다.

"사실상 팀 전체가 수사에 들어간 것 같아요. 벌써 용의자가 나왔다는 얘기도 들리거든요."

"그럴 줄 알았어!"

인공디스크 시술자 정보를 미국에 요청해놓고 기다리겠다는 언질은 역시 나를 따돌리기 위한 미끼였다. 수사팀은 발 빠르게 움직이고 있었던 것이다.

"지금 연 반장과 진 형사는 오이도 선착장으로 가고 있고요. 다른 반원들도 각자 요트 임대해주는 회사랑, 또 어디에 나가 있어요. 저는 연 반장을 따라가고 있습니다."

"용의자가 누군지는 모르고?"

"네, 아직. 따라다니다 보면 알 수 있겠죠. 그리고요, 피디님. 덕적도와 주변 섬 주민들, 낚싯배 띄우는 업주들, 낚시동호회 등에 목격자 찾는 전단을 뿌린 모양이에요. 각 관공서에도 협조공문을 보냈고요. 손 놓고 있다는 얘기, 그거 다 페이크였어요."

"수고했어, 조 감독!"

나는 달려온 길을 그대로 거슬러서, 오후 5시 반쯤 오이도 수산물 어시장 앞에 도착했다. 신항만파출소 옆에 세워진 연 반장의 차를 확인한 후, 조 감독과 만나기로 한 빨간등대 전망대로 올라갔다. 조 감독은 선착장 중간쯤 어딘가를 촬영하고 있었다.

"언제 도착했지?"

내가 조 감독에게 물었다.

"20분 전에요."

관광객들로 북적이는 선착장이 발아래 펼쳐졌다. 줄잡아 40여 척의 어선이 정박해 있었고, 그 수에 대응하는 천막 좌판이 선착장 양쪽에 자리 잡고 있었다. 선착장 중간쯤에는 가로 방향으로 뻗은 선착장이 교차하고 있었다. 오른쪽에는 컨테이너 창고들이, 왼쪽에는 낚시를 하거나 가까이에서 바다를 즐기려는 사람들이 모여 있었다.

"보이시죠? 회색 코트가 연 반장, 옆에는 진 형삽니다. 저쪽에 해경과 같이 있는 두 사람이요."

조 감독은 두 사람이 있는 곳을 가리켰다. 나는 가져온 망원경으로 자세히 관찰했고, 조 감독은 부연했다.

"컨테이너 창고가 있는 오른편 선착장에, 어선주들이 사용하는 창고가 있거든요. 저걸 하나하나 다 열어보는 중이에요. 어선 한 척당 창고 하나, 그런 식으로 배정된 것 같더라고요."

두 사람은 지원 나온 해양경찰과 함께 창고를 조사 중이었다. 창고 주인으로 보이는 주민들이 나와서 지켜보고 있었다.

"제보자가 있었던 모양이지?"

내가 말했다.

"아마도."

"잘 보여?"

"망원렌즈 달고 왔으니까, 걱정 마세요. 촬영할 만해요."

"뭘 하고 있는지 확인해봐야겠군."

나는 조 감독을 남겨두고 등대를 내려왔다. 선글라스와 모자를 쓰고 얼굴을 가린 후, 관광객인 척 수색이 진행되고 있는 곳을 향했다.

좌판을 펼쳐놓고 있는 상인들도 장사보다는 창고 수색에 관심을 쏟고 있었다. 그들 또한 어선주들과 가족이나 친척 관계에 있었기 때문에 이해관계를 공유했다.

내가 그들의 목소리를 들을 수 있는 지점까지 접근했을 때, 갑자기 창고 주인들끼리 다투기 시작했다. 연 반장과 진 형사는 실망한 얼굴로 자리를 떠나는 중이었다.

"무슨 일이었다는데요?"

상황이 종료된 후 조 감독이 내게 물었다.

"최근 선착장 내에서 어구를 도난당하는 사건이 잦았던 모양이야. 이곳 어민들이 특정 어선주를 지목하고 있었는데, 마침 수사팀에서 돌린 수배 공문을 빌미로 거짓 제보를 한 거지. 그 사람의 창고를 열어볼 생각으로. 결과는 예상을 빗나갔어. 창고에는 쓸 일 없는 어망 부표와 통발만 잔뜩 쌓여 있었고, 어민들이 의심했던 도난 물품은 없었거든."

"싸움 날 만했네. 서로 돌이킬 수 없는 앙금만 남겠군요."

나는 현 경장이 건넨 단서를 근거로 인천, 경기도 연안의 요트와 소유주가 불분명한 선박에 대한 조사를 계속했고, 조 감독은 수사팀을 몰래 미행하면서 또 며칠을 보냈다.

마침내 우리는 연 반장이 리스트에 올려놓은 용의자 두 명의 신원을 알아내는 데 성공했다. 그중 먼저 거론된 사람은 삼십 대 후반의 모 건설토목회사 과장이었다. 수사팀이 인천 연안 곳곳에 떠 있거나 섬을 드나드는 바지선과 화물선을 조사하던 중에, 용의선상에 오른 자였다.

특정 회사가 공사를 목적으로 전용하는 화물선이나 바지선은 처음부터 범죄에 사용됐을 수단으로 유력했었다. 승용차나 트럭은 물론 중장비까지도 실을 수 있기 때문에 차량 트렁크에 시신을 싣고 갔다가 어둠을 틈타 바다에 던지는 범행을 도모할 수 있는 것이다. 어느 정도 지위가 있는 사람이어서 감독과 통제에서 자유로울 수 있다면, 동료들 몰래 단독으로도 실행이 가능하다. 건설 현장을 왕래하기에 변사체 가방에 담겨 있던 돌덩이를 구하기도 용이할 것이다.

덕적도 진리 선착장 맞은편 누릇개 선착장을 드나드는 바지선에 바로 그 용의자의 차가 가끔 실린다는 제보가 들어왔다. 그의 집은 서울 마포구에 있었다. 아내와 딸 둘, 그리고 어머니와 함께 살았고, 주변에 실종되었거나 살해된 사람은 없었다. 수사팀의 베테랑 손기창 경위가 사흘을 꼬박 용의자를 미행하는 데

할애했는데, 별다른 혐의점을 찾지 못했다. 게다가 용의자는 키가 170센티미터 정도에 몹시 마른 편이었다. 그런 용의자가 자신보다 큰 성인 남자를 매번 깔끔하게 해치웠다고 상상하기는 어려웠다. 마취제 같은 약물을 사용했다 하더라도 말이다. 압수수색을 벌일 만한 근거를 찾지 못한 손 형사는 교통 단속을 빌미로 트렁크를 열어볼 기회를 만들었지만, 아무것도 찾지 못했다. 그러나 제삼자와의 공모 가능성은 열어두었다.

두 번째 용의자는 전곡항에 자기 소유의 요트를 가지고 있는 오십 대 중반의 회계사였다. 수사팀에서도 진작부터 요트 소유주들을 조사 중이었던 것이다. 나 또한 전곡항의 요트 출항 기록을 입수해서 분석 중이었기 때문에 어렵지 않게 용의자에 대한 보고서를 만들 수 있었다. 나는 순발력 있게 용의자의 회사생활과 주변 인간관계를 조사했고, 그것을 토대로 프로파일링한 내 의견을 첨가했다. 요약하자면, 회계사는 두 달에 한 번 꼴로 출항을 했는데, 거의 매번 혼자 배를 모는 단독 항해였다. 회사에서의 평판은 나쁘지 않았지만 전형적으로 고립된 인간관계를 보여주는 사람이었다. 주말에는 대부분 혼자 시간을 보냈고, 가족도 없었다.

수사팀은 내가 용의자 정보를 입수했다는 사실을 모르고 있었다. 나는 모른 척 직접 작성한 그 회계사에 대한 보고서를 내밀 것이다. 인정받는다면, 연 반장이 본격적인 취재를 허락해줄지도 모른다. 그런 기대감으로 나는 진 형사에게 전화를 했다.

"유력한 용의자가 있어. 들어보면 솔깃할걸. 당장 영장을 청구하고 싶어질 거야. 그 정도로 확실해."

"견적은?"

진 형사가 관심을 보였다.

"회계사고 나이는 오십 대. 전곡항에 자기 소유의 요트가 있어."

그가 연 반장의 의중을 타진할 동안 나는 잠시 기다려야 했다. 마침내 그의 허락이 떨어졌다. 미끼를 문 것이다.

"좋아. 사무실로 와라."

나는 보고서를 보기 좋게 인쇄한 다음 광역수사대 사무실을 향해 차를 몰았다. 그동안 어떤 식으로 조사를 해왔는지 설명할 내용도 머릿속에 정리했다. 나는 프로듀서 이전에 그들의 팀원이 될 자격이 있다는 사실을 설득력 있게 보여주어야 했다. 사실상 그것이 연 반장의 요구 조건 중에 하나였으니까.

집이 있는 영등포를 벗어난 지 30분째. 서울외곽순환고속도로를 타고 부천을 가로지를 때였다. 연안파출소 현 경장으로부터 다급한 전화가 왔다.

"지금 저희 쪽으로 오실 수 있겠습니까?"

은밀한 목소리였다.

"무슨 일이죠?"

"목격자라면서 제보를 해온 사람이 있어요. 말씀하신 그 가방 있잖습니까? 차도선을 이용해서 섬에 드나드는 트럭이 있는데, 그 트럭이 검은색 가방을 싣는 걸 목격했다는 겁니다."

"확실합니까?"

나도 모르게 소리쳤다.

"수상한 점이 한두 가지가 아니에요. 아, 빨리 오셔야 할 겁니다."

수사팀보다 앞설 기회였고 망설일 이유가 없었다. 나는 진 형사와의 약속을 미룬 후 연안부두로 방향을 틀었다.

내가 도착했을 때, 제보자는 막 파출소를 나가려던 참이었다. 나는 다큐멘터리 프로듀서라고 소개한 후 사례금을 쥐어주었다. 처음엔 귀찮아했던 그가 기꺼이 인터뷰에 응해주었다.

그는 연안부두와 남항유어선 부두 사이에 위치한 어시장에서 주차 관리를 하는 이십 대 중반의 남자 대학생이었다. 지난여름 제대한 후 내년 봄 복학 준비를 위해 아르바이트를 하고 있다고 했다.

"제가 수산물 입출고 하는 주차장에서 일을 해요. 시설 관리나 잡일도 좀 하구요. 8월 중순쯤이었던가, 출근해서 막 교대했을 때였는데, 웬 정장 입은 남자가 길 건너편 골목에 서 있는 거예요. 옆에는 그 커다란 검은색 가방이 놓여 있었구요. 길이라고 해봤자 이차선이고, 제가 눈이 좋은 편이라 바로 보였어요. 근데 좀 생뚱맞다고 해야 하나? 아침에 해 뜰 시간인데, 어딘가 좀 부자연스럽기도 하고 그랬어요. 이 동네에선 확 튀기까지 하는 복장이었죠. 그러다가 제가 발견하고 한 십분쯤 지났을 때, 1톤 트럭 한 대가 딱 거기 앞에 서더라구요. 운전자가 내리더니 그 가방을 싣고 가버렸어요. 서로 몇 마디 나누지도 않고, 그냥 일만 보는 것처럼, 쓱 사라져버린 거죠. 누가 불러서 잠깐 차 좀 빼주고 다시 돌아왔더니, 정장 남자도 가고 없었죠. 근데, 그 트럭이

한 시간쯤 후에 저희 주차장으로 들어왔어요. 운전자를 보고 안 거죠. 가방은 부직포로 덮어 놓았더라구요. 자세히 보진 못했어요. 그런 일이었을 거라고 어디 상상이나 했겠습니까?"

"두 사람 인상착의는 어떻게 돼요?"

"트럭 운전했던 사람은 나이가 삼십 대? 덩치는 보통. 얼굴은 심하게 그을렸어요. 배 타는 사람들 특유의 얼굴 있잖습니까? 얼굴부터 목까지 완전 새카만. 그런 얼굴이었죠. 정장 남자는 그냥 평범한 체격에, 얼굴은 하얀 편이었고, 글쎄요, 잘 생각은 안 나네요. 별로 특이한 점은 없었던 것 같아요. 머리는 좀 짧은 편? 나이는 사십 대?"

나는 그가 진술한 내용을 재빨리 훑었다.

"카페리를 이용하는 트럭이라는 건 어떻게 알았어요?"

"안개가 좀 끼었던 날인데, 배가 출항하니 마니, 그런 얘기를 전화로 주고받더라고요. 지나가다가 살짝 엿들었죠. 카페리는 차를 실어야 하잖아요? 출항 준비하는 데 시간이 좀 걸려요. 그래서 일찍부터 준비를 해야 하거든요."

"몇 시에 출항하죠?"

"보통 아침 8시요. 아, 미리 말씀드리는 건데, 차 번호는 모릅니다. 적어놓을 생각을 못 했어요."

"가방은 틀림없죠?"

"가방이요? 어, 설명만 해드렸는데. 사진이라도 있으면 봐 드릴게요."

나는 휴대전화에 저장해둔 사진을 꺼내 보여주었다. 사진은 덕적도 앞바다에서 막 건져냈을 때 모습을 생생하게 기록한 것으로, 열어둔 가방 지퍼 사이로 시체가 드러나 있는, 다시 봐도 끔찍한 사진이었다.

보여주자마자 제보자는 악취라도 맡은 듯이 입과 코를 틀어막고 시선을 돌렸다. 내게 휴대전화를 돌려주면서 말했다.

"에이, 이거 아닌 것 같은데요."

"확실해요?"

내가 다그치며 물었다.

"주차장에서 본 건, 왜 농구선수들이 가지고 다니는 길쭉한 가방 있잖아요? 그런 거였는데, 이건 완전 트렁크네. 바퀴도 달렸고, 높이가 그것보다 높아요. 아닌 것 같아요."

더 이상 물어볼 것도 없이, 그는 단호했다.

계속되는 헛발질. 이론이나 가설이 아닌 구체적인 실제 속에서는 헤아리기 어려울 만큼의 변수가 존재한다. 나는 현장수사에서 낯설기에 겪게 되는 한계를 절감했다. 그렇지만 일이 항상 그릇된 방향으로만 흐르는 것은 아니다.

"피디님. 이 사진……."

시체가 든 가방 사진을 보고 있던 현 경장의 목소리가 떨리고 있었다. 비로소 이 모든 추적의 시작이 될 결정적인 단서가 드러나던 순간이었다.

"왜 그러세요? 뭐가 보입니까?"

나는 그의 시선이 주목하고 있는 것이 무엇인지 알아내려고 그의 옆으로 바짝 다가섰다.

"이게 바로 덕적도에서 건졌다는 그 변사체 사진입니까?"

"네."

"진작 보여주시지. 아, 이것 참······."

그는 확인하고 재는 듯이 생각에 잠겼고, 나는 그를 주목하며 기다렸다.

"이 돌, 말입니다. 실물을 볼 수 있을까요?"

현 경장은 변사체를 가라앉게 만든 돌덩이를 지목하고 있었다.

"돌이요?"

뜻밖이어서 나는 어리둥절할 뿐이었다. 내게는 지천으로 널린 흔해 빠진 돌로밖에는 안 보였다.

"글쎄요, 보관하고 있을지 모르겠는데요."

"시체 가방에 담겨 있었다는 이 돌······. 어디서 나는지 알아요. 딱 거기 한 군데밖에 없거든요. 특별한 섬이죠. 이런 곳이 다 있나 싶을 정도로······."

도깨비감투

법지능

신문하다보면 항상 느끼는 건데, 사람들 뇌 속에는 자백하게 만드는 스위치가 있는 것 같아요. 처음엔 혐의를 완강하게 부인하던 피의자도 도저히 부인할 수 없는 증거를 마주하거나, 가족, 친구, 지인 등을 만나 면담을 하고 나면 어느 한순간 스위치 꺼지듯이 탁 꺾이면서 자백을 하게 되더라는 겁니다. 보통은 다 그래요. 그런데 가끔 그런 스위치가 없는 사람이 있어요. 얼마나 얄미운지 모릅니다. 섬뜩하기까지 해요. 스위치가 없는 데다가, 또 법까지 잘 알잖아요? 비싼 변호사 동원하고 언론플레이할 수 있는 지능까지 있잖아요? 그럴 땐 정말 미칩니다. 속에선 막 열불이 나는데, 그렇다고 피의자를 함부로 다룰 수도 없으니까……. 아, 짜증나 하는 생각이 확 들면서 일단 법전을 다시 펴들고 시작합니다. 공부합니다. 읽다 보면 안 되는 거, 밀리겠다 싶은 거, 애매하다 싶은 거 먼저 포기하고 시작합니다. 한발 잘못 디더서 놈이 빠져나갈 구멍 만들어줄까 조심조심…… 무리하지 않아요. 그러다 보면 원래 한 10년 살아야 될 놈이 5년 받고 한 번 더 손 타면 집행유예. 참 불합리하고 부조리하지만 어쩔 수가 없더라고요. 그런 걸 알고 냉정하게 실행할 수 있는 놈이 제일 무서운 거죠.

—조창수(가명, 인천지방검찰청 검사)

그 일이 일어난 날 아침부터 기담은 집을 나와 며칠을 밖에서 보냈다. 나흘째 되는 날 용기를 내서 집으로 들어갔더니 장승이 사라지고 없었다. 베란다 문이 열려 있었고 장승은 아파트 단지 화단에 추락해 있었다. 기담은 이해가 되지 않았다. 왜 장승을? 누군지 모를 그들이 한 번은 목을 매달았고 한 번은 베란다 밖으로 던졌다. 도대체 누굴까?

바로 그날 정오쯤 낯선 자들이 검은색 렉스턴을 몰고 와서 아파트 주변을 얼씬거리기 시작했다.

기담은 망원렌즈를 꺼내 지켜봤다. 짧은 머리에 광대뼈가 불거졌고 거무튀튀한 얼굴색을 한 삼십 대 중반의 남자. 조수석의 그는 틀림없이 운동을 한 몸이었다. 운전대를 잡은 남자는 마른 체격에, 검은색 터틀넥 스웨터와 캐주얼 재킷을 입었다. 평범한 회사원 같은 인상이었다. 옷차림에 걸맞은 각자의 역할이 있으리라. 그들은 한 팀이고 자신을 찾아온 것이 틀림없다고, 기담은 판단했다.

예전에도 비슷한 남자들이 나타나서는 무언의 경고를 한 적

70

이 있었다. 입조심하라는 메시지와 함께 가족사진을 던지고 사라졌다. 그런 일이 있은 후에 기담은 아내와 아이들의 도미를 반대하지 않았다.

단순히 감시하고 경고하러 온 자들일까? 이번만큼은 경고로 끝낼 생각이 아닐지도 모른다. 그들은 분명히 두 번째 기회는 없다고 말했으니까.

기담은 인터넷에서 전 직장에 관한 기사를 검색해봤지만 딱히 눈에 띄는 내용은 없었다. 그네들과 기담은 일종의 신사협정 같은 걸로 맺어져 있었다. 서로 침묵을 지키는 동안은 평화가 유지된다. 기담은 그 신사협정을 깰 만한 어떤 이슈도 찾을 수가 없었다. 적어도 공개된 정보상으로는. 마음에 걸리는 일이 없는 것은 아니었다. 기담은 최근 일련의 사건들 속에서 내적으로 커다란 변화를 겪었다. 만약 그네들이 그런 것까지도 알아차리고 움직이는 것이라면? 사실이라면 진심으로 소름 끼치는 일이었다. 그런 자들이 분명히 존재한다. 우리가 잘 알지 못하는 세계에 살고 있으면서 모든 것을 지켜보는 자. 숨어서 장기판 위의 말을 움직이고, 상식의 한계를 뛰어넘어 무엇이든 할 수 있는 자. 기담은 간담이 서늘해지는 걸 느꼈다. 그런 놈들이 찾아왔다.

기담은 부동산중개업자에게 전화해서 당장 옮길 수 있는 집을 알아봐달라고 부탁했다. 될 수 있으면 저렴한 집이어야 하고, 월세로 살되 지금 집이 팔리면 매각 대금의 절반 정도로 살 수 있는 곳이면 좋겠다고 말했다.

낯선 방문자들은 꿈쩍도 않고 자리를 지키고 있었다. 도대체 뭘 하고 있는 것일까? 기담은 궁금했다. 주차장 출구를 지키고 있지는 않았다. 누군가를 기다리고 있는 걸까? 어쩌면 감시카메라를 벌써 설치해놓고 있다? 기담은 집 구석구석을 샅샅이 뒤졌다. 숨겨둔 카메라 혹은 도청마이크는 찾아내지 못했다.

당장에는 모텔로 대피하기로 하고, 최소한의 짐을 꾸렸다. 참혹하게 교형을 당했던 감투 쓴 장승과 여행용 가방 한 개, 그리고 그 팩스기를 챙겼다. 장승을 옮기는 것은 꽤나 번거로웠지만 차마 내버려둘 수가 없었다. 그는 마치 자신의 고통을 대신해준 것만 같은 장승에게 고마움을 느꼈다.

업자로부터 고척동의 한 아파트에 빈집이 있다는 답이 왔다. 낡았지만 주위가 한적해서 낯선 이가 들락거리면 금방 눈에 띄는 주거지라고 했다. 기담은 두 달치 월세와 보증금 약간을 지불해버렸다. 그러고 바로 옮기겠다고 했다.

준비를 마친 기담은 현관문을 빠끔 열었다. 복도에는 아무도 없었고 엘리베이터는 꼭대기 층에서부터 내려오는 중이었다. 그는 재빨리 집을 나와 엘리베이터 문이 열리기를 기다렸다.

엘리베이터에는 다섯 살도 채 안 돼 보이는 남자아이와 아이의 엄마가 타고 있었다.

"안녕."

기담이 인사했다.

"괴물이다!" 해놓고 아이는 엄마의 품으로 파고들었다. 장승을 뚫어지게 보는 아이는 겁을 먹은 얼굴이었다.

"괜찮아. 장승이라고 하는 거야."

엄마가 아이에게 설명해주었다.

"실례하겠습니다."

기담은 장승을 안고 엘리베이터에 올랐다. 장승 하단부가, 닫히는 엘리베이터 문에 부딪치면서 쿵 하는 소리를 냈다.

"죄송합니다. 꼬마야, 미안해!"

닫히던 문이 다시 열렸고, 기담은 여행용 가방을 들인 다음 돌아서서 닫힘 버튼을 눌렀다.

기담이 어수선하게 움직이는 사이에 감투가 그만 장승의 머리에서 벗겨지고 말았다. 닫히는 엘리베이터 문에 여자가 기담을 흘끔거리는 모습이 비쳤다. 경계하는 몸짓이었다. 여자는 어깨에 걸치고 있던 숄더백을 고쳐 메며 휴대전화를 만지작거리기 시작했고, 기담은 고개를 뻣뻣하게 든 채 하강하는 층수를 바라보았다. 그는 이 아파트에서 4년을 살았지만 아는 사람이 없었다.

꼬마 아이만은 관심이 달랐다. 장승의 머리에서 벗겨진 감투가 발아래 떨어져 있었던 것이다. 아이는 감투를 주워서 머리에 썼다. 그러고는 엘리베이터 문에 비치는 장면에 얼어버렸다. 자신의 모습이 사라진 것이다.

휘둥그레진 아이는 엄마의 손을 끌어당겼다. 아이의 엄마는 반응하지 않았다. 가만히 좀 있으라는 메시지였다. 어안이 벙벙해진 아이는 자신의 몸을 내려다보고 만져보았다. 분명 보였고 만져졌다. 그럼에도 거울처럼 반사되는 엘리베이터 문에는 엄마와 낯선 남자, 그리고 장승이 비칠 뿐이었다.

지하주차장에 엘리베이터가 도착했다. 거추장스러운 짐을 가진 기담이 먼저 내렸고, 여자가 나중에 내렸다. 두 사람은 인사말 한마디 없이 헤어졌는데, 별안간 여자가 겁에 질린 목소리로 아이의 이름을 부르기 시작했다.

놀란 기담이 무슨 일이냐고 거듭 물었다. 하얗게 질린 여자는 아이의 이름을 부르며 울부짖기만 했다. 기담은 무슨 일이 벌어졌는지 알아차렸다. 아이가 사라진 것이다. 막 닫힌 엘리베이터에는 분명 아무도 남아 있지 않았다. 어떻게 된 일이지? 그 역시 혼란에 빠졌다.

"당신!"

여자가 기담을 노려보았고 가방을 가리켰다.

기담은 여자의 마음을 이해했다. 가방을 열어서, 아이가 있을 리가 없다는 사실을 새삼 확인시켜주었다. 그 짧은 시간, 좁은 공간에서 아이를 납치한다고? 불가능한 일이지만 여자를 진정시킬 필요가 있었다.

옷과 노트북, 잡동사니만으로 가득 찬 가방 속을 확인한 여자의 얼굴이 창백해졌다. 그녀는 기절하기 직전까지 갔다. 그때, 엘리베이터 문이 다시 열렸는데, 감투를 손에 든 꼬마 아이가 서 있었다. 아이가 말했다.

"엄마, 나 보여? 이상해, 이 모자."

놀란 가슴이 진정되자 여자는 아이의 엉덩이를 찰싹찰싹 때리기 시작했고, 아이는 영문도 모른 채 엉엉 울었다. 기담은 감투를 챙겨서 슬며시 자리를 떴다. 이목을 끄는 소란이 그들을 불러들일지도 모른다. 공포에 사로잡힌 그는 장승과 가방을 차에 싣는 내내 허둥댔다.

기담은 고척동 아파트 주소를 내비게이션에 입력하고 경로를 확인했다. 부천에서 서울 구로구 고척동까지는 거의 직진이었고 소요 시간은 약 20분.

뒷좌석에서 조수석 방향으로 걸쳐둔 장승 머리가 룸미러의 시야를 약간 가렸다. 기담은 장승의 머리를 아래로 눌러 시야를 확보한 다음, 따라붙는 차가 있는지 전후방을 꼼꼼하게 살폈다. 눈에 띄는 차는 없었다.

긴장을 풀고 마음을 놓으려던 찰나, 검은색 렉스턴이 사이드미러가 비추는 시야로 들어왔다. 춘의역 네거리에서 신호를 기다리고 있었을 때였다.

왠지 집요하게 쫓는다. 그냥 감시나 하자고 온 건 아니다. 모른 척 정상속도로 달려야 하는 것일까? 아니면 냅다 달려서 따돌려야 할까?

신호가 바뀌었다. 결정을 하지 못한 기담은 일단 다른 차들과 보조를 맞추어 달렸다. 이렇게 된 이상 고척동을 지나쳐 가는 수밖에 없겠다 싶었다. 새로 옮길 거주지만큼은 은폐해야만 했다.

서울로의 경계를 넘자마자 작동터널에서부터 정체가 시작됐다. 기담은 전방에서 사이렌 소리를 들었다. 사고가 난 것 같았다. 그의 차는 터널 중간에서 멈췄고, 렉스턴은 터널 입구 근처에서 멈췄다.

"아주 대놓고 지랄을 하는군. 보는 눈이 한둘이 아닌데. 도대체 어쩌겠다는 거야."

기담은 피가 마르는 걸 느꼈다. 렉스턴에서 내린 광대뼈가 야구 모자를 눌러쓴 채 걸어오고 있었던 것이다.

기담은 갓길에 비집고 갈 만한 틈이 있는 걸 발견하고 빠르게 치고 나갔다. 광대뼈가 뛰기 시작했고, 기담의 차는 끼어들기 하는 또 다른 차에 막혀 급정거하고 말았다. 관성을 이기지 못한 장승이 기어 손잡이를 덮쳤는데, 그 바람에 감투가 벗겨졌다.

"거참, 거치적대는군! 하필 이럴 때!"

기담은 감투를 조수석으로 던졌다.

그 순간, 비로소 그의 머릿속으로 퍼즐 조각처럼 쏟아져 들어와서 맞춰진 인상이 있었다. 엘리베이터에서 사라졌던 아이가 모습을 드러낸 후 했던 말이다.

"엄마, 내가 보여? 이상해, 이 모자."

장인의 골동품가게에서 감투를 쓴 채 요강에 비췄을 때, 보이지 않았던 자신의 모습! 보이지 않았다는 벤틀리 운전자! 그땐 대수롭지 않게 생각했는데, 설마…….

광대뼈가 가까이 접근해왔다. 다급해진 기담은 진지하게 감투를 시험해볼 필요가 있다고 생각했다. 귀신 쫓는다며 집 안에 들인 복숭아나무에, 장승에…… 이젠 도깨비감투까지? 어차피 이판사판이다. 놈들은 과감한 자들이고 직업적으로 훈련됐을 것이다. 우물쭈물하다가는 당한다.

기담이 감투를 머리에 썼다. 운전대를 잡은 팔도 그대로 보였고, 아랫배도 다리도 전부 보였다. 혹시나 하는 마음에 룸미러를 돌려서 얼굴을 비추었다.

사라졌다! 내가 보이지 않는다!

기담이 놀라워할 새도 없이, 광대뼈가 시커먼 그림자와 함께 등장했다. 그가 차 안을 들여다보았다.

기담은 숨을 죽이고 동작을 멈췄다. 곁눈질하기조차 바들바들 떨릴 정도로 광대뼈가 지척에 있었다.

놈이 지금 나를 보고 있을까? 그렇지는 않은 것 같다고 기담은 생각했다. 허리를 숙인 광대뼈가 차 안을 구석구석 살피고 있었던 것이다. 마치 차 안에서는 아무것도 발견할 수 없다는 듯이.

기담은 광대뼈의 손에 들려 있는 낯익은 지포라이터를 발견했다. 또한 재킷 주머니가 두툼해져 있었는데, 그 안에 휘발유나 시너를 담은 용기가 있을지도 모른다고 생각했다. 저걸로 태우겠다? 보는 시선이 있는데 설마?

광대뼈가 본 것은 텅 빈 차와 괴상한 장승이 전부였다. 사람은 없는 게 분명했다.

"차에서 내리는 걸 못 봤는데."

광대뼈는 허리를 펴고 얼굴을 찡그렸다.

"이럴 리가 없어. 말도 안 돼."

광대뼈는 앞쪽으로 걸어가면서 차와 차 사이, 차선과 차선 사이를 훑었다. 터널 어디에도 학원장의 모습은 보이지 않았다. 정체된 가운데에서도 차들이 조금씩 앞으로 움직였다. 기담의 뒤 차들이 클랙슨을 울려대기 시작했지만 기담은 꼼짝도 할 수 없었다.

광대뼈가 검은색 렉스턴을 향해 어깨를 으쓱해 보였다. 안 보여! 이 자식이 사라졌어! 그러고는 렉스턴으로 돌아가려다가 별생각 없이 기담의 차 운전석 문손잡이를 당겨보았다. 철컥, 문이 열렸다.

기담은 가슴이 철렁 내려앉았다. 도주해야 할 타이밍인가? 소동이 일어날 텐데. 그는 이를 악물었다.

이상한데? 하는 얼굴로 광대뼈가 뚫어지게 내려다보았다. 움푹 파인 운전석을 발견했던 것이다. 분명 운전석을 짓누르고 있는 무게감이 보였다. 희미하지만 헐떡이는 인간의 숨소리가 들렸다.

광대뼈가 손을 뻗으려는 순간, 기담이 차 문을 힘껏 당겨 그의 팔을 쳐냈다.

과격하게 닫히는 문에 손이 끼일 뻔한 광대뼈가 비명을 질렀다.

기담은 가속페달을 힘차게 밟았다. 그의 차가 쏜살같이 치고 나갔다. 앞선 차를 스치는 접촉 사고쯤은 무시한 채 탱크처럼 뚫고 전진했다.

도무지 믿기지 않는다는 얼굴로 광대뼈가 소리쳤다.

"도주한다! 빨리!"

렉스턴이 갓길로 빠져 달려왔다. 회사원이 광대뼈를 태우고 기담을 쫓기 시작했다. 터널을 빠져나간 기담은 다음 터널로 진입하는 대신 궁동삼거리에서 우회전을 했다. 남쪽으로 내달리면 전철 1호선을 따라 형성된 번잡한 시가지를 다시 만날 수 있다.

"저거 봐! 빈 차야! 운전하는 아저씨가 없어!"

기담과 나란히 달리던 학원 통학 승합차에서 한 아이가 소리쳤다. 어디? 어디? 이내 아이들의 눈이 휘둥그레졌다. 정말이다! 아이들이 호들갑을 떨었다. 운전하던 인솔자가 조용히 하라고 버럭 고함을 질렀다가 덩달아 흥분하기 시작했다. 운전자도 없이 달리는 텅 빈 베라크루즈를 보았던 것이다.

기담을 렉스턴의 추격으로부터 구해준 것은 경찰이었다.

운전자가 없는 차라니? 무전을 듣고 막 출현한 경찰은 처음에는 회의적이었다. 하지만 베라크루즈를 발견하고는 역시 입을 다물 수가 없었다. 어떻게 된 일인지는 모르겠지만, 운전자가 보이지 않는다. 눈속임인가?

경찰차가 고가차도 아래에서부터 기담의 차 옆으로 바짝 붙었다. 베라크루즈를 향해 차를 세우라고 방송을 하기 시작했다.

이목을 끌기 시작한 베라크루즈가 갑자기 왼쪽으로 꺾어 골목도로로 쑥 들어갔다. 경찰이 지나쳤다가 후진해서 따라잡았을 때, 베라크루즈는 차 문이 열린 채 멈춰 있었다.

기담은 차를 버리고 방음벽으로 가로막힌 황량한 거리로 나서는 중이었다.

곧이어 검은색 렉스턴이 도착했다. 경찰이 베라크루즈를 조사하는 중이었기 때문에 그들은 멀리서 지켜보기만 했다.

기담은 감투를 쓴 상태였으므로 남의 눈에 띄지 않고 안전하게 그곳을 벗어날 수 있었다.

걷는 동안 그는 자신의 몸을 내려다보고 만져보았다. 모든 게 그대로였지만, 다른 사람 눈에는 보이지 않는 것이 틀림없었다. 감투 때문에? 그렇다. 감투 때문일 것이다. 맙소사, 이런 일이 실제로 일어날 수 있다고? 그것은 기담이 믿고 있는 세계에서 일어날 법한 일이 아니었다. 기담은 머리를 흔들었다. 믿기지 않았지만, 그것은 이미 겪어버린, 실재하는 일이 돼버렸다. 살아오면서 보고 믿었던 것들의 경계가 더 이상 의미 없어진 것이다. 그는 장엄하고 설레고 비밀스러운 세계로 걸어 들어가고 있는 듯한 기분이었다.

뛰어가던 학생이 기담을 보지 못하고 거세게 부딪쳐왔다. 기담은 갈비뼈가 얼얼해지는 충격과 함께 아직은 자신이 위기에 빠진 처지라는 걸 깨달아야 했다. 넘어진 남학생이 마치 홀린 듯한 얼굴로 두리번거렸다.

사람들의 눈에 띄기 전에 기담은 빠른 걸음으로 현장을 벗어났다. 그는 떠나온 베라크루즈를 돌아보며 전화로 차량 도난 신고를 했다. 베라크루즈와 장승, 이삿짐을 돌려받는 건 문제가 없을 것이다.

기담은 오류동역 앞 삼거리까지 걸어갔다. 그곳에서 피시방이 있는 건물을 발견하고 화장실을 찾아들어갔다.

거울에 비친 풍경에는 그가 존재하지 않았다.

문제는 도깨비감투로 추정되는 기이한 의관이었다. 도무지 벗을 수가 없었다. 그는 땀을 뻘뻘 흘려가며 안간힘을 썼지만 소용없었다. 아, 산 너머 산이군. 이대로 보이지 않는 존재로 살아갈 수는 없지 않은가.

기담은 창밖 옆 건물의 사무실에서 웬 남자가 지켜보고 있다는 사실을 깨달았다. 안 보는 척 흘끔흘끔 쳐다보는 의뭉스러운 시선이었다. 아무것도 보이지 않을 텐데? 저 남자에게는 내가 보이는 것일까?

화장실 밖에서 인기척이 들리기 시작했는데, 여자들의 목소리였다. 기담은 남자소변기가 없다는 사실을 그제야 눈치챘다. 여자화장실로 잘못 들어온 것이다.

기담은 비어 있던 변기 칸으로 들어가서 문을 잠갔다. 학교, 담임교사, 수능 이야기를 하는 걸로 보아 여고생들인 것 같았다. 기담은 자기도 모르게 머리를 긁었는데, 감투가 헐겁게 움직였다. 어? 감투의 끝을 잡고 당겼더니, 쑥 벗겨졌다.

노크 소리가 났다. "안에 누구 있어요?" 하고 누군가 수상해하는 뉘앙스로 물었다.

기담은 감투를 쓰고 다시 벗어보았다. 아무런 문제가 없었다. 그래서 그는 감투를 다시 쓰고 옷매무새를 정리한 후 문을 열고 나갔다. "수능 잘 봐!"라고 했더니 노크 했던 여자아이가 얼어버렸다.

"귀, 귀신이야!"

한 여학생이 소리를 질렀다.

거리로 나선 기담은 사람들이 보는 앞에서 감투를 벗어보았다. 예상대로 벗겨지지 않았다. 누군가가 보고 있는 동안은 쓰는 일도, 벗는 일도 할 수 없다? 그럴듯했다. 이런 식이라면 기이한 감투의 존재가 세상에 드러나지 않을 수 있을 테니까.

그는 당장 시험해보기로 했다. 골목 입구에 서 있는 트럭 뒤로 가서 감투를 힘껏 잡아당겼다. 예상대로, 감투가 벗겨졌다. 트럭 창유리에 비친 그의 모습은 그대로였다. 그새 눈이 부리부리 불거졌거나, 입이 찢어졌거나, 뿔이 났거나, 하는 따위의 증상은 없었다. 온전한 사람이었다.

이번엔 길 한복판 사람들이 보는 앞에서 감투를 썼다. 뭐야? 하는 눈으로 보는 시선이 있었다. 감투는 사람을 사라지게 만드는 신기한 효력을 발휘하지 못했던 것이다.

기담은 저절로 웃음이 나는 걸 참을 수 없었다. 그는 시원하게 한바탕 웃었다.

굴업도

직선으로 이루어진 도시

도시는 인간을 타락게 하는 지옥이란 악명을 달고 있다. 양심적인 사람이라면 그것이 사념임을 알아야 한다. 도시는 새로운 시대 가치를 창조해내는 용광로이며 스카이라인은 그 거인의 그림자다. 스카이라인이 만들어내는 직선미는 지극히 인간적이다. 그것은 태초에 직선이 존재하지 않았던 세상에서 이룩해낸 인간의 업적이다. 무너진 바벨탑을 보라. 신에게로 가는 길은 높이에 있지 않고, 직선에 있다. 바벨탑이 높이가 아닌, 직선으로 지어졌다면 신이 감히 무너뜨리지 못했을 것이다. 나는 도시에서 태어나고 자랐다. 인간은 누구나 자신이 태어난 고향을 사랑할 자유가 있다. 도시인이라는 나의 자부심과 정체성을 어설픈 시골 예찬으로 부정하고 싶지 않다. 그런 압박을 무수히 받았고 그때마다 불쾌함을 감추느라 고역이었다. 도시에는 콘크리트, 매연, 소외, 경쟁, 범죄만 있는 게 아니다. 정말 그런 것들이 전부라면, 젊은이들이 몰려들고, 집값이 치솟을 이유가 없다. 패션, 컬처, 뉴스…… 이 모든 것을 아우르는 진보는 도시에서 이루어진다. 사람들이 좋아하는 것들은 도시에 있다. 하지만 그런 생각을 정직하게 말하기란 쉽지 않다.

"도시는 인간을 불행하게 만드는 악이다."

그것이 학교에서, 저널에서, 블로그에서, 공식적으로 통용되는 정답이다. 나는 정직한 사람이기 때문에 그런 사념을 거부한다.

—「시대생각」에 투고했다가 반려된 그의 원고 중에서

굴업도는 고고한 섬이다. 지형지질, 풍광, 생태가 다르고 외롭고 빼어나다. 면적은 여의도의 반의반에도 미치지 못하지만, 그 안에는 바람과 파도, 세월이 빚어낸 예술작품이 즐비하다. 독특하고 희귀한 침식지형과 조각상 같은 기묘한 기암절벽, 주변 바다를 한눈에 조망하며 걸을 수 있는 구릉과 능선으로 유명한 곳이었다. 또 온갖 희귀 생물이 천연덕스럽게 번성하고 있으며, 거닐다 보면 야생 사슴을 예사로 만날 수 있다. 행정구역상으로는 인천광역시 옹진군 덕적면에 속하는데, 사람이 엎드려서 일하는 것처럼 생겨 먹었다고, 혹은 물 위로 구부린 오리를 닮았다는 의미에서 이름이 유래했다고 한다. 내가 보기에는 그저 제멋대로 생겨서 아름다운 섬이었다. 인간이 상상해낸 그 어떤 것도 닮지 않았다.

그런 섬에 나는 그저 돌덩이를 채집하러 갔다.

"이건 응회암이에요. 화산 폭발 때 분출되는 화산재나 먼지,

기타 암편들을 화산쇄설물이라고 하는데, 그런 것들이 굳어져서 생성된 암석이죠."

현 경장은 변사체와 함께 가방에 들어 있었던 돌덩이가 응회암이며, 굴업도에만 분포한다는 사실을 알려주었다. 사체 발견 현장에서는 누구 하나 주목하지 않고 무심하게 넘겼던 흔해 빠진 돌덩이가 사실은 범행이 이루어진 장소를 특정할 수 있게 해주는 범행 도구였던 것이다.

"3년 전에 굴업도의 지질을 연구한다던 학술조사단 일행을 태워준 적이 있었어요. 그 사람들 말이, 굴업도 전체가 이렇게 생긴 암석이 기반암을 이루고 있다고 했었죠. 화산 폭발로 생겨났기 때문이라는데, 한마디로 섬의 살과 뼈가 이런 응회암이란 얘기였어요. 인천 연안에서는 유일합니다."

나는 해경에서 보관하던 돌덩이 중 하나를 반출해서 한국건자재시험연구원을 찾아갔다. 그곳에서 연구원으로 일하고 있는 지질학과 출신의 친구 녀석이 있었다.

"암석에도 사람의 지문처럼 조직이 있고 구조가 있어. 이 암석에도 아주 미세한 세립질로 섞여 있고 뭉쳐 있는 서로 이질적인 유리질, 결정들, 그리고 포획된 암편이 있다는 걸 알 수 있지. 보이지? 주로 연미색인 이 조각들. 또 요런 작은 구멍들을 다공질이라고 하는데, 마그마가 냉각될 때 발생하는 가스가 암석 안에서 만들어낸 거야. 심지어 이런 다공질의 특징만으로도 구분할 수 있는 케이스가 상당하거든. 그런 특징들을 기초로 분석하면, 암석이 만들어질 당시의 지리적 특징과 환경을 유추할 수가 있어. 현미경 분석, 물리화학적인 분석까지 들어가면 더 정확한 구분을 할 수 있지. 이걸 굴업도에 가져가서, 옆에 직접 놓고 보면, 한눈에 알 수 있을 거라고 봐. 특징만 잘 알고 있으면 육안으로도 구별하기가 어렵지 않을 거야."

굴업도행은 그렇게 정해졌다. 요트와 회계사는 잠시 수사팀과 조 감독에게 맡겨두어도 됐다. 출항하는 날까지도 연 반장은 굴업도와 응회암의 존재에 대해서 까맣게 몰랐다. 그들을 앞서고 있다는 생각이 나를 흥분케 했다.

연안여객터미널에서 덕적도 진리 선착장까지 항해 시간은 한 시간가량. 원래는 덕적도 선착장 주변에 떠 있는 어선과 준설선, 드나드는 배 등을 눈여겨볼 생각이었지만, 그럴 새도 없이 굴업도행 차도선이 선착장으로 들어왔다. 다시 한 시간쯤 항해한 끝에 굴업도에 도착했다.

"하선 시작하세요!"

차도선이 앞문을 열면서 부두에 선체를 댔다.

선착장에는 선외기를 단 작은 어선 한 척이 계류 중이었고 각 민박집에서 보낸 트럭 세 대가 마중 나와 있었다. 하선한 여행객은 나를 포함해 모두 스물두 명, 떠나기 위해 승선한 사람이 아홉 명이었다. 우리는 트럭에 나누어 타고 마을로 향했다.

민박집이 모여 있는 마을은 섬의 유일한 거주지로, 남쪽 해변에 자리 잡고 있었다. 내가 방문했을 때는 일곱 가구가 거주 중이라고 했다. 관광객이 아닌 외지인은 바닷가 태양광 발전소 직원 세 명이 전부였다.

나는 미리 예약해둔 민박집에 짐을 풀었다. 아주머니 혼자서 운영하는 집이었는데, 마당을 나오면 바로 해변이었다. 머릿속이 정갈하게 씻기는 느낌이었다.

"혼자 오셨어요? 일행이 있는 줄 알았는데."

아주머니가 환하게 웃으며 맞이했다.

"어쩌다 보니 그렇게 됐습니다. 조사할 게 있어서 왔거든요."

구리에서 왔다는 중년의 산악회원 네 명과 입대를 앞둔 대학생 두 명도 같은 집에 민박을 정했다. 식사를 마친 그들은 섬의 서편인 개머리언덕으로 떠났고 나는 남았다.

"같이 안 가세요? 대개 도착한 날 오후에는 개머리언덕, 다음 날 아침에는 반대편 연평산. 일박이일이면 그렇게 일정을 짜요."

"전 반대편부터요. 혹시 선착장에 묶여 있는 어선은 누구 소유인지 물어봐도 될까요?"

"발전소요."

아주머니는 뒷집의 태양광 발전소를 가리켰다. 직원들이 섬 근처로 낚시하러 나갈 때 이용한다고 했다.

"한 척뿐이에요?"

"구선창에 가면 두 척이 더 있어요. 들어오시다가 우측에 있는 해변 보셨죠? 거기 너머에 옛날 선창이 있어요. 모두 세 척인 거죠."

"그 정도 배면 인천까지 나갈 수 있을까요?"

"선착장에 있다는 그 쪼끄만 배요?"

"네."

"아이고, 어림도 없는 소리. 웬만큼 잔잔한 날 아니면 사고 나요. 섬을 둘러보거나, 날 좋은 날에는 덕적도, 문갑도, 그렇게 다녀오는 정도? 덕적도 나가면 그런 보트 말고, 선원 부리면서 새우 잡고 꽃게 잡는 배들이 있어요. 그 정도면 연안부두나 대부도 같은 데로 나갈 수 있죠. 여기서 잡아서 거기 시장에 내다 팔아야 되니까. 근데 그것도 요즘엔 잘 나가지를 안 해요. 기름 값이 비싸서 나가면 손해거든요."

굴업도에 묶여 있는 어선만으로는 행동반경에 한계가 있다는 얘기였다.

나는 배낭에 카메라와 생수, 망원경, 채집용 비닐백, 암석학 교재를 담아서 선착장의 포장길로 되돌아갔다. 트럭을 타고 들어오면서 스쳐 지나기만 했던 그곳에서부터 조사를 시작할 생각이었다.

걸어서 20여 분 만에 도착한 선착장 주변에는 공사 때 깎인 암반이 절벽으로 드러나 있었다. 길가에는 사람 머리 크기의 나르기 좋은 암석들이 지천이었다. 가져간 표본과 비교해보니, 꼭 닮아 있었다.

"제대로 찾아왔군."

암석은 연회색에, 표면은 거칠었고, 화산쇄설물이 굳어진 암석답게 화산폭발 이전에 존재했던 다른 종류의 암편을 포획하고 있었다. 포획된 암편으로는, 에메랄드 빛으로 보이는 연미색이 가장 흔했다. 그것 외에도 자색, 암갈색, 회색, 녹이 슨 것처럼 보이는 붉은 벽돌색 등이 다양하게 혼재했다. 내가 찾고 있는 웅회암류가 틀림없었다.

나는 섬의 북동쪽으로 이어지는 모래해변인 목기미로 발걸음을 옮기면서 다음을 기록으로 남겼다.

"섬은 북동에서 남서로 비스듬하게 솟아 있다. 해안선은 굴곡이 심하고, 길이는 약 12킬로미터. 배가 아니면 접근할 수 없는 해안이 그중 대략 절반이다.

도착한 첫째 날은 섬 북동쪽 해안을 조사하기로 했다. 가져간 표본과 동일한 응회암이 다수 분포돼 있는 지점을 찾아내고, 그 지점에 드나드는 사람이나 어선을 목격한 사례가 있는지 탐문하는 것이 목적이다. 목기미 북쪽 해안가에서 너덜길을 발견했다. 건너편에는 끝이 무너져 있는 구선착장이 보인다. 그곳에 어선 두 척이 누워 있다. 지금 시간은 오후 1시 47분, 빠졌던 물이 조금씩 들어오고 있다."

나는 자갈밭인 너덜길을 지나 물가로 더 깊숙이 들어갔다. 찾고 있는 것과 유사한 응회암 조각이 물속에, 그리고 물 밖에 아무렇게나 널려 있었다. 다만, 조개류처럼 보이는 생물의 껍질이 돌마다 덕지덕지 붙어 있다는 게 걸렸다. 범행용 가방에 들어 있던 돌덩이에는 그런 흔적이 별로 없었던 것이다. 암초 때문에 배가 접근하기가 어려운 지점이라는 것도 문제였다. 후보지에서 탈락. 그래도 일단 샘플 몇 개를 비닐팩에 담아 채집한 장소와 시간을 표기하고 주변의 지리적 환경을 알 수 있는 사진 몇 장을 찍어두었다.

다음에는, 좁고 옅은 갯벌을 가로질러서 구선착장으로 갔다.

3톤짜리 소형 어선 한 척과 선외기를 부착한 그보다 작은 어선 한 척이 방치되고 있었다. 최근 사용한 흔적은 없었다. 하지만 물때를 잘 맞추면 배를 댈 수 있었으므로 외지 선박이 드나들기 좋은 곳이었다. 게다가 선착장 양옆에는 크기와 모양, 색에서 찾고 있는 것과 유사한 응회암이 군락을 이루고 있었다. 유력한 후보지로 선정.

그런 식의 작업을 반복하고 있을 때, 서울의 조 감독으로부터 전화가 왔다.

"돌은 찾았어요?"

"섬 전체에 아주 널렸어. 근데 장소마다 약간씩 달라. 그리고 배를 댈 수 있는지, 사람들 눈에 안 띄고 채집하기 좋은지, 그런 것도 고려해야겠어."

물새 한 마리가 부딪칠 듯 날아와서 지나갔다. 기분 좋은 바람이 남아서 내 뺨을 어루만졌다.

"근데 조 감독! 여기 되게 재미있어! 잠깐만 들어봐!"

나는 잠시 휴대전화를 귀에서 떼어내 마주하고 있는 바닷소리를 들려주었다.

"파도소리 잘 들려? 새소리도 엄청나지?"

하지만 그는 관심이 없는 모양이었다.

"피디님, 그 회계사 말이에요."

"응, 말해. 듣고 있으니까."

"사라졌어요. 수사팀이 며칠째 집 앞에서 잠복 중인데, 안 나타나요."

"제대로 용의잔데, 눈치 까고 튄 거야?"

"모르겠어요. 알고 봤더니, 지난달부터 집을 비웠더라구요. 요 근래엔 일 맡은 것도 없고요. 통화기록도 전혀 없어요. 아무튼 흔적도 없어요."

"이상한데?"

"피디님이 보내주신 보고서 있잖아요. 요트 출항 기록이요. 거기 마지막으로 출항한 기록이 지난 10월 2일이거든요. 근데, 이 사람이 사라진 건 그보다 전이에요."

"그게 무슨 소리야? 그럼 요트를 몬 사람은?"

"그러니까 수상하다는 거죠."

"그 사람 실제 거주지랑 등록된 거주지가 다른 거 아닐까?"

"조사 중이에요. 진짜 이상한 게 뭔지 아세요?"

"뭔데?"

"지난주까지도 은행거래는 있었어요. 상속받는 재산이 70억 가까이 되는 사람이더라고요. 근데, 지금은 그 요트 포함해서 거의 다 처분했고, 빈털터리예요. 돈은 해외로 빠져나간 것 같다고 하던데, 그다음부턴 추적이 잘 안 될 것 같대요."

"집은 어떡했어? 수색해봤겠지?"

"당연히 영장 받아서 들어가 봤죠. 집에는 아무것도 없었어요. 깨끗해요. 아예 사람 사는 집 같지 않다는 게 문제가 될 정도로요. 혹시 회계사가 실종된 게 아닐까? 회계사도 피해자? 그런 식의 가정도 해보고 있는 상황이에요."

"그럼 회계사가 가장 마지막으로 했던 일은 뭐야? 의뢰인 혹은 참여했던 프로젝트 같은 게 있을 거 아냐?"

"거기까진 아직 모르겠는데요."

사라진 회계사라…….

나는 해안을 따라 계속 둘러보고 싶었지만, 위험해서 더는 가지 못하는 곳도 많았다.

도보로는 접근이 어려운 주변의 암석 해안을 관찰하며 연평산 정상에 올랐을 때가 오후 5시 무렵. 가장 눈에 띄었던 장소는, 섬의 북쪽 붉은모래 해수욕장이라고 불리는 해안이었다. 해변에는 시체 가방에 함께 넣으면 적당할 크기의 응회암이 군락을 이루며 흩어져 있었고 모래사장 양쪽 끝에는 조심스럽게 배를 댈 만한 곳도 있었다. 지나는 배도, 찾는 사람도 드문 곳이었으므로 드나드는 동안에 시간적 여유를 충분히 가질 수 있을 것이다. 범인이 들락거렸을 유력한 후보지로 확정.

해가 수평선에 걸렸을 무렵, 물떼새가 아우성치며 우는 소리 사이에서 툴툴거리는 엔진소리가 들리기 시작했다. 덕적도에서 출발했을 것 같은 어선 한 척이 내가 서 있는 연평산 북쪽 머리를 돌아서 섬의 서쪽 해안으로 향하고 있었다.

나는 망원경으로 그 어선을 추적했다. 낚시꾼 두 명을 갯바위로 실어 나르는 배였다. 어선번호를 기록해둔 후에는, 재킷 지퍼를 턱밑까지 당겨 올리고 배낭을 멨다. 돌아갈 시간인 것이다. 그러고 나서는 평범한 하루였을 뻔했다.

저녁을 먹고 난 후에 마을 앞 해수욕장을 산책하고 있을 때였다. 웬 어선이 밤바다에 떠 있었다. 달빛이 훤해서 뱃길 정도는 구분할 수 있다지만, 아무튼 늦은 시간이었다.

나는 해양경찰에 전화해서 굴업도 부근에서 조업하는 어선이 있는지 물었다. 그런 배는 없다는 답변을 들었다. 일몰 이후에는 바다가 통제된다, 모든 어선은 출항 신고를 해야 한다, 그리고 출항한 어선은 추적된다. 현 경장은 그렇게 말했지만, 역시 실제는 다를 수 있는 것이었다. 심지어 무면허로 선박을 운전하거나 미등록 어선이 출항하는 경우도 있다는 사실을 알게 됐다.

"언제 그런 거 일일이 다 허락받고 살아요? 사람이 융통성 있게 살아야지."

민박집 아주머니로부터 그런 대답이 돌아왔다.

낯선 어선은 섬의 북쪽으로 천천히 이동했다. 어디로 가는 것일까? 선착장으로? 나는 놓치지 않으려고 해수욕장 북쪽의 산릉선까지 기어올라갔다. 등대를 지나 굴업도 선착장으로 들어오는 대략 3~4톤 크기로 짐작되는 동력선 한 척이 보였다.

나는 민박집으로 돌아왔다. 카메라와 전등을 챙겨서 산책하는 척 일부러 선착장 가는 길로 나섰다.

얼마 지나지 않아, 조금 전 어선을 몰았을 남자가 작은 손수레를 끌며 느릿느릿 걸어 내려오는 모습이 보였다. 나와는 마을 어귀에서 마주쳤는데, 의외로 오십 대 후반쯤으로 보이는 건장한 체격의 남자였다. 어쩌면 육십을 넘겼을 수도 있겠다는 생각이 들었다. 수레에는 둘둘 만 어망과 천으로 덮인 노란색 플라스틱 상자, 그리고 아이스박스가 실려 있었다.

"안녕하세요! 일 나갔다가 오시나 보죠?"

내가 인사를 건넸지만, 남자는 목례만 남긴 후 지나쳤다. 그의 헐떡이는 숨소리가 다 들렸고, 흐릿해진 눈동자는 착 가라앉아 있었다. 남자는 뒷주머니에 쑤셔 박아두었던 야구 모자를 뒤늦게 꺼내 눌러썼다. 그때 딱 한 번 나를 돌아봤을 뿐, 다시는 돌아보지 않았다.

선착장에 도착한 나는 남자가 타고 온 배로 몰래 접근했다. 보는 시선이 있는지 확인한 다음 승선했다.

조타실 외에, 비를 피할 만한 좁은 선실이 따로 있었다. 갑판 아래에 작은 어창도 구비돼 있었다. 어창은 단단히 잠겨 있어서 열어볼 수는 없었다. 엎드려서 틈새에 코를 박고 냄새를 맡아보았는데 비린내는 약했다. 갑판도 깨끗해서 그물로 물고기를 끌어올렸던 흔적이 없었다. 어업을 목적으로 운항되는 배는 아니었다. 적어도 최근에는.

민박집으로 돌아온 나는 커피를 얻어 마시면서 아주머니에게 물었다.

"부두에 배 한 척이 더 들어와 있더라구요. 아까 나가다가 봤어요."

"아, 그 양반. 뭐 가끔 낚시꾼들 태워다주기도 하고, 어떨 땐 또 혼자 낚시하러 나가는 것 같기도 하고. 나도 잘 몰라요. 통 얼굴 볼 일이 있어야지."

"주민분들하고 친하게 지내는 것도 아닌가 봐요?"

"집은 서울이라던가? 우리 집 뒤쪽에 빈집이 하나 있는데, 봤어요?"

"네."

"거기서 지내요. 그 양반 뭘 해 먹고 사는지 모르겠다니까. 근데, 왜 궁금한데요?"

그냥 물어보는 것인지, 나를 경계하는 것인지, 헷갈리는 어조였다.

"제가 원래 사연 있는 이야기를 좋아합니다. 방송국 피디예요."

"아, 그러셔? 난 또 뭐하는 분인가 했네. 뭘 계속 찍고 중얼중얼 녹음하고 적더라니……."

그 말을 마지막으로 아주머니는 일이 있는 척 방으로 들어가버렸다.

나는 그가 묵고 있는 집 주변을 살폈다. 특별히 채집할 만한 암석은 보이지 않았다.

"계십니까? 계세요?"

대답이 없어서 기척을 내며 마당으로 들어섰다. 집은 방이 두 칸인 본채와 시멘트로 바르고 슬레이트를 얹은 화장실, 네댓 평쯤 되는 흙 마당이 전부였다.

한참 후에 그가 부엌에서 나왔다. 카메라를 꺼내 들고 있던 나는 자연 다큐를 제작하는 프로듀서라고 소개했다.

"어선을 몬다는 얘기 듣고, 지나는 길에 들렀습니다."

그는 대꾸도 없이 부엌으로 들어가버렸다. 나중에 다시 마당으로 나왔을 때까지 나는 그대로 서 있었다. 그가 나를 째려보더니 마루에 앉았다.

"혹시 내일 배를 좀 태워주실 수 있으세요?"

"뭐하게?"

"취재 때문에 섬 해안을 좀 둘러볼까 하는데요."

"내일은 안 되겠는데."

남자는 다음 날도, 그다음 날도 바쁘다면서 부탁을 거절했다. 이유를 밝히지도 않았다. 내가 집을 나올 때쯤 그가 경고했다.

"돌아다니는 건 좋은데. 뱀을 조심해야 돼. 주인 없는 건물, 또는 폐건물이라고, 함부로 막 열어보지 마."

나는 굴업도가 먹구렁이, 까치살모사의 서식지라는 사실은 익히 들어서 알고 있었다. 하지만 곧이곧대로 받아들이기엔 그의 경고는 어딘지 모르게 생뚱맞았다. 접근하지 말라는 금기는 오히려 의혹만 더 품게 만들었다.

마을을 돌다가, 주민들이 그를 최씨라고 부른다는 사실을 알게 됐다. 아주머니가 내게 해준 얘기 외에도, 굴업도 개발을 위해 고용된 사람이란 소문도 있는 모양이었다. 사실은 덕적도가 고향이며 선대에 침몰한 난파선과 그 안에 실려 있던 유물을 발굴하기 위해 들어온 사람이라는 얘기도 들었다. 그만큼 주민들에게조차 모호한 존재였던 것이다.

다음 날, 이른 새벽에 인기척을 느끼고 깼다. 슬쩍 내다보았더니 민박집 아주머니가 최씨의 집으로 아침상을 나르고 있었다. 뭘 먹고 사는지도 모른다고 하지 않았나?

나는 두 시간쯤 기다렸다가 일어나서 선착장으로 나가 보았다. 최씨의 배는 벌써 부두를 떠나고 없었다. 나는 비어 있을 최씨의 집이 떠올랐다.

마을로 되돌아간 나는 최씨가 기거하는 집으로 몰래 들어갔
다. 마당과 뒤뜰, 주변 텃밭, 비어 있는 개집까지 구석구석 뒤졌
지만, 사람을 죽일 만한 도구나 가방은 물론, 핏자국 같은 것도
없었다.

사람들 눈이 있는데, 집에서 일을 벌이진 않았겠지. 공범이 있
는 것일까?

나는 신발을 벗어 손에 든 다음, 안방으로 들어갔다. 발자국이
날까봐 신발을 방바닥 위에 뒤집어놓았다. 그리고 수색을 시작
했다.

최씨의 살림살이는 볼품이 없었다. 이불과 옷가지를 넣어둔
비닐옷장, 20인치 텔레비전, 책상과 책꽂이가 전부였다. 깨진 창
문 모퉁이는 신문지로 막아두었고, 벌레가 터져 죽은 자국이 벽
지에 묻어 얼룩져 있었다. 나는 끈질기게 뒤진 끝에, 옷장 속 이
불 사이에서 앨범처럼 생긴 스크랩북을 발견했다. 주로 신문 기
사들이었는데, 찬찬히 넘겨보다가 노다지를 발견했다.

"이럴 줄 알았다!"

그는 최근 서해에서 건져낸 변사체에 관한 기사와 관련 자료
들을 스크랩해두고 있었던 것이다. 꼼꼼하게 모은 방대한 자료
였다. 내가 직접 참여하고 취재했던 덕적도 앞바다 수색 작업에
관한 기사는 무려 다섯 쪽에 걸쳐 있었다. 나는 맨 앞에서부터
꼼꼼히 읽기 시작했다. 최씨의 스크랩은 작년까지로 거슬러 올
라갔다. 알고 봤더니, 가방에 담긴 변사체가 처음 등장했던 것은
올해 초가 아니라, 작년 봄이었다. 언론에 보도되지는 않았지만,

현장에 있었던 누군가가 사적으로 촬영해서 블로그에 올린 자료가 스크랩돼 있었다. 나도 미처 몰랐던 건이었다.

왜, 무슨 목적으로 이런 자료를? 다시금 의문이 꼬리에 꼬리를 물었다.

밖에서 인기척을 느꼈다. 문틈 사이로 내다봤더니, 민박집 아주머니였다. 알아차렸을까?

나는 스크랩북을 원래 자리에 돌려놓고, 문틈 사이로 지켜보았다. 아주머니는 둘러보더니 그냥 가버렸다. 나는 주변이 조용해질 때까지 기다렸다가 빠져나왔다.

나는 그의 뱃길을 추적해보기로 하고, 배낭을 챙겨서 전날과는 반대 방향으로 길을 떠났다.

섬 서편으로의 여정은 마을 앞 해수욕장에서부터 시작했다. 개머리언덕을 향해 오른 지 반 시간도 채 못 돼서 온통 강아지풀과 억새로 뒤덮인 능선을 만났다. 과거에는 염소와 사슴, 소를 방목하던 목초지였는데, 지금은 여행객들이 비박을 하는 야영지로 사랑받고 있는 곳이라고 했다. 문득 시선을 느끼고 절벽 나무숲 쪽을 보았더니, 사슴 떼가 낯선 나의 등장을 경계하며 지켜보고 있었다. 나는 위협적으로 보일까봐 일부러 앞만 보고 사뿐사뿐 걸었다. 이날, 유난했던 것인지 아니면 늘 그랬던 것인지는 모르겠지만, 능선을 타고 넘는 바람이 미친 듯이 날뛰었다. 언덕 끝으로 갈수록 바람 소리에 귀가 먹먹해졌고, 바람이 불어오는 방향으로는 고개조차 돌리지 못할 정도였다.

나는 최씨의 배를 따라잡기 위해 부지런히 걸었다. 아무것도 거칠게 없는 바다가 시야에 가득 들어왔다. 나는 땀이 식기 전에 전진했고, 어느덧 언덕 끝에 이르렀다. 그곳에서는 고래머리처럼 둥근 언덕이 세 갈래로 갈라져 있었는데, 그 사이사이에 꾼들이 낚시 포인트로 삼는다는 갯바위가 옹기종기 있었다.

섬 동쪽을 돌아서 바다가 나아갔을 텐데…….

그런 생각으로 둘러보았지만 최씨의 배는 벌써 보이지 않았다. 나는 머리를 흔들었다. 아, 이렇게 아름다운 곳으로 피비린내 나는 범죄의 흔적을 쫓아서 왔다니.

나는 가운데 고래머리를 타고 진짜 절벽 끝까지 완만한 내리막길을 내려갔다. 바람을 견디다 못해 죽은 소사나무가 사슴뿔처럼 스러져 있었다. 그 옆에 서서 시선이 닿을 수 있는 먼 바다부터 훑었다. 화물선 두 척과 유조선 한 척, 알 수 없는 선박 서너 척이 보였다. 몇 발 더 내딛어서, 이번에는 망원경으로 살피기 시작했다. 엉뚱하게도 절벽 바로 아래 바다에서 최씨의 배를 발견했다. 그는 잠수복을 입고 있었다.

나는 저쪽에서 볼 수 없도록 소사나무 옆에 몸을 숨겼다.

그는 한참 물질을 하다가 어선 옆에 달아둔 사다리를 타고 배위로 올랐다. 양쪽 어깨에서 허리 방향으로 착용하고 있던 벨트와 벨트에 연결돼 있던 구명줄을 풀었다. 갑판에 설치해둔 정체 불명의 장치와 모니터를 확인하고 일지에 무엇인가를 기록했다. 그런 다음 기름 난로에 불을 붙여 몸을 녹였다. 물을 데워 마셨고 육포를 씹어 먹었다. 30분 정도 휴식한 후에, 그는 배에 시동을 걸었고, 모니터를 보면서 천천히 배를 움직였다. 다시 멈춰

서 소형 음파탐지기로 바다 아래를 조사했다. 영상 장비도 동원하는 것 같았다. 골똘히 모니터를 들여다보던 그는 벨트와 구명줄을 착용하고 잠수를 준비했다. 비록 느릿느릿 작업을 했지만, 보통 체력으로는 감당할 수 없는 일이었다. 그는 멈추지 않았고 계속 되풀이했다.

사실 그는 바다에 무엇인가를 유기하는 사람이 아니었다. 오히려 찾고 수색하는 사람에 가까웠다. 하지만 인간의 머릿속으로 일단 한번 의혹이 찾아들면 반증이 나와도 좀처럼 지울 수가 없는 법이다. 나는 그를 용의자 목록에서 빼지 않았다. 대신 좀 더 복잡한 가설을 세우기 시작했다.

오후가 되자, 여행객 한 무리가 이쪽으로 오는 모습이 보였다. 최씨는 그들을 의식해선지 침낭을 열어 배 위에서 잠을 잤다. 나는 여행객들과 일행인 것처럼 돌아다니면서 응회암 조각이 있는 갯바위를 확인해두었다.

여행객들이 언덕을 떠나고 나자, 최씨는 한 번 더 물에 들어갔다. 배가 뜰 수 있는 날이면 매일같이 바다에 나간다는데, 무엇이 그로 하여금 저런 집념을 품게 했을까?

마을로 돌아오는 길에 굴업도 주변을 지나는 어선 네 척을 보았다. 한 척은 서쪽 해안에 낚시꾼을 데려다주고 떠났고, 나머지 세 척은 동쪽 바다를 떠다녔다. 나는 망원경으로 선박번호를 확인하고 기록해두었다.

민박집에 도착해서는, 수사팀 진 형사에게 전화를 했다.

"진! 그 인공디스크 시술 정보는 아직이야?"

"벌써 나올 리가 있을라구. 여긴 아직 조용해. 어디야? 밖인 것 같은데."

진 형사는 끝까지 시치미를 뗐다. 수화기 너머 수사팀의 분주함이 생생하게 전해지는데도 말이다.

"바다."

"설마 덕적도? 요 며칠 안 보이더니, 거기까지 간 거야?"

"아니. 어떤 미친놈들이 대패로 밀듯이 깎아서 골프장 만든다는 그런 섬이 있어. 있잖아, 내가 보낸 용의자 보고서 말이야. 어때? 쓸 만해?"

"인정한다. 사실은 지켜보는 중이야. 그 회계사, 더 파봐야 할 것 같거든. 섬에서 여기까지 웬 전화?"

"선박번호 조회해줄 수 있지? 알아보고 싶은 배가 몇 척 있거든."

"하여튼 오지랖은. 바로 될지는 모르겠고, 알아는 볼게."

나는 전날 연평산에서 본 어선까지 합쳐서 모두 아홉 척의 선박번호를 불러주었다.

다음 날, 태양광 발전소의 선외기 어선을 얻어 타고 가보지 못했던 나머지 해안을 탐사했다. 통신탑이 있는 마을 뒷산 정상에 올라 굴업도를 드나드는 어선을 모조리 식별하고 기록했다. 주말이 되자, 섬으로 들어오는 사람들이 폭증했다. 최씨는 섬의 북동쪽 해안으로 옮겨서 작업을 계속했다. 나도 그를 따라 연평산으로 이동해서 관찰을 계속했다. 녹음한 기록 중 한 대목을 기술한다.

"범인이 섬 해안에서 암석을 채집했을 후보지로 판단한 곳은 모두 다섯 곳. 그곳을 근접해서 지나거나 접안한 선박을 관측한 횟수는 모두 35회. 중복을 고려했을 때 어선으로는 열세 척. 가장 많이 관찰된 어선은 최성갑 소유의 연안복합 미성호. 최씨는 매일 출항했음에도 출항신고를 하지 않은 경우가 더 많았다. 등록된 주소지는 서울이 아닌 덕적도이며, 다이빙 면허는 있지만, 굴업도 연안에서는 허가받지 않았다. 발전소의 선외기 장착 일톤 어선도 1회 출항했으나 신고하지 않았다. 덕적도가 등록지인 낚시어선 어진호 3회, 대풍호 2회, 문갑도가 등록지인 낚시어선 소라호 1회, 각각 굴업도 해안에 접안했다. 나머지 어선들은 연안 또는 근해 어업에 종사하는 어선으로 연안을 통과하기만 했다. 그 외 이십 톤급 요트 한 척이 굴업도 선착장으로 들어와서 한 시간쯤 머물다가 출항했다. 요트는 연안부두에서 출발했던 배로, 요트 대여 전문 업체 소유 선박으로 확인됐다. 굴업도 입항 때 승선인원은 일곱 명. 그보다 작은 요트 한 척이 굴업도 연안에서 한 시간 정도 머물다가 되돌아갔다. 전곡항에서 출항한 요트로, 승선 인원은 셋이었고, 낚시가 목적이었음을 확인했다. 덕적도 출항 여객선이 매일 오후 선착장으로 들어왔다. 평균 정박 시간은 20분. 일몰 후 운항했던 어선은 미성호 2회, 어진호 1회, 대풍호 1회. 일출 전 새벽 시간은 확인하지 못했다."

주말 관광객들이 빠져나가고 나자, 텅 빈 섬은 허전하기 이를 데 없었다. 섬에 들어온 지 일주일째인 화요일. 밤새 잠자리를 뒤척이다가 늦게 일어나 나왔더니 하늘은 먹구름으로 새카맸다. 폭풍이 몰아칠 기세였고, 최씨의 배는 선착장에 없었다.

아쉽지만 돌아갈 시간이었다. 이쯤에서 최씨와 그 외 굴업도를 드나드는 선박들과 돌덩이에 대한 정보를 수사팀에 넘기고 도움을 요청해야겠지? 이미 민간인으로서 조사할 수 있는 범위의 한계에 이르렀다. 그렇게 생각했으면서도 왠지 초조했던 그날, 나는 혼자 힘으로 더 확실한 무엇인가를 증명하고 싶어 했던 것 같다. 그때 하필이면 그가 폐건물에 관심을 보이지 말라고 한 경고가 다시 떠올랐다. 붉은모래 해변 근처에서도 그런 창고 건물 하나를 본 것 같았다. 나는 기억을 떠올리며 붉은모래 해변을 관찰할 수 있는 연평산 등산로로 향했다.

최씨의 어선이 앞바다에 떠 있었는데, 사람은 보이지 않았다. 잠수 중인 것일까? 숨어서 망원경으로 훑다가 모래밭으로 불쑥 들어와 있는 그를 발견했다. 그가 출현한 궤적을 따라 망원경을 이동했더니, 전에는 미처 발견하지 못한 창고건물이 시선 안으로 들어왔다. 한때는 군 초소였을 것으로 짐작되는 폐건물이었다.

그는 다시 어선으로 되돌아가서 잠수복을 입기 시작했다. 나는 능선에서 해변으로 내려가는 길을 따라 하산했다. 슬금슬금 그 폐초소로 접근했다.

뱀? 혹시 다른 게 있을지도 모르지. 범행도구나 시체를 담을 만한 커다란 낚시가방, 혹은 머리카락이나 혈흔 같은 것들 말이다. 여기까지 와서 확인도 해보지 못하고 그냥 갈 수는 없다.

나는 그가 지켜보고 있는지 확인한 후, 조심스럽게 입구 문을 열어보았다. 안은 어두컴컴했다. 바다 쪽으로 작은 감시망이 뚫려 있긴 했지만, 그마저도 누군가가 녹색 테이프로 발라놓았다.

곰팡내.

휴대전화의 플래시를 켜서 안을 비추어보았다. 천막 같은 걸로 덮어놓은 커다란 상자가 있었다. 바닥에는 응회암 서너 덩어리가 놓여 있었고, 해져서 형체를 알아보기 힘든 검은색 가방이 모래에 반쯤 묻혀 있었다. 드디어 찾은 것일까? 나는 눅눅하고 찝찝한 느낌을 참으며 한 발 들여놓았다. 천막 조각 끝자락을 잡고 힘껏 잡아당겼다. 날카로운 모서리에 걸렸는지, 천막은 꿈쩍도 하지 않았다. 엉거주춤한 나의 자세가 불안정해서 제대로 힘을 줄 수가 없었다. 할 수 없이 한 발을 더 들여놓았다. 허리를 숙여 상자 뒤쪽에 걸려 있는 천막을 뜯어냈다. 천이 북 찢어지면서 상자의 한 귀퉁이가 보였다.

그때 알아차렸어야 했는데!

상자는 때가 묻은 아이스박스였고, 뚜껑은 반 이상 부서진 상태였다. 천막조각을 걷어내자마자, 서로 얽혀 있는 뱀들이 드러났다.

나는 굳어버렸다. 그중 한 놈이 고개를 쳐들었던 것이다. 그때 초소의 문이 바람을 맞고 쾅 하면서 닫혔는데, 그 바람에 놀란 뱀이 내 팔뚝을 물어버렸다.

나는 초소 문을 부숴버리고 도망쳐 나왔다. 소매를 걷어서 팔뚝에 난 독니 자국을 확인했다. 독사였다!

하늘이 노랬다. 독을 빨아서 뱉어내? 아니다. 그건 검증되지 않은 방법이고 역효과를 낼 수 있다는 얘기를 들었다.

휴대전화를 집어 들고 민박집에 전화를 했다. 신호는 희미하게 갔지만 상대가 받지 않았다. 독사한테 물리면 도대체 어떻게 처치해야 하는 것일까? 휴대전화로 검색을 했다. 빨리 수습해서 병원으로 가란 충고뿐이었다. 굴업도에는 병원, 하다못해 보건소조차 없었다. 패닉에 빠진 나는 물린 자국 위쪽을 지압했다. 구토가 나기 시작했고, 어지러웠다.

"누구 없어요? 여기요, 여기!"

나는 최씨의 배를 향해 소리를 지르고 손을 흔들었다. 바람 소리에 자꾸 묻혔다. 고작 몇 번 고함을 질렀을 뿐인데, 뇌가 찢어지는 느낌과 함께 정신을 잃고 쓰러지고 말았다.

깨어나 보니, 여전히 주변에 아무도 없었다. 기운이 하나도 없었고 팔은 부어올라 있었다. 추워서 그랬는지, 아니면 독이 올라 그랬는지, 몸이 으슬으슬 떨렸다. 이렇게 죽는 것인가?

첨벙첨벙 하는 소리가 들렸다. 고개를 들어 보았더니, 나를 내려다보고 있는 최씨였다.

살았다.

다행이다 싶었는데, 그가 내 멱살을 잡았다.

"정체가 뭐냐? 여긴 뭣하러 왔어?"

섬뜩한 목소리가 나를 짓눌렀다.

"피디요, 방송국…… 이미 말씀드려……"

나는 가까스로 대답했다.

"방송국 피디면 남 뒷조사하고 빈집에 몰래 얼씬거려도 돼? 본 사람이 있어."

경련이 일어난 나는 필사적으로 그에게 매달렸다. 살려주세요. 머릿속으로는 분명 그렇게 말했는데, 실제로 입 밖에 냈는지는 모르겠다.

그가 폐초소의 지붕을 떼어내어 들것을 만들었다. 쭈글쭈글한 양철판 위로 나를 굴린 다음 바다로 끌고 갔다. 정박 중인 그의 어선이 흐릿하게 보였다. 그곳까지 거리가 50여 미터 이상 될 듯했다.

"괘, 괜찮을까요?"

"입 다물고 숨이나 계속 쉬어!"

그가 나를 이끌고 첨벙 바다로 들어갔다.

차가운 바다에 닿자마자 공포가 밀려왔다. 나는 점점 저체온 상태로 가고 있었고, 정신을 잃으면 다시는 깨어나지 못할까봐 겁이 났다. 나를 젖지 않게 하려고 그가 양철판을 떠받쳤는데, 실제로는 성가실 뿐이었다. 결국 그는 양철판을 버리고는 초인적인 힘으로 나를 껴안고 헤엄쳐 갔다.

10여 분 만에 어선에 접근했다. 누워서 보는 하늘 풍경에 뱃머리가 들어왔던 것이다. 이제 갑판 위로 오르는 일만 남았다. 살았다고 생각한 순간, 나는 정신을 잃은 채 갑판 위로 뻗었다.

지붕에 듣는 빗소리에 잠에서 깼다. 잠들었다가 깨기를 반복하느라 기억이 듬성듬성했지만 꼬박 하루 반나절 동안 민박집에 누워 있었던 것 같았다.

나는 몸을 일으켜 방문을 열었다. 새벽빛이 바다를 넘어오고 있었고, 파도소리 또한 드셌다.

민박집 본채의 불이 켜졌다. 잠시 후에 아주머니가 얼굴을 내밀었다.

"일어나셨수?"

"네……."

아주머니가 죽을 끓여서 내왔다.

"독사한테 물려도 웬만하면 살아."

"병원은요? 안 가 봐도 될까요?"

내가 앓는 소리를 했다.

"안 죽는다니까. 보니까 멀쩡하네."

"그래도……."

"거기서 겨울잠을 자는 놈들이 있다는 얘기는 듣긴 들었는데, 고놈들도 어지간히 놀랐던 모양이네."

죽을 몇 숟가락 떠먹다가 내가 말했다.

"뒷집 말이에요. 아주머니가 그분한테 세주고 있는 집 맞죠? 식사도 주시고요."

"그게 왜 궁금한데요?"

부정하지 않았지만 털어놓기도 망설여지는 눈치였다.

"알고 계시는 것 같아서요. 그분이 왜 여기 왔는지, 여기서 뭘 하고 있는지."

아주머니가 한숨을 내쉬었다.

"그 양반이 워낙 신신당부를 해놔서. 우리 집안과는 선대 때부터 알고 지내던 사이에요. 부탁을 거절할 수가 있어야지."

"괜찮으니까 말씀해주세요. 어쩌면 제가 여기 온 목적과 비슷할지도 모른다는 생각에서 여쭤보는 겁니다. 그분한테 도움이 될 수도 있어요."

"그 양반, 아들을 찾고 있어요. 죽은 아들을."

"아들이오?"

"덕적도 앞바다에서 죽은 사람 여럿 건졌다는 얘기 들어봤어요?"

"저도 지난 달 거기 현장에 있었습니다. 그런 짓 한 자를 추적하는 중이에요."

아주머니가 나를 물끄러미 쳐다보았다.

"거 참. 망조가 들린 건지. 여기 사람들이라고 왜 불안하지 않겠수? 다들 모른 척하는 듯해도, 우리끼리 있을 때는 그 얘기를 해요. 나도 여기 오래 살았지만, 그런 일은 처음이거든."

"이해합니다. 우발적으로 그렇게 된 것이 아니고, 고도로 계산된 살인유기라고 봐도 무방하거든요. 변사체를 건지긴 했는데, 죽은 사람이 누군지 알 수 있는 단서는 하나도 없었어요."

"그래도 올 초에 발견된 시신 하나는 이름이 나왔다 그러지 않았수?"

사실이라면 수사팀에서 내게 공유하지 않은 정보일 것이다.

"아직까진 그런 얘기 못 들었습니다만?"

"무슨 실종된 사람들 명단 같은 게 있어서 비교해보고 알았다더만. 유전자 검사라던가."

"실종자 데이터베이스가 있어서 DNA 검사를 통해서 비교해볼 수가 있습니다."

"그래요, 그거 맞아요. 아무튼 그중 한 사람은 누군지 알아냈다는 게 사실일 거유. 그렇지 않으면 최씨가 여기 들어올 이유가 없지."

"그럼 발견된 시신이 그분 아드님하고 관계가 있다는 말씀이신가요?"

"같이 실종된 회사 사장이랍디다."

"아."

"자기네 사장 모시고 미국으로 출장 간다고 해놓고 나가서는 그길로 소식이 없었던 거지. 한참 연락이 없었다는데, 처음에는 그저 일이 오래 걸리나 보다, 그렇게만 생각했다더라고. 아들이 실종됐을 거라고는 상상이나 했겠어요? 알고 봤더니, 비행기 표까지는 끊어놨는데, 비행기는 안 탔대. 공항 근처에서 그만 둘이 같이 실종됐다는 것 같더라고."

이야기의 아귀가 맞아떨어졌다. 최씨의 집에서 찾아낸 스크랩북이 설명됐다. 수색장비와 잠수장비도 이해가 됐다. 그런데 경찰학교에서 배운 행동수칙 중에 이런 것이 있다. 용의자 한 사람을 제압하기 위해서는 경찰관 두 명이 가고, 네 사람을 제압하기 위해서는 여덟 명이 간다. 그런 의미에서 두 사람이 동행했고 동시에 당했다면, 적어도 두 사람 이상이 관여한 조직범죄일 수 있다는 얘기였다. 그래서 물었다.

"두 사람이 한꺼번에? 그 두 사람이 같이 있었던 건 확실하대요?"

"직접 물어보슈. 한 사람을 찾았으니, 다른 한 사람도 근처에 있겠지, 하는 생각으로다가 저러는 거니까. 저 나이에 어떻게 보면 미쳤는데, 난 이해해. 하나뿐인 자식을 잃었잖아. 얼마나 억울하고 분통 터지겠어."

"그렇겠죠."

"내가 말해줬다고 하지 마슈. 마을 사람들도 아직 사정을 몰라. 죽은 사람 건지는 섬이라고 소문나서 좋을 건 없지 않겠어요? 그나마 민박 쳐서 겨우 먹고사는 섬인데, 손님 끊기면 다들 떠나야지. 아이고, 벌써 6시 다 됐네."

시간을 확인한 아주머니는 젖어서 말려뒀다면서 내 휴대전화를 가져와서 건넸다.

배터리를 끼웠더니 다행히 정상적으로 작동됐다. 받지 못한 통화목록이 잔뜩 떴다. 나는 조 감독에게 먼저 연락했다.

"왜 전화를 안 받았어요?"

막 잠에서 깬 목소리였지만, 그는 화를 낼 정도로 흥분해 있었다.

"무슨 일 있었어? 회계사 찾은 거야?"

"회계사는 아직 오리무중이에요. 아무래도 피해자인 것 같다는 얘기가 자꾸 들려요. 그건 그렇고, 변사체에서 발견됐다는 인공디스크 시술 정보 있잖아요? 어젯밤에 나왔어요."

"벌써?"

"벌써는 무슨? 우린 완전 왕따라니까요! 지금까지 용의자만 열 명이 넘어요."

"그래서 인공디스크 주인이 누군지 밝혀냈대? 아니면 아직 모르는 거야?"

조 감독이 뜸을 들였다.

"되게 이상한 결과가 나왔나 봐요. 자기네들끼리 미치겠다면서 막 머리 쥐어뜯고 있더라고요."

과장하기 좋아하는 조 감독의 성향을 감안하더라도, 호기심을 자극하는 소식이었다.

"이상해? 어떻게?"

"아, 몰라요. 들어와서 직접 확인하시든가."

날이 밝은 후에는 일어나서 거동할 정도는 됐다. 팔뚝의 붓기는 덜 가라앉았지만 피곤은 풀려 있었다. 그리고 비가 그친 바다는 배가 뜰 수 있을 정도로 잠잠해지고 있었다. 다만 두껍게 낀 해무가 걱정이었다.

나는 아주머니가 차린 상을 들고 최씨의 집으로 가져갔다. 그 날은 나갈 계획이 없는지 일어나 있는 기척이 없었다.

"류 피딥니다. 그저께는 제가 신세 많이 졌습니다. 식사 하셔야죠?"

내가 말했다. 기운이 하나도 없는 목소리가 안에서 들렸다.

"거기 놓고 가."

"어디 편찮은 데 있으세요?"

대답이 없어서 나는 상을 마루에 내려둔 후, 굴업도에 들어온 목적을 털어놓고 물러났다.

그러고는 가방을 꾸려서 선착장으로 떠났다. 바다는 해무 때문에 여전히 시정이 좋지 않았지만 결항될 것이라는 소식은 들리지 않았다.

차도선이 들어올 시간이 가까워지자 지난밤 섬에 묵었던 서른 명 남짓한 여행객들이 모여들었다. 출항이 취소되지 않을까 걱정하는 수군거림이 들리던 중에, 최씨가 장비 수레를 끌고 선착장에 나타났다.

"덕적도까지 태워줄 테니 같이 갑시다."

그가 말했다.

"괜찮습니다. 두 번씩이나 신세를 어떻게……."

"해무 때문에 오늘 배는 늦을 거요. 거기다가 반대로 돌아서 가는 완행이니까 덕적도 도착해도, 거기서 갈아타는 배를 놓칠 수가 있어. 내가 데려다주는 게 빠를 거요. 멀미만 좀 참으면 돼."

나는 그의 배를 얻어 타기로 했다. 피해자 조사를 할 수 있는 기회라고 판단했기 때문이었다. 피해자를 알면, 범죄가 실행된 과정을 이해하고 용의자의 윤곽을 그리는 데 도움이 된다.

굴업도를 떠난 배는 덕적도를 향해 달렸다. 빨리 달리면 30분. 그야말로 지척이었다.

"음파탐지기네요."

내가 장비를 발견하고 물었다.

"영상탐지기도 있소. 두 개가 한 세트지. 바다 밑 유물 발굴할 때 그렇게 쓴다고 합디다."

"여기까지 오신 이유, 말씀 들었어요. 상심이 크시겠습니다."

"아들을 정말 찾을 수 있을지는 나도 잘 모르겠소. 이렇게라도 하지 않으면 미안해서 그래."

"그런 줄도 모르고, 죄송했습니다."

"꼭 잡아주시오. 그거면 된 거요. 나도 일이 주만 더 있다가 돌아갈 생각이오. 잠수란 게 의욕만 있다고 되는 게 아니니까. 지금까지 덕적도, 문갑도, 굴업도 주변의 얕은 해안은 다 뒤졌어. 그 이상은 무리일 거야. 게다가 겨울바다는 지독하거든."

나는 범인을 잡기 위해서는 피해자 조사가 중요함을 그에게 강조했다. 그가 흔쾌히 응했다.

최씨가 우선 대략적으로 설명한 것에 의하면, 2년 전 실종될 당시 최씨의 아들은 미혼에 나이는 서른셋, 독립해서 혼자 살았다. 그와 동행했던 인물은 부동산 사업으로만 500억 원대의 자산을 모은 사람으로, 나이는 예순다섯, 김 사장이라고 불렸다. 최씨 아들은 이를 테면 개인비서이자 경호원이었는데, 그날 해외출장을 떠나는 자신의 상사를 수행하기 위해 인천공항으로 가는 중이었다. 두 사람을 태운 차가 영종대교를 건넜던 것까지는 CCTV에 잡혔지만 그 이후는 오리무중이었다. 그렇게 실종됐다가, 최씨 아들이 모셨다는 김 사장의 시신이 덕적도와 굴업도 사이의 바다에서 어망에 걸려 발견된 것이다. 돌덩이와 함께 검은 가방에 든 채였다.

나는 둘 중 누가 범행의 대상이었는지가 우선 궁금했다.

"아드님은 공항까지만 동행하기로 돼 있었습니까?"

"같이 출국한다고 했어요. 일정은 한 일주일. 미국으로 간다고 했는데, 거기 말고도 여러 군데 돈다고 했어요."

"아드님이 원한을 샀거나, 혹은 평소 갈등을 빚었던 사람이 있었습니까?"

"내가 아는 한 그런 일은 없었소. 좋게 말하면 순박한 거고, 냉정하게 말하면 아둔한 편이었소. 고등학생 때까지 농구를 했는데, 그것도 썩 잘하지는 못했어. 남보다 잘하는 게 없으니 미움 살 일도 별로 없었을 거요."

"혹시 아드님이 실종되기 전에 몰두하던 일은 없었습니까? 개인적인 일이어도 좋고, 직장 일이어도 좋습니다. 걱정거리나 스트레스, 뭐 그런 것들로 고민했다면 말씀해주십시오."

그는 그늘진 얼굴로 고개를 가로저었다.

"굳이 짚이는 게 있다면 직장 일인 것 같다는 정도."

"근거는요?"

"같이 실종됐잖소? 그 사장이라는 양반을 따라다닌 후부터는 회사 일밖에 없었어요. 일주일에 한 번은 꼭 들르던 우리 집에도 뜸했을 정도였으니까."

"회사 규모는 어땠나요?"

"사무실 하나에, 직원은 우리 아들 포함해서 다섯. 건물 관리하고 임대료 받고, 그런 일 했지. 알려진 것만 500억이라고 했는데, 사실은 숨겨둔 재산이 더 있을지 모른다는 소문이 있었어요. 참, 딸 하나가 있는데, 프랑스인가 어딘가에 나가 있었다던가. 경찰서에서 한 번 만났지. 그때 그 아가씨가 하는 말이, 아버지 계좌가 텅 비었대. 돈이 어딘가로 다 빠져나갔다는 거야. 그러니까 실종되던 그날을 전후해서."

나는 범행 대상이 부동산 자산가일 확률이 높다고 판단했다. 범행 동기는 사업상 얽힌 원한이나 단순하게 금전에 대한 탐욕. 그런데 뒤틀린 성과 폭력의 이미지가 뒤따르기 마련인 연쇄살인 사건에 있어서 그러한 동기는 다소 생뚱맞게 느껴졌다. 그렇기 때문에 최씨의 아들이 범행 대상일 가능성을 완전히 배제할 수는 없었다. 아버지가 모르는 아들의 사생활이 있을 수도 있으니까.

"실종 사실 확인하고 나서 경찰에 신고하셨겠죠?"

그가 깊은 한숨을 내쉬었다.

"했지. 근데 별로 진척이 없었소."

"그럼 그때부터 혼자 알아보러 다니셨겠군요?"

그의 얼굴에 원망과 회한이 가득 드리웠다.

"그럴 수밖에. 달리 방법이 있겠소? 내 아들인데……. 경찰은 지금도 우리 아들이 죽었을 거라는 사실을 인정하지 않아요. 절차상 실종 상태라는 말만 되풀이해."

"통화기록은 조회해보셨겠네요?"

내가 넌지시 물었다.

"이건 경찰한테도 말한 건데" 하면서 그가 애달픈 눈으로 나를 보았다.

"내가 왜 우리 아들도 같이 당했다고 생각하는지 궁금하지?"

"결정적인 단서가 있군요?"

"그때 우리 아들이 사용하는 휴대전화가 두 개였어. 회사에서 쓰는 거 하나, 사적으로 쓰는 거 하나. 공항으로 간 날, 회사에서 쓰던 전화기가 영종도 어딘가에서 꺼졌어. 김 사장 휴대전화도 같이 꺼졌지. 그때 무슨 일이 일어난 거야. 근데, 우리 아들이 가지고 다니던 개인 휴대전화는 꺼지지 않았어. 범인이 누군지는 몰라도 그놈이 몰랐던 거야. 그 휴대전화가 꺼진 곳이 바로 파주 장곡리 공단 어딘가였거든. 아, 그쪽으로 실려갔구나. 그렇게 생각하고 찾아갔지. 그 일대를 싹 뒤졌어. 그랬더니 웬 창고 하나가 얼마 전에 불에 타서 전소가 됐대. 조사 결과 누가 일부러 휘발유 같은 걸 뿌려서 불을 낸 방화였다는 거야. 그 안에 커다란 냉동고가 있었는데, 사람이 들어갈 정도로 컸어. 창고가 타기 전에 그 냉동고가 먼저 탔다네. 과연 거기 뭐가 있었을까. 듣는 순간 힘이 탁 풀리더라고."

그렇게 말하는 동안 최씨는 아들을 잃은 원한이 가슴에 사무치는 듯 울먹거렸다.

그의 생각은 범인이 자신의 아들을 살해한 후 뒤늦게 발견한 휴대전화 때문에 위치가 발각될까봐 창고를 태웠다는 것이었다. 내게도 두 번째 휴대전화의 존재로 드러난 정보들이 결정적인 단서로 보였다.

계속해서 최씨는 그 창고에 드나들던 서울 번호판의 차가 있었으며, 그 차에 마흔 전후의 남자가 타고 있었다는 사실을 이웃 주민들에게서 들었다고 말했다. 창고에 다녀갔던 건, '그 사람들'이 아니라, 언제나 '그놈' 단독이었다고 했다. 그리고 회사 사람들에게 들었다면서, 김 사장이 출국하기 전에 교포변호사로 알려진 낯선 남자를 만나고 다녔다고 했다. 그 낯선 남자를 직접 본 사람은 없었지만 어쩌면 파주 창고에 드나들었던 남자와 일치하지 않겠느냐는 것이, 그의 생각이었다.

　그렇게 교포변호사로 행세하던 마흔 전후의 남자가 유력한 용의자로 등장했다. 나는 최씨와의 인터뷰를 통해서 몇 가지 쟁점을 정리할 수 있었다.

　첫째, 용의자는 파주 소재의 창고를 범행 거점, 즉 아지트로 사용했을 가능성이 높다. 범행이 단발성에 그치지 않고 연속적으로, 계획적으로 이루어져 왔음을 시사한다. 범인의 동선은 대략적으로, '피해자를 선택, 제압하는 일차 범행 장소—파주의 범행 거점—사체를 유기하는 2차 범행 장소로서의 서해'로 구성된다고 볼 수 있다.

　둘째, 용의자는 신중하고 지능적이며 치밀하게 범죄를 도모한다. 신원을 드러내지 않기 위해, 혹은 증거를 남기지 않기 위해 노력한 것으로 보인다. 피해자는 평소 위험에 노출될 가능성이 극도로 낮은 사회적 지위와 주거 형태, 라이프스타일을 가지고 있었다. 상당한 재산가이고 경호원을 대동하며 다닌 것이다. 용의자는 그런 피해자에게 접근할 수 있었고, 성공적으로 제압한 것으로 보인다. 사실이라면, 범행이 발생하기 직전까지 피해자와 범인 간에 상당한 신뢰가 구축된 상태였을 것이고, 용의자는 그런 접근을 도모할 수 있는 요소를 갖춘 인물이다.

　셋째, 범행 동기는 경제적인 이해관계일 가능성이 높다. 변사체에서 폭력이나 성적 환상을 실현했던 흔적을 발견하지 못했던 부검 결과와도 맥락이 다르지 않다. 순수하게 경제적인 이해 때문에 살인을 연쇄적으로 저지르는 것이라면, 이자는 지금까지 우리가 알고 있었던 연쇄살인범들과는 전혀 다른 존재일 것이다. 그러나 아직 범행 동기에 대해서는 단정 짓기 어렵다. 범인이 피해자와 무관계인인 상태에서 우연히 접근을 시도했는지, 그 반대인지 아직 파악하기 힘들다.

그리고 두 가지 의문이 남았다. 용의자가 조직이 아닌 개인이라면, 최씨의 아들이 했던 역할을 어떻게 평가할 수 있을까? 용의자 혼자 최씨의 아들과 김 사장을 동시에 제압했다고 보기 힘든 만큼, 최씨의 아들이 일시적으로나마 범행에 가담했을 가능성은 없을까?

나는 최씨에게 그동안 조사한 자료를 보여줄 수 있는지 물었고, 그는 서울에 있는 아내를 통해 보내주겠다고 답하고 내 명함을 받았다.

그러는 사이에 우리는 굴업도를 감싸고 있던 해무를 뚫고 맑은 바다로 나아가고 있었다. 최씨는 나를 태우기 위해 했던 말과는 달리 덕적도를 향해 느릿느릿 여유를 두고 항해하고 있었다.

"피디 양반, 한 가지 궁금한 게 있는데."

"네."

"일주일이나 머물렀으면 짧은 시간은 아닐 텐데, 굳이 굴업도에서 그럴 만한 이유가 있었소?"

바로 그 질문을 위해 최씨가 나를 태웠을 거라고 짐작했다.

"돌 때문입니다."

나는 시체 가방에 담겨 있었던 그 암석을 배낭에서 꺼내 보여주었다. 그가 요모조모 살폈다.

"여기서는 흔해 빠진 건데. 이게 왜?"

"이렇게 생긴 돌덩이가 유기된 시체 가방에서 나왔습니다. 지금까지 발견된 건 모두 똑같아요. 하필이면 굴업도에서만 나는 이 응회암이었던 거죠."

나는 굴업도의 생성시기와 응회암 류의 암석에 대해서 부연 설명했다. 그의 표정은 매번 동일한 암석이 동일한 가방에 담겨 있었다는 대목에서부터 이미 심상치 않게 변해갔다.

최씨가 갑자기 배를 세웠다. 그가 휘청거리며 넘어질 것 같아서, 내가 재빨리 부축했다.

"괜찮으세요? 갑자기 왜 배는 세우시고?"

"망원경 가져왔소?"

나는 배낭에서 망원경을 꺼내 건넸다. 최씨가 망원경으로 굴업도 동쪽 바다를 훑었다. 그러더니 내게 망원경을 다시 넘겼다. 나는 그가 왜 그곳을 보라고 했는지 단번에 알 수 있었다.

망원경의 시야로 지도에 나오지 않는 조그만 바위섬이 들어오는데, 그곳에 사람이 쌓아놓은 돌탑 여러 무더기가 편편한 암반 위에 놓여 있었다.

"저기가 갯바위 낚시 포인트인데, 바로 배를 댈 수 있는 곳이오. 물이 깊거든. 한 번에 배를 묶을 수 있는 돌기둥도 있어. 보이지?"

"네."

최씨가 배를 출발시켰다. 어선은 진로를 바꾸어서 그 바위섬으로 접근했다. 우리는 20여 분 만에 도착해서 돌탑을 쌓은 암석의 종류를 확인할 수 있었다.

"여기에요! 틀림없어요!"

나는 전율했다. 범행에 사용된 것과 완벽하게 일치하는 암석들이었다. 성분, 크기, 표면의 거칠기, 암편의 종류 등에서 미세한 차이조차도 관찰할 수가 없었다. 시체를 유기했을 그 누군가는 이곳에 몰래 접근해서 돌탑으로 쌓여 있던 돌을 옮겨 실으면 그만이었으리라.

"누군지도 알아."

그가 말했다.

"네?"

"누가 여기 들러서 그 돌을 싣는지 안단 말이네. 그때는 뭐 하러 저런 걸 싣나? 그렇게 생각하고 무심코 넘겼지. 동트기 전 이른 새벽이었을 거야. 사람들 눈 피하기에 좋을 시간 아니겠어?"

그는 어딘가를 바라보았다. 내가 머릿속에 담고 있던 지도상으로 그곳은 덕적도 남쪽 해안의 서포리였다.

"나 어려서 덕적도 살 때, 이런 말이 있었지. 손님도 없이 혼자 출항한 낚싯배를 의심하라. 내가 일러줬다고 아무한테도 말하지 말게. 대신 잡게 되면 알려줘, 꼭. 왜 그랬는지 물어보고 싶어."

그는 내게 선박명과 선주의 이름, 주소를 알려주고 약도를 그려주었다. 그런 다음 나를 서포리 선착장에 내려놓고 돌아갔다.

청운호는 3.5톤 크기의 동력선으로, 덕적도 연안에서 낚시꾼들을 실어 나르는 배였다. 3년 전 낚시어선업을 시작하기 전에는 연평도 앞바다를 누비면서 꽃게를 잡았다고 했다.

나는 굴업도에서 남긴 기록을 들추어보며 기억을 떠올렸다. 이물에 선 등이 구부정하고 비쩍 마른 노인…… 일흔은 족히 넘을 것 같던 그 노인이? 내가 섬에 들어간 지 사흘째 되던 날 오후 늦게, 노인은 개머리언덕 서쪽 낚시 포인트에 낚시꾼 네 명을 내려놓고 돌아갔다. 조회기록을 찾아보니, 나이는 일흔셋이었고, 덕적도 출생이었다. 이름은 문성식.

서포리 선착장에 내린 나는 주변을 둘러보았다. 비록 응회암류는 아니었지만, 해변에는 가방에 담기 좋을 알맞은 크기의 돌덩이들이 수도 없이 뒹굴고 있었다. 그럼에도 굳이 바다 한가운데 돌출돼 있는 바위섬을 이용했다는 점에서, 노인은 남의 시선을 의식했던 것이 틀림없었다.

약도대로 찾아간 문 노인의 집은 부두에서 멀지 않은 곳에 있었다. 골목을 나서면 바로 바다에 면한 길로 들어설 수 있을 정도로 접근성이 좋았다. 집은 동네의 여느 집과 다를 게 없었고, 갓 칠한 파란색 지붕이 눈에 띌 뿐이었다. 내가 마당으로 들어섰을 때, 문 노인은 비질을 하고 있었다.

"오늘은 방 없습니다."

노인은 나를 잠깐 쳐다보았을 뿐 하던 일을 계속했다.

"혼자 계신가 보죠? 덕적도는 처음인데, 취재차 들르게 됐습니다. 방송국 프로듀서거든요. 주로 자연 다큐를 제작해요. 여기 사신 지는 오래 되셨습니까?"

나는 부지런히 말을 시켰다.

"편하게 계시다 가시오. 안에 마실 물 있으니까 자시고 싶으면 자시고."

노인이 한 말은 그게 전부였다.

나는 굴업도의 보존 가치에 대해서도 떠들어댔지만, 노인은 고개만 끄덕일 뿐 말이 없었다. 마루 벽에 이십 대로 보이는 청년의 사진이 있어서, 아들이냐고 물어보았더니, 고개를 가로저었다. 손자냐고 물었더니, 끄덕였다. 주민들 말에 의하면, 손자는 서울에서 대학을 다니는데, 3년 전 추석 때 온 이후로 못 봤다고 했다. 노인이 육지로 가서 만난다는 얘기도 있었다. 그런 노인에게는 아들이 둘 있었다. 큰 아들 부부는 이유도 모른 채 노상에서 칼부림을 당해 죽었고, 작은 아들은 군복무 중에 사고로 사망했다고 한다. 아내는 일찌감치 암으로 세상을 떠났고, 사진 속 손자는 큰아들의 유일한 혈육이자, 노인의 유일한 손이라고 했다. 한때 고향을 떠났던 노인이 다시 돌아온 건, 두 아들을 모두 잃고 난 다음이었다.

나는 노인이 건네준 물을 한 모금 마시고 길을 나섰다. 의심을 살지도 모른다는 생각에, 마치 자연 다큐를 구상하는 것인 양 가던 길 그대로 등산길에 올랐다가 먼 길을 둘러서 내려왔다.

민박집은 부두가 잘 보이는 마을 끝 집으로 정했다. 두 시간쯤 낮잠을 잔 후에 다시 나와 노인의 집 주변을 배회했다. 오후 3시쯤, 노인은 골목 앞길에 주차해놓았던 승합차 9인승 그레이스를 타고 어디론가 떠났다. 뜻밖이었다. 승합차를 모는 줄은 몰랐는데……

나는 노인의 집으로 숨어들어갔다. 마당에서는 아무것도 찾지 못했지만, 노인이 기거하는 안방에서는 조사해볼 만한 몇 가지를 발견했다.

낚시하러 온 손님을 태운 이력과 육지에 다녀왔던 일정이 달력에 꼼꼼하게 기록돼 있었다. 나는 카메라로 촬영해서 스캔했다. 전화기 옆에 놓여 있는 수첩에는 전화번호들이 적혀 있었다. 그것도 촬영했다. 서랍에는 손자와 주고받은 편지와 사진, 성적표, 통장 등이 들어 있었다. 그것들도 촬영했다. 그리고 눈에 띈 두 가지 종류의 휴대전화 배터리와 충전기. 사용 중인 휴대전화 역시 두 개일 것이라고 짐작했다. 마지막으로 의료보험카드를 촬영했다. 단출한 살림살이였기 때문에 일을 끝내고 노인의 집을 다시 나올 때까지 10분도 채 걸리지 않았다.

오래지 않아 숙박할 손님들을 태우고 노인이 돌아왔다.

나는 저녁을 먹고 해가 저물기를 기다렸다가 부두로 갔다. 노인의 낚시어선 청운호에 몰래 올랐다. 조타실, 간판, 엔진실, 어창…… 샅샅이 뒤지고 카메라로 촬영했다. 돌덩이나 시체가방을 발견하진 못했지만, 감식팀이 와서 제대로 털어볼 필요는 있었다. 시신을 실어 날랐던 어선일지도 모른다고 생각하니 오싹한 기분이었다. 특히 그 승합차가 의심스러웠다.

다음 날 연안부두로 떠나는 쾌속선 대신, 덕적도와 방아머리 여객터미널을 왕래하는 카페리를 타고 대부도를 거쳐 서울로 돌아왔다. 귀항 길에 나는 비로소 사건에 대한 윤곽을 어느 정도 그릴 수 있었다. 노인이 왜 그래야 했는지 동기를 알아내는 일이 남았다. 무엇보다 노인의 손자를 만나볼 것이다.

암살자들

습관

그 친구 섹스는 좋아했지만 도박이나 마약은 손대지 않았어요. 한마디로 무익했거든요. 일 마치고 저녁에는 스포츠센터에 들러 체력 관리에 공을 들였고 전시회와 공연 같은 것도 자주 보러 다녔습니다. 그런 와중에도 가장 중요하게 생각한 건 아무래도 지식의 습득이었어요. 늘 뒤처질까봐 불안했기 때문에 전문서적을 탐독하면서 지식을 보충하는 일에 집착했어요. 그런 게 바로 성공하는 습관이죠. 그래서 후배들한테 보고 배우라고 많이 그랬습니다.

—권영수(전 직장 상사)

기담이 주소에 적힌 대로 찾아온 곳은 야트막한 산자락에 지어진 아파트 단지였다. 계단식인 5층짜리 두 동이 전부였고, 경비실은 단지 전체에 하나뿐이었다. 주변의 최신 고층 아파트에 둘러싸인 어쩐지 잘 숨어 있는 모습이었는데, 기담은 그 점이 마음에 들었다. 뒷산을 넘어 오지만 않는다면 진입로는 분명 외길이었다.

기담은 경비실에서 열쇠를 받아 계약한 3층 집으로 들어섰다. 벽을 더듬어서 불을 켜자, 방 두 개, 거실과 화장실은 하나인 휑뎅그렁한 빈집이 드러났다. 한 가지 분명한 장점은 큰방 침실에서 진입로를 내다볼 수 있다는 점이었다. 낯선 자를 관찰하기에 유리한 입지였다. 작은방은 주차장과 뒷산 공원으로 면하고 있었는데, 공원은 수풀이 쏴 하고 흔들리는 소리가 다 들릴 정도로 스산한 분위기를 풍겼다. 무심코 본 캄캄한 공원 펜스 너머에 무덤과 비석이 일군을 이루고 있었다.

침대와 소파를 들이고 간단한 침구를 사오는 것까지 끝내고 나니 밤 10시. 잘 준비를 마친 기담은 전등을 모두 끈 채 아파트 진입로를 한 시간가량 지켜보았다. 놈들은 나타나지 않았다.

기담은 침대에 편안하게 누웠다. 피곤했기 때문에 금방 잠에 빠져들 것만 같았지만, 의외로 쉽게 잠이 오지 않았다. 바람에 창이 격정적으로 흔들렸고, 옆집에서 텔레비전을 켜둔 소리가 갈라진 벽 틈 사이로 샜다. 어딘지 모를 먼 곳 산사에서나 울릴 법한 범종소리가 들렸을 때쯤 그는 비로소 잠이 들었다.

아침 일찍 잠에서 깨어난 기담은 거실 베란다 창 앞에 섰다가 뜻밖에도 하얀 눈 세상과 마주쳤다. 새벽에 첫눈이 내린 것이다. 색칠한 듯 길 위를 덮은 정도에 불과한 양이었지만, 왠지 갈증이 풀리는 느낌이었다.

그는 집 밖으로 나가서 잔뜩 눈 먹은 은행나무를 흔들었다. 맑게 갠 하늘에서 함박눈이 내렸다. 학교 가던 어린 남매가 "안녕하세요?"라며 인사하고 지나갔다. 기담은 "어, 그래"라고 답을 하긴 했지만 어정쩡했던 것 같아서 민망했다.

찬찬히 둘러보니 단지 내 줄지어 있는 수목과 세월이 가꾸었을 법한 화단이 퍽 인상적이었다. 단연 키가 컸던 도토리나무 외에도 단풍나무, 대추나무, 감나무, 살구나무, 회양목 등이 군락을 짓고 있었다. 금이 가고 색이 바랜 회색 건물과 낡은 가스배관, 전봇대에서 아파트로 아무렇게나 연결된 전깃줄과 통신 케이블만 아니라면 좋았을 뻔했다.

기담은 아파트단지 진입로를 따라 버스 정류장까지 나가 보았다. 아무리 둘러봐도 진입로는 하나뿐이었다. 놈들이 도보로만 오지 않는다면 반드시 눈에 띌 것이다. 피시방에 들러 인터넷 서핑을 한 후에는 주변 지리를 익힐 겸 동네 구석구석을 훑었다. 처음 왔을 때부터 궁금했던 뒷산 공원에도 가보았다. 비석, 망주석에 문인석까지 갖춘 무덤이 십수 묘나 됐다. 문인석상이 쓰고 있는 관모가 도깨비감투와 꼭 닮아서 재미있어 보였다.

산책을 끝내고 단지로 돌아온 그는 경비실에서 빗자루를 빌려 진입로 입구에서부터 눈을 쓸기 시작했다. 주민들이 흐뭇해한다는 것쯤은 단번에 느낄 수 있었다. "제대로 된 입주자가 들어왔구먼그래"라고 웬 할머니가 이웃에게 말했다. 하지만 그들은 그가 눈을 치우는 진짜 이유를 몰랐다. 보이지 않는 존재가 되면 눈에 찍히는 발자국이 부담스러워진다. 기담은 그때를 대비하는 것이다. 그는 상쾌했던 기분을 접고 치열하게 될 하루, 혹은 쉽게 끝나지 않을 싸움을 준비했다.

사흘 만에 그자들이 나타났다. 겨우 사흘. 길지도 짧지도 않은 시간이었다. 어떻게 추적해왔을까?

기담은 전기, 가스, 수도, 인터넷 서비스, 어느 것에도 명의를 등록하지 않았다. 되찾은 베라크루즈는 부천 중앙공원 주차장에 세워두고 장승과 짐만 가지고 돌아왔다. 물론 미행은 없었다. 부동산 중개업자? 휴대전화 통신조회와 위치추적? 신용카드 사용지역 조회? 가능성은 그 정도.

오후 3시쯤, 기담은 그자들이 회색 투싼을 타고 진입로를 올라오는 첫 등장을 지켜보고 있었다. 놈들이라는 직감은 틀리지 않았다. 과연 광대뼈와 회사원이 차에서 내리는 것이었다. 그들은 단번에 기담의 거처를 알아보지는 못하고 주차장과 경비실을 두리번거리는 것으로 탐색을 시작했다. 정확한 주소를 가지고 온 것은 아니라는 의미였다.

마을버스의 종점이 고등학교였기 때문에 주변엔 피시방이 몇 군데 있었다. 광대뼈와 회사원은 단지로 들어오기 전에 피시방마다 들러 기담의 사진을 내밀었다.

"아, 이 아저씨. 요 며칠 아침마다 산책하는 것 같던데. 때 되면 밥 먹으러 나오기도 하고. 새로 이사 온 사람이구나. 그렇게 생각했죠."

회사원이 경찰 신분증을 내밀었으므로 피시방 주인은 솔직하게 생각나는 대로 대답했다. 평범한 사람들이 신분증이 가짜인지 아닌지 구분할 리가 없었다.

"이 새끼 진짜 이상하다니까. 이건 말이 안 돼. 보통 놈이 아니야."

투싼을 아파트 단지 진입로 중간에 세우면서, 회사원이 말했다.

"알았으니까 집이 어딘지 찾을 생각이나 해. 빨리 작업 끝내고 가게."

광대뼈가 말했다.

학원장이란 자가 유례없이 말썽이었다. 그래서 두 사람은 심적인 압박을 받고 있었다. 작업이 지연될수록 그에 따른 위험도 높아진다. 누군가를 사라지게 하려면 그 자신 역시 인생을 통째로 걸어야 하는 것이다.

"이번엔 확실히 좀 처리하자. 난 일 끝나면 필리핀 같은 데로 뜬다는 각오 돼 있거든."

회사원이 말했다.

"내 말이."

광대뼈가 이를 갈았다. 일단 원장의 위치를 확인하기만 하면 신속하게 작업에 들어가기로 했다.

회사원이 하교하는 아이들에게 물어서 기담의 집 호수를 확인했다. 광대뼈는 진입로 건너편 고층 아파트로 가서 기담의 3층 집을 망원경으로 엿보았다. 커튼이 없는 집이었으므로 어렵지 않게 들여다볼 수 있었다. 30분가량 관찰했는데 사람의 흔적은 없었다.

"집 비었다. 기다리고 있다가 나타나면 뒤에서 까자."

광대뼈가 단지 앞을 어슬렁거리던 회사원에게 전화했다.

"좋지."

회사원은 일이 잘 풀릴 것 같은 예감이 들었다. 원장이 귀가할 때를 노리면 훨씬 수월해진다. 흔해 빠진 노상강도로 가장하면 되는 것이다.

반면 집으로 침입하게 되면 일이 복잡해지는데, 둘은 그런 상황마저 각오 돼 있었다. 최대한 빨리 끝내고 나머지 잔금을 받아낼 생각에 안달이 나 있었던 것이다. 그를 유혹한 건 상상할 수도 없는 거액이었다.

두 사람은 잠복으로 들어갔다.

밤이 됐다. 기담은 감투를 쓴 채 아파트를 나와 놈들의 차로 다가갔다.

그들은 빵과 우유, 과자로 저녁을 때운 직후였다. 운전석의 회사원은 크게 하품을 했고, 광대뼈는 껌을 씹으며 진입로와 현관을 번갈아 노려보고 있었다. 독이 오른 집요한 시선이었다. 기담은 두 사람의 얼굴을 머릿속에 또렷하게 새겼다. 다시 만나면 한번에 알아볼 수 있도록.

기담은 차 뒤쪽으로 이동했다. 놈들의 시선을 끌기 위해 주먹으로 트렁크를 세차게 두드렸다.

회사원이 먼저 차에서 내렸고, 이어서 광대뼈도 내렸다.

"분명 들었지? 누가 친 거야."

회사원이 주위를 두리번거리며 말했다. 광대뼈는 말 대신 주먹으로 트렁크 윗부분을 내려쳤다.

"이 소리?"

"맞아, 그 소리였어. 우리 혹시 사람 태우고 온 건가?"

기담의 바람대로 회사원이 트렁크를 열어보았다.

"트렁크 안에도 별거 없는데. 잘못 들었나?"

뒤쪽에 서 있던 기담은 어깨너머로 트렁크를 들여다보았다. 별것 없다는 회사원의 말과는 달리, 등산용 로프, 삽, 낚시가방, 하우스용 비닐 수십 미터, 재킷과 운동복, 정체불명의 연장가방이 들어 있었다.

기담은 숨이 턱 막혔다. 그는 놈들이 다시 차에 타기를 기다렸다가 겨우 숨을 내쉬었다. 방심하면 바로 당하겠는걸.

그 역시 나름대로 대비를 했다. 소형 위치추적기와 그것과 연동되는 스마트폰을 준비해놓고 기다렸던 것이다. 놈들이 출현하는 즉시 역추적을 시도하고, 어떤 목적으로 누가 보냈는지 알아낼 생각이었다. 그래야만 문제를 근본적으로 해결할 수 있었다. 또한 감투에 대해서 요모조모 연구했었다. 그 결과 특별한 점이 있다는 사실을 알아냈다. 감투는 모든 것을 보이지 않게 만드는 것은 아니었다. 감투를 쓰더라도 자신의 소유가 아닌 것은 사라지지 않는다. 이를 테면 감투를 쓴 상황에서 훔친 우산을 들고 있으면, 오직 그 우산만 남들 눈에 보이는 것이다. 자신의 것이 아닌 남의 옷을 입었다면 그 옷만은 사라지지 않는 것이다.

어쨌거나 당하고만 있지는 않을 것이다. 기담은 도깨비상이 부조로 새겨진 기왓장을 들고서 놈들의 투싼에 접근했다. 공원에 나뒹굴고 있던 것을 산책하면서 모아두었는데, 그 돌출된 무늬를 따라 형광색을 입혀 기괴한 도깨비 모습이 도드라지게 했다.

"벌써 10시야. 혹시 다시 부천에 가 있는 거 아닐까?"

광대뼈가 말했다.

"야, 저거 뭐냐?"

회사원이 진입로 끝 공원 입구를 가리켰다.

"뭐?"

"전방에. 뭐가 다가오잖아. 벽돌 같은데. 아니다. 사람 얼굴인가? 어, 어! 뭐야, 씨발!"

"헤드라이트 올려봐! 빨리!"

험악한 도깨비 기왓장이 허공을 지그재그로 날아 다가오고 있었다. 헤드라이트 불빛 때문에 기괴한 모습이 더 과장돼 보였다. 두 사람이 하얗게 질린 것과 동시에 기왓장이 앞 창유리에 거세게 부딪쳤다. 기왓장은 산산조각 났고, 창유리도 금이 갔다. 회사원과 광대뼈는 차에서 내렸다. 그들은 얼빠진 얼굴로 금이 간 창과 깨진 기왓장을 번갈아보았다. 그사이에 기담은 위치추적기를 운전석 좌석 아래에 붙여두었다. 그리고 준비해간 빨간색 유성사인펜으로 창에다가 이렇게 적었다.

"내가 보이니?"

회사원과 광대뼈는 기담의 낙서를 발견하고는 또 한바탕 우왕좌왕했다. 순찰차 한 대가 진입로 입구 앞 도로를 지나갔다. 안 되겠다 싶었는지 그들은 철수했다.

집으로 돌아온 기담은 휴대전화를 켜서 위치추적기가 잘 작동되는지 확인했다. 투싼은 점점 더 멀어지고 있었다. 의도대로 일이 진행됐다. 이제 그들을 추적함으로써 반격에 나설 차례다. 서두를 필요는 없었다. 우선은 위치 정보만 확보하면 되니까.

기담은 불을 켜고 싶었지만 왠지 안심할 수가 없어서 포기했다. 놈들이 생각을 바꿔 다시 돌아올지도 몰랐다. 아무도 없는 척 불을 끄고 지내야 한다는 점은 불편했다. 또다시 전쟁이 될지 모르는 다음 날을 위해 그는 잠자리에 들었다. 기담의 우려대로 자정 무렵 광대뼈와 회사원이 다시 돌아왔다. 쉽게 포기할 자들이 아니었다.

그들은 귀신에 홀린 기분이 정리되고 나자, 원장이 집에 숨어 있으면서 지켜보고 있을 것이란 생각을 떨쳐버릴 수가 없었다. 의뢰인의 독촉도 문제였다. 그래서 문을 따고 들어가 보기로 했다. 여전히 비어 있다면 아예 집 안에서 기다리는 것도 나쁘지 않을 것이다.

두 사람은 모자를 눌러 쓰고 고개를 숙인 채 아파트 현관으로 진입했다. 출입구마다 경비실이 있는 구조가 아니었기에 보안은 무방비 상태나 다름없었다. CCTV카메라는 화질이 좋지 못했는데, 더욱이 밤이라면 얼굴이 선명하게 찍힐 일은 없었다.

3층 원장의 집 앞 복도에서, 회사원이 가져온 공구가방을 열었다. 광대뼈가 손전등으로 비추는 동안, 회사원은 현관문을 땄는데 걸린 시간은 딱 일 분. 잠금장치에는 상처 하나 남지 않았다.

광대뼈가 마스크와 장갑을 쓰고 먼저 집으로 들어갔다. 쉬! 뒤따라 들어오는 회사원에게 그는 조심하라고 일렀다. 거실 소파에서 잠들어 있는 기담이 보였기 때문이다.

"안녕하신가, 원장 선생."

회사원이 눈을 희번덕거렸다.

광대뼈가 잠든 기담의 얼굴 옆에 의뢰인에게서 받은 사진을 나란히 놓고 비교해보았다. 그 학원장이 틀림없었다. 회사원은 냉장고 위에 놓여 있던 지갑을 가져왔다. 신분증에도 분명히 성기담이라는 이름이 박혀 있다. 광대뼈가 마취제를 꺼내 기담의 코밑에 댔다. 그러자 들쑥날쑥하던 숨이 고르게 안정됐다.

두 사람은 기담을 화장실로 옮겼다. 옷을 벗기고 손과 발을 느슨하게 묶은 다음 샤워기를 틀어 머리와 몸을 물로 적셨다. 기담을 뒤로 밀어서 목을 부러뜨릴 생각이었다. 몸에는 욕실에서 넘어져서 생기는 적절한 상처와 흔적이 만들어질 것이다.

"멋지지 않아? 내 아이디어. 샤워하다가 넘어져서 뒈졌다. 그렇게밖에는 생각할 수가 없지."

회사원이 자랑스러운 듯이 말했다.

"알았으니까 잘 조준해. 이번엔 제대로 하는 거다. 두 번 실수는 없어야 돼."

한기 때문인지 기담이 눈을 번쩍 떴다. 그러나 재갈이 물려 있었기 때문에 비명을 지르진 못했다.

"밀어!" 하는 회사원의 외침과 동시에 광대뼈가 기담을 뒤로 힘껏 떠밀었다. 손발이 묶여 있던 기담은 고목처럼 쓰러졌다. 머리가 문턱에 부딪친 기담은 죽지 않았다. 몸을 비틀면서 고통스럽게 신음할 뿐이었다.

"이런 것도 아이디어라고! 그냥 목매달자니까."

광대뼈가 회사원을 쏘아붙였다.

"조금만 기다려봐. 어차피 죽으면 될 거 아냐."

회사원은 어쩔 줄을 몰라 했다.

"못 봐주겠네. 비켜!"

광대뼈가 기담의 머리통을 잡고 목을 길게 늘어뜨리더니 경추를 문턱의 날카로운 모서리에 내리쪽었다. 기담은 허옇게 눈을 뜬 채 목이 부러져 죽었다. 살인이었다.

회사원은 막상 저지르고 보니 겁이 덜컥 났다.

"빨리 나가자!"

광대뼈가 화장실을 나가려던 회사원의 멱살을 잡고 돌려세웠다.

"말했지? 두 번 실수는 하지 말자고."

먹잇감이 죽었는지 확실히 하고 가자는 의미였다.

"알았으니까 놓고 얘기하지."

주눅이 든 회사원이 말했다. 그의 말이 옳았다. 지난번에도 분명히 고층 아파트 밖으로 던졌는데 멀쩡히 살아있었던 것이다.

진짜 기담은 감투를 쓴 채 숨어서 지켜보고 있었다. 광대뼈와 회사원이 장승을 화장실로 옮기고, 목을 부러뜨리고, 멎은 숨에 안도하고, 죽음을 두세 번 확인하며 기다리기까지의 모든 장면을.

하나하나가 소름끼치고 무서웠다. 그러니까 저자들은 부천 아파트에도 침입했던 것이다. 장승을 나로 착각하고 목을 매달았던 것이다. 장승이 나 대신 두 번이나 죽었다. 아니, 베란다 밖으로 던진 것도 포함하면 모두 세 번. 기담은 침을 꿀꺽 삼켰다.

저자들에게 보였을 나는 누구인가? 어떤 '나'가 죽고 또 죽었을까? 그렇다면 살아있는 나는?

동영상으로 남기자. 가능할까? 기담은 혹시나 들키지 않을까 마음을 졸여가며 휴대전화 카메라를 켰다. 그들에게 초점을 맞추고 동영상 촬영 버튼을 눌렀다. 녹화가 시작된다는 알림음이 울리는 바람에 식겁했지만, 다행히 그들은 눈치채지 못했다.

회사원과 광대뼈는 30분을 더 기다려서 장승의 숨이 완전히 멎었음을 확인하고 또 확인했다.

회사원이 공구가방을 챙기며 떠날 준비를 했다.

"안 가?"

"이번이 마지막이야. 너도 알지?"

광대뼈가 말했다.

"어. 알지. 다시는 이런 짓 하지 말자."

두 사람이 나가고 나자 기담은 털썩 주저앉았다. 다리에 힘이 풀려 일어설 수조차 없었다. 그들이 돌아올까 무서워서 감히 감투를 벗을 수가 없었다.

팩스가 전송되는 소리가 들린 건 그때였다. 또 저 팩스 소리……. 그는 양손으로 귀를 틀어막고 침실 침대 밑으로 기어들어가서 숨었다. 언제까지 이런 식의 공포 속에서 살아야 할까. 문제의 근원을 제거하지 않고서는 해결이 불가능해 보였다.

위태로웠던 밤이 겨우겨우 지나가고 있었다. 새벽일 나가는 사람들의 인기척과 옆집의 시계알람 소리 그리고 욕실에서 씻는 물소리 같은 것들이 들리기 시작했다. 안도한 기담은 묵은 잠이 쏟아지는 걸 느꼈다. 그는 꾸벅꾸벅 졸기 시작했다. 도깨비가 우글거리는 세상으로 그를 호출하는 팩스가 도착하고 있다는 것도 모른 채……

쉬!

기담은 눈을 번쩍 떴다. 출근시간인데, 발걸음 소리 중 하나가 아파트를 나서는 것이 아니라 계단을 올라오고 있었다. 하나가 아니라 여럿이었다. 문이 열리고 반짝이는 구둣발이 기담의 집으로 들어왔다. 한 사람, 두 사람, 세 사람…… 침대 밑의 기담은 숨죽이며 지켜보았다. 그들이 방과 거실, 욕실을 뒤졌다. 기담은 그들이 자신을 찾는 중이라고 생각했다. 티끌 하나 없이 깨끗하게 닦인 구둣발 하나가 침대 앞에서 왔다 갔다 자꾸 서성거렸다. 구둣발이 담배를 꺼내 불을 붙였고, 연기를 내뿜었다. "끄집어내"란 구둣발의 목소리가 들린 것과 동시에 기담은 자신의 다리를 턱 잡는 억센 힘을 느꼈다. 그러고 쑥 뽑히듯이 침대 밑을 빠져나가 그들 앞에 섰다.

담배 연기로 가득 찬 호텔 방이었고 낯익은 그들이 지켜보고 있었다. 제목도, 송수신 처도 없는 팩스 다섯 장이 기담 앞에 놓여 있었다.

"뭐죠?"

기담이 물었다.

"윤 과장 알지? 너 학교 동기잖아. 친하기도 했고."

기담은 문득 창에 비친 자신이 10년쯤 젊어져 있다고 생각했다. 그렇다면 은행에 근무할 때였으리라.

"그런데요?"

"그 팩스, 윤 과장이 보낸 거 맞지?"

"아닌데요."

"날짜를 잘 봐. 윤 과장이 직접 작성해서 보낸 팩스야. 기억나? 아니 기억나야 돼."

그들 중 하나가 말했다.

"이 팩스가 당신들을 부자로 만들어주었죠."

기담이 말했다. 킬킬 웃던 다른 하나가 말했다.

"그 팩스는 할인쿠폰 같은 거였지. 덕분에 싸게 샀어. 게다가 애초에 우리가 손에 넣을 수 없는 것이었는데, 기어이 사고 말았어. 팩스 말고도 좋은 일이 많았거든. 맘에 드는 거래였어."

"근데 말이죠. 이 팩스, 윤 과장이 작성한 거 아녜요. 괜히 죽은 사람한테 덮어씌우지 마시죠. 이런 엉터리 보고서를 윤 과장 같은 베테랑이 작성했을 리가 없어요."

"아니, 윤 과장이 작성한 게 맞아. 우리끼린 이미 그러기로 했으니까. 사람들이 물어보면 넌 그냥, 그렇다, 라고만 해. 어렵지 않잖아."

처음에 질문했던 하나가 말했다.

"죽은 사람에게도 명예가 있는 법입니다. 잘 봐요. 수치가 틀렸어요. 회사가 갑자기 이렇게 부실해질 리가 없잖아요. 이런 걸 윤 과장이 작성했다고요?"

"누가 뭐래도 그 팩스는 윤 과장이 작성해서 송신한 거야."

또 다른 하나가 말했다. 그의 말에는 마침표 같은 위엄이 있었기 때문에 아무도 부연을 하거나 토를 달지 않았다.

"왜 날 다시 부른 거죠?"

기담이 말했다.

"상기시켜주려고. 딴마음 먹으면 서로 힘들어질 거야."

처음 하나가 말했다.

"이런 식이면……, 아무래도 나, 사실대로 고백해야 할 것 같아요."

기담이 말했다.

"대가를 치러야 할 텐데?"

그들이 웃었다.

강단 있게 맞서려고 했지만, 기담은 머뭇거렸다. 그들 앞에만 서면 주눅이 들고 용기가 사라지곤 했다.

꿈속에서조차 항상 그랬다.

리스크 매니지먼트

직선과 곡선

직선은 인간의 것, 곡선은 신의 것.

— 안토니 가우디(스페인 건축가)

범인과 범행수법을 특정하는 데 초점이 맞춰지는 일반적인 수사와는 달리 프로파일링은 인간 유형의 시대적 전형을 밝히는 작업이기도 했다. 프로파일링 역시 여느 이론의 세계와 마찬가지로 패러다임의 지배를 받는데, 오늘날의 패러다임은 대략 1970년대부터 본격적으로 축적되기 시작한 데이터에 근거를 둔다. 지극히 성적인 환상의 지배를 받던 당시의 괴물들이 현대적인 연쇄살인범들에 관한 밑그림을 그려주었던 것이다. 테드 번디, 에드먼드 캠퍼, 게리 리지웨이가 한국에서는 유영철, 강호순 등으로 존재해왔고, 그러한 유사성은 적어도 유사한 범죄자를 식별해주는 작업에 한해서는 훌륭한 지도와 안내가 돼왔다. 그런데 구시대의 패러다임은 새로운 유형의 범죄가 탄생하고 만연할 때까지 그것의 발견을 더디게 만들기도 한다. 죄책감도 없이 사람을 죽이고 다니는 괴물들을 생각해보라. 지금에야 우리는 그들을 그럭저럭 안다고 생각할 만큼 익숙해져 있지만, 불과 20여 년 전까지만 해도 아니었다. 어떻게 주거지를 마구 옮겨 다니면서 알지도 못하는 사람들을 상대로 살인을 저지를 수가 있지? 그것도 반복해서? 한 사람도 아닌 여러 사람을? 그런 질문들이 당시의 경찰들을 혼란에 빠뜨렸다. 그 시절의 패러다임 하에서는 그럴 리가 없다는 편견의 저항을 받았던 것이다.

새로운 세기가 시작되고 상당한 시간이 흘렀다. 나는 한동안 좌절에 빠져 지내면서 이런 생각을 해본 적 있다. 어쩌면 새로운 표본이 필요한 시대가 닥친 것은 아닐까? 우리가 아는 범죄자 유형에서 벗어난, 전혀 새로운 유형의 범죄자들이 등장하고 있는 것은 아닐까? 우리가 알고 있는 프로파일링의 경험치로는 도저히 포착해낼 수 없는 자들 말이다. 나는 그런 불길한 예감에 사로잡히곤 했다. 쓰러져 응급실로 실려갔다는 그날, 나를 깨운 것도 바로 그 섬뜩한 느낌이었다.

"돌아가려던 참이었는데, 마침 깨어났다고 해서. 우리 구면이지?"

뜻밖에도 수사팀 연우준 반장이 병원에 와 있었다. 그리고 그는 서울지방경찰청 재직 시절 비록 서로 먼 부서에서 일했지만 우리가 한때 동료였다는 사실을 기억하고 있었다.

굴업도에서 돌아온 나는 영등포 집에 도착하자마자 밤새 덕적도 문 노인을 용의자로 설정한 보고서를 작성했다. 수사팀에 보고서를 보내놓고 나서는 여독을 이기지 못한 탓에 쓰러졌던 모양이었다. 아들이 전화를 받지 않자 걱정이 된 아버지가 응급차를 불렀다고 했다.

연 반장이 전기주전자에 물을 끓이며 말했다.

"보내준 보고서는 잘 봤어. 덕분에 허 형사는 오늘 아침 배로 덕적도 들어갔고, 손 형사와 한 형사는 문성식의 통화기록, 과거 행적, 대학 다닌다는 손자에 대해서 조사하는 중이야. 아, 그리고 카메라 감독은 허 형사 따라 덕적도로 보냈어. 괜찮지?"

"네."

"한방 먹었어. 돌덩이가 단서였다니."

"제 보고서에 감동 받으셨군요."

나는 칭찬을 기대하고 허세를 부려 보았다.

"운이 좋았어, 류 피디. 흔치 않은 일인데."

연 반장은 칭찬을 생략하고 가져온 서류파일을 내게 툭 던졌다.

"뭡니까?"

"열어봐."

파일은 2003년 가을겨울 동안 발생한 연쇄방화사건에 관한 것이었다. 무슨 의도로 이걸 내게? 나는 연 반장의 의도를 종잡을 수가 없었다.

"벌써 10년 전 일인데, 그 사건 들어봤는지 모르겠군."

"모를 리가 있겠습니까? 저도 반장님에 대해서 좀 알아봤습니다. 반장님이 서울 광수대 반장 배지 달고 처음 맡은 사건이었는데, 따님을 잃으셨죠."

"그랬지."

"죄송합니다. 그 일을 언급하게 돼서."

"그것도 세월이 약이더군. 이젠 진정됐다면 이상한가? 우리 아이는 가슴에 잘 묻었어. 대신 놈을 잡게 되면 내가 다시 어떻게 변할지는, 나도 모르겠지만."

"그런데, 이 파일을 왜 제게 주시는 거죠? 실기는 통과. 이번 엔 면접시험인 겁니까?"

"그냥 개인적인 부탁이라고 생각해주게. 낙오한 프로파일러의 의견을 듣고 싶군그래. 아, 조금 있다가 진 형사가 데리러 올 거야. 같이 가서 누굴 좀 만나줘야겠어. 시간 맞춰 가려면 지금 씻는 게 좋을 거야."

응급실을 나서려는 연 반장을 향해 내가 물었다.

"제가 질문 하나 드려도 될까요?"

"그러든지."

"반장님께서 이번 사건 맡겠다고 나선 이유, 알고 싶습니다. 원래는 일선서에 배정될 사건이었다면서요?"

"어디서 주워듣는 건 많아가지고. 때가 되면 얘기하지."

오후 1시쯤 진 형사의 구형 아반떼가 도착했고, 퇴원한 나는 그와 합류했다.

"축하해! 반장님이 너 끼워주란다."

첫 대면 때와는 달리 진 형사의 태도는 우호적으로 바뀌어 있었다.

"축하는 무슨? 공문 띄우고 허락받은 지가 언젠데. 진작 영접했어야지. 목적지는?"

"역삼동 강남파이낸스센터. 인공 디스크 시술받은 환자분께서 거기 살아계시단다."

"뭐? 잠깐만, 이해가 안 가는데. 덕적도 변사체에서 나왔다는 그 인공디스크 말하는 거야?"

"어."

"시술받은 당사자가 살아있다고? 죽은 사람이? 어떻게…… 그게 말이 돼?"

"낸들 알겠니? 무슨 도깨비장난도 아니고. 수사팀 전체가 시쳇말로 멘붕이다."

"착오가 있는 건 아닐까? 기록이 잘못됐을 수도 있잖아. 처음부터 국과수가 인공디스크 판독을 잘못했거나."

"그 소리 진짜 수십 번은 더 들었겠다. 영어도 짧은데, 미국 병원에 직접 전화해가지고, 묻고 또 묻고. 내가 다 미안하더라. 이틀 동안 꼬박 그 짓을 했는데, 결론부터 말하자면 틀림없어. 적어도 서류상으로는. 병원 이름, 시술 날짜, 시술의, 환자의 이름과 나이, 혈액형, 신체 특징, 인종, 인공디스크 넘버까지 정확해. 국과수 쪽 자료는 내 눈으로 직접 확인까지 했어."

"이상하네."

"이상하지. 나도 경찰 짬밥깨나 먹었다면 먹었는데, 이런 일은 처음이야."

"통화해봤겠네? 약속 잡았다니까."

"했지. 어제 오후에."

"느낌이 어때?"

"교폰데, 미국 변호사 출신이야. 엘리트답게 말도 점잖고, 자신감 넘치고, 만나자니까 그러자 그러고, 거리낌이 없더라. 통화하면서 특별히 이상하다는 느낌은 못 받았어. 거기 사진이랑, 신상정보 있으니까 읽어봐."

나는 글로브박스에서 파일을 꺼내 이제 곧 만나게 될 자의 신상정보를 눈에 익혔다. 희미하지만 웃고 있는 사진이었다. 그를 만나기 직전 내가 남긴 기록은 다음과 같다.

"변사체에서 나온 인공디스크의 일련번호를 근거로 확인해본 결과, 시술받은 환자의 이름은 다니엘 김. 한국이름 김민수. 43세. 현재 외국계 사모펀드인 엘스타펀드에 재직 중이다. 펀드의 한국 진출은 3년째. 김민수는 서울에서 고등학교 재학 중일 때 가족 전부가 미국으로 이주했다. 캘리포니아 주립대학에서 경제학과 정치학을 전공했고, 뉴욕라이프 인터내셔널에서 잠시 일했다. 3년 만에 그만두고, 미시건대에서 로스쿨을 수료한 후 변호사 자격을 취득했다. 한국으로 오기 전에는 서너 곳의 법률회사에서 일한 적 있었다. 올해 3월 인천공항을 통해 입국했고, 회사 내에서 담당하고 있는 업무는 파악하기 힘들다. 연고지는 텍사스 주로, 양친이 거주하고 있다."

파일을 덮고 나서 내가 물었다.

"왜 만나자고 했는지 용건은 전했어?"

"그냥 변사체 건 때문이라고는 했지. 부검해본 결과 인공디스크가 나왔다, 시술받은 환자가 당신 이름이더라. 거기까진 아직 얘기 안 했어. 그 얘기 꺼낼 때 어떻게 반응하는지 좀 보자고."

"뭐라고 대답할까? 일번, 내가 그 수술 받았다, 라고 답한다. 이번, 처음 듣는 얘긴데, 그런 수술을 받은 적 없다, 라고 답한다. 뭐가 더 이상해?"

진 형사가 고개를 절레절레 흔들었다.

"아무리 생각해도 이건 삽질 같아. 서류나 데이터 중에 분명 오류가 있을 거야. 우리가 모르는 구멍이 따로 있어. 아오, 나도 덕적도 따라갔어야 했는데."

나는 역삼동에 도착하기 전까지 엘스타펀드에 대해 검색을 계속했다. 펀드가 투자한 기업 목록에서 흥미로운 회사를 발견했다. 옐로해운레저. 서해 연안 섬을 오가는 카페리와 차도선, 여객선의 운항권을 보유한 회사였다. 나는 덕적도를 빠져나올 때 이용했던 카페리가 바로 옐로해운레저 소유였음을 떠올렸다.

우리는 테헤란로의 언덕 중반에 이르렀다. 줄지어 선 빌딩들 가운데에서도 유난히 웅장해 보이는 강남파이낸스센터가 눈에 들어왔다.

"몇 층이라고?"

내가 물었다.

"30층."

우리가 탄 차는 거대한 지하 주차장으로 빨려 들어갔다.

빌딩 로비에 회사 안내표지가 없어서 처음에는 당황했다. 우리는 안내데스크에 문의해보고 나서야 비로소 제대로 찾아왔음을 알았다.

"왜 이렇게 부담스럽지. 무슨 비밀기관 같지 않아?"

올라가는 엘리베이터 안에서 진 형사가 말했다.

"부담스럽기는 광수대도 못지않아. 처음 봤을 때 폐교인 줄 알았거든. 그게 공공시설 은폐 전략이라면 대성공이다. 타 기관에 귀감이 되겠어."

진 형사가 웃었다. 신축 예정이긴 한데, 그 전에 제발 좀 고발해달라고 부탁까지 했다.

30층 엘리베이터 앞 공간은 복도로 향하는 양쪽 모두가 인증을 해야 통과할 수 있는 유리문으로 막혀 있었다. 우리가 인터폰으로 담당자를 호출하자 여직원이 유리문 너머에 나타났다. 기다리게 해서 죄송합니다, 라고 인사말 정도는 해줄 줄 알았는데, 그녀는 신분증부터 보여달라고 했다. 진 형사의 경찰신분증을 확인하고도 그녀는 주눅이 들거나 친절해질 기미가 없었다.

"녹음, 촬영 모두 안 돼요. 전자기기 지참하고 계시면 제가 맡아둘게요."

여자가 내 녹음기를 가져갔다. 급하면 휴대전화를 녹음기로 사용할 수 있겠지만 나는 의지가 꺾였다.

그녀가 안내하는 대로 복도를 걷는 동안 몇 개의 회사를 지나쳤다. 모두 외국계 금융회사였다. 낯익은 회사도 있었고 처음 들어보는 회사도 있었다. 모퉁이를 돌고 나서, 여깁니다, 라고 여자가 안내했다. 회사임을 알리는 안내표지는 그곳에도 없었다.

"보안 하나는 끝내주는군."

진 형사가 속삭였다.

사내에도 회사를 소개하는 문구나 CI, 수상실적 같은 홍보용 전시물은 일체 없었다. 좁은 복도를 사이에 두고 개인 사무실이 줄지어 있었는데, 방의 주인이 누구인지 알려주는 명패는 없었다. 공간이 탁 트이면서 응접실을 겸한 휴식 공간이 드러났다. 그 공간을 지나자마자 다시 등장한 복도의 첫 번째 방이 김민수의 사무실이었다.

"팀장님, 모셔왔습니다."

여자가 사무실 문을 열고 말했다.

팀장이라 불린 남자가 모습을 드러냈다. 우리를 안으로 들이면서 그가 먼저 악수를 청했다.

"김민숩니다. 편하게 앉으십시오."

그는 회사 인터넷 홈페이지에 올라 있는 사진보다 젊어 보였다. 안경 때문인지 더 지적으로 보였고, 친근하게 늙고 있다는 인상을 주는 얼굴이었다. 과로의 흔적이 얼굴에 배어 있었지만 피부는 우아하게 다듬어져 있었다. 적당한 체격에 키는 175센티미터 내외. 운동을 한 몸매는 아니라고 생각했는데, 악수할 때 어마어마한 악력을 느끼고 내심 놀랐다.

"죄송합니다. 요즘 한창 피치를 올리고 있는 계약 건이 하나 있어서요. 체결까지 얼마 남지 않아서 그런지 몰골이 어째 좀 꾀죄죄합니다."

나는 교포 특유의 억양을 찾으려고 그의 말을 귀담아 들었지만, 그는 한국어를 구사함에 있어서도 전혀 어색함이 없었다. 차분한 말투 때문에 특히 더 그렇게 느껴졌다.

"저희가 미안하죠. 시간 내주셔서 감사합니다."

진 형사가 말했다. 김민수가 이마의 땀을 닦으면서 물었다.

"인천에서 오셨다고요?"

"네. 인천 광역수사대 진경희입니다."

진 형사는 명함을 내밀었지만, 김민수는 건네지 않았다. 나는 간단히 구두로만 신분을 밝혔다.

"류문학입니다. 피디구요, 다큐 제작하고 있습니다."

"아, 다큐멘터리? 뜻밖이네요."

그가 흥미를 보였다.

문 밖 복도에서 조금 먼 느낌의 노크 소리가 들렸다가, 잠시 후에 우리가 있던 방을 노크하는 소리가 들렸다. 여자가 커피를 가져온 것이다.

그가 웃어 보이면서 먼저 본론을 꺼냈다.

"전화로 미리 말씀 주셔서 어떤 사건인지는 대략 알아들었습니다만, 구체적으로 들어가면 불명확한 부분도 있고 해서, 따로 준비한 건 없습니다. 편하게 물어보십시오. 우리 같은 법 버러지들이야 경찰에게 잘 보여야 먹고사니까."

번지수를 잘못 찾았다. 진 형사의 얼굴이 딱 그랬다. 나 또한 김민수를 조사한다기보다는, 뭔가 도움을 받을 수 있지 않을까? 그런 고민을 하기 시작했던 것 같다.

진 형사는 덕적도 인근에서 건진 변사체에 대해서 설명했고, 그 변사체의 신원을 밝히는 중에 있으며, 사실은 귀하가 변사체의 주인 후보였다는 얘기도 했다.

진지하게 듣고 있던 그의 입술이 조명을 받고 반짝였다.

"지갑을 잃어버린 적도 없었고, 휴대전화를 잃어버린 적도 없었고, 집에 도둑이 들었던 적도 없었고…… 그런데 변사체가 어째서 저를? 거 참 이상하네요."

그는 단번에 흘러가는 이야기의 핵심을 알아들었고, 변사체의 주인으로 왜 자신이 지목됐는지 궁금해했다.

"바로 그게 문젭니다. 저희도 그 대목에서 좀 헤매고 있거든요. 음, 한국에 들어오고 나서 수상한 사람이 주변에서 얼쩡거렸다던가, 아니면 팀장님 신상에 대해서 묻고 다니는 사람이 있었다던가, 그런 일은 없었습니까?"

"제가 인지하는 한도 내에선 딱히 그런 일은 없었습니다. 저희가 중요한 서류를 휴대하는 경우가 많기 때문에 의식적으로 조심하거든요. 그래서 보안에 대해 교육도 받고요. 아직까진 특별히 이상한 사람은 없었습니다."

이어지는 질문에 대해서도 그의 대답은 막힘이 없었다. 우리는 왠지 김이 빠진 분위기였다. 하지만 아직 중요한 질문이 하나 남았다.

진 형사는 인공디스크 얘기를 꺼내기 전에, 허리가 아프다는 시늉을 하면서 자리에서 일어났다가 앉았다.

"의자가 불편하시면 자리를 옮길까요?"

김민수가 말했다.

"괜찮습니다."

진 형사는 은근슬쩍 건강문제 얘기를 꺼냈다.

"사실은 허리에 고질병이 있어요. 이게 좀 피곤합니다. 진짜 허리 조심하십시오. 팀장님은 허리 괜찮으세요?"

"네, 저는 뭐 아직은."

그가 친근하게 웃어 보였다.

"그럼, 다시 처음으로 돌아가서, 저 김민수가 살아있다는 건 이미 증명이 됐고. 제가 뭘 도와드릴까요?"

진 형사가 나를 슬쩍 한번 보았다. 이제 물어볼 거야. 잘 보고 있어. 그가 목소리를 가다듬었다.

"혹시 최근에 수술을 받은 적 있었습니까? 한 4~5년 안 쪽으로요."

"없습니다. 종합검진을 한번 받아볼까 생각 중이긴 합니다."

"사실은 말씀드린 그 변사체에서 인공디스크가 나왔습니다. 제품정보와 시술 이력을 추적한 끝에 변사체 신원을 특정할 수 있었던 거죠. 그 인공디스크의 주인이 바로 김민수 씨. 저희가 조사한 자료가 정확하다면 김민수 씨는 죽은 게 맞습니다."

진 형사와 나는 그의 반응을 기다렸다.

"죽었다고요? 제가요?"

그가 어처구니없다는 듯이 또 한 번 웃었다. 나는 그의 반응이 꾸밈없이 신속하게 흘러나왔다는 인상을 받았다. 다만, 웃는 모습이 매번 저렇게 똑같을 수가 있을까? 그런 생각에 잠깐 빠지

150

긴 했다. 웃음을 그친 그의 표정이 진지하게 바뀌었다.

"종합하면, 제가 한국에 오기 전, 미국에 있을 때 뭔가 잘못됐을 가능성이 높은 거네요? 그렇죠? 누가 제 서류를 위조했다거나……. 아, 그 의료기록 제가 볼 수 있을까요? 보면 뭔가 떠오를 수도 있을 것 같은데."

"돌아가는 대로 보내드리겠습니다. 보시고 말씀해주세요."

진 형사는 머리를 긁적이더니 내게로 시선을 돌렸다.

"회사에선 어떤 일을 주로 하시는지 여쭤도 되겠습니까?"

내가 물었다.

"주로 계약서를 담당하고 있습니다. 들어보셨겠지만, 회사를 사고팔거나 합병하고 쪼개는 절차는 굉장히 복잡해요. 관련 법이 얽히고설켜 있죠. 전문가조차도 머리가 터질 정도로. 특히 한국 회사와 미국 회사 간의 거래라면, 양국의 법률 요건을 모두 충족시켜야 하기 때문에, 더 복잡하고, 더 고려할 게 많아집니다. 그래서 보통 계약서에 부속되는 자료도 어마어마하게 방대해요. 그런 걸 문장 하나하나를 뜯어가면서 검토하는 게 제 일입니다. 영문계약서와 한글계약서가 일치하는지도 보구요. 업무 성격상 최대한 보수적으로 검토하기 때문에, 여기저기서 욕 많이 먹습니다. 그런 문제를 조율하는 게 가장 어려워요. 결국 인간관계 망치고, 건강 망치고, 그렇게 지나고 나면 남는 게 별로 없어요."

대화가 진행되는 동안, 특이한 점 하나가 눈에 들어왔다. 하마터면 그냥 지나칠 뻔했던 사소한 일이었다. 모든 것이 너무 깨끗하게 닦여 있었다. 책상 위 유선전화기, 컴퓨터 모니터, 우리가 사이에 두고 마주앉은 유리테이블까지, 손을 댄 흔적조차 없었다. 굴러다니는 서류 한 장 없었다. 사무실에 처음 도착했을 때 그는 분명히 일에 몰두해 있느라 피곤한 상황이라고 말했다. 이 깨끗한 방에서? 아니면 보안이 철저해서?

"낚시 좋아하세요?"

내가 뜬금없이 물었다.

"아니요, 별로. 배 멀미를 끔찍하게 하거든요. 생각만 해도 울렁이는 것 같고, 또 바다 냄새도 그다지……."

"회사에선 서해 개발에 대해서 관심이 많은 것 같던데, 팀장님께서 직접 관여하진 않나 보죠?"

"아, 서해 연안 개발 얘기. 저희 펀드에서 옐로해운레저라는 회사에 투자를 좀 했어요. 저라면 반대했을 겁니다. 혹시 주식 좀 투자하셨다면?"

"그런 건 아니고, 얼마 전 자연 다큐 취재차 굴업도를 다녀왔었어요. 이런 데가 다 있었나 싶을 정도로 좋았습니다. 그래서 여쭤본 겁니다."

"굴업도라? 들어본 것 같기는 한데."

그가 무심코 챕스틱 같은 걸로 덧칠한 입술을 혀로 핥았다. 본디 입술은 다소 어둡고 병약한 색인 듯했다.

"한번 들러보세요. 덕적도까지 해서."

"참고하죠."

우리는 채 30분이 지나기 전에 사무실을 나왔다.

나는 안내데스크에서 녹음기를 되찾고 주차권을 받으면서 여자에게 물었다.

"팀장님 방에 다른 손님 와 계시나 보죠?"

"일 때문에 팀장님 사무실이 지저분하다고 하시면서, 이사님 방으로 모셨습니다. 불편하셨던 점이라도?"

여자는 우리를 내보낼 때쯤 돼서야 친절해졌다.

"아녜요. 커피 잘 마셨습니다."

나는 회사를 나왔다. 내려가는 엘리베이터 문이 닫히자 진 형사가 말했다.

"역시 덕적도에 갔어야 했어. 머리만 복잡해졌네."

"뭔진 몰라도 숨기고 있어."

내가 말했다.

"어떤 점에서?"

"아까 그 여자가 커피 가져왔을 때 노크 소리 두 번 들었지? 멀리서 들린 느낌으로 한 번, 가까이에서 한 번."

"그랬지."

"처음에는 헷갈렸던 거야. 무의식중에 진짜 김민수 방으로 갔던 거지. 녹음기 찾아서 나오다가 확인했어. 아까 그 사무실은 무슨 이사 방이었대."

진 형사는 입을 다물었다가 조심스럽게 운을 뗐다.

"그래서, 그게 어쨌다고?"

"숨기고 싶은 게 있었을 거란 얘기야. 그게 정확히 무엇인지는 아직 모르겠지만."

"전직 프로파일러 씨, 너무 예민한 거 아냐? 차라리 관상을 보지그래."

"김민수 차량조회 돼?"

"뭐하게?"

"김민수 차 찾아서 지문조회하고 그걸로 신원확인해 보게."

"미쳤구나. 영장도 없이 그것도 변호사를 상대로? 류 피디, 경찰 출신 맞아?"

"안 되면 미행이라도 해보자."

"그 전에 설명부터 해. 우리가 만났던 김민수가 그 김민수가 아니면 도대체 누구란 말인지."

"김민수는 죽었어. 변사체로 발견됐지. 우리가 만난 남자는 김민수를 사칭하는 자일 거야."

엘리베이터가 멈췄고 명찰을 단 사람들이 탑승했다. 주차장에 도착할 때까지 입을 다물었다가 진 형사가 먼저 입을 열었다.

"이름이나 직업을 단순 사칭할 순 있겠지. 그런 사기꾼들이야 흔해 빠졌으니까. 그렇지만 능력까지 훔치는 건 힘들지 않을까? 저 사람이 하고 있는 업무는 보통 전문적인 일이 아니잖아. 게다가 업계에선 꽤 유능하다는 평가도 있는 마당에. 그렇게 능력 있는 사람이 자기 일 하면 되지, 뭐 하러 다른 사람을 사칭해야 하지? 사실이라면 최악으로 복잡하게 사는 놈일 거야."

뒷받침할 증거는 부족했지만, 나는 가설을 밀어붙여 보기로 했다.

"능력은 있지만 출신과 배경에서 치명적인 결함을 가지고 있어서 되고자 하는 무엇이 될 수 없는 사람. 아니면 스파이일 수도 있어. 이를 테면 산업스파이. 그들 세계에선 신분 사칭이 기본 중의 기본이야. 프로젝트 규모가 무려 조 단위라며? 지금 은행 하나를 집어삼키기 직전인데, 뒷돈으로 오가는 돈만도 상상을 초월할 거야. 그 정도 돈이면, 별의별 것들이 다 꾀잖아. 도장값 받아먹겠다고 줄서는 관료들이 부지기수인 판에, 엑스맨 역할 해줄 스파이 서넛 정도 숨어 있다고 해도 이상할 건 없지."

"류 피디, 우리 일을 너무 쉽게 보는 거 아냐? 상상은 자윤데, 적어도 움직일 때만큼은 물증을 좇는 게 원칙이야. 우리랑 같이 일하기로 했으면 우리 방식을 따르는 게 좋을 거야."

"정리를 해보자고. 가지고 있는 단서 중 가장 확실한 게 뭐다? 인공디스크야. 정확히 말하면 일련번호가 새겨진, 사용자의 신원을 특정할 수 있는 인공디스크. 수차례 반복해서 확인했지만 시술 정보는 틀림없었다며? 어떻게 하면 모순 없이 설명할 수 있을까? 진짜 김민수는 죽은 거야. 그것만큼 확실한 건 없어. 부연해주지. 어느 날 한 사람이 사라졌어. 죽었는지 살았는지는 둘째 치고, 실종 사실 자체를 아무도 모르는 상황이야. 실종신고가 없었고, 변사체가 발견되더라도 신원확인이 불가능해. 그만하면 그 사람을 사칭했을 만한 최적의 조건 아닐까?"

진 형사가 고개를 절레절레 흔들었다.

"굴업도까지 갔던 건 역시 운이었어. 거품이야, 거품."

강남파이낸스센터 주차장을 빠져나가는 동안에도 나와 진 형사 사이에는 갑론을박이 이어졌다.

그러다가 테헤란로를 벗어나 한남대교를 향하고 있을 무렵 덕적도에 들어간 허근배 형사로부터 급보가 날아들었다. 문 노인이 예정에 없이 자신의 승합차를 몰고 연안부두행 카페리에 승선했다는 것이었다. 미행하던 허 형사와 조 감독이 함께 카페리에 동승 중이라고 했다.

우리가 김민수를 방문했던 사건이 빚어낸 파장일까? 그럴지도 모른다는 의혹이 내 머리를 스쳤다. 나의 요청으로, 진 형사가 통화 중이던 허 형사에게 부탁했다.

"선배, 부탁 하나 할게. 승선권에 탑승자 이름이나 탑승차의 차 번호가 적혀 있을 거야. 운항 관리하는 사람한테 가서 문 노인의 승선권이 있는지 확인 좀 해줘."

전화를 끊자마자 이번에는 연 반장으로부터 전화가 왔다.

"진 형사, 어디야?"

"김민수 만나고, 지금은 신사동 지나고 있습니다. 차가 좀 막히네요."

"김민수와 헤어진 시간은?"

"30분 전이니까, 2시 40분쯤이요. 무슨 일 있었습니까?"

"덕적도 문성식이 대포폰으로 전화 받고 움직인 거였어. 통화 시간은 정확히 2시 48분에서 49분 사이, 발신지는 역삼동이야. 강남파이낸스센터 근처."

"확인해보겠습니다."

진 형사가 전화를 끊었다.

"젠장! 류 피디, 차 돌려야겠다!"

상황이 급박하게 돌아가기 시작했고 우리는 강남파이낸스센터를 향해 질주했다.

진 형사가 말했다.

"아까 하던 얘기 계속해보면, 보고서에선 분명 덕적도 문성식이 가장 유력한 용의자라고 했잖아."

흥분한 나는 두서없이 머릿속에 있는 것들을 풀어냈다.

"문성식은 단독으로 이처럼 치밀하고 조직적인 범행을 계획할 만한 인물이 아니야. 사체유기에 대한 혐의가 있다고만 적시했지, 살인혐의에 대해서는 언급한 적 없는데."

"그랬지."

진 형사가 인정했다.

나는 진작부터 연안부두 파출소에서 만났던 아르바이트 대학생의 목격담을 되새김질하고 있는 중이었다. 비록 엉뚱한 목격담이었지만 수확이 없었던 것은 아니었다. 그 증언에서 사건의 구조를 파악할 수 있는 중요한 힌트를 얻었던 것이다. 서로 이질적인 두 종류의 인간이 계약관계에 근거를 두고 벌인 범죄.

"문성식은 사체유기를 맡았을 뿐이고, 범행을 계획하고 실행한 주범은 따로 있어. 물증이 없어서 언급하지 않았는데, 내 생각에, 주범은 화이트칼라야. 전과는 없을 가능성이 높고, 어느 정도 사회적 지위가 있는 인물에, 충동적으로 살인을 저지르거나 즐기는 타입이 아니야. 유영철, 정남규, 강호순 같은 부류하곤 전혀 달라. 내가 장담하지. 이건 일종의 아웃소싱 범죄고, 문 노인은 하청업자에 불과해."

"아웃소싱? 생뚱맞게 들리는데, 그냥 한 말이냐?"

"진지하게 고른 단어야."

"방금 문성식의 대포폰으로 전화 넣은 자가 주범이다?"

"가능성이 높다고 봐."

허 형사로부터 전화가 왔다. 진 형사는 내가 같이 들을 수 있도록 스피커폰으로 받았다.

"부탁한 거 확인했는데, 승선권 없이 그냥 탔어. 문성식이 모는 승합차는 옐로해운레저라는 회사의 문서물품 수발용 차고, 덕적도에 개소한 사무실로 화물을 실어 나르는 일을 하나봐. 그러니까 지금까지 별도의 승선권 없이 카페리를 이용한 거야. 기록이 남지 않았어. 나도 이상하다 싶었거든. 덕적도 들어오기 전에 카페리 입출항 기록을 뒤져봤는데, 문성식이란 이름으로는 승선 기록이 안 나오는 거야. 유일하게 남아 있는 기록은 승합차 없이 혼자 일반여객선 타고 다녀왔던 것뿐이었거든."

전화를 끊고 나서 진 형사는 김민수의 차량정보를 요청해서 받아냈다.

김민수의 차는 아우디 A6 은색 중형세단이었다. 빌딩 지하주차장을 한참 돌아다닌 끝에 지하 5층에서 겨우 발견할 수 있었다.

나는 운전석 창과 문을 중심으로 꼼꼼하게 살폈다. 차 전체가 방금 세척한 것처럼 깨끗했고 지문의 흔적은 전혀 없었다. 깨끗하게 닦인 아우디의 문손잡이를 가리키며 내가 말했다.

"이걸 봐. 이건 습관이 아니야. 공포의 흔적이지. 쫓기고 있다는 공포."

진 형사가 주차장에 있던 다른 차의 문손잡이를 조사했다. 지문이 남아 있지 않은 차가 꽤 됐다.

"봤지? 차 문손잡이에 지문이 없는 경우는 일상적으로 일어날 수 있다는 얘기야."

진 형사의 반론에, 나는 그럴 수도 있겠다며 인정했다. 우리는 김민수의 아우디를 지켜볼 수 있는 위치에 차를 세워놓고 잠복에 들어갔다. 그가 움직이면 미행할 생각이었다. 정리할 겸, 내가 말했다.

"지금까지는 별문제가 없었겠지. 안심하고 있는데, 어느 날 경찰이 자기를 찾아왔어. 궁금할 테지. 자기는 완벽하게 처리했다고 생각했는데. 두려웠을 거야. 경찰이 어떻게 변사체와 자기를 연결시켰을까? 놈은 인공디스크 얘기를 듣고 패닉에 빠졌을지도 몰라. 덕적도에 전화한 건, 출구전략에 돌입했다는 의미지. 출구전략 없인 시작도 안 했을걸. 그런 놈이야. 대강 저지르고 보는 부류는 절대 아니거든. 매뉴얼이 완벽하게 준비돼 있을 거라고 봐."

"두고 보면 알겠지."

저녁은 차 안에서 햄버거로 때웠다. 퇴근시간이 절정을 지나고 있었지만 김민수는 모습을 드러내지 않았다. 저녁 8시쯤 연반장에게서 연락이 왔다. 연안부두에 도착한 문 노인이 옐로해운레저에 들렀다가 연안부두 인근 모텔에 투숙했다는 정보를 공유했다. 진 형사에게는, 자리를 지키고 김민수를 끝까지 따라붙으란 명령이 떨어졌다.

"이자가 만약 덕적도 문성식과 접선이라도 하면 대박일 거야.

분위기가 왠지 심상치 않아."

진 형사가 말했다.

밤 9시가 다 됐는데도, 김민수는 퇴근할 기미를 보이지 않았다.

"퇴근한 거 아닐까? 차는 버려두고."

내가 말했다.

진 형사가 내 휴대전화를 빌려서 회사로 전화를 했다. 우리를
응대했던 여자가 받았다.

"오후에 방문했었던 광수대 진경희인데요. 제가 그쪽 사무실
에 휴대전화를 두고 나온 것 같아요. 팀장님 지금 계시나요?"

"네, 아직 계시는데, 좀 어수선한 상황이라. 말씀은 드려볼게
요. 미팅했던 방에서 찾아보면 되죠?"

"그래주시면 고맙겠습니다. 근데, 팀장님은 늦게까지 일하실
모양이죠?"

"오늘은 엉뚱한 일로 바쁘세요. 스프링클러가 고장 나는 바람
에 인부들이 와서 청소 중이거든요. 서류, 바닥 카펫, 책장 할 것
없이 다 젖어서 엉망이에요. 이런 일 처음인데. 전부 닦아내고
새로 정리해야 할 것 같아요."

통화를 마친 진 형사는 얼떨떨해하는 얼굴이었다.

"스프링클러……. 류 피디, 들었지? 어떻게 생각해?"

"싹 다 지우고 튈 생각인 것 같은데."

"그렇지? 이 새끼, 진짜 난놈이야. 쉬울 것 같지만 이런 위기
상황에서 아무나 그런 순발력을 발휘할 수 있는 게 아니거든. 보
통은 당황하기 마련인데."

"순발력이 아니라, 아마 준비해놓은 매뉴얼대로 실행하는 중일 거야."

내가 말했다.

"생각할수록 소름 끼치네. 아까 사무실에서 웃던 얼굴 생각나?"

우리는 흥분하고 있었다. 당장 들어가서 수갑을 채우고 따져 묻고 싶었지만 그럴 때일수록 인내가 필요했다. 증거를 수집하고, 상대가 빠져나갈 수 없는 확고한 논리를 세워야 하며, 검증의 검증을 해야 했다. 그런 관점에서 보자면 우리는 준비도 없이 마지막 라운드의 링 위로 떠밀려 오른 것이었다.

같은 시간, 수사팀 손기창 형사와 한상훈 형사가 김민수의 서류상 주소지인 목동의 한 오피스텔 로비에 막 도착하는 중이었다.

"선배, 석 달 전 고지선데요."

한 형사가 말했다.

"실거주지 아니네."

손 형사가 한숨을 내쉬었다.

로비의 우편함에는 그것 말고도 찾아가지 않은 우편물이 잔뜩 꽂혀 있었다.

두 사람이 경비실과 관리실 직원을 통해 알아낸 바에 의하면, 지난 3월 최초 입주한 이래 김민수가 사용한 전기, 가스는 극히 소량이었다. 김민수의 몫으로 할당된 주차구역에서 아우디를 보았다는 사람도 없었다. 비번인 다른 경비에게도 전화를 해서 수소문했는데 1702호 사는 사람을 본 적이 없다는 대답이 돌아왔다.

"한 달에 한 번 청소하러 오는 아주머니가 있긴 한데. 연락해볼까요?"

경비실을 통해 전화 연결된 청소하는 아주머니가 결정적인 증언을 했다.

"그냥 빈집이에요. 냉장고도 비어 있고, 텔레비도 없는데요, 뭘. 청소할 것도 없어요."

"집주인과 연락은 어떻게 합니까?"

손 형사가 물었다.

"안 하죠."

경비실에서 키 받아서 청소를 마치고 나오면, 돈을 받는 시스템이었다. 경비실에서도 집주인을 직접 만난 적 없었고, 전화와 우편, 퀵서비스로 일을 처리했다고 했다.

"위장용 거주지다? 뭐 하는 놈이냐, 진짜."

연락을 받은 진 형사가 시간을 확인하며 말했다.

그때가 밤 9시 57분. 엘리베이터 쪽 출입문이 열리는 소리와 함께 낯선 남자가 주차장에 등장했다. 김민수였다.

진 형사는 연 반장에게 미행을 시작하겠다고 보고했다. 급박하게 이어지는 사건 진행에 나는 정신이 하나도 없었다.

"놓치겠다! 빨리!"

내가 다그쳤다.

주차장을 먼저 나간 아우디가 다행히 신호 대기하느라 지체했고, 그 틈에 우리는 따라붙을 수 있었다.

김민수는 고속터미널을 지났고, 동작대교 남단에서 올림픽대로로 진출했다. 어디로 가는 것일까? 설마 목동 자신의 주소지로? 그가 출구전략을 실행하는 것이라면, 오늘 밤 그가 들르는 곳 모두가 그에게는 불리한 증거가 남아 있는 공간일 테다.

우리는 바짝 긴장한 채 따라갔다. 망상을 쫓는 것이 아니길 바라면서.

연 반장은 목동 오피스텔에 나가 있던 손 형사와 한 형사에게 대기하라고 지시했다. 여차하면 아우디 미행에 투입하겠다고 했다.

김민수라고 자신을 소개한 남자의 아우디가 멈춘 곳은 신도림역 2번 출구 앞길이었다.

"왜 가만히 있지? 미행 눈치챈 거 아냐?"

내가 말했다.

잠시 후, 김민수의 아우디가 다시 움직이기 시작했다. 그는 테크노마트와 마주하고 있는 오피스텔 뒤쪽 주택가로 들어갔고, 그곳에서 적당히 한산한 공간을 찾아서 차를 세웠다.

"영악하게 움직이는 놈이야."

진 형사가 말했다.

차에서 내린 김민수는 코트 깃을 세우고 머리를 숙였다. 길게 늘어뜨린 코트와 테가 두꺼운 안경, 검은색 가죽장갑이 눈에 띄었다. 잠시 편의점에 들렀던 그는 주택가를 빠져나와서 신축 오피스텔 로비로 들어갔다.

"류 피디, 휴대전화 잘 보고 있어. 언제 전화할지 모르니까. 몇 층 어디 사는지만 확인하고 올 거야."

진 형사가 차에서 내려서 김민수를 따라갔다.

수사팀은 김민수가 덕적도 문 노인과 접선할 계획이라면 그 현장을 덮치고 싶어 했다. 현실적으로 가장 적절한 체포 시점이었다.

나는 운전대를 맡았다. 김민수와 진 형사가 들어간 후문이 잘 보이는 곳에 차를 세우고 기다렸다. 500여 세대가 한 건물에 사는 대형 빌딩이었는데, 전용면적 80제곱미터 이하의 중소형 오피스텔이 대부분이었다.

"엘리베이터가 7층, 11층, 20층에서 멈췄어. 불 켜지는 집이 있는지 잘 봐."

로비에 있을 진 형사가 전화로 알렸다.

나는 고개를 빼서 불이 켜지는 집이 있는지 올려다보았다. 내가 보이는 쪽에서는 절반 정도가 불이 꺼진 채였는데, 시간이 흘러도 그대로였다.

"이쪽에선 안 보여. 반대편 복도 집인 것 같은데. 어림잡아 층마다 서른 세대는 될 것 같아."

내가 말했다.

"안 되겠다. CCTV로 확인해볼게."

진 형사가 전화를 끊었다. 전철역에서 쏟아져 나온 사람들이 우르르 지나쳐가자 거리는 다시 한산해졌다.

"커봐야 스물네댓 평. 여기 사는 게 맞는 걸까."

내가 오피스텔을 보며 중얼거리고 있었을 때였다. 시커먼 그림자가 운전석 문을 열려는 것 같아서 무심코 돌아보았다. 마스크로 가린 얼굴을 보았다고 생각한 순간, 묵직한 쇳덩어리가 창을 부쉈다.

"누구야!"

나도 모르게 얼굴을 가리고 움츠린 사이에, 놈이 웬 네모난 깡통을 차 안으로 던져 넣었다. 깡통은 조수석 아래로 뒹굴면서 투명한 액체를 콸콸 쏟아냈다. 코를 확 찌르는 독한 화학물질 냄새. 시너였다. 곧이어 불이 붙은 지포라이터가 날아들었다. 얼떨결에 손을 뻗었는데, 덕분에 라이터가 내 손을 맞고 대시보드를 튕긴 다음 조수석 시트 위로 떨어졌다. 그래서 불이 바로 붙지는 않았다. 탈출하려고 내가 몸을 비틀자 창을 부수었던 쇠뭉치가 이번에는 내 얼굴을 강타했다.

쇼크로 기절했다가 정신을 차리고 보니, 조수석 시트에 불이 붙어 있었다. 바닥에 고인 시너에 옮겨붙으면 끝이었다. 나는 벨트를 풀기 시작했다. 핏물에 가려져서 한쪽 눈을 제대로 뜰 수 없었지만, 나는 필사적이었고 아슬아슬하게 탈출에 성공했다.

"피해!"

차 밖으로 뛰쳐나온 내가 지나는 사람들에게 소리쳤다. 동시에 화염이 창을 깨뜨렸다. 차는 검은 연기와 불길에 휩싸였고, 주변은 아수라장이 됐다. 나는 놈을 찾아내려고 이를 악물었다. 분했다. 아우디는 벌써 사라지고 없었던 것이다. 진 형사가 소란을 뚫고 달려오는 모습이 보였다.

"진 형사, 놈이 도주했어! 도주했다구!"

나는 미친놈처럼 소리쳤다.

"엎드려!"

진 형사가 나를 덮쳤다. 화염이 다시 한 번 솟구쳤고, 쓰러진 우리 위를 휩쓸고 지나갔다.

회사 홈페이지에 올라 있는 사진 덕분에 인상착의가 공개된 놈은 긴급 수배됐다. 아우디는 수배 차량 리스트에 올랐다. 늦은 시간이어서 얼마나 빨리 전파가 될지 회의적이었다. 나는 그의 실제 생김새가 사진과 다르다, CCTV에 찍힌 모습을 뽑아서 보강해야 한다고 조언했다. 알고 보면 볼수록 사진과 실제는 차이가 있었다. 이상한 일이지만 한편으로는 이해할 수 있었다. 너무 익숙한 나머지 그의 주변 사람들은 그 차이를 무시했을 것이다. 놈은 그런 빈틈을 정확히 이해하고 이용할 정도로 대범하고 영악했다.

덕적도 문 노인을 쫓고 있는 허 형사를 제외한 수사팀이 화재 현장에 모두 모였다.

"류 피디 괜찮아?"

연 반장이 내게 물었다.

"네, 별거 아닙니다."

나는 코뼈가 부러진 것 같았지만 버티겠다고 우겼다. 출동한 응급차에서 응급처치만 받았다. 연 반장은 내게 방화가 일어난 경위를 자세히 설명할 것을 부탁했다. 딸을 잃었던 연쇄방화사건을 떠올리는지 그는 폭발할 것처럼 위태로워 보였다. 형사들이 조마조마한 심정으로 지켜보는 가운데, 나는 처음부터 끝까지 하나도 빠짐없이 이야기해주었다.

고참답게 손 형사가 먼저 나섰다.

"반장님, 너무 신경 쓰지 마세요. 원래 방화란 게 수법이 비슷하잖습니까? 시너의 경우도, 근처 어디 페인트 가게에서 급하게 구했을 거예요."

"알고 있어. 지포라이터만 확인하면 돼."

연 반장이 말했다. 과학수사팀이 타버린 잔해 속에서 지포라이터를 찾아냈다. 10년 전 연쇄방화 때 사용된 것과 같은 종류의 제품이었다. 당황한 건 연 반장뿐만이 아니었다.

"블랙박스는?"

연 반장이 진 형사에게 물었다.

"화재로 손상됐습니다."

"주변에 있던 차들 전부 다 뒤져. 지금 바로!"

연 반장이 소리쳤다.

우리는 블랙박스가 달린 차를 찾기 위해 흩어졌다. 얼마 지나지 않아서 한 형사가 근처 식당 앞에서 한 대를 찾아냈다. 연 반장과 우리는 차주를 불러내서 기록된 영상을 재생해보았다. 김민수라고 칭한 남자가 접근해서 방화하는 장면이 고스란히 찍혀 있었다.

나는 블랙박스 영상이 아닌 연 반장의 안색을 살폈다. 그의 눈빛에서 살기가 번뜩이는 찰나의 순간을 나는 분명히 보았다. 이놈이 틀림없다, 라고 말하는 듯한. 그는 단번에 놈을 알아본 것이다.

아마 그는 딸이 희생되던 사고 현장을 담은 CCTV 영상을 수

만 번도 더 보았을 것이다. 비록 얼굴을 판독할 수 있는 영상은 아니었지만, 체형, 걸음걸이, 라이터를 던져놓고 도주하기까지 연속적으로 이루어지는 동작 특유의 본새…… 그런 것들이 한 사람을 특정할 수 있게 해주었을 것이다.

"알아보시겠습니까? 얼굴은 안 보이는데."

손 형사가 걱정스러운 듯이 물었다. 연 반장이 무심한 척 돌아섰다. 놈을 잡기 위해서는 평정심을 유지해야 했다. 본인이 사건의 이해 당사자로 연루되는 순간, 수사팀에서 배제될 수도 있기 때문이었다.

"그냥 봐서는 모르겠다."

그렇게 말해놓고 나서 그는 오이도에 나가 있던 허근배 형사에게 전화했다.

"문성식은 어떻게 됐어?"

"아직 움직임이 없습니다."

허 형사가 대답했다.

"제대로 확인해보고 다시 전화해."

연 반장은 전화를 기다렸다.

허 형사가 잠복 중이던 차에서 내렸고, 함께 있던 조 감독은 남아서 카메라로 그 모습을 촬영했다.

문 노인의 승합차는 모텔 주차장에 그대로 주차돼 있었다. 허 형사는 모텔의 카운터에서 201호에 투숙한 노인이 나간 적 없다는 사실을 확인했다. 그대로 반장에게 보고할까? 생각했지만, 한 가지만 더 확인해보기로 하고 2층으로 올라갔다. 문밖에서 조용히 엿들었는데, 아무래도 너무 조용했다. 텔레비전 소리조차 들리지 않았다. 그는 모텔 밖으로 나가서, 201호가 보이는 곳으로 돌아갔다. 201호 창문이 활짝 열려 있었고 그 바로 아래에는 트럭 한 대가 서 있었다. 누구라도 쉽게 트럭을 딛고 내려올 수 있을 것 같았다. 허 형사는 단숨에 트럭을 딛고 201호로 기어올랐다. 문 노인은 흔적도 없이 사라지고 없었다.

허 형사가 현장 상황을 전해왔고, 우리는 보고내용을 공유했다.

"어떡하죠?"

진 형사가 말했다. 연 반장은 손 형사에게 지시했다.

"문성식의 손자를 수소문하고, 찾아서 데려와."

"지금이요?"

손 형사가 되물었다.

"놈이 문성식을 만나려고 할 거야. 문성식이 어디 있는지 알면 놈도 찾을 수 있단 얘기야. 류 피디, 설명 부탁할게."

나는 얼떨결에 짐작하고 있던 내용을 설명했다.

"범행 패턴은 이런 식이었을 거예요. 놈이 누군가를 살해해서 적당히 가공하고 포장하면, 문성식 씨가 사체를 인계받아서 덕적도로 옮기고, 그곳 바다에 유기한다. 문성식 씨가 놈의 전화를 받고 승합차를 끌고 나왔을 때만 해도 지금까지와 동일한 절차를 따르고 있었단 의미로 유추할 수 있어요. 진 형사와 제가 놈을 찾아간 직후에, 놈은 추적당할 빌미를 제공해줄 만한 사람들을 그런 식으로 처리할 생각이었다고 봐요. 흔적을 모두 지운 다음에는 사라질 계획이었겠죠. 아직은 여유가 있다고 판단했을 겁니다. 그런데 미행이 붙었다는 걸 알게 됐고, 계획을 바꾸게 됩니다. 상황이 급박하다는 걸 인식한 거죠. 문성식 씨마저도 더 이상 살려둘 이유가 없다고 판단했을 겁니다. 절 죽이려고 테러 했던 것도 같은 맥락이고요. 이자는 미친놈이에요. 지금까지 사람을 얼마나 죽였는지 모르겠지만, 단서 하나 남기지 않았던 놈 입니다. 이번엔 단지 운이 나빴을 뿐인 거죠. 바로 인공디스크 때문에."

들고 있던 형사들 사이에서 한숨이 새나왔다. 연 반장이 말했다.

"놈은 오늘밤 내로 끝내려 할 거다. 우리도 서둘러야 해. 우리가 먼저 문성식을 찾아서 신병을 확보한다."

손 형사가 한 형사를 데리고 곧장 떠났고, 연 반장은 광수대장에게 전화로 보고했다. 그날 밤 광수대 강력팀 수사관들을 모두 깨우게 한 전화였다. 그렇게 그자를 쫓던 하루가 꼬박 동이 나고, 시간은 새벽으로 넘어가고 있었다.

손 형사와 한 형사는 문 노인의 손자를 수소문한 끝에 홍대 앞의 한 클럽에서 찾아냈다. 두 사람이 그를 인천 광수대 사무실로 데려가고 있었을 그 시각, 선재도 북쪽 펜션 밀집지역 해안에서는 두툼한 파커를 입은 남자가 바위 턱에 걸터앉아 있었다. 선글라스를 착용하고 털모자를 뒤집어쓴 남자의 출현은 아무리 봐도 생경했다.

"뭐 하는 사람인데, 이 시간에 저기서…… 누굴 기다리는 건

170

가? 추울 텐데……."

그곳에서 펜션을 운영하고 있던 임씨는 그 남자가 택시를 타고 들어왔을 때부터 주시하고 있었다. 조명이라도 있는 펜션 앞 해변이라면 몰라도, 남자가 서성이던 곳은 어둡고 인적이 드문 해안이었다.

선재도는 동쪽의 대부도와 서쪽의 영흥도를 잇는 섬이다. 시화방조제와 선재대교를 이용하면 차량으로도 쉽게 접근할 수 있기 때문에 주말마다 수도권에서 찾는 관광객들로 들끓었다. 늦가을 비성수기 때는 물론이고 한겨울에도 낚시꾼들과 단체 투숙객이 꽤 있다. 하지만 선글라스 남자는 낚시꾼 복장도, 캠핑온 치도, 회사나 단체에서 온 손님도 아니었다. 임씨는 예전에 한번 펜션 앞바다에 몸을 던져 자살한 여자를 떠올렸다.

"자살? 에이, 설마, 자살하려는 건 아니겠지. 그때도 지금처럼 날씨가 우중충했었는데……."

불안해진 임씨는 펜션으로 들어와서 수화기를 들었다. 그때, 남자가 휴대전화를 꺼내 전화하는 모습이 보였다. 임씨는 다시 수화기를 내려놓았다. 분명 누군가를 기다리는 것 같았다. 자살은 아니라는 생각이 들었다.

"이 추운 날 바닷가에서 고생스럽게. 가만, 밀입국 업자일 수도 있지 않을까? 헷갈리게 만드네. 우리 손님과 관련이 있는 건 아니겠지?"

임씨는 수화기를 노려보다가 일단은 더 두고 보기로 했다. 그는 투숙한 손님이 부탁한 여분의 침구를 가져다줄 겸, 펜션 상황을 둘러보기 위해 계단을 올라갔다. 그러는 동안, 구부정하게 걷는 노인이 해안을 따라 남쪽에서부터 걸어오고 있었다. 선글라스 쓴 남자를 발견한 노인은 주변을 두리번거리고는 휴대전화를 꺼냈다.

자신의 거처로 돌아온 임씨는 바람이 잠잠해지는 대신 안개가 짙어질 거라는 일기예보를 들었다. 그는 선글라스 남자가 궁금해져서 또다시 창밖을 내다보았다. 남루한 차림의 또 다른 남자가 출현해 있었다.

"한 사람이 더 늘었잖아. 나이가 좀 있어 보이는데. 아무리 봐도 낚시꾼 같지는 않아. 우리 섬 주민일까? 아니면 중국교포나 외국인?"

선글라스 남자를 직접 마주한 노인은 여정의 끝에 이르렀음을 직감했다.

"저 배요?"

노인은 갯벌에 묻혀 있는 작은 무동력선 한 척을 가리켰다.

"네."

선글라스가 대답했다.

"저걸로는 덕적도까지 못 갈 텐데……."

선글라스는 대답 대신 옆에 놓아둔 검은색 가방을 가리킬 뿐이었다. 노인이 무심코 가방을 집어 들었는데, 예전과 달리 쑥 뽑혀 올라왔다. 노인은 그대로 주저앉을 뻔했다. 가방이 텅 비어 있었던 것이다. 그래도 혹시나 하는 마음으로 물었다.

"가방이 비었소만."

"넘치면 비우고, 비었으면 채우는 게 이치 아니겠습니까? 손자는 잘 지내고 있습니다. 곧 떠난다지요? 아주 멀리."

선글라스 남자가 대답했다.

노인이 판단하기에 그건 생각하고 또 생각해서 준비해온 말이었다. 언젠가 이런 날이 올 줄 알았다. 노인은 마음의 준비를 하고 있었음에도, 막상 선고를 받고 보니 평정심을 유지하기가 쉽지 않았다. 골육에 사무치는 기억이 노인을 흔들었다.

"잘 부탁드리겠소."

그렇게 말한 노인은 검은색 가방에 사람의 머리만 한 돌덩이 다섯 개를 담았다. 그날은 그것만으로도 충분할 것 같았다. 그는 가방을 질질 끌면서 갯벌로 들어갔다. 펜션의 임씨는 택시 소리를 들었다. 남루한 노인은 이미 사라진 후였고, 선글라스가 택시에 오르는 모습이 보였다.

노인은 어디로 갔을까? 걱정이 된 임씨는 택시가 펜션 타운을 떠나는 걸 확인한 후에 해변으로 갔다. 벌써 안개가 자욱해진 그곳에는 훤히 드러난 갯벌과 수개월째 방치되고 있던 1.2톤짜리 FRP선 한 척뿐이었다. 지나가는 배도, 드나들었던 배의 흔적도 없었다.

"이 밤중에 도대체 무슨 일이람. 노인도 택시를 탔겠지?"

임씨는 대수롭지 않게 생각하고 펜션으로 돌아갔다. 별일이야 있겠나 싶었다.

한편, 광수대 수사팀 사무실에 도착했던 문 노인의 손자는 술이 덜 깬 상태였다. 그는 여러 번 토했고, 고래고래 고함을 지르기도 했다. 허 형사와 함께 합류한 조 감독이 카메라로 촬영 중이었고, 연 반장은 조용히 듣기만 했다. 신문은 진 형사가 담당했다.

"보증금 9,000, 월 70. 룸메이트 없이 혼자 살아?"

"네. 왜 물어보는 건데요?"

"이걸 혼자 다 부담하는지 알아야 할 것 같아서."

"질문이 뭐가 그래요? 제가 뭐 잘못한 거 있어요? 네? 도대체 알고 싶은 게 뭔데요?"

"할아버지가 실종됐다잖아. 걱정 안 돼? 어제 오후 늦게 연안 부두까지 잘 왔다가 갑자기 사라졌다고."

"그러니까 제 말은, 전 연락 받은 적 없고, 어디 계시는지 모른다니까요. 아시겠어요? 어이가 없어서 진짜. 월세 얼마 내는지를 왜 물어봐?"

투덜대던 손자는 갑자기 문 노인에게 전화를 했다. 짜증이 난 몸짓으로, 이번에도 꺼져 있다는 안내멘트가 들린다는 걸 다시 한 번 보여주었다. 벌써 다섯 번째.

"됐죠? 꺼져 있다고요. 안 받아요."

"그건 우리가 알아서 할 테니까, 질문에 대답이나 해."

진 형사가 자질구레한 질문을 이어갔다. 월세 이외의 관리비는? 통신비와 교통비, 교재비, 식비, 노트북 등 전자기기 및 의류 구입비, 지난 학기 등록금은? 내가 제출한 보고서에서 조사가 필요하다고 지적했던 내용이었다.

노인의 손자는 서울 소재 대학에서 경영학을 전공하고 있었다. 나이는 스물셋. 집안 생계를 이유로 군복무를 면제받았다. 졸업을 두 학기 남겨뒀는데, 대학생치고는 넓고 고급인 투룸형 오피스텔에서 혼자 살았다. 거주비와 생활비로 지출한 비용은 지난 한 해 동안 대략 2,800만 원. 등록금까지 합치면 3,500만 원을 넘겼다. 그것과는 별도로 최근에는 유학을 준비하면서 지출하고 모아둔 현금이 있다고 진술했다가, 나중에는 그런 사실을 부인했다. 차츰 술이 깨면서 그는 제법 진지해졌다. 수입으로는 한 달에 30만 원씩 버는 과외 두 건이 유일했다. 계산해보니, 1년에 최소 2,700만 원을 노인이 손자에게 제공한 셈이었다. 하지만 덕적도 문 노인의 집에 있던 통장에는 그런 내역이 없었다. 약간의 생활비 정도를 부정기적으로 부친 흔적이 있었을 뿐. 노인의 손자는 오피스텔 보증금의 출처에 대해서도 끝내 밝히지 않았다. 나중에 드러난 것이지만, 그는 학기를 마친 후에 1년짜리 어학연수를 떠날 예정이었다. 목적은 미국 MBA 과정 준비. 유학대행사와 주고받은 이메일에 의하면, 소요 예상 경비가 2억 원을 훌쩍 넘겼다. 상당히 고급 유학을 준비했던 것이다.

지켜보던 연 반장이 말했다.

"돈 보내는 출처가 누군지 말해라. 네가 번 거 아니잖아."

"무슨 말씀 하시는 건지 모르겠는데요."

노인의 손자는 연 반장의 눈치를 봤다.

"지금은 단순 참고인이지만, 다음에 거기 앉아 있을 땐 피의자일지도 몰라. 그리고 어차피 계좌 추적하면 다 나와. 시간이 없어서 이렇게 물어보는 것뿐이야."

"그럼 그때 가서 얘기하시죠."

자신감을 잃은 그의 목소리가 떨렸다.

"온라인으로 받는 게 아니라고, 피해갈 수 있다고 생각한다면 오산이다. 네가 쓴 돈, 통장에 들어온 돈, 다 계산해서 서로 까보면, 얼마나 비는지, 숨긴 돈이 얼만지 바로 알 수 있어. 훔친 거냐?"

"미쳤어요?"

노인의 손자는 목소리를 높였다.

"네 할아버지, 오늘 큰일 당하실 수 있다. 너한테 돈 부치는 놈이 범인일 거야. 협조해라."

손자의 학비와 생활비 지원을 약속받은 노인은 육지에서 시체를 받아왔을 것이다. 주로 일출 직전의 새벽 시간을 이용해 시체를 낚싯배에 싣고 바다로 나갔을 것이다. 굴업도 부근 돌출암에 들러 응회암 덩어리를 배에 실었을 것이고, 덕적도와 굴업도 서쪽의 수심이 깊은 바다로 갔을 것이다. 그곳에 돌덩이를 넣은 변사체 가방을 던지면 영원히 찾을 수가 없다. 깊은 해저골짜기가 있기 때문이다. 하지만 가끔은 강한 조류가 가라앉고 있던 시체가방을 얕은 바다로 밀쳐냈을 것이고, 그래서 변사체가 발견된 것이었다.

새벽이 깊어지자, 선재도 갯벌로 물이 점점 차오르기 시작했다. 검은색 가방을 침낭 삼아 누워 있던 노인은 작은 무동력선이 꿈틀거리며 흔들리는 걸 느꼈다. 어느새 배가 있는 곳까지 물이 들어온 것이다. 날이 밝기 시작할 때쯤엔 바다로 흘러갈 수 있겠구나, 싶었다.

노인은 지난 반년 동안 배를 묶고 있었던 계류줄을 풀어놓고 때를 기다리고 있었다. 누가 보면 빈 배를 묶고 있던 밧줄이 풀려서 저절로 흘러갔다고 생각할 것이다. 배가 다시 발견됐을 때쯤엔 진짜 빈 배일 테니까…….

한 시간쯤 전에 해경 순찰정 한 척이 주변을 선회하다가 떠났다. 잠 못 들던 펜션의 임씨가 결국 해경에 신고를 한 것이다. 서치라이트가 해변을 훑으며 수차례 지나갔지만, 그들은 끝내 노인을 찾지 못했다. 갯벌에 묻혀 있는 버려진 빈 배에 사람이 누워 있을 거라고, 누가 감히 상상이나 했을까?

노인은 가방에 들어 있던 서류봉투를 열어보았다. 영어로 된 입학허가서와 손자에게 필요한 유학 자금을 계산한 예산서가 들어 있었다. 읽지는 못했지만 어떤 의미의 서류인지는 알 수 있었다. 물침대처럼 배가 흔들리기 시작했다. 노인은 담배를 꺼내 불을 붙였다. 담배연기는 금방 흩어져버렸다. 담배가 다 타들어갔을 무렵, 노인은 휴대전화를 켜서 손자에게 전화를 했다. 마지막으로 목소리라도 듣고 싶었던 것이다.

냉랭한 분위기의 수사팀 사무실에서, 손자의 휴대전화가 울렸다. 액정에 주인 없는 낯선 번호가 떴고, 연 반장은 노인의 손자가 움찔하는 찰나의 순간을 포착했다. 번호의 주인을 알고 있거나, 최소한 짐작하고 있다는 얘기였다.

"받아."

연 반장이 말했다. 노인의 손자가 머뭇거리자, 버럭 고함을 질렀다.

"받으라고!"

"모, 모르는 번혼데요. 요즘 이상한 전화가 워낙 많아서…….
생각해보세요. 이 밤중에 웬 전화……."

"그러니까 받으라고! 팔아달라고 구걸하는 놈들이 이 시간에
전화를 할까? 새벽 3시 반이야. 이해가 안 돼?"

당황한 손자가 굼뜨게 반응하자, 결국 연 반장이 전화를 받았
다. 내버려두면 끊길 것 같았던 것이다.

그는 상대와 연결된 후 가만히 듣기만 했다. 이쪽에서 침묵하
자 상대 역시 침묵했다. 연 반장은 파도소리, 바람소리…… 그리
고 희미했지만 사람의 숨소리를 들었다. 늙어서 쇳소리가 나는
그런 숨소리……. 상대가 말없이 끊었지만, 연 반장은 그곳이 바
다이며, 전화를 건 상대는 문 노인이라는 걸 직감했다.

"허 형사, 이 새끼 소방서로 데려가서 번호 위치 조회시켜. 나
머진 일단 오이도팀, 대부도팀, 전곡항팀으로 나누어 출발한다.
똑똑한 놈이니까 아마 퇴로를 고려했을 거야. 섬보다는 육지 해
안을 중심으로 수색할 거야. 류 피디도 손 좀 보태주면 좋겠는
데, 괜찮겠어?"

나는 거절할 이유가 없었다. 진 형사와 짝을 이룬 나와 조 감
독은 노인이 마지막으로 목격됐다는 오이도 일대를 향해 출발
했다.

그사이 노인을 태운 작은 배는 섬의 해안으로부터 까마득하
게 밀려나 있었다. 누워 있던 노인은 대부도와 선재도를 잇는 송
전탑이 머리맡에서 발아래로 사라지는 모습을 보았다. 넘실넘

실 솟구쳤다가 가라앉으며 남에서 북으로 제대로 흘러가고 있는 것이었다. 바다는 깊지 않았지만, 질척질척한 바닥 아래에 묻히기에는 모자람이 없었다. 조금만 더 가면 죽음의 깊이를 만날 수 있었는데, 그 마지막 문턱을 넘기가 쉽지는 않았다.

휴대전화 위치 추적을 위해 소방서에 나가 있던 허 형사가 연 반장에게 보고했다.

"반장님, 선재돕니다! 북쪽 해안에 펜션타운이 있다는데요, 거기 중계기에 신호가 잡혔답니다!"

"선재도? 뭐야? 섬이었어? 대담하네."

소식을 전해들은 내가 말했다.

선재도로 들어가는 길은 두 갈래다. 시화방조제를 타고 대부도 북쪽으로 들어갔다가 선재대교를 건너는 길, 화성에서 탄도방조제를 타고 대부도 남단을 거치는 길이 그것이다.

손 형사와 한 형사가 지역 파출소와 해경의 도움을 받아 각각 탄도방조제와 시화방조제 입구를 봉쇄했고, 연 반장과 진 형사 그리고 나와 조 감독은 두 대의 차량에 나눠 타고 선재도로 곧장 이동했다. 해상에서는 해경 순찰선이 선재도 주변 바다를 수색하기 위해 출동했다.

새벽 4시 10분쯤. 뒤척이던 임씨는 전화벨 소리에 놀라 깼다. 해안에서 수상한 사람을 보지 못했느냐고 묻는 진 형사의 전화였다. 역시 무슨 일이 생긴 거야. 그는 잠이 확 달아났다.

"새벽 1시 조금 넘었을 때였고요, 두 사람이었어요. 한 사람은 선글라스를 꼈고, 나중에 온 다른 사람은 나이가 좀 들어 보였던

가 그랬어요. 관광객 같지는 않았어요."

통화한 후 10여 분 만에 우리는 펜션에 도착했다. 임씨가 우리
를 그들이 서 있었던 위치로 안내했다.

"선글라스 쓴 남자는 택시로 빠져나갔어요. 저쪽 방향으로."

"노인은요?"

연 반장이 물었다.

"모르겠어요. 걱정이 돼서 나와 봤는데, 그때는 벌써 안 보이
더라고요. 그래서 두 사람이 같이 택시를 타고 간 건가? 그냥 그
렇게만 생각했죠. 저기에요."

임씨가 가리킨 곳은 벌써 물이 차올라서 바다로 변해 있었다.
건너편 대부도 해변의 불빛이 보이긴 했지만, 짙어지는 안개 때
문에 시정은 나빴다.

"여기에서 두 사람이 만났다는 거죠?"

진 형사가 물었다.

"네. 선글라스가 먼저 와서 기다리고 있었죠."

진 형사가 문 노인의 사진을 보여주었다. 임씨는 체격과 체형,
점퍼가 비슷했다고 증언했다. 이어서 보여준 사칭한 김민수의
사진에 대해서는 갸우뚱했다. 체격은 좀 비슷했다고 증언했으
나, 선글라스 때문에 얼굴을 식별할 수 없었다는 것이다. 옷차림
역시 마지막으로 보았을 때와 달랐다. 하지만 우리는 내심 심증
을 굳혔다.

"놈입니다. 그 선글라스."

진 형사가 말했다. 연 반장은 선글라스 남자의 인상착의와 그

가 택시에 탑승했었다는 사실을 손 형사와 한 형사에게 알려주고, 주변 CCTV를 확인해볼 것을 지시했다.

"혹시 배가 들어오진 않았습니까?"

내가 임씨에게 물었다.

"못 봤어요. 보통 밤에는 배가 들어오거나 가까이 지나가면 엔진소리가 잘 들리거든요. 조용했던 것 같아요. 잠깐!"

갑자기 임씨가 두리번거리더니 소리쳤다.

"선외기 한 척이 있었는데. 어떻게 된 거지? 안 보여요."

오랫동안 방치돼 있던 FRP선 한 척이 사라졌다는 것이다. 그는 언제 사라졌는지는 알 수 없지만 분명 전날 오후까지는 있었다고 장담했다. 사라진 배는 선재도 북쪽 약 2킬로미터 해상까지 흘러간 상황이었다. 대부도와 영흥도가 감싸고 있는 내해를 미처 벗어나지 못했음에도, 노인은 그곳에서 마쳐야겠다고 생각했다. 서치라이트 불빛 한 줄기가 막 노인의 배를 지나쳤고 스피커에서 쏟아지는 소음이 들리기 시작했기 때문이었다. 자신을 찾는 게 분명했다. 해경 순찰정이 일으키는 물결에 노인이 탄 초라한 배가 울렁였다.

노인은 마지막으로 다시 한 번 휴대전화를 켜서 손자에게 전화를 했다. 신호는 갔지만 받지 않았다. 그는 전화를 끊고 가방의 지퍼를 가슴께까지 올렸다.

저기, 저 배 아니야? 전방에 선외기! 탑승자 있습니까? 알립니다. 선외기! 탑승자…… 순찰정의 스피커에서 흘러나온 목소리는 바람에 막혀 산산조각 났다.

노인은 난간을 잡고 옆으로 굴러 슬그머니 바다로 들어갔다. 가라앉는 동안에는 가방의 지퍼를 끝까지 닫았다. 순찰정의 서치라이트가 비추기 직전의 일이었다. 빈 배를 찾았다는 보고를 받은 직후, 우리는 노인의 죽음을 직감했다. 연 반장이 이를 갈며 말했다.

"아직 끝난 게 아니야. 선글라스를 찾으면 돼!"

시화방조제에서 CCTV를 조사하던 손 형사가 전화로 보고했다.

"반장님, 어제저녁 CCTV부터 뒤지고 있는데요, 이쪽엔 포착된 게 없습니다. 안 보여요."

탄도방조제 길을 확인하기 위해 대부파출소에 나가 있던 한 형사도 같은 보고를 해왔다. 선글라스의 흔적을 찾을 수 없다는 것이다.

놈이 아직 섬 안에 있다? 우리는 실낱같은 가능성에 희망을 걸어보기로 했다. CCTV를 제대로 확인한 것이라면, 놈은 선재도와 영흥도, 대부도 어딘가에 머물고 있었고, 놈을 잡는 것은 시간문제였다.

연 반장은 노인의 것으로 추정되는 휴대전화의 통화기록 조회와 대대적인 인력 지원을 요청했다. 날이 밝기 전에, 해경이 해안의 모든 부두로 나가 검문을 시작했고, 시화방조제와 탄도방조제 길에서는 광역수사대와 해경이 합동으로 차량 검문을 시작했다. 그것과는 별도로 섬 내의 숙박시설을 상대로 탐문수사가 시작됐다. 연 반장과 우리는 해경이 선재도 동쪽 넛출선착장으로 인양해온 FRP선과 계선줄을 조사했다.

"계선줄이 헐거워져서 풀어졌을 가능성은 있는데, 적어도 끊어진 건 아니네요. 그리고 어두웠을 땐 몰랐는데, 여기 진흙 보이죠? 갯벌에 있던 개흙입니다. 신발에 묻어 있다가 떨어졌다고 보는 게 맞을 것 같아요. 이게 배 안에 있고 아직 마르지 않은 상태인 걸 보면, 밤사이 누군가가 있었어요."

해경 경위가 말했다.

아침 8시쯤 과학수사팀이 도착했고, 배에 남아 있던 머리카락을 채취했다. DNA 검사를 하면 문 노인이 그곳에 있었는지 알 수 있을 것이다. 오전 9시를 조금 넘긴 시간. 마침내 허근배 형사가 긴급하게 요청한 통화기록 조회 결과를 보고했다.

"어제저녁부터 새벽까지 여섯 차례 통화한 번호가 있습니다. 그중 눈에 띄는 번호는, 가입자 명이 오정섭, 45세, 주소는 안양인데요."

"안양?"

"네, 근데 재밌는 건, 지금 영흥도에서 신호가 잡힌다는 겁니다."

"독 안에 든 쥐란 얘기군."

연 반장이 말했다. 통화를 끝낸 연 반장은 진 형사에게 임씨를 데려올 것을 지시했고, 검문현장에 나가 있던 손 형사와 한 형사를 불렀다.

"피디님, 드디어 잡으러 가는 겁니까?"

조 감독이 흥분한 목소리로 말했다.

"배터리, 테이프 미리 점검해. 이번 다큐의 절정이니까."

긴장이 되는 건 나도 마찬가지였다. 놈에게 화장당할 뻔했던 순간을 돌이켜보면 등골이 오싹했다.

출발 직전, 연 반장은 허 형사에게 다시 전화해서 오정섭이란 인물의 주변을 조사해볼 것을 지시했다. '오정섭'이 놈의 본명은 아니겠지만, 조사해볼 가치는 있었다.

"혹시 모르니까, 오정섭이란 이름으로 가스, 전기, 인터넷 청구서 등이 있는지 알아보고, 그중 영흥도 주소가 나오는지 확인해봐."

수사팀이 차량 세 대에 나눠 타고 영흥도 내리에 도착한 것은 9시 40분. 놈의 휴대전화 신호는 여전히 잡히고 있었다.

"설마 휴대전화만 버리고 도주한 건 아니겠죠?"

조 감독이 말했다.

"재수 없는 소리."

내가 주의를 줬다. 하지만 놈이라면 충분히 그럴 만도 했다.

"어딘가에 처박혀 자고 있을 것 같지 않아? 밤새 그 난리를 쳤으니 피곤할 거야."

진 형사가 말했다.

식당, 민박집, 안마방, 노래방 등 유흥업소가 몇 군데 눈에 띄었다. 발전소 건설 당시 현장 인부를 상대하기 위해 생겨난 업소들이라고 했다.

연 반장으로부터 탐문을 시작하라는 지시가 왔다. 용의자의 인상착의는 173에서 178 사이의 키에, 보통 체격, 나이는 대략 삼십 대 후반에서 사십 대 후반까지. 지난밤에는 선글라스를 착용했지만, 지금은 아닐 수도 있다.

탐문을 시작한 지 10여 분 만에, 연 반장의 휴대전화 벨이 울렸다. 허 형사였다.

"오정섭이란 이름으로 가스청구서, 전기청구서가 가는 주소지가 있는데요, 역시 영흥돕니다."

"바로 주소 뿌려줘."

연 반장의 눈이 번뜩였다.

허 형사가 주소를 메시지 애플리케이션으로 공유했고, 흩어져 있던 우리는 재빨리 오정섭의 거주지 앞에 집결했다. 섬 남쪽 해변으로 면한 그곳은 1층은 식당, 2층은 원룸으로 이루어진 신축 건물이었다.

연 반장은 도주로를 차단하기 위해 진 형사를 건물 밖 202호 창문 아래 배치시켰다. 조 감독이 카메라 테이프를 갈아 끼울 때까지 기다렸다가 우리는 2층으로 향하는 계단을 올랐다.

손 형사가 선두였고, 연 반장, 조 감독, 그리고 내가 순서대로 올라갔다. 한 형사와 임씨는 맨 뒤에 섰다.

손 형사가 202호의 벨을 눌렀다. 대답이 없어서 한 번 더 눌렀다. 잠시 후에 사람이 거동하는 소리가 들렸고, 스피커를 통해 응답이 왔다.

"누구세요?"

"택밴데요, 오정섭 씨 계세요?"

손 형사가 말했다.

"저는 직접 안 받아요. 1층에 식당 있었죠? 거기 맡겨두세요.

아주머니한테 말씀하면 받아줘요."

손 형사는 물러서지 않았다.

"그냥 소포가 아니구요, 신용카드에요. 기한 만료돼서 갱신된 거요."

"신용카드요?"

"네, 그래서 직접 사인 안 받으면 전달할 수가 없어요. 본인 맞으면 일단 확인부터 하시죠. 저도 빨리 사인 받고 가봐야 돼요."

대답 대신 잠금쇠가 풀리는 소리가 들렸고 문이 열렸다.

"카드 갱신한다는 전화 못 받았는데."

선글라스를 쓴 남자가 구부정하게 선 채 귀를 내밀었다.

"저 사람이에요!"

임씨가 소리쳤다.

"따!"

연 반장이 고함을 지르면서 문손잡이를 잡았다.

손 형사와 연 반장, 조 감독이 거의 동시에 들어갔고, 한 형사와 나도 뒤따라 들어갔다. 겁에 질린 남자가 뒷걸음질 치다가 넘어졌다.

"가만있어, 경찰이야!"

형사들이 선글라스 남자를 바닥에 엎어놓고 제압했다. 남자는 히스테릭한 괴성을 마구 질렀다.

"너 똑바로 대답해야 돼. 새벽에 이 사람 만난 적 있지?"

연 반장이 문 노인의 사진을 들이밀었다.

젠장, 어떻게 된 거야!

186

우리는 한순간 잘못됐다는 걸 깨달았다. 선글라스를 벗겼더니 그는 시각장애인이었다.

남자는 지난밤에 있었던 일을 모두 털어놓았다. 그는 돈을 받고 시키는 대로 했을 뿐, 우리가 쫓고 있는 진짜 범인의 이름도, 얼굴도 알지 못했다. 놈과 어떤 식으로 만나고 연락을 했는지를 조사해야겠지만, 아마도 소용없을 것이다. 놈은 우리가 예상한 것 이상으로 악랄하고 교활한 자였다. 기가 막힌 위험관리 전문가였다.

"류 피디, 도대체 이 새끼 정체가 뭐야?"

연 반장이 기가 질린다는 듯이 말했다.

"이자를 잡으려면 패러다임을 바꾸셔야 할 겁니다."

내가 말했다.

암살의 배후

성공한 사이코패스

사이코패스가 아니라 소시오패스인 것이 아니냐고 묻는 분들이 더러 계세요. 폭력성이나 잔혹함의 정도가 낮고 화이트칼라 범죄라는 점에서 그 사람은 소시오패스일 것이다. 그렇게 구분한다는 것이죠. 그런데 사이코패스든, 소시오패스든 전문용어로는 반사회적 인격장애(Antisocial Personality Disorder, ASPD)라고, 동일합니다. 두 용어 사이의 구분이 아직 명확하지 않아요. 소시오패스가 사이코패스에 비해 덜 해로운 존재라는 뉘앙스가 은연중에 통용되는 것 같기도 하고요. 과연 그럴까요? 학술적 판단은 아닌데요, 굳이 구분한다면 전 개인적으로 이렇게 나누고 싶습니다. 실패한 사이코패스와 성공한 사이코패스. 두 가지 유형 모두 기본적으로 공감능력과 죄의식이 없거나 현저하게 떨어진다는 점에서 출발하지만. 한 부류는 파괴욕구와 변태적 성욕구를 통제하지 못해 소위

'강력범죄'에 노출된 경우고, 다른 한 부류는 타자를 도구적으로 착취하는 데 성공함으로써 부와 명예를 얻은 경우죠. 어떤 부류가 더 위험하냐고요? 판단하기 힘든 문제네요.

— 이진오(경기대 범죄심리학과)

"계세요? 원장님 안에 계세요?"

현관문을 두드리는 소리에 기담은 잠에서 깼다. 그들을 만난 게 꿈이어서 다행이었다. 벌써 오후 3시.

기담이 비몽사몽 중에 거실로 나갔더니 밖에서 웅성거리는 소리가 들렸다. 누군가가 경비 아저씨에게 문을 열어보라고 재촉하고 있었다.

"누구세요?"

기담이 응답했다.

"원장님 계셨어요? 저 박 사장입니다. 전화를 몇 번이나 했는데, 안 받으셔가지고요."

목소리의 주인공은 부동산 중개업자였다.

"아, 박 사장님."

대답해놓고, 기담은 현관문을 열어줄 뻔했다. 그 전에 감투를 벗어야 한다는 것도 잊은 채.

기담은 감투를 잡아당겼다. 그런데 웬일인지 감투는 꿈쩍도 하지 않았다. 다시 시도해도 마찬가지. 아무리 몸부림을 쳐도 감투는 벗겨지지 않았다. 혹시 누가 몰래 보고 있는 건가? 그 생각이 퍼뜩 들어서 기담은 화장실로 들어갔다. 문을 단단히 걸어 잠근 다음 감투를 잡아당겼지만 결과는 마찬가지였다. 기담은 난 감했다. 일단 방문객 문제를 처리해야 했기에, 그는 화장실을 나가서 문밖을 향해 소리쳤다.

"박 사장님, 지금은 안 되겠는데요. 꼴이 너무 엉망이에요. 무슨 일인지 말씀하시면 제가 처리할게요."

"부천 집이요. 사겠다는 사람이 있어요. 근데, 그쪽도 워낙 급해서 바로 계약하자는데요. 말씀하신대로 책장하고 책, 소파 같은 것도 그대로 인수하겠대요."

"잘 됐네요. 그럼 먼저 가 계세요. 씻고 바로 도장 들고 가겠습니다. 계약서 준비해두세요."

박 사장을 보내놓고 나서도 기담은 감투를 벗어보려고 갖은 애를 다 썼다. 감투는 도무지 벗겨지지 않았다. 그는 할 수 없이 도장을 퀵서비스로 먼저 보냈다. 부동산 사무실에 도착한 기담은 계약서에 도장이 모두 찍히는 것까지 지켜본 다음, 곧바로 자리를 떴다. 광대뼈와 회사원의 투싼이 인천 부평 어딘가에 머물러 있다는 위치 정보를 확인했기 때문이었다.

무엇보다 그자들을 보낸 배후를 서둘러서 밝혀야 했다. 웬일인지 감투가 벗겨지지 않는다는 점이 계속 마음에 걸렸지만, 급한 불부터 먼저 끄는 게 순서였다.

위치추적기가 신호를 보내온 곳은 인천 부평의 자동차정비업소 밀집 지역이었다. 정비, 튜닝, 도색, 썬팅, 타이어 및 부품 판매 등을 전문으로 하는 업체가 두 집에 한 집 꼴로 늘어서 있었는데,

기담은 그중 한 자동차 정비소에서 회색 투싼을 발견했다. 번호 판은 이미 바꾼 상태였고 광대뼈와 회사원은 보이지 않았다.

무작정 기다려보는 것 외에는 달리 뾰족한 수가 떠오르지 않았다. 둘 중 한 사람은 나타나겠지. 그렇게 생각한 기담은 자동차 정비소 앞에 자리를 잡고 서 있었다.

두 시간을 꼼짝없이 추위에 떨었던 그는 위험을 무릅쓰고 자동차 정비소 안으로 들어갔다. 있는 듯 없는 듯 사무실 구석에 퍼질러 앉아서 또 한 시간을 보냈다. 다행히 정비소 사장은 다운로드 받은 영화를 컴퓨터 모니터로 보느라 주위가 산만한 상태였다.

먼저 정비소에 모습을 드러낸 건 광대뼈였다. 그는 소위 말하는 렉커, 즉 견인차를 운전했는데, 사무실로 들어와 앉자마자 욕설을 섞어가며 불만을 토로하기 시작했다.

"로터리에 신뼹 두 마리가 들어왔잖아. 김 사장도 알지? 이 새끼들이 소스가 좋은 건지, 안테나가 좋은 건지, 접수가 항상 두 타이밍 빨라. 어쩌다가 동시 타임에 출발했더라도 완전 레이싱 선수더라고. 새끼들 진짜 웬만큼 해처먹어야지. 김 사장 어떻게 좀 안 돼? 손님 줄어드는데 가만있을 거야?"

"걔네들 아직 어려서 그래. 신경 쓰지 말고 기다려봐. 그러다가 크게 한번 사고 나서 본인들부터 먼저 골로 갈 테니까."

김 사장이라고 불린 남자가 건성으로 대꾸했다.

"눈이라도 좀 펑펑 왔으면 좋겠네. 우리 같은 사람도 좀 벌어먹고 살게."

광대뼈가 담배를 꺼내 피웠다.

얼마 지나지 않아서, 서류가방을 들고 정장차림을 한 회사원이 사무실로 들어왔다. 그가 구석자리까지 와서 스트레칭을 하는 바람에 기담은 피하느라 하마터면 소리를 낼 뻔했다.

"고민 있어? 둘 다 표정이 왜 그래?"

김 사장이 물었다.

"불황에 지치는 거지."

회사원이 대답했다.

김 사장이 눈치를 보더니 저녁 먹으러 간다는 핑계로 자리를 비웠다. 기담은 광대뼈와 회사원의 대화를 녹음하기 위해 휴대전화를 켰다.

회사원은 미혼에 표면적으로는 보험회사 영업 직원이었다. 주로 개인정보를 빼내 넘기는 일을 부업 삼아 해오다가, 얼마 전부터 사람을 죽여달라는 주문을 받기 시작했다. 청부살인은 이번이 두 번째.

광대뼈가 불안한 목소리로 운을 뗐다.

"원장은? 어떻게 됐대?"

"아까 오후에 학원이라고 둘러대고 아파트 경비실에 전화했었거든. 나갔다더라고. 아직 살아있다는 것 같아."

"확실해? 살아있다는 거?"

광대뼈는 기겁을 했다.

"죽지 않았다는 건 확실해. 부동산업자 있잖아? 그 아줌마도 확인해줬어."

"그럴 리가 없잖아! 두 번씩이나."

광대뼈의 얼굴에 주름이 깊게 파였다.

"뭔가 있다. 우리가 모르는 무엇인가가 있어."

"어떡할래?"

"손 떼자. 아무래도 예감이 좋지 않아."

"돈은? 받은 거 토해내야 되는데, 내놓을 돈 있냐?"

회사원이 말했다. 대답 대신 광대뼈는 한숨을 내쉬었다. 그는 이해할 수가 없었다. 죽여도 죽지 않는다니. 수수께끼 같은 난관에 빠져 있었고, 피가 마르는 하루하루를 보내는 중이었다. 회사원이 다짐을 받아두겠다는 듯이 말했다.

"우리 이거 하나는 확실히 했으면 좋겠어. 사람 죽이는 건 일단 하기로 한 이상 물릴 수가 없다는 거. 여기서 그냥 빼잖아? 그럼 우리도 죽어. 무슨 말인지 알지? 잔심부름이랑은 차원이 다른 일이야."

허공에 둔 광대뼈의 시선이 무겁게 가라앉았다.

"그 원장이라는 사람, 왜 죽어야 되는 거냐? 갑자기 그것부터가 궁금해진다."

"이제 와서 그런 생각해봤자 도움 안 된다는 거 알잖아. 일 복잡하게 만들지 마."

회사원이 날카롭게 반응했다.

"내 생각에, 그 사람 우리가 자기를 노리고 있다는 걸 알고 있어. 왠지 이용당하고 있다는 느낌이 들어."

"그러니까 이번에는 진짜 확실하게 하자. 아예 태워버리자고. 흔적도 안 남게. 의뢰인한테는 한 번만 더 기회를 달라고 해볼

게. 기운 내자. 응?"

회사원이 광대뼈를 토닥였다. 광대뼈는 전쟁터나 다름없는 로터리 렉커 집결지로 되돌아갔고, 회사원은 근처 신축 오피스텔에 얻어놓은 자신의 집으로 퇴근했다.

기담이 회사원의 오피스텔로 잠입하는 건 어렵지 않았다. 그가 오피스텔 현관문을 열었을 때, 만 원짜리 지폐를 바닥에 떨어뜨리기만 하면 됐다. 회사원은 바람을 타고 구르는 돈을 냅다 밟아놓고, "잡았다!"라며 이죽거렸다. 그사이 기담은 오피스텔로 무사히 들어갈 수가 있었다.

기담은 회사원의 휴대전화를 뒤져서 의뢰인으로 의심되는 전화번호와 통화내역을 찾아냈다. 상대에게 전화를 걸었지만 꺼져 있다는 안내멘트가 돌아왔다. 통화기록을 지우고 침실에서 데스크톱 컴퓨터를 켰다. 고척동 아파트에서 촬영했던 장승 시해 동영상 파일을 컴퓨터에 옮겨 실행시킨 다음, 일시정지 상태로 두고 오피스텔을 나왔다. 회사원이 샤워를 마치고 나면 필연적으로 동영상을 발견하게 될 것이다.

감투를 벗을 수가 없었기에 택시를 탈 수가 없었다. 전철역까지는 너무 멀었고, 버스 노선은 복잡해서 한 번에 파악하기가 힘들었다.

기담은 불편하기 짝이 없다고 생각했다. 보다 근본적으로는 사람과의 대면이 필요할 때 나서지 못한다는 문제점이 있었다. 도대체 이 도깨비 같은 감투는 왜 안 벗겨지는 것일까? 처음엔 대수롭지 않게 생각했다가 서서히 심각함을 깨달아가는 중이었다.

버스정류장에서 서성거리던 기담은 무심코 광대뼈가 드나들던 자동차 정비소로 시선을 돌렸다. 허겁지겁 뛰어가는 회사원이 눈에 들어왔다. 잘못 봤나 싶었는데 회사원이 틀림없었다.

기담은 궁금했다. 동영상 때문에 당황한 것일까? 동영상 때문이라면 의뢰인에 대해서 이야기를 나누겠지? 기담은 그자들이 언급한 의뢰인에 대한 정보가 더 필요한 상황이었다. 그런 기대를 품고 기담은 자동차정비소를 향해 뛰어갔다.

광대뼈의 렉커가 부서진 채 자동차 정비소로 들어오고 있었다. 회사원은 렉커를 끌고 온 또 다른 렉커 운전자로부터 광대뼈가 충돌사고로 부상을 당했고 인근 병원으로 실려갔다는 소식을 들었다.

회사원이 택시를 타고 사라졌고, 기담은 정비소 한쪽에 있던 차를 훔쳐 타고 뒤쫓았다.

병원에서 검사를 마친 광대뼈는 갈비뼈 골절, 목 인대 손상 등의 진단을 받았다. 자초지종은 이랬다. 회사원이 문제의 동영상을 광대뼈의 휴대전화로 보내주었고, 그 동영상을 본 광대뼈가 충격에 평정심을 잃었다. 하필 그때 광대뼈는 사고현장에 일찍 도착하기 위해 질주하는 중이었는데, 결국 본인이 사고를 당하고 말았던 것이다.

응급실을 찾아온 회사원을 발견하자마자 광대뼈는 무조건 손떼겠다고 선언했다. 골절상이 문제가 아니라는 투였다. 자기가 본 것이 장승이었다니! 악몽도 그런 악몽이 있을 수가 없다는 것이었다. 그는 아예 회사원의 말을 들으려고도 하지 않았다.

설득에 나섰던 회사원도 포기하고 동의하고 말았다. 광대뼈의 아내가 봉투에 돈을 담아 가져왔고, 광대뼈는 그걸 회사원에게 안겨주었다.

"계약금 받은 거 급전 빌려서 메웠다. 너도 웬만하면 털고 나와라. 어차피 우린 의뢰한 사람이 누군지도 모르잖아. 맞지?"

"그렇긴 하지."

"모르니까 된 거야. 그쪽에서 우릴 건드릴 이유가 없다고. 받은 돈만 돌려주면 돼."

"그러자. 이 동영상 보면 그쪽에서도 이해해줄 거야."

"근데, 이 동영상 누가 찍어서 보낸 거냐?"

"나도 몰라."

광대뼈가 휴대전화의 동영상을 들이밀며 말했다.

"잘 봐. 카메라가 움직이지? 사람이 들고 찍은 거야. 벽이나 천장에 고정시켜서 숨겨놓은 캠이 아니라. 무슨 뜻인지 알지?"

"모르겠는데."

"누가 지켜보고 있는데 사람을 죽일 뻔했다고! 어휴, 그만하자."

가슴에서 통증이 느껴지자 광대뼈는 더는 말하지 못하고 입을 다물었다.

기담은 지긋지긋한 악몽으로부터 벗어날 절호의 기회가 왔다고 생각했다. 이제 회사원은 의뢰인과 접선할 것이다.

병원을 나온 회사원이 의뢰인에게 전화를 걸어 음성메시지를 남겼다. 애초 주장과 달리 그는 의뢰인을 직접 만난 적이 있었다. 회사원이 남긴 음성메시지에 의뢰인이 응답을 했는데, 약속 시간만을 다음 날 저녁으로 따로 통보했을 뿐, 약속 장소는 처음 만났던 그곳이라고 말했다.

기담은 만반의 준비를 했다. 학원에서 중등수학을 담당하는 교사에게 베라크루즈를 맡기고 그가 중고로 구입했다는 아반떼를 빌렸다. 아반떼는 원래 주인이 여러 번 튜닝하고 선팅까지 해놓았기 때문에 보이지 않는 운전자를 은폐하는 데 유용했다. 기담은 지난번처럼 위치추적기 두 개를 새로 구입했고, 선명한 사진을 촬영하기 위해 망원렌즈가 달린 카메라를 준비했다.

미행은 다음 날 오후 보험가입을 핑계로 회사원을 불러내는 것으로 시작했다. 유인 전화는 공무원인 척 인천 부평구청의 한 사무실에서 했다. 회사원은 약속 시간에 맞춰 구청 앞으로 낯익은 검은색 렉스턴을 몰고 왔다. 그는 바람맞았을 뿐만 아니라, 위치추적기라는 혹을 붙이고 되돌아갔다.

기담이 렉스턴을 미행해 이른 곳은 연안부두 어시장 노변 주차장이었다. 그는 렉스턴을 지켜보면서 의뢰인이 나타나주기를 기다렸다.

마침내 회사원과 의뢰인이 만나기로 한 약속 시간. 해가 지고 얼마 지나지 않아서 회사원이 차에서 내려 움직이기 시작했다. 기담도 차에서 내려 그를 따라갔다.

회사원은 한산하지도 붐비지도 않는 어시장을 가로질러 건물 반대편 출구로 나갔다. 이웃 창고 건물과의 사이에 커다란 트럭

한 대가 주차해 있었는데, 그 옆 어두컴컴한 사각지대에 낯선 남자가 기다리고 있었다. 회사원이 그 남자에게로 다가갔다.

저자가 의뢰인이다! 기담은 떨리고 흥분됐다. 조심스럽게 휴대전화를 꺼내 동영상 촬영을 시작했다. 의뢰인은 선글라스와 목도리, 무릎까지 내려오는 검은색 패딩점퍼로 얼굴과 몸을 가리고 있었다. 멀리서 보면 영락없는 어시장 인부였지만, 사실 패딩 안에는 고급 정장을 입고 있었다. 구두도 방금 닦은 것처럼 반짝였고 얼굴에는 적당히 살이 올라 있었다.

기담은 두 사람의 대화를 엿듣기 위해 좀 더 가까이 다가가 보기로 했다. 트럭 앞쪽을 돌아서 조심스럽게 접근한 기담은 낯익은 목소리를 들었다. 의뢰인의 얼굴을 확인하고 나서는 그만 충격에 주저앉을 뻔했다. 남자는 분명 그가 알던 이정민이었다.

기담은 신음소리를 흘리지 않기 위해 손으로 입을 가렸다. 인기척 소리를 들었는지 이정민이 살짝 시선을 돌렸다. 당연히 그는 아무것도 못 봤을 것이다. 저 녀석이 왜 나를? 어째서 녀석이……. 기담은 머릿속이 혼돈으로 흐려지는 것 같았다. 회사원은 엉뚱한 이야기를 늘어놓았다.

"놈이 처음부터 눈치채고 있었던 것 같아요."

"알고 있었다?"

이정민이 곱씹듯이 되물었다.

"네. 한 번은 부천 아파트, 또 한 번은 고척동 아파트. 두 번이나 따고 들어갔거든요. 그때마다 어떻게 알았는지 피하고 없더라구요. 이렇게 되면 우리 쪽에서도 작업 들어가기가 힘들어져요. 그쪽 얘기와 다른데……" 하면서, 회사원이 끝을 애매하게 얼버무렸다.

"원하는 게 뭡니까?"

이정민이 물었다.

"우리 쪽도 노출되는 위험을 감수하는 만큼, 계산서 다시 써주시죠. 세 장 정도 더 올려주는 걸로."

"그거면 되겠습니까?"

"네."

"자꾸 만나는 것도 부담스럽고 하니 지금 계산할까요?"

회사원이 눈을 반짝였다.

"여기서요?"

"은행은 영업 끝났고. 운전해서 오셨으면 동인천역까지 태워주시죠. 근처에 사무실이 있는데, 바로 계산해드리겠습니다."

회사원이 끄덕인 다음 앞서갔다. 성공적인 거래 덕에 기분이 고조된 회사원은 들뜬 목소리로 말했다.

"그 원장, 눈치가 아주 빨라요. 저도 이런 일 이골이 났지만, 이번 건은 특히 난이도가 높더라고요."

두 사람은 렉스턴을 주차해둔 어시장 주차장으로 이동했다. 회사원은 운전석으로, 이정민은 경계하느라 그랬는지 뒷좌석으로 미끄러져 들어갔다. 기담은 촬영을 중단했다. 추적을 위해 자신의 아반떼로 가려다가 멈칫 돌아섰다. 렉스턴이 위태롭게 마구 흔들렸기 때문이었다. 다투는 것일까?

차 안을 들여다본 기담은 자기도 모르게 뒷걸음질 쳤다. 누가 봐도 살인의 장면이었다. 운전석의 회사원은 벌써 축 늘어져 있었고 이정민은 회사원의 목에 꽂아 넣었던 주사기를 빼고 있었다. 기담은 충격에 빠진 나머지 회사원을 구해낼 생각조차 하지 못했다. 이정민이 렉스턴에서 빠져나오기까지 채 5분도 안 걸렸을 거라고, 기담은 생각했다. 기담은 운전석 문을 열고 회사원의 상태를 확인했다. 숨도 맥박도 없었다.

이정민이 시야에서 사라지기 전에 기담은 뒤따라갔다. 횡단보도를 두 번 건넜고, 아파트 단지를 한 번 가로질렀다. 모텔 밀집지역이 등장했는데, 그곳 골목도로에 차를 댈 수 있는 공간이 있었다. 기담은 너무나 태연한 그의 모습이 도무지 믿기지가 않았다.

이정민이 타고 온 차는 검은색 그랜저였다. 외제차가 아니면 얻어 타지도 않는 녀석이었다. 위장 혹은 은폐용이라고 생각하니 기담은 이해가 됐다.

그의 동선에는 낭비와 머뭇거림이 없었다. 탑승한 후 시동이 걸리고 차가 출발하기까지가 거의 동시에 이루어졌다. 기담은 몸을 던지다시피 해서 가까스로 그랜저 뒤쪽 범퍼 아래에 추적기를 붙일 수가 있었다.

미행은 멈칫멈칫 중단됐다가 이어지기를 반복했다. 회사원과 달리 이정민의 꼬리는 미행을 무척 신경 쓰고 있다는 인상을 주었다. 추적기가 있었기 때문에 기담은 무리하지 않았다. 뒤처져서 따라갔던 기담은 경인고속도로의 다른 한쪽 끝인 서울 신월동의 한 원룸 건물 주차장에서 미행을 끝내고 말았다. 그곳에 그랜저가 얌전하게 주차돼 있었다. 이정민은 흔적도 없이 사라진 뒤였다.

기담은 휴대전화로 촬영해두었던 동영상을 재생해보았다. 카메라 성능의 부족과 조명의 부재로 흐릿한 영상이었다. 하지만 연안부두에서 보았던 장면을 다시 머릿속으로 불러오는 데는 충분히 도움이 되었다.

살인자의 형체, 몸짓, 걸음걸이…… 아무리 봐도 이정민이다. 아니다. 그럴 리가 없다. 기담은 고개를 가로저었다. 잘못 보았을 수도 있지 않은가. 그는 혼란스러운 나머지 방금 보았던 남자는 어쩌면 이정민이 아니라, 이정민을 닮은 사람일지도 모른다는 의심을 하기 시작했다. 사실을 확인해볼 필요가 있었다. 도대체 무슨 일이 일어나고 있는 것일까?

멘토, 직선 그리고 프로파일링

열심히 일한 대가

그 사람들 정말 치열하게 일해요. 하루에 열두 시간은 기본이고, 퇴근 이후에도 일에서 벗어나지 못하고 지독하게 경쟁에 몰두하죠. 요행을 바라지 않아요. 그런데 그 사람들이 왜 그렇게 열심히 일하는 줄 아세요? 워크홀릭이라서? 하핫, 순진한 소리! 부당하게 취한 이익조차도, 남들보다 더 열심히 일한 대가라며 합리화하기 위해서죠. 미친 투기꾼 놈들 같으니라고. 일종의 자기최면? 비슷한 맥락에서 그들은 이재에 밝지 못해 순진한 사람을 게으른 사람으로 치부하고 경멸해요. 그런 나이브한 사람들에 대해서 그들은 도덕적 우월감을 느끼고 그걸 즐기기까지 합니다. 실제로 그런 분위기와 문화가 있어요. 진짜 어메이징한 XX들이죠! 자기네들이 도덕적으로도 우월하대! 한 번도 쓸모 있는 걸 만들어본 적도 없는 자들이 어쩜 그렇게 뻔뻔할 수가 있죠? 저도 고민이에요.

저 같은 평범한 사람들조차도 그들 세계에 한번 발을 담그면 쉽게
휩쓸려요. 엄청난 유혹이죠.

— 제니퍼 손(월스트리트 출신의 펀드매니저)

그 일이 있고도 한동안 우리는 그 자의 진짜 이름과 실제 거주
지를 몰랐다. 모든 것이 꾸며낸 가공의 인물이거나 가짜였다. 광
수대는 강남파이낸스센터로 수사관들을 파견, 그가 남겼을지도
모를 지문을 채취하는 데 심혈을 기울였다. 스프링클러가 오염
시킨 사무실을 제외하더라도, 각종 출입문, 화장실, 엘리베이터,
그의 손을 거쳐갔던 서류들과 집기 등에 지문이 남아 있을 가능
성이 있었다. 채취한 지문의 종류는 100여 개에 이르렀다. 그중
에는 그 자의 것이 있을 수도 있고, 없을 수도 있다. 지문의 주인
을 밝히는 데만 꽤 많은 시간이 걸릴 것이다. 나는 그가 뿌렸을
명함을 수거해서 조사하자고 제안했다. 그의 책상 서랍에 남아
있던 명함을 세어본 결과 다섯 달 동안 소모된 명함은 채 스무
장이 안 됐다. 그마저도 정확히 누구에게 전달됐는지 파악하기
가 어려웠다. 아무도 협조하려고 하지 않았다. 그나마 흔쾌히 협
조하겠다는 의사를 밝힌 두 명이 등장했는데, 한 사람은 금융감
독원 국장, 다른 한 사람은 산업은행의 이사였다. 정작 때가 되
자 그들은 명함을 잃어버렸다며 꽁무니를 뺐다. 그 자의 아우디
는 경기도 안산의 한 폐차장에서 발견됐다. 안산이라면 대부도
에서 지척에 있는 거리였다.

엘스타펀드의 유회권 대표는 당혹스럽다는 입장을 밝혔다.

"이런 일이 생길 거라고는……. 충원 과정에는 문제가 없다고 판단했어요. 회사가 요구하는 직무를 수행함에 있어서 능력이나 자질이 부족하다고 생각해본 적이 전혀 없었거든요. 아시다시피 고도로 전문적인 일이잖아요? 그런 일을 할 수 있는 사람이 왜? 이해가 안 되는군요."

인수에 성공한 은행을 되팔아야 하는 그로서는 이번 일로 자금회수 일정에 타격이 올까 전전긍긍하는 모습이었다. 자기네들 역시 피해자이며 김민수가 저질러왔던 범죄는 어디까지나 회사와 무관한 개인적인 행적임을 강조하면서 사진 한 장을 내밀었다.

"이건 김 팀장이 평소 아끼던 가족사진입니다. 스프링클러가 고장 났던 그날 저희 여직원 하나가 엉망이 된 김 팀장 사무실을 정리하다가 챙겨뒀다더군요. 젖어서 훼손이 되긴 했는데, 다행히 누군지 알아보는 건 문제없어요. 가족이 샌디에이고에 거주한다고 했으니까, 거기 한인회에 이 사진을 보여주고 수소문해보면 찾을 수 있을 거예요. 잘 좀 부탁드리겠습니다. 저희도 최대한 협조하겠습니다."

수사팀은 곧바로 그 사진을 그의 가족이 거주한다는 샌디에이고 한인회에 보냈다.

한편 수사 단계상 범죄심리 분석이 필요한 상황에 이르렀다. 그자의 독특한 범죄 수법이 어떤 심리적 상태에서 이루어졌는지를 밝혀야 했고, 범죄가 또다시 계획되고 있다면 예측할 수 있어야 했다. 그래서 인천지방경찰청 소속 범죄심리분석관과 경찰청 범죄분석팀이 합류했고 그들이 프로파일링을 맡았다.

나는 범죄심리분석팀과 거리를 두려 했다. 분란을 일으키고 싶지 않았기 때문에 촬영과 다큐 제작에 만족하는 척했다. 게다가 내 가설은 전례 없이 과격했기에 함부로 피력하기가 조심스러웠다.

"그자는 살인을 즐기지 않아. 누굴 죽이겠다는 욕구 같은 게 별로 없을 거야. 지금까지의 데이터는 그냥 참고만 해. 생각을 비우고 시작하라구. 그게 내 충고야."

범죄분석팀을 이끌고 온 안석영 경위가 면담을 요청했을 때 내가 서두에 한 말이었다.

안 경위는 한심하다는 듯이 웃었다. 예전에도 여러 번 보았던 저 표정. 그와는 서울청에서 같이 일했던 인연이 있었다. 범죄심리학 박사학위를 소지했던 안 경위는 나보다 어리고 후배였지만 승진은 빨랐다. 그가 본청으로 옮기기 전까지 우리는 서로 상대가 과학적인 분석 태도를 견지하기보다는 직관에 함몰되는 경향이 있다고 비판하곤 했다. 사실 대부분의 분석관들이 비슷한 문제에 시달린다. 현장에서는 언제나 데이터가 부족하다. 그럼에도 결론은 내야 하기 때문에 적당한 비약과 직관적인 예측을 동원하지 않고서는 프로파일링이 사실상 불가능하다. 그는 절대로 그 지점을 인정하지 않으려 했다. 지독한 자기애와 편집증적인 일면을 지닌 성격이 가끔 그를 유능하게 만들기도 했다. 아니 유능하게 보이게끔 만들었다. 그에 대한 평은 대체로 일치했다. 인간미가 절대적으로 부족한, 재수 없지만 유능한 동료.

예의 그 표정을 하고서, 안 경위가 말했다.

"뭐, 방송 프로듀서가 과학을 할 필요는 없지. 류 선배는 뭐랄까 직관이 너무 강해. 보고서 봤거든. 솔직히 감탄했어. 차라리 처음부터 현장에서 일을 시작했으면 어땠을까? 왜 현장에선 순발력도 필요하고, 촉이란 것도 필요하잖아. 프로파일러는 말이야, 우선 과학자가 돼야⋯⋯."

"됐다."

장황한 연설을 듣게 될 것 같아서 내가 끊었다.

"그래서 하던 일이나 마저 하려고. 궁금한 거 있으면 또 언제든 문의해. 대신, 취재 부탁하면 안 경위도 성실하게 임해주라. 동의하지? 네가 좋아하는 기브앤테이크."

"동의."

그래놓고 그는 웃음보를 터뜨렸다.

"근데 형, 연쇄살인범이 사람을 죽이기 싫어했다? 살인 욕구가 없었다? 너무한 거 아니야?"

프로파일링에 대한 나의 감이 떨어지다 못해 완전히 사라졌다며 그가 비웃었다.

"연쇄살인이라는 개념이 처음 등장했을 때도 그랬지. 어떻게 일면식도 없던 사람을, 동기도 없이 죽일 수가 있을까? 괴물이 아니고서는 사람이 그럴 리가 없잖아. 그렇게들 허둥댔지. 그런데 결과는? 그런 자들이 실제로 존재했음이 밝혀졌어. 주로 가학성 살인에 대한 욕구, 변태적인 성 충동, 조절이 안 되는 분노와 자기 파괴 욕구, 그런 것들에 이끌리는 경향이 있는 특이한 자들임이 드러났지. 그때의 패러다임으로는 도저히 파악할 수 없었던, 그런 존재들이었어."

"너무 앞서가지는 마. 판타지를 쓰는 것보단, 조금 늦게 따라가더라도, 우리가 아는 지식과 기존 데이터의 한계 내에서 판단하는 게 나아."

녀석의 말이 옳을지도 모른다.

"그만하자. 일어날게."

"그나저나, 놈을 뭐라고 부르지? 이름도, 고향도 모르는데. 적당한 애칭이 없을까?"

"멘토."

내가 말했다.

"멘토?"

덕적도 문 노인을 찾는 수색 작업이 소득 없이 종료되고 며칠 후, 홍대 앞 카페에서 그의 손자를 만났다. 그 청년은 자신의 조부를 죽인 살인마를 '멘토'라고 불렀다.

"얼굴을 보진 못했지만 가끔 통화를 했었어요. 뭐라고 부르면 좋겠냐고 물었더니 멘토가 좋겠다고 하셨어요. 멘토라는 호칭 때문인지, 나중엔 유학문제, 취업문제 같은 고민도 얘기하고 그랬어요. 그분은 주로 할아버지 얘기를 물었죠. 장학사업 하는 분인 줄 알았는데, 그런 사람인 줄은 미처 몰랐어요."

내 기분 탓인지는 모르겠지만, 청년에게는 그자를 원망하는 기색이 별로 없었다. 선재도 앞바다에서 발견된 그 빈 배에서 할아버지의 머리카락이 나왔다는 소식을 전하자, 청년은 미지근

한 반응을 보였을 뿐이었다.

"실감이 나지 않아요. 실종이라니."

그는 별다른 동요 없이 커피 잔을 만지작거렸다.

"정황상 사망했을 거란 의견이 지배적이에요. 살아서 섬을 빠져나갔을 확률은 거의 없어요."

"모르죠, 시신이 발견될 때까지는."

청년은 끝까지 실종이라는 단어를 고집했고, 조부가 사망했을 가능성을 인정하지 않았다. 수색대를 꾸릴 계획도 없이, 그냥 그대로 내버려두고 잊을 모양이었다. 장례 치르기가 귀찮았던 것이다.

"가깝게 지내는 친척 없어요?"

내가 물었다.

"찾아보면 있겠죠. 먼 친척 한 분이 호주에 계신다나. 연락처는 몰라요. 근데, 연락해서 뭐하게요? 그쪽도 성가셔 할 텐데."

청년이 천진난만하게 웃으며 되묻기에, 나는 속으로 당황했다.

"할아버지가 그동안 학생 하나만 보고 뒷바라지도 해주고 그랬을 텐데, 그냥 잊히기에는 허무하지 않을까? 알아야 할 사람에게는 알리는 게 좋을 것 같아."

"이런 말 좀 그렇지만, 홀가분해요. 차라리 잘 됐어요. 할아버지도 힘들었을 거예요. 제가 왜 모르겠어요? 음, 저는 졸업하면 유학 떠나려고요."

"유학 자금은 어떻게 마련하려고요?"

"제가 알아서 해요."

나는 그가 그 살인자의 도움으로 유학 자금을 마련해두었을 거라고 짐작했다. 그를 떠보기 위해서 유학 자금 문제로 화제를 돌리려던 찰나, 청년이 충격적인 이야기를 털어놓았다.

"그거 아세요? 그저께 그분 전화를 받았어요. 사는 데 지침이 될 만한, 들으면 저절로 고개가 끄덕여질 만한 얘기를 해주셨죠. 예전에도 멘토는 자주 말씀을 들려주셨어요. 사실 두어 번 만난 적도 있는데."

괜히 말했을까? 후회하는 빛이 청년의 얼굴에 스쳤다. 노출해 서는 안 될 이름, 발설해서는 안 될 스승의 존재를 털어놓은 게 틀림없었다.

멘토.

우리 시대에 가르침을 전해주러 온 자. 모습을 드러내지 않고 도 감히 우리 정신에 영향을 미칠 수 있는 자. 한번 예속되면 그 가르침을 감히 거역할 수 없는 자. 나는 그날 깨달았다. 야망을 꿈꾸는 이들에게 멘토는 매혹적인 존재였다. 진짜 이름이 까발 려질 때까지 그자를 멘토라고 부르기로 했었다.

"멘토라. 나쁘지 않네. 근데, 그 친구가 그 멘토란 자를 만났다 고?"

안 경위가 진지하게 관심을 보였다.

"궁금하네. 둘 사이에 무슨 얘기가 오갔는지."

"중요한 얘기를 흘렸지. 어쩌면 멘토를 추적할 수 있는 결정 적인 단서일 수도 있어."

"그게 뭔데?"

안 경위가 조바심을 내기 시작했다. 나는 헛기침을 했다.

"그 전에, 피해자 김민수 씨 가족이 입국했다며? 인터뷰 좀 하고 싶은데, 주선해주라."

멘토는 왜 김민수를 사칭했을까? 그 질문에 대한 선명한 답을 알고 싶었다. 그것은 또한 멘토에게 접근하는 열쇠이기도 했다.

"안 돼. 당사자들이 원치 않아. 그리고 분명히 경고해두겠는데, 수사 정보 가지고 흥정하려고 하지 마. 알아낸 게 있으면 일단 공유부터 해."

"할 수 없지 뭐."

나는 일어나려고 했다.

"벌써 돌아갔어. 한국에 없다고. 그러니까 인터뷰고 나발이고 하고 싶으면 직접 미국 가서 해. 알았어?"

"그럼, 인터뷰한 내용 좀 공유하지? 별로 어렵지 않잖아. 읽고 나면 도움이 될 만한 소감문 정도는 정리해줄 수 있어."

그가 나를 노려보았다. 호락호락하게 당하지 않겠다는 자세였다.

"오늘 얘긴 여기서 끝내자. 그 청년, 우리가 만나볼 거야. 출석 요구하면 되지 않겠어? 용의자와 공모했을지도 모르니까."

"마찬가지로 서울에 없거든. 그 자식, 학기 마치면 유학 간다더니 졸업이고 뭐고 그냥 다 때려치우고 그저께 출국했더라."

"가지가지 한다."

그가 할 수 없다는 듯이 고개를 절레절레 흔들었다. 우리는 각자 따로 저녁을 먹은 후에, 인천 고속버스터미널 부근 카페에서 다시 만났다. 안 경위가 피해자를 조사한 파일을 먼저 테이블 위로 꺼내놓았다. 그걸 들춰보기 전에 내가 먼저 청년이 남기고 간 기이한 이야기를 털어놓기로 했다.

"훈데르트바서라고 들어본 적 있어?"

내가 운을 뗐다. 안 경위는 수첩에 그 낯선 이름을 적은 다음 밑줄을 여러 번 쳤다.

"들어본 것 같긴 한데, 잘은 몰라. 그 사람이 왜?"

그 질문은 청년이 내게 던진 일종의 시험문제였던 것 같다. 훈데르트바서라는 사람을 아세요?

"한국에서 전시회 열었을 때 가본 적 있어요. 화가이자 건축가죠?"

내가 대답했다.

"아는군요."

청년이 눈을 반짝였다. 그러고는 말하고 싶어 못 견디겠다는 흥분이 나타났다가 사라지는 걸 나는 보았다. 청년이 말하게 될 것들은 어쩌면 그의 멘토를 드러내는 기호일 것이다. 나는 직감했다. 그러므로 그의 입을 다물게 만드는 마지막 저항선을 무너뜨려야 했다. 뭐라도 좋았다. 나는 전시회 때 본 작품들에 대한 감상평과 함께, 자연을 사랑하는 예술가였다며 무척이나 관심 있는 것처럼 꾸며서 말해주었다.

"자연에는 직선이 없다. 훈데르트바서가 그렇게 말했다죠. 어떻게 생각하세요?"

청년은 내가 던진 미끼 중 하나를 물었다.

"동의하는 편이에요. 가시적인 세계에서도, 원자처럼 미시적인 세계에서도 직선은 없어요. 어떻게 보면 직선이란 건 인간의 머릿속에서만 존재하는 관념이죠. 자연스럽지 않은 어떤 것."

"맞는데, 틀린 얘기예요."

나는 긴장했다. 그가 원하는 대답이 아니었던 것일까.

"어째서?"

"굳이 그렇게 부정적으로 볼 필요가 있을까요? 신이 만든 세계에는 직선이 없다. 그러므로 이 세상에 직선을 긋는 행위야말로 진짜 창조적인 행위다. 직선은 신에게서 해방된 인간성의 상징이다."

훈데르트바서는 그러므로 직선은 신에 대한 모독이라고 생각했을 것이다. 그는 자연스러움에서 인위적으로 벗어난 직선을 극도로 혐오했다. 하지만 청년은, 아니 멘토는 동일한 전제에서 출발해서 정반대의 생각에 이르렀다. 직선이야말로 가장 인간적인 기호라는 것이다.

"할아버지처럼 살고 싶지 않아요. 보란 듯이 성공하고 싶어요. 내가 있는 이곳에서, 내가 목표로 하는 그곳까지 직선을 긋겠어요. 장애물이 있더라도 당당하게 뚫고 가겠어요. 실패한 사람들이 어떤 줄 아세요? 자신이 어디로 가는지도 모르고 이리 휩쓸리고 저리 휩쓸리며 혼돈에 빠지곤 하죠. 왜들 그렇게 사는지. 저는 싫어요. 그런 낭비, 구질구질함, 다 혐오스러워요. 난 말이죠. 직선을 긋는 사람이 될 겁니다. 직선이 아닌 길은 택하지 않겠어요."

직선으로 이루어진 세계? 내게는 끔찍하게 들렸다. 내 몸이 절단되는 느낌, 얼음처럼 차가워지는 느낌, 틈이 없어 숨이 막히는 느낌…… 그런 부정적인 감정들이 남았다.

잠깐! 그런데 직선에 대한 이야기! 왠지 낯설지 않았다. 그렇다, 언젠가 들은 적이 있었다. 그것도 범죄와 관련된 맥락 속에서. 경찰 재직 시절 업무 중에 들었을까? 아니면 미디어에서? 강연에서? 세미나에서? 어떤 문헌에서? 친구 동료들과의 대화 속에서? 정확히 언제, 어디서, 누구를 통해 들었는지는 기억나지 않았다. 하지만 나는 결정적인 단서를 얻어냈음을 깨달았다. 직선을 긋는 자. 흔치 않을 저 궤변과 억설의 출처를 추적하면 멘토에 이를 수 있을까? 내가 그런 생각에 빠져 있었을 때, 청년은 했던 말을 마저 끝마치려고 했다.

"생각났어요, 피디님. 왜 그분에게 멘토라는 호칭이 어울린다고 느꼈는지. 그건 제게 해준 어떤 말 때문이었어요. 멘토가 이렇게 말씀하셨죠. 똑똑한 사람이 정직하기란 힘들다. 그것은 운명이다. 그들은 대개 타고난 운명을 거역하고 착한 위선자가 되기를 선택한다. 하지만 그 운명을 받아들이면 최고가 될 수 있고 행복해질 수 있다. 거스를 수 없는 것이라면 받아들여라. 재능을 낭비하는 것은 죄악이다. 넌 직선을 긋는 재능을 가졌다."

잊어버린 걸 겨우 기억해낸 것처럼 꾸몄지만, 청년은 처음부터 멘토의 그 가르침을 머리와 가슴에 새겨두고 있었던 것이 틀림없었다. 자랑스럽게 발설하고 싶어서 견딜 수 없어 했을, 그 고역 어린 표정이 얼굴에 고스란히 드러났던 것이다. 그는 진심으로 고양돼 있었다. 비로소 개운한 얼굴이 된 그가 사라졌다. 덕적도 문 노인의 손자와는 그게 마지막이었다.

"들어본 적 있어? 직선에 관한 그런 식의 해석."

"처음 듣는 얘긴데. 하지만 뭔가 오싹한 느낌이군. 이 세상에 직선을 긋는다? 그게 멘토란 자의 사명이고 철학이다? 선배 말은 그 '직선'이란 게 '범죄'를 의미한다는 거지?"

알아듣기는 잘하는 녀석이었다. 재수 없는 성격만 아니었다면 좋았을 것이다.

"생각해봐. 멘토는 범죄를 어떤 목적을 '효율적으로' 달성하기 위한 수단으로 생각하고 있어. 'A' 지점에서 'B'에 이르는 직선 위에 있는 어떤 장애물을 제거하는 방법이라고 간주하는 것이지. 훈데르트바서는 직선을 부도덕이라고 생각했지만, 멘토는 거꾸로 미덕이라고 보는 거야. 심지어 인간적인 것이라고 찬양질을 하고 있어. 이자는 범죄를 꾸밀 때 충동에 이끌리는 게 아니야. 폭발적 감정표출의 결과로, 또는 어떤 문제가 되는 상황에서 벗어나려는 과정에서 범죄를 저지르는 것이 아니야. 단지 필요하다고 생각할 때마다 계획하고 계산해서 실행하는 것일 뿐이지. 마치 회사 일처럼. 내가 보기엔, 신분 위조든, 사기 협박이든, 살인이든, 뭐든, 도구적으로만 생각하는 것 같아. 심지어 살인을 실행할 때조차, 오직 가장 효율적으로 죽이는 데 신경을 썼을 뿐, 살인 행위 자체, 혹은 그 과정에서 쾌락을 얻거나, 욕구를 충족시킨 흔적이 없어. 시신이 너무 깨끗해. 훼손한 흔적이 전무하단 말이야."

범죄의 환상에 빠진 여느 범죄자들이 그랬던 것처럼 멘토의 머릿속에도 그 나름의 완전무결한 세계가 존재한다. 그런데 그 세계는 지금까지 우리가 알던 연쇄살인범들의 그것과는 너무나 달랐다.

"선배가 아웃소싱이란 말을 썼다기에 비웃었어. 차라리 정규직, 계약직이라고 구분하지 그랬어, 하면서. 지금 들어보니까, 전적으로 잘못 쓴 용례라고 하긴 힘들겠다. 맥락이 잡혀. 어쩌면 범행과정에서 자신이 입을 정신적 손상까지 최소화하려고 고심을 했을 거야. 희미하지만 그게 읽혀."

"그렇지?"

"단, 지금 얘기한 선배의 직관이 맞다는 전제하에."

"또 그 소리. 우리끼린 그놈의 직관이란 말 좀 안 쓰면 안 돼?"

"솔직히 말하면, 선배의 가설은 재미있기는 하지만 실체와 근거가 없어. 말꼬리 잡은 거 하나 가지고 멘토의 정체를 밝힌다? 얼마나 황당하게 들리는 줄 알아? 어디 가서 그런 얘기 하지 마. 잔인하게 죽였든 신사적으로 죽였든 놈은 살인마야. 공감능력이라고는 찾아볼 수 없는, 우리가 알던 전형적인 냉혈한. 즉, 사이코패스적인 연쇄살인마야. 다만 좀 똑똑할 뿐이지. 똑똑한 살인마조차도 이번 케이스가 처음은 아니야."

하지만 녀석은 내 의견을 참고할 것이고 자신의 것으로 만들 것이다. 뻔히 보이는 수순이었다. 재수 없는 자식.

"마지막으로 당부하는데, 선배 열정은 높이 사. 근데, 수사에 영향을 끼치려 한다거나, 직접 참여할 생각은 마. 심리분석은 우

멘토, 직선 그리고 프로파일링 215

리가 할 테니까, 선배는 취재에만 전념해. 괜히 혼선 일으킨다는 오해 사지 말고. 오케이?"

"어련하시려고?"

안 경위가 약속대로 피해자 김민수의 가족을 면담한 파일을 내게 밀었다.

"읽기만 해. 기록하지는 말고."

멘토가 사칭했던 김민수는 지난 봄 일본을 거쳐 한국으로 들어왔다. 일본에 들른 것은 이혼한 아내가 키우고 있는 두 아이를 만나기 위해서였다. 면담에 응한 김민수의 전처는 경찰로부터 연락을 받기 전까지는 그의 실종 소식조차도 모르고 있었다. 미국에도 사실상 그의 연고자가 없는 상황이었기 때문에, 그의 실종이나 부재가 알려질 만한 기회가 처음부터 없었던 것이다. 김민수의 경력과 직업은 예전에 보았던 프로파일 그대로였다. 로스쿨을 졸업한 변호사 출신에, 여러 법률회사에서 오랫동안 일한 경력이 있었다. 김민수가 실종된 시점은 입국 직후일 것으로 추정했다. 당시 서울 시내 호텔의 숙박부를 조사한 결과, 김민수가 예약했던 기록은 있었지만 체크인한 기록은 없었던 것이다. 범행 시간과 장소를 더 좁혀본다면, 인천공항에서 나온 직후부터, 서울로 이동하는 중에 당한 것이라고 추정할 수 있었다.

"김민수가 명함 파고 한 일은 뭐였지? 6개월 이상 법률팀장을 사칭했던 걸 감안하면, 노리던 계획이 있었을 거잖아."

내가 물었다.

"눈치 하나는."

그가 고쳐 앉더니 내 쪽으로 바짝 다가왔다.

"재미있는 거 알려줄까?"

"뭐?"

"사실 선배가 지금까지 멘토에 대해서 얘기한 것들, 마냥 허튼소리는 아니야. 나름 맥락이 있긴 해. 뭐냐면, 이 멘토란 자가 금융사기를 벌였어. 자신의 직책을 이용해서 회사 몰래 개인적으로 투자자를 모집했던 거야. 이를 테면 이런 식으로 던졌어. 이것 봐, 우리 이번에 계획했던 것보다 투자 규모가 커졌거든. 룸이 생겼으니까 당신들도 태울 수 있어. 팔고 나가기만 하면 막대한 차익으로 초고수익 보장인데, 어때? 괜찮지?"

"안 태우고는 못 배겼겠군. 나름 힘깨나 있는 회사 이름으로 제안했으니."

"그뿐만이 아니야. 거기에 더해서 멘토는 외국인 투자자로 세탁해주겠다는 제안을 했어. 한마디로 돈도 벌고 이번 기회에 해외로 자산을 빼돌릴 수도 있다. 솔깃하겠지? 한 열댓 명이 걸려들었나 봐. 그다음은 뭐 쉽잖아. 돈 세탁한다는 명목으로 벨기에에 도관회사를 만들고, 투자계약서는 위조했지. 계약서 만지는 법률팀장인데 그 정도 못하겠어? 그렇게 멘토의 개인 계좌로 돈이 어마어마하게 흘러들어갔어. 회사에서도 사고가 터지기 전까진 까맣게 모르고 있었대."

"피해 규모는?"

"최소 투자 요건이 일인당 100억이니까, 1,000억 안팎이지 않을까? 피해자들이 회사를 상대로 조만간 소송 들어간다는 얘기가 있어. 그때 자세한 정황이 밝혀질 거야."

내 생각이 옳았음을 확신했다. 멘토는 악질 금융투기꾼이었다. 그의 전략은 살인이라는 금기를 뛰어넘는 직선 긋기. 그 금기를 넘어설 수 있으면, 지극히 효율적인 방법으로 고수익을 도모할 수 있다.

"사실은 나도 헷갈린단 말이야. 이 멘토란 자가 경제 사범인지, 아니면 우리가 알고 있는 이른바 연쇄살인범인지. 이런 식으로 두 가지 특징을 공유한 사례가 있었던가? 딱히 생각나는 케이스가 없어. 다만, 선배가 말한 그 효율성이란 개념 말이야. 딱히 특이할 것까진 없잖아. 계획범죄는 대부분 '간단하고 쉬운 방법으로, 최대한 빨리.' 이 두 가지가 고려되거든. 안 그래?"

"안 경위는 아직 내가 한 말의 의미를 제대로 모르는 것 같은데."

"어떤 점에서?"

그가 눈을 가늘게 치켜떴다.

"이자가 범죄를 도모하는 과정에서 효율성이 지극히 중요하게 작용했을 뿐만 아니라, 효율성 그 자체가 범죄의 동기가 됐어. 즉, 효율적으로 죽인 게 문제가 되는 것이 아니라, 효율적이기 위해서 죽인 게 문제가 되는 거야. 모르겠어? 게다가 그 살인들이 우리가 연쇄살인이라고 정의해놓은 범주 안에 들어오기까지 해. 이건 특이한 정도가 아니라, 처음 있는 일이야. 아니 처음이 아니었을 수도 있겠다. 단지 우리가 몰랐거나 알아차리지 못했을 가능성도 있으니까."

그는 잠시 골똘히 생각에 잠겼다.

"효율성 그 자체가 연쇄살인 범죄의 동기가 된다? 왠지 의미심장한걸. 그 안에 뭔가가 있는 게 분명하긴 해. 그래서 아직은 믿고 싶지 않아. 그냥 가설일 뿐이야. 그딴 식의 판타지는 선배 담당이잖아."

"참 말 애매하게 한다. 내 가설을 지지한다는 얘기냐? 아니면 부정한다는 얘기냐?"

그는 웃기만 할 뿐이었다.

"선배는 그자의 얼굴을 직접 본 몇 안 되는 사람 중 하나야. 그래서 수사팀에서도 떨구어낼 수가 없어. 기왕이면 잘해보자고. 아이디어가 떠올랐다. 그럼 나한테 먼저 얘기해. 무슨 말인지 알지?"

여우 같은 자식. 얄밉기는 해도 안 경위의 거래는 공정한 편이다. 주는 게 있으면 정확히 그에 상응하는 무엇이 돌아온다. 더도 말고, 덜도 말고, 딱 그만큼만.

"가기 전에 하나만 던져주지?"

그가 손을 벌렸다. 당장 쓸 만한 걸 내놓으란 의미였다.

"멘토가 돈을 쓰고 즐기는 곳은 따로 있을걸. 게다가 빼돌린 거액을 처리도 해야 하고. 정기적으로 출국하는 사람일 가능성이 크다고 봐. 나이, 국적, 도착지 등의 조건으로 분류하면 얼추 리스트 만들 수 있을 거야. 그런 사람이 생각보다 많지는 않을 것 같은데."

그 말을 남기고 내가 먼저 일어났다. 녀석이 내 뒤통수에 대고 말했다.

"그 아이디어, 내가 빌려 써도 되지? 기왕이면 내 이름으로 낼까 하는데. 그러면 일이 빠를 거야. 괜찮지?"

"마음대로 해. 대신 꼭 약속 지켜야 될 거야!"

나는 그때까지의 대화를 녹음했던 디지털녹음기를 흔들어 보여주었다. 녀석의 얼굴이 실룩거리는 장면을 마저 지켜본 후 카페를 나왔다. 이후 수사가 진척되면서 몇 가지 범죄 사실이 추가로 밝혀졌는데, 안 경위가 건네준 파일과 종합해서 정리해보았다. 당시에 남겼던 녹음기록은 다음과 같다.

한탕 크게 벌일 판을 물색하고 있던 멘토는 엘스타펀드를 주목했다. 어떻게 침투할 수 있을까? 그는 우선 법률팀으로 원하는 직무를 정했다. 영업은 질색이었다. 조용히 눈에 띄지 않고 일할 수 있는 부서, 그러면서도 계약서를 만질 수 있는 부서였던 법률팀이 제격이었다. 그렇지만 그는 법률팀장이 되기에는 조건이 맞지 않았다. 엘스타펀드의 법률팀장 자리는 백인 혹은 한국계 미국인 차지였다. 그는 기회가 올 때까지 기다렸다. 기다림 끝에 그들이 법률팀장을 지원해줄 부팀장급 인력을 충원한다는 사실을 알아냈다. 헤드헌팅 업체를 해킹해서 알아낸 입사예정자의 이름은 김민수. 멘토는 SNS상으로 그에게 접근해서 관계를 맺었다. 그에 관한 정보와 입국 일정을 알아낸 다음, 인천공항으로 입국하던 그를 살해했다. 그러고는 김민수의 이름으로 입사했다. 일과 조직에 익숙해진 멘토는 팀장을 독살했다. 또 다른 백인이 새로운 팀장으로 부임해왔는데, 그에게는 미성년인 여자를 섹스파트너로 붙여준 후 몰래 경찰에 고발했다. 경찰로부터 출석요구서가 날아들자 회사는 신임 팀장을 미국으로 돌려보냈다. 그때 이후로는 멘토가 실질적인 팀장의 역할을 수행했다. 비록 핵심 멤버들만의 이너 서클에는 끼지 못했지만 상관없었다. 그에게는 막강한 권한과 명함이 있었고 그 명함이 한국에서 발휘하는 위력은 예나 지금이나 대단했으므로 어렵지 않게 대담한 사기극을 계획할 수가 있었다. 팀장이란 직위를 이용해서 그가 벌인 사기극은 사실상 폰지 사기의 변형이었다. 존재하지 않은 것을 존재하는 것인 양 위장하고 그것에 투자를 유도하는 사기극. 그는 폰지 예찬론자였던 것 같다. 굴업도에서 만났던 최씨의 아들과 그가 함께 일했던 사장도 멘토의 사기에 속았다. 멘토는 비자금 세탁을 도울 유령회사를 홍콩에 설립했고, 그들의 투자를 유도했다. 최씨의 아들과 그의 사장은 그 유령 회사에 비자금을 투자하려고 서류 일체를 준비해서 출국하려다가 인천공항 직전에 당했을 것이다.

덕적도 문 노인의 죽음이 있은 다음 날, 멘토는 여의도의 오피스텔로 청소 전문 인부들을 불렀다. 자신의 흔적을 지우기 위해 머물던 집을 깨끗이 청소했고 짐을 꾸렸다. 그는 장기 해외출장을 떠난다고 주변에 알린 다음, 택시를 타고 종로의 오피스텔로 거처를 옮겼다.

조계사가 내려다보이는 오피스텔의 12층 스위트룸은, 멘토가 김민수로 살기 위해 여의도로 옮기기 전까지 지내던 곳이었다.

종로에서 그의 직업은 여행가였다. 커다란 트렁크 두 개를 끌며 여행객 차림으로 콜밴에서 내린 그는 오피스텔 관리실에 해외 여행을 끝내고 막 돌아오는 길이라고 알렸다.

"잘 지내셨어요? 벌써 겨울이 코앞이네요."

그는 이국적인 문양의 장갑 한 짝을 선물로 내밀었다.

"어이구, 오랜만입니다. 뭘, 이런 걸 다? 겨울 장갑인 걸 보니 연말엔 한국에서 지내실 모양입니다?"

"봄까진 버텨볼 생각인데, 갑자기 사라지더라도, 그러려니 해주세요."

"한두 번도 아니고, 이젠 익숙합니다."

종로로 되돌아온 뒤에도 멘토는 매일같이 여의도 옛 오피스텔 근처를 배회하면서 신경을 곤두세웠다. 경찰이 자신의 거처까지 추적해왔는지 확인하기 위해서였다. 리스크. 언제나 리스크가 문제였다. 그는 살인을 즐기지는 않았지만, 그렇다고 살인을 피하면서까지 둘러가는 수고를 감내하고픈 생각은 없었다. 그가 보기에 살인은 경제, 경영학에서 제안하는 온갖 기법들보다 훨씬 더 효율적인 문제해결 도구였다. 살인이라는 금기를 뛰어넘은 후부터는 폰지 사기나 문서 위조 따위의 범죄 역시 전보다 적은 노력과 비용으로 실행할 수 있었다. 대신 살인에는 리스크가 따랐다. 그 증가하는 리스크를 관리하는 일에 상당한 에너지를 투입해야 했다. 그는 일주일을 꼬박 잠복에 투자하면서 그 리스크를 관리하는 일에 몰두했다. 한편 수사팀이 그의 흔적을 이 잡듯이 뒤졌지만 그때엔 여의도 오피스텔 근처에도 가지 못했다. 강남파이낸스센터에서 채취한 지문에도 멘토의 것은 없었다. 멘토가 판단하기에도, 여의도 오피스텔은 안전했다. 경찰을 따돌리는 데 성공했다고 생각한 멘토는 여의도와는 완전히 작별을 고했다. 그의 다음 행선지는 엘스타펀드 유회권 대표의 펜트하우스가 있는 청담동이었다. 갑작스럽게 꼬여버린 프로젝트를 마무리하기 위해 예비계획을 실행할 차례였던 것이다.

매일 저녁, 그는 어느 케이크 전문점이 보이는 곳에 차를 세워두고 기다렸다. 단 음식을 좋아하는 유 대표가 퇴근할 때면 자주 들르곤 하는 가게였다.

기다리기 시작한 지 사흘째. 드디어 유 대표의 차가 케이크 전문점 앞에 멈췄다. 그가 운전기사 없이 직접 운전하는 날이라는 점도 멘토에게는 행운이었다. 특별한 일이 없는 한 유 대표는 운전기사 없이 이동하는데, 그 이유는 동선과 통화내용을 숨기기 위함이었다.

멘토는 주변에 지켜보는 시선이 있는지 꼼꼼히 확인했다. 안전하다는 확신이 들자, 안경을 착용하고 모자를 썼다. 차에서 내린 그는 케이크 전문점을 향해 곧장 걸어갔다.

"얘기 좀 할까요?"

멘토는 유 대표가 나오기를 기다렸다가 말했다. 갑작스러운 등장이었지만 유 대표는 놀라는 기색도 없이 대응했다.

"경찰을 부르겠어. 김 팀장을 본 이상 내겐 신고할 의무가 있거든."

"타시죠. 사업 얘깁니다."

멘토가 먼저 조수석에 올랐고 유 대표가 나중에 운전석으로 탑승했다. 멘토가 차 키를 장악한 다음 먼저 말을 꺼냈다.

"이제 말 놔도 되지? 나이도 어린놈의 새끼가. 나 그동안 힘들었다."

"그럽시다. 용건은?"

"피해 복구해줄 테니까 협찬 좀 해라."

"하, 계산서 내미는 꼬락서니 하고는. 본인이 싸질러놓은 똥은 본인이 치워야 되는 거 아냐? 그러지 말고, 먹다 체한 건 빨리 뱉어내. 그게 김 팀장 건강에 좋아. 그 사람들, 돈만 돌려받으면 소송 같은 건 귀찮아서 안 할 거야."

"푼돈 따먹은 거 가지고 되게 호들갑이네. 소송 때문에 이미지 개차반 되고 본계약 불발되면? 그땐 너네 다 빈손으로 돌아가."

"그 문젠 우리가 알아서 해."

"이런 말까지 안 하려고 그랬는데. 나, 유 대표가 가지고 들어온 이번 펀드. 진짜 전주가 누군지 알거든."

"무슨 소리야?"

유 대표가 멘토를 노려보았다.

"너네, K은행 해먹었던 그때 그 먹튀 맞지? 그때 단맛 못 잊어서 탈만 바꿔 쓰고 돌아온 거잖아. 더 까발려봐?"

유 대표의 안색이 싸늘하게 변했다.

"내 사무실 컴퓨터의 하드디스크, 김 팀장이 떼 간 거야?"

"어. 스프링클러 한 방에 온 사무실이 자동문이더구먼."

유 대표는 기가 찬다는 듯이 고개를 절레절레 흔들었다.

"어디까지 알고 있어?"

"어쩌면 유 대표가 모르는 것까지도."

유 대표의 얼굴이 일그러졌다. 그가 간신히 진정한 후 입을 뗐다.

"얼마를 원해?"

"비용이 투입될 일은 아니야."

"그럼? 원하는 게 뭔데?"

"도장 값 지불했냐?"

"아직. 다음 주에 나가."

"그거 내가 배달할게. 인맥 좀 쌓자. 어차피 유 대표는 한국에선 뜨내기고, 팔고 뜨면 그 인맥 쓸 데도 없잖아. 내가 재활용할 거야."

유 대표는 허탈한 듯 웃음을 터뜨렸다.

"맙소사! 인재를 몰라봤구나. 이런 인재를 몰라보고 계약서나 맡겼으니. 후훗."

"소송 건은 별 거 아니야. 무마하는 데 문제없으니까 걱정 안 해도 돼."

"무슨 수로? 쉽지 않아 보이던데? 변호사 붙여줘?"

"애초에 걔네들 리스트업 할 때 엑스맨 할 만한 두어 놈 박아 놨어. 걔네 통해서 분탕 치면 끝나. 그리고 어차피 돈 출처 명확히 밝힐 수 있는 놈도 없어."

유 대표가 환하게 웃으며 박수를 쳤다.

"케이크 먹을래? 서울에서 먹어본 것 중 최고야."

멘토는 거래가 성사됐다는 의미로 받아들였다. 케이크를 먹다 말고 그가 말했다.

"섬뜩한 얘기 하나 해줄까?"

"별로. 네가 무슨 짓을 하고 다니는지 알고 싶지도 않아."

화제를 돌릴 겸, 유 대표는 지난밤의 끈적끈적했던 잠자리와 섹스 파트너 이야기를 했다.

케이크를 다 먹은 멘토가 차에서 내리려고 하자, 유 대표가 막 생각난 듯이 말했다.

"사무실에 있던 김 팀장 가족사진 말이야. 가족들이 샌디에이고에 살고 있다고 했지? 그 사진 경찰이 가져갔어. 대비를 좀 해야 할 거야."

"가족 같은 거 없는데."

멘토가 조수석 문을 닫고 시야에서 사라졌다.

유 대표는 등줄기가 서늘해졌다. 사라진 멘토의 흔적을 음미하며 중얼거렸다.

"지저스……."

그러나 사실 멘토는 가슴이 철렁했다. 깔끔하게 신변 정리를 했다고 생각했는데, 추적의 빌미를 제공하고 말았던 것이다. 그 가족사진에 등장하는 이들은 기담의 아내와 두 아이였다. 회사 사람들에게 줄곧 자신의 가족이라고 얘기해왔던 것이다. 경찰이 그 사진을 근거로 기담의 존재를 찾아낼 것이고, 그다음 단계에서는 자신까지 연결될 게 뻔했다. 개운치 않은 일이었다.

"결국 녀석이 문제군."

차로 돌아온 멘토는 최대한 신속하게 기담을 처리해야겠다고 생각했다. 더 지체하면 자신이 위기에 몰릴 것이다.

광수대는 해경과 공동으로 덕적도 앞바다에서 수색 작업을 재개했다. 열흘간의 작업 끝에 굴업도산 응회암의 무게로 가라 앉은 변사체 세 구를 추가로 발굴했다. 그중 한 변사체는 백인이 었고 어렵지 않게 신원이 밝혀졌다. 그는 멘토가 김민수를 사칭 하는 동안 데려온 자로, 투자자들에게는 거물급 CEO로 소개된 인물이었다. 조사 결과 그는 '거물급 CEO'를 몹시 닮은, 별 볼 일 없는 퇴직 공무원이었다.

안 경위를 만나고 온 다음 날, 내게는 엉뚱한 일이 맡겨졌다. 멘토가 사라진 날부터 시작해서, 인천공항 출국장의 CCTV를 전부 다 뒤져보라는 것이었다.

연 반장이 부탁했다.

"해외여행이 잦을 거라는 분석이 나왔어. 나이는 40대, 일행 은 없을 가능성이 높고, 국적은 한국인 또는 한국계 외국인. 만 약 출국했다면 그자의 여권이름을 알아야 하고, 아직 국내에 머 물고 있다면 추적을 할 거야. 지루하겠지만 우리 진 형사와 함께 확인 부탁할게. 괜찮지?"

안 경위에게 한 말이 부메랑이 되어 돌아올 줄이야. 나는 어쩔 수 없이 연 반장의 부탁을 받아들였다.

"할 수 없죠. 안구건조증이라도 걸리면 반장님이 약값 정도는 책임지셔야 합니다."

"이미 그 이상으로 신세를 지고 있으니, 적어도 내가 이끄는 현장에선 절대 섭섭한 일 당하는 경우는 없을 거야. 수사 진행 상황 역시 수시로 업데이트해주지."

인천공항 CCTV 동영상을 확인하는 동안, 나는 나름대로의 탐문수사를 진행했다. 지인들에게 전화를 해서, 멘토가 남긴 직선에 관한 화두를 들어본 적 있느냐고 물어보았다. 탐문상대는 주로 경찰이었다. 직접 전화하기 부담스러운 사람에게는 정중하게 이메일을 보냈다. 많은 답장이 왔지만, 도움이 되는 내용은 없었다. 그러다가 지금은 성동경찰서에서 근무 중인 경찰학교 동기 한 명이 그 비슷한 이야기를 법원에서 들은 적 있다는 답장을 보내왔다. 출처는 판사였던 것 같은데, 오래전 일이어서 기억이 정확하지 않다, 주로 서울중앙지법에 드나들던 시절이었으니까 2003년에서 2005년 사이의 일일 것이라고 했다.

나는 법원 사무국에 전화를 걸어 사정을 설명하고 그때 재직했던 판사들의 명단 내지는 이메일 주소를 알려줄 수 있는지 물었다. 당연하게도 불가하단 답변이 돌아왔다. 그래서 아는 판사를 통해 법관들이 주로 이용하는 법원 내부 온라인 게시판에 도움을 요청하는 글을 올렸다. 기다렸지만 제보는 없었다. 포기할까 하는 순간에, 법원속기사들이 주로 이용한다는 인터넷카페에 글을 올려보란 조언을 들었다. 놀랍게도 즉각 쪽지가 왔다. 자신이 직접 참관했던 법정에서 피고가 직선에 관한 괴이한 변론을 펼쳤다는 것이었다. 알고 봤더니 2003년 당시 세간을 떠들썩하게 만들었던 연쇄방화사건의 피고가 진술한 내용의 일부였다. 제보자를 만나 그때의 일을 설명 듣는 순간, 나는 확신했다. 바로 그 법정에 멘토가 있었을 것이라고. 멘토의 기이한 정신세계는 그곳에서 탄생했을 것이라고. 그 직선에 관한 이미지가 그를 각성시켰을 것이라고.

나라는 도깨비

살인은 3D직종

잔인하지 않은 방식으로 이루어진 연쇄살인? 말해놓고도 어째 어감이 좀 생경하군요. 그 사람이 살인을 행한 과정을 찬찬히 들여다보면, 우선 증거와 흔적을 남기지 않겠다는 집요한 의지를 읽을 수 있어요. 그것 자체로는 특이한 일이 아니에요. 제가 특이하다고 생각한 지점은 범인의 이런 태도예요. '난 사실 피가 낭자하고 비명이 난무하는, 고어영화에서나 볼 수 있는 그런 현장은 딱 질색이거든. 꼭 그렇게까지 해야 돼?' 그런 마음이 읽힌다는 겁니다. 그 친구가 주로 선호한 살인의 방식은 질식사였던 게 확실해요. 시신은 처리하는 과정에서도 절단하지 않았잖아요? 그렇다고 사람 죽이는 일을 주저한 것은 아녜요. 그것과는 전혀 다른 문제입니다. 공감능력이 최소한으로 움츠러든 그 순간에도, 미적 감각이 발동하고 있었다는 겁니다. 살인은 지저분한 일이고, 자신과는 어울리

230

지 않는 일이 되는 것이죠. 그 사람의 시각에서 살인은 일종의 3D 업종이었을 겁니다. 사정이 허락했다면 틀림없이 다른 사람을 시켰을걸요. 직접 그 짓을 하는 것이 달갑지 않았을 겁니다. 그런 사람의 얼굴에서 우리가 보통 연쇄살인범에게서 발견하는 섬뜩한 느낌이나 순간적으로 스치는 살기 혹은 광기, 그런 걸 찾을 수 있을까요? 사람을 죽인 얼굴은 아녜요. 아무리 봐도 그냥 평범한 얼굴이더군요. 이 사람은 연쇄살인범이다. 그렇게 일부러 편견을 가지고 보려고 애를 써도 그냥 평범한 얼굴이더군요. 우리 사이에 그런 사람이 섞여 있으면 어떻게 알아볼 수 있을까요? 저도 이제 나름 베테랑인데, 저는 못 알아볼 것 같습니다. 제가 총기를 잃은 것일까요?

　　　　　　　　　　　　　　—서동욱(경찰청 범죄심리분석관)

고척동 아파트 앞 진입로에 웬 낯선 남자가 서 있었다. 삼십대 초반인 듯한 인상과 몸매에 운동화를 신고 있었고 휴대전화를 손에서 놓지 못했다. 그는 가만히 서서 기담의 아파트를 올려다보고 있었는데, 자신의 존재를 숨기거나 위장하려는 의도는 엿보이지 않았다. 그런 식으로 서성거리며 살피다가 진입로 초입에 세워둔 자신의 차로 돌아갔다.

기담은 그 차를 들여다보았다. 운전석에 있는 남자 혼자였다. 기담은 창에 귀를 바짝 가져다댔다. 남자가 통화하는 소리가 들렸는데, 누군가에게 감시한 내용을 보고하는 듯했다. 기담은 그 보고 상대가 이정민일 거라고 짐작했다.

집으로 돌아온 기담은 또다시 빈집인 척하느라 불을 켤 수가 없었다. 어둠 속에서 씻고, 물을 마시고, 이부자리를 폈다. 잠들기 전 한 시간쯤 그 남자를 지켜보았다. 남자는 또다시 차 밖으로 나와서 거리를 서성거리고 있었다.

노골적이다. 이젠 아주 대놓고 겁을 주려는 거야. 전략을 바꾼 것일까?

기담은 침대에 누웠다가 화가 치밀어서 박차고 일어났다. 창밖의 낯선 남자는 미동도 없이 그 자리에 서 있었고, 물러갈 생각도 없는 듯했다. 마음 같아선 뒤통수를 힘껏 갈겨주고 싶었지만 이쪽에서 먼저 존재감을 드러낼 필요는 없었다.

그는 답답한 나머지 가위를 가져와서 감투를 잘라보았다. 얼마나 질긴지 날이 먼저 망가졌다. 화장실로 들어가서 라이터로 지져 보았는데, 마찬가지로 소용이 없었다.

화가 난 기담은 몸부림치며 용을 써보았지만 감투는 벗겨지지 않았다.

그가 화장실을 나온 직후에 현관문이 철컥 하고 열렸다. 감시하던 남자가 슬며시 들어왔다.

기담은 침실로 가서 얼른 이부자리를 치웠다. 사람이 있었다는 걸 알아차릴까?

다행히 남자는 건성으로 둘러보더니 아무것도 발견하지 못하고 그냥 돌아갔다. 그러고도 남자의 차는 아파트 단지 진입로 입구에서 움직이지 않았다.

밤을 새기에는 체력이 바닥난 상태였던 기담은 침대 밑으로 들어가 잠을 청했다.

이정민.

눈을 감은 기담의 머릿속은 그에 대한 의혹으로 가득 차 있었다. 사람을 죽였다. 범행에 사용한 차를 눈에 띄지 않는 곳에 버려두고 사라졌다. 기담은 이정민이 그런 일에 능숙하다는 인상을 받아들이기가 힘들었다. 곰곰이 생각해보니 잠깐 스쳐지나갔던 이정민의 어린 시절을 제외하고는 성인이 된 그에 대해서 아는 것이 별로 없었다.

10년 전 법원에서 재회한 이후 대략 열서너 번 만났다. 주로 카페나 식당, 술집에서 만나 사는 이야기를 주고받기는 했지만 그의 사생활에 관해서는 별로 들은 게 없었다. 심지어 그의 회사 이름도 정확히 알지 못했다. 사무실은 역삼동, 집은 잠실? 어쩌면 그것마저도 거짓일 가능성이 있었다. 아무리 그래도 그렇지, 이정민이 왜 살인을? 무엇보다 나를 죽이려고 했다. 기담은 목격하고도 믿기지가 않았다.

아침에 깨어나자마자 기담은 창가로 갔다. 남자는 사라지고 없었고, 하늘은 곧 비가 쏟아질 것처럼 찌푸려 있었다.

"그렇게 해가지곤 안 벗겨져."

어느새 그 여자가 옆에 와 있었다.

여자의 갑작스러운 등장에 기담은 주저앉을 뻔했다. 간신히 정신을 차린 후 물었다.

"안 벗겨지다니? 뭐가?"

"자는 동안 내내 그 감투를 벗으려고 몸부림치던데. 쉽지 않을걸."

여자가 하늘과 거리를 내다보았다.

기담은 생각했다. 그러고 보니 여자는 흐리고 우울한 날에만 등장하곤 했다. 그가 숨을 고르며 말했다.

"지난번엔 미안했다. 밀친 거 말이야. 그땐 정말 제 정신이 아니었어."

여자가 의외라는 듯 기담 쪽으로 돌아보았다. 진심이야? 라고 묻는 얼굴이었다.

"늦지 않았다면 사과할게. 지난번 일뿐만 아니라, 지금까지의 일 전부 다. 미안하다, 윤 과장."

윤 과장이라고 불린 여자가 기담에게 바짝 다가섰다. 그의 눈을 가만히 들여다보더니 말했다.

"지금까지는 용케 잘 버텼네. 힘들었을 텐데. 하지만 지금부터는 하루하루가 다를 거야. 넌 지금 죽어가고 있거든."

기담의 얼굴 위로 먹구름이 드리웠다.

"죽어가고 있다니? 그게 무슨 소리야?"

여자는 물 한 잔을 얻어 마신 후 흐린 하늘로 시선을 가져갔다.

"있잖아, 성 과장. 그걸 쓰면 사람들이 보지 못하잖아. 왜 그런 거 같아?"

"그거야, 이걸 쓰면 사라지니까. 사람을 보이지 않게 만드는 마술 같은 거? 그런 게 아닐까."

"잘 생각해봐. 도깨비감투가 왜 도깨비감투인지. 너희가 아이들 가르칠 때 자주 하는 말 있잖아. 기초 원리만 알면 응용문제는 쉬워진다."

"글쎄, 모르겠는데."

기담은 여자의 답변을 기다렸다.

"도깨비가 쓰는 감투니까, 도깨비감투인 거지. 무슨 말인지 모르겠어?"

"그 정도는 나도 알아. 도깨비가 쓰고 다녔으니까 도깨비감투 겠지. 그런 뻔한 말을……."

기담은 김이 새는 기분이었다.

"아니, 아무것도 모르는 것 같은데."

"뭐가?"

"그걸 쓰면 도깨비가 되는 거야. 다시 말해서 도깨비가 쓰는 그 도깨비감투를 쓰고 있는 동안은 도깨비가 되기 때문에 사람들 눈에 보이지 않는 거야."

"아."

단순한 깨달음이 기담의 이마를 치고 갔다.

"이제 이해하겠어?"

"어."

"자, 하고 싶은 말이 있는 것 같은데. 괜찮으니까 해. 이런 기회 흔하지 않아."

여자가 말했다.

기담은 헛기침을 하며 머릿속으로 질문할 거리를 정리했다. "아까 윤 과장이 했던 말, 내가 죽어가고 있다는 그 말. 무슨 뜻 이야? 설마, 농담이지?"

"아니."

두려움에 기담은 휘청거렸다.

"그럼 난 이제 어떻게 되는 건데?"

"그걸 쓴 채 잠이 들잖아? 그럼 아주 도깨비가 되는 거야. 혼자 힘으론 감투를 벗을 수가 없어. 그렇게 또 하룻밤이 지나고, 또 하룻밤이 지나면서 점점 더 도깨비가 되어 가. 잘 들어. 지금부터가 중요해. 살아있는 인간이면서 도깨비가 된 사람은 자꾸 욕심이 생겨. 그 욕심 때문에 소통에 어려움이 생기고, 더 심해지면 타인의 감정을 읽지 못하는 상태가 와. 죽음의 병이랄까."

"죽음의 병⋯⋯?"

"인간도 아니면서, 그렇다고 도깨비도 아닌 세계에 갇혀버리는 병. 그렇게 계속 시간이 지나면 더는 회복될 수 없는 임계점 너머로 추락하게 될 거야. 죽은 것이나 다름없게 되는 것이지. 못 느꼈어?"

"그럼 난 어떡해? 계속 이렇게 살 순 없잖아. 설마 이걸 벗을 수 있는 방법이 없는 건 아니겠지?"

그는 자신의 목소리가 떨리는 걸 느꼈다.

"우선⋯⋯, 죽으면 저절로 벗겨져."

기담의 얼굴이 일그러졌다.

"그걸 말이라고 해? 나보고 죽으라는 거야?"

"진정하고 잘 들어봐."

"듣고 있어."

"넌 죽어가고 있고, 보이지도 않아. 어떻게 해야 할까? 잘 생각해봐. 이치는 어렵지 않아."

여자는 해답을 갈구하는 기담을 오랫동안 바라보았다.

"네가 살아있음을, 존재하고 있음을 증명해야 돼. 그러면 벗을 수 있어."

기담은 망연히 침대에 걸터앉았다.

"어떻게? 누구한테 어떻게 증명을 해?"

"나도 거기까지밖에 몰라. 해답은 네 안에 있는 거겠지. 시간이 얼마 없으니까 서둘러야 할 거야. 지금 네가 속한 세계는 늪과 같아서 깊이 빠져들면 들수록 헤어나기가 어려워지거든."

기담은 거칠어져 있던 숨이 조금씩 잦아들고 있음을 느꼈다. 어쩌면 해답을 알 것 같다는 어렴풋한 느낌이 마음속에 머물렀다가 사라졌는데, 그 고민의 무게 때문인지 저절로 고개가 숙여졌다.

"나, 이제 가도 되지?"

여자가 이별을 이야기하는 것 같아서 기담은 왠지 모르게 울컥했다.

"잠깐만!" 하며 고개를 들었을 때, 여자는 벌써 사라지고 없었다. 그녀와는 그게 마지막이었다.

'나'라는 도깨비는 어떻게 살아있음을 증명할 수 있을까? 그 '어떻게'를 알아내야만 감투를 벗을 수 있다. 배달 주문한 음식으로 아침을 때우는 동안에도 그 질문이 기담의 머릿속에서 떠나지 않았다. 수수께끼 같은 고민에만 빠져서 시간을 보낼 수가 없었기에 그는 집을 나섰다. 이정민에 대해서 알아봐야 했다. 그는 부천 중앙공원 주차장으로 갔고, 그곳에서부터는 아반떼를 운전하며 움직였다. 첫 행선지는 부천원미경찰서. 형사팀 사무실에 잠입한 그는 밤새 접수된 사건기록을 조회했다.

경찰 데이터베이스에 의하면, 회사원이 사망할 당시 주변에 있던 CCTV는 작동하지 않았고 피해자 몸에서 주사자국과 독극물 중독 흔적이 발견됐기 때문에 국과수에서 부검할 예정이었다. 이정민의 경우 범죄기록은 물론 교통법규 위반 기록조차 없었다. 거주지와 지난밤 이용한 그랜저의 명의자는 이정민이 아니었다. 오후에 그는 이동통신사에서 발부하는 통신사실확인 자료를 뽑아보았다. 예상대로 그가 알고 있던 이정민의 전화번호와 이정민이 회사원과 연락할 때 사용했던 전화번호 모두 본인 명의가 아니었다. 즉, 대포폰이었다.

도대체 내가 알고 있는 이정민은 누구란 말인가? 녀석이 내게 말한 것 중에 사실인 것이 있기라도 한 것일까?

기담은 자신의 휴대전화로 촬영한 이정민과 회사원의 동영상을 경찰서 컴퓨터를 이용해 제보했다. 물론 익명이었다. 한바탕 소란이 있었고 얼마 지나지 않아 사건은 인천광역수사대로 넘어갔다. 인천 광수대? 허기지고 시간이 늦었기 때문에 그는 일단 집으로 철수했다.

하루 종일 자고 난 다음 날, 기담은 자신의 내면에서 끓어오르고 있는 변화를 감지하기 시작했다. 여자가 말했던 그대로였다. 처음엔 오히려 심신에 에너지가 넘치고 의욕적이었다. 그러다

가 조금씩 공격적이고 성마른 마음이 불쑥불쑥 고개를 들기 시
작했다. 아주 잠깐 막힌 길에서 그는 문득 클랙슨을 반복해서 누
르고 있는 자신을 발견한 적이 있었다. 그때 그는 오직 자신이
목표로 하는 것만을 생각하고 앞만 보며 질주하고 있었다. 감투
를 벗지 못한다면, 그녀의 표현대로 껍데기만 남아서 죽음에 이
를지도…….

도깨비인 채 또 하룻밤을 보낸 기담은 깨질 듯한 두통과 함께
잠에서 깼다.

학원에서 안부를 묻는 전화가 왔는데, 자신도 모르게 퉁명하
게 받고 끊었다. 그러고 나서부터는 마음에 평안이 오고, 웬만해
서는 동요나 굴곡 없이 냉담해지기 시작했다. 거울을 보면 왠지
얼굴에서 표정이 점점 사라져가고 있는 것 같았다. 스마트폰으
로 새삼스럽게 '도깨비감투'를 검색했더니 벤틀리 운전자에 관
한 블로그 포스트 하나가 눈에 띄었다. 강남역 인근 내리막길에
서 사고를 일으키고 사망한 운전자에 관한 이야기였는데, 사망
당시 감투를 머리에 쓴 채였다고 했다. 여자가 말해준 그대로였
다. 블로그 주인은 미스터리한 사건이라며 호들갑을 떨었지만,
기담에게는 맥락이 이해되고 남는 일이었다. 그 벤틀리 운전자
는 틀림없이 감투를 벗지 못한 채 시간을 보냈을 것이고, 살아있
는 미라가 되었을 것이다. 그리고 그 감투가 그에게로 왔다. 기
담은 두려워졌다. 이대로 되돌릴 수 없는 상황으로 가는 것이 아
닐까. 자신도 그와 같은 사고를 일으킨 채 죽지 말라는 보장이
없었던 것이다.

그는 해야 할 일이 떠올랐다. 지체 없이 외출 준비를 마친 다음, 인천 문학동 광역수사대를 찾아갔다.

수사팀 사무실은 진 형사 혼자 지키고 있었다. 사무실로 잠입한 기담은 진 형사 몰래 수사 기록을 뒤적였는데, 어쩔 수 없이 서류 넘겨보는 소리를 내기도 했다.

계속 그 소리가 신경 쓰였던 진 형사가 자리에서 일어났다.

그가 사무실을 둘러보는데, 이번에는 기담이 뒤로 물러서는 발소리가 들렸다.

"아무도 없는데, 어디서 자꾸 소리가……."

진 형사도 반쯤은 얼어 있었다. 분명 누군가의 존재가 느껴지는 으스스한 느낌이었다.

그때 국제범죄수사대로부터 전화가 걸려왔고, 진 형사는 사무실을 나갔다. 기담은 다행이다 싶었다. 그는 서해에서 변사체를 건져낸 일에서부터 영흥도에서 추적이 중단됐을 때까지의 과정을 빠짐없이 읽었다.

기담은 이제 막 자신이 알게 된 사실을 이해하려고 노력했다. 이정민은 김민수라는 이름으로 엘스타펀드에서 근무했다. 고통스러웠지만 거기까지 사실관계를 이해하는 데는 문제가 없었다. 하지만 서해에서 발견된 변사체의 신분을 차용하고 있는, 연쇄살인사건의 유력 용의자인 이정민이라니! 연안부두에서 목격한 살인과 겹치면서, 기담은 소름이 끼쳤다. 정말 그자가 이정민일까. 어쩌면 자신이 알던 이정민도 변사체로 발견됐다는 그 김민수처럼 희생된 것은 아닐까. 수수께끼를 풀어보려고 안간힘을 쓰며 수사기록을 읽어 내려가던 기담은 또 다른 믿기지 않는 사실과 맞닥뜨렸다. 사건을 담당한 수사팀의 책임자로, 연우준이라는 이름이 기재돼 있었기 때문이었다. 문제의 연쇄방화사건 수사 중에 딸을 잃었던 수사관. 바로 그 사건에 대한 혐의로 자신을 체포했던 수사관. 당시에는 서울청 광역수사대 소속이었던 그였다. 잊고 있었던 그 이름이 기담의 폐부를 예리하게 찔렀고 그는 낮게 신음을 토해냈다.

수사관들과 함께 연 반장이 사무실로 들어왔다.

"진 형사, 어디 갔어? 빨리 찾아봐."

나와 조 감독도 함께였는데, 중요한 단서가 나왔다는 소식을 듣고 급히 복귀하던 참이었다.

기담은 연 반장에게서 시선을 떼지 못했다. 얼핏 본 그는 늙어가는 중년에 불과했지만, 왠지 지독한 핵심만 남은 인상이랄까. 그 핵심만 남기고 모두 버린 삶이랄까. 그런 날카로움이 얼굴에서 보였다.

"반장님!"

진 형사가 들어왔다. 손에는 인쇄한 자료 파일이 들려 있었다.

"결과 나왔어?"

"네, 피의자의 전처라는 여자에게서 답장이 왔는데요."

진 형사는 국제범죄수사대에서 받아온 자료를 내밀었다.

"요약하자면, 용의자, 즉 남편의 이름은 성기담. 67년생이고, 부천에서 학원을 운영한다고 합니다."

수사팀은 멘토를 놓친 직후 역삼동 엘스타펀드에서 그의 가족사진을 확보했었다. 그의 가족이 거주한다는 샌디에이고 한 인회에 사진을 보냈는데, 이날 사진 속 주인공인 전처로부터 답 장을 받기에 이른 것이다.

기담은 하마터면 소리를 지를 뻔했다. 충격을 받은 건 기담뿐만이 아니었다. 연 반장도 믿기지 않는다는 얼굴로 기담의 이름을 노려보았다.

연 반장과 수사관들이 진 형사의 컴퓨터 모니터 주변으로 모였다. 기담도 몰래 그들의 어깨너머로 엿보았다.

진 형사는 전처가 보냈다는 이메일을 열었다.

"5년 전 이혼했고, 자녀는 사진에서처럼 아들 하나, 딸 하나. 제보자 본인은 현재 대학에서 식물학을 가르친다고 합니다. 남편과 직접 연락한 적은 거의 없었고, 대신 딸이 이메일로 안부를 전해주는 정도였습니다. 근데, 남편 성기담이라는 사람이……."

그가 메일에 첨부돼 있던 파일을 열자 기담의 사진이 커다랗게 모니터를 채웠다. "어떻게 된 일인지, 류 피디와 제가 역삼동에서 본 그 남자가 아니었습니다."

기담은 피가 역류하는 느낌이었다. 이정민! 녀석이 지금까지 날 만나왔던 이유가, 저런 식으로 내 가족을 자신의 가족이라고 사칭하기 위해서? 그는 비로소 이정민이 자신을 죽이려고 한 맥락을 이해할 수 있었다. 경찰 수사로 정체가 드러날 위기에 처해 있었던 것이다. 도대체 너란 놈의 정체는…….

기담은 연 반장의 얼굴을 살폈다. 싸늘하게 굳어 있는 그의 표정은 오싹했다. 자신의 분노와 동요를 냉정함으로 감추고 있는 게 틀림없었다.

"저 사람, 혹시 그때 용의자? 연쇄방화 건으로 기소됐다가……."
손 형사가 자기도 모르게 금기를 발설하고 말았다.

다른 형사들은 연 반장의 눈치를 살폈다. 연쇄방화사건이 언급된 경우가 신도림에서의 차량방화에 이어서 벌써 두 번째.

허 형사가 과감하게 침묵을 깨고 말했다.

"반장님, 일단 성기담을 불러보기로 하죠. 어떻게 된 일인지 알아봐야 하지 않겠습니까?"

진 형사가 허 형사의 말을 받았다.

"사건 초기에 우리끼리 그런 얘기 하지 않았습니까? 단독범이 감당하기에는 수법이 너무 정교하고 행동반경 또한 넓으며 뒤처리가 깔끔하다. 그런 관점에서 보자면 이 두 사람이 어쩌면 공범일 수도 있겠다는 생각이 드는데요."

연 반장이 한참 만에 입을 열었다.

"성기담을 부르기 전에 주변부터 조사해보기로 한다. 손 형사와 한 형사는 성기담의 학원과 거처를 중심으로 현재 어떤 상황인지 알아보고, 진 형사와 허 형사는 성기담과 용의자 사이의 연결고리에 대해서 조사해봐. 용의자가 성기담의 가족을 자신의 가족이라며 홀리고 다닌 것 같은데, 그렇다면 서로 아는 사이일 가능성이 있어. 그리고 혹시 오해할까봐 말해두는 건데. 다 잊은 일이니까, 지난 일로 내 눈치 볼 필요는 없어. 그렇게 알고 계속 수고해줘."

의외로 연 반장은 냉철하게 판단했다. 형사들은 다행이라고 생각하고 움직이기 시작했다.

기담은 단독으로 움직이는 연 반장을 조용히 몰래 뒤따라갔다.

어떡한다? 자백을 해야 할까? 기담은 결정을 내리지 못하고 혼란에 빠져 있었다. 사실대로 털어놓으면 경찰은 시행착오를 최소화하면서 놈을 추적할 수 있을 것이다. 한편으로는 이런 생각도 들었다. 방화사건의 진실을 고백한다면, 이 짓누르는 감투를 벗을 수 있지 않을까? 마치 무거운 짐을 내려놓듯이. 윤 과장의 말대로 그렇게 하는 것이 살아있음을, 존재하고 있음을 증명하는 방법임을 그는 어렴풋하게 직감하고 있었다. 그러나 다른 한편으로는 그 고백 때문에 자신이 겪어야 할 추락을 생각하지 않을 수가 없었다. 그 추락을 감당이나 할 수 있을지. 생각이란 걸 하면 할수록, 굳이 그런 손해를 감수할 필요가 없다는 결론이 나왔다. 게다가 그렇게 고백한다고 해서 감투를 벗을 수 있다고 확신할 수 없지 않은가?

연 반장이 도착한 곳은 부천 상동에 소재한 기담의 옛 아파트였다.

연 반장은 그곳 경비실에 들러 CCTV를 조사하기 시작했다. 오래지 않아 그는 멘토가 아파트 로비로 들어오는 모습을 포착했다. 그날은 멘토가 나와 진 형사의 방문을 받고 쫓기기 시작하던 날이었다. 시간은 새벽 1시 20분께. 멘토가 기담의 집으로 올라갔다가 다시 나온 시간은 새벽 2시 25분쯤. 약 한 시간 동안 기담의 집에 머물렀다.

기담은 거기까지 지켜본 후 도망치듯 뛰쳐나왔다. 그날 장승을 목매단 것은 바로 이정민 본인이 한 짓이었다.

또 하룻밤을 감투를 쓴 채 보냈다. 기담의 마음은 얼음장처럼 차가워져 있었고, 지난밤보다 조금 더 외로워진 것 같았다.

세상에 믿을 건 나 자신밖에 없는 것인가. 그깟 친구 놈 하나의 배신이 뭐가 대수라고. 어차피 한 놈이 성공하면 다른 한 놈은 질투하는 그런 세상이다. 그는 세계의 참된 이면을 보았다는 우쭐한 느낌과 함께 냉소에 사로잡혔다. 다른 한편으로는 녀석에게 당한 만큼 되돌려주고 싶다는 승부욕이 치솟기도 했다. 그는 하루하루 자신이 변하고 있음을 인지했지만, 스스로의 힘만으로는 되돌릴 수가 없었다.

그는 씻고 커피를 마셨다. 젖어 있던 머리가 다 말랐을 때쯤, 오랜만에 켜둔 실명의 휴대전화에서 벨이 울렸다. 휴대전화 액정에 뜬 이정민의 이름을 확인한 기담은 재빨리 아무것도 모르는 척 하품을 했다. 자기도 모르게 한층 날카로워진 계산능력으로 전화를 받았다.

"정민이냐?"

반쯤은 안도하면서 껄껄 웃는 이정민의 목소리가 들렸다.

"참 팔자 좋아. 지금이 몇 신데, 이 시간까지 침대에 있을 수도 있고 말이야."

"새벽까지 일하는 건 생각도 안 하냐? 애들 시험본 거 채점해야지, 끝나고 나면 또 다음 날 수업 준비해야지."

기담은 하품을 한 번 더 했다.

"근데, 이 시간에 웬 일?"

"연락이 없으니까, 죽었는지 살았는지 궁금하잖아. 그냥 전화해본 거야. 학원은 좀 어때?"

기담은 왠지 이정민이 자신을 시험하고 있다는 느낌을 받았다. 그래서 일단 솔직하게 대답하는 것으로 대응하기로 했다.

"사실, 나 요즘 학원 못 나가고 있어."

"왜? 무슨 일 있는 거니?"

"이상한 사람들이 자꾸 출몰해. 예전에도 한번 그런 일 있었잖아. 그래서 몸조심하는 중이야."

"또? 이번엔 어떤 놈들인데? 짚이는 거 없어?"

"둘 중 하나겠지. 옛날 회사 일 때문이거나, 아니면 채무 때문이거나."

"채무? 그 정도로 위급한 거면 얘기했어야지, 인마. 친구 좋다는 게 뭐냐? 조만간 한번 보자. 급한 불부터 꺼야지."

기담은 이정민의 수가 보였다. 연안부두에서처럼 먹잇감을 유인한 뒤 처리할 생각이겠지. 그러면서도 그는 이정민에게로 이끌리고 있었다. 보다 정확하게 말하면 그가 제안한 안락한 삶의 유혹에 걸려든 것이다. 기대감과 함께 낙관이 고개를 쳐들었고 근사한 계획이 잇따라 연상됐다. 어쩌면 녀석과 화해하고 이익을 공유할 수도 있지 않을까? 고민과 걱정은 털어버리고 즐기며 산다? 여행하고 책이나 쓰면서? 가면 죽을지도 모른다는 본능적인 두려움 역시 희석되고 있었다. 그의 관심은 멘토의 룰이 지배하는 세계로 급격하게 쏠리기 시작했다. 우선 기회를 붙들

246

어놓아야겠기에, 상대가 오판하지 않게끔 신호를 보낼 필요가
있었다.

"너 혹시 저번에 얘기했던 투잡 건 말이야. 그 제안, 아직 유효
해?"

기담의 언질은 효과가 있었다. 들뜬 이정민의 목소리가 들렸다.

"관심 있구나! 답이 없어서, 난 또 내가 실수했나 싶었지. 자세
한 얘기는 만나서 하자. 우선 1차로 쏴줄 자금 준비해놓고 있을
테니까 도장 가져와. 그걸로 급한 자금부터 집행해."

다음 날 오후 2시쯤 강서구에 있는 한 호텔에서 만나기로 약
속을 정하고 두 사람은 통화를 끝냈다.

"내일 당장? 후, 급한가 보네."

기담은 녀석의 속내를 재보다가 뒤늦은 깨달음으로 탄식해야
만 했다. 감투를 벗지 못하기 때문에 상대가 자신을 볼 수 없는
것이다. 어떻게 하지?

멘토에게 가르침을 준 자

변호사

당신이 진짜 방화를 했든, 안 했든, 실제로 무슨 일이 일어났는
지는 중요하지 않아. 왜냐? 법정은 논리적 진실을 다투는 곳이거
든. 실체적 진실 어쩌고저쩌고…… 그거 다 듣기 좋으라고 꾸며낸
개소리야. 어떤 논리가 더 설득력 있느냐? 그것만이 중요하지. 큰
판일수록 특히 더. 똑똑한 놈들끼리 벌이는 일종의 게임이라고 보
면 돼. 그래서 말인데, 먹힐 만한 각본을 썼으면 해. 명심해. 실제로
일어난 일보다 더 논리적이어야 해. 그럴 듯하게 입을 맞춰보자고.
할 수 있지?

—강○○(성기담의 법률 대리인이었던 변호사)

변호사는 위증을 사주하고, 때로는 직접 거짓말을 합니다. 불법
인데도 피의자 변론을 위해서라면 용인이 되는 분위기? 특히 우

리나라 법조계에 그런 풍조가 있더군요. 법전을 찾아봤지만 어디에도 변호사에게 그런 권리를 준 조문은 없어요. 법정 안팎에서 변호인이 행하는 위증과 피의자 위증 유도에 대해서 엄중하게 죄를 물어야 한다고 생각합니다. 대다수 정직한 변호사를 위해서라도 말이죠.

— 윤민주(변호사)

성기담은 2003년까지 K은행 재무기획부에서 근무했다. 당시 나이 서른일곱, 직급은 과장. 은행은 외국계 사모펀드와의 인수합병 문제로 홍역을 앓고 있을 때였다.

그해 연말 그는 다섯 건의 연쇄차량방화사건의 피의자로 법정에 섰는데, 기소된 이후 발생한 것까지 합치면 모두 여덟 건이었다.

"재판장님, 그건 직선이었어요. 그 사람들이……"

변호사로부터 정신이상자처럼 연기하라는 사주를 받은 기담의 횡설수설은 그렇게 시작됐다.

"피고는 구체적으로 얘기해보세요. 무슨 말을 하려는 것인지. 두루뭉술하게 자꾸 말씀하시면 받아들이기 힘듭니다."

재판장은 의구심이 들었지만, 일단 피고의 말을 들어보기로 했다.

"베일 것처럼 날카로운 직선이요. 그 안에서 사람들이 직선을 긋고 있었어요. 네모반듯한 회사 건물도 직선, 사람 생긴 것도 직선, 말하는 것도 직선, 걸어 다니는 동선도 직선, 밥 퍼먹을 때도 직선……, 무조건 직선, 직선이어야 했어요. 전부 다 직선밖에 없었어요. 직선이 아니면 무능하다고 질책해요. 아! 생각났어요. 그 사람들이 동그라미를 아예 지워버렸어요. 회사 컴퓨터 자판이랑, 워드프로세서에서 'ㅇ', 동그라미가 사라진 거죠. 대신 네모를 써야 했어요. 어느 날 갑자기. '아기'가 아니라, '마기', '어머니'가 아니라, '머머니'. 'ㅎ'은 아예 쓸 수가 없었어요. 대체할 게 없으니까. 은행은 뭐랬더라. 맞다, '뱅크'. 그런 식으로 표기했어요. 뭐, 'ㅎ' 대신 'ㅍ'를 쓰자고 주장하는 사람도 더러 있긴 했지만. 말이 안 되는데, 하지만 어쩌겠습니까? 시키면 해야죠. 회사잖아요. 처음엔 거부했는데, 어쩔 수가 없었어요. 저렇게 해도 되나 싶을 정도로 괴상해보여도, 진짜 효율 하나는 끝장났죠. 낭비란 게 없었어요. 그 사람들은 돌아가는 법이 없었어요."

"그게 방화한 동기와 무슨 상관이 있다는 겁니까?"

재판장은 한숨을 내쉬었다.

"판사님도 참. 상관없다니요? 말씀드렸잖아요. 주차선이 떡하니 있는데, 그걸 넘었단 말입니다. 다른 차들은 직선 따라 나란히 반듯하게 서 있는데, 그 차만 왜? 그래선 안 되는 거죠. 판사님, 제가 어떻게 해야겠습니까? 그냥 보고만 있어야 되겠습니까?"

판사는 머리가 지끈 아프다는 듯이 진술이 기록되고 있는 모니터를 바라보았다.

"그러니까 그렇게 하고 나면 스트레스가 풀렸다? 그 얘깁니까?"

"빙고."

피고인의 진술을 받아 적던 여자 속기사가 피식 웃었다. 참여 중인 사무관이 나무라는 얼굴로 그녀를 쳐다보았다.

진술이 계속됐다.

"판사님, 그거 아세요? 신이 만든 세상에는 직선이 없었다는 거. 우리 몸을 보세요. 직선이 있습니까? 없어요. 우리 눈에는 보이지 않지만요, 미세한 세계에서조차도 직선은 없어요. 전자가 핵 주변을 돌 때 어떻게 도는지 아시죠? 미친놈처럼 돌아요. 예상할 수가 없거든요. 저처럼요. 그러니까 직선 긋기는요, 인간만이 할 수 있는 거다, 이 말입니다. 저는 이렇게 봐요. 인간이 직선을 긋기 전까진, 신도 직선이 뭔지 몰랐을 거예요. 십자가 아시죠? 직선이 서로 엇갈리는 표식. 신의 상징이요, 신앙의 상징이라면서 직선을 긋다니! 그건 조롱, 그 이상도 그 이하도 아니에요. 인간이 아니면 어림도 못 낼 발상이죠. 외계인이 지구에 오면 말입니다. 뭘 보고 제일 놀라게 될까요? 틀림없이 직선일 겁니다."

불행인지 다행인지, 그날 법정에서 기담이 했던 말의 의미를 제대로 이해할 수 있었던 지성은 없었던 것 같다. 기담의 그때 진술은 속기사가 작성한 조서에 고스란히 남아 있었을 뿐, 언론 기사나 블로그 등 어떤 매체에서도 언급되지 않았다. 시간이 지나면서 직접 들었던 사람들의 기억에서도 사라져갔다.

이날 법정에서의 소란을 근거로 피고 측 변호인들은 재판부에 정신감정을 요청했다. 기소된 혐의를 빠져나가려는 전략이

자 연극이었다. 그런데 기담을 직접 진단했던 의사만은 그것이 쇼였다는 걸 정확하게 이해하고 있었다.

의사는 이렇게 설명했다.

"먼저 법원에서 넘겨준 기록과 조서를 읽어봤어요. 얼핏 횡설수설하긴 했지만 피고의 진술은 무척이나 일관성 있었어요. 관통하는 테마가 확실하게 있었던 거죠. 직선이 지극히 인공적이라는 건, 원래 훈데르트바서란 화가가 얘기한 주제인데, 어쩌다가 그 양반이 그런 식으로 꼬아서 말하게 됐는지 모르겠네요. 아무튼 직접 대면해보고 나서는 확실하게 알 수 있었습니다. 이 사람은 정신적으로 아무런 문제가 없다. 과도한 스트레스의 흔적은 관찰할 수 있었지만, 환청이나 분열증의 조짐 같은 건 없다. 한눈에 알 수가 있었죠. 제 기억에는 이상한 사람이 아니라, 전략적이고 치밀한 사람이었던 것 같아요. 실형을 피해 보고자 정신이상인 척했던 거예요."

"한마디로 미친 척했다. 그 말씀이신 거죠?"

내가 말했다.

"그런 거죠. 그런데 계산적이고 이성적인 정신병자가 되고자 연기를 했으니까 그건 누가 봐도 모순이었습니다. 성공할 수가 없는 전략이었어요."

"여섯 번째 차량방화부터는 사람이 죽었습니다. 혐의가 단순 차량방화에서 방화살인으로 바뀐 거죠. 세 건이 연쇄적으로 발생했기 때문에 통상적인 기준으로는 연쇄방화살인이라고 불러도 무방하다는 시각도 있습니다. 어떻습니까? 성기담의 심리상태에서 그런 범죄를 실행할 만한 어떤 기제를 발견할 수 있었습니까?"

"방화살인이라는 게 그 사람 짓이 확실합니까?"

"그렇게 생각하는 사람이 아직도 많습니다. 물론 재판 결과는 무죄 방면이었지만."

"글쎄요. 제가 판단할 문제는 아닌 것 같네요. 우선 피의 사실이 확실해야 하고, 그래야만 그걸 전제로 생각을 해볼 수 있을 테니까."

경찰조서를 토대로 사건을 재구성해본다. 나중에는 강압에 의한 자백이었다면서 뒤집어버리긴 했지만, 경찰조서는 기담의 자백에 근거해 작성됐다. 경찰이 확보한 증거도 충분했다.

기담이 인정한 최초의 방화는 9월 13일과 다음 날 새벽 사이에 발생했다. 회사동료들과의 술자리를 끝낸 그는 을지로에서 택시를 기다렸는데 승차거부가 계속됐다. 취한 채 심하게 비틀거리던 그는 택시기사들의 기피대상이었다. 게다가 그즈음 그는 취하면 폭언을 하게 되는 주사가 생긴 상태였다. 몸과 마음에 울화를 잔뜩 담아두고 있었던 것이다. 경찰 조사에서 그는 회사에서의 어떤 일 때문이라는 투로 말을 흘렸다. 구체적으로 그것이 무엇인지는 끝내 밝히지 않았지만, 그 문제가 그를 괴롭혔던 것은 분명해 보였다. 승차거부에 화가 난 나머지 그는 갓길로 내려와서 고함을 지르기 시작했다. 그러다가 제풀에 지쳐 길바닥에 퍼질고 앉았고, 한 시간가량 담배를 연거푸 피웠다. 흡연량이 폭증해서 하루에 두 갑 이상 피워대던 시절이었다. 취기가 조금 사라지자 그는 털고 일어났다. 택시! 다시 소리치기 시작했다. 미처 제대로 끄지 못한 담배꽁초를 휴지통에 버린 것이 화근이었다. 휴지통에서 매캐한 냄새와 함께 연기가 나는가 싶더니 화염이 보이기 시작했다. 나풀거리던 플래카드로 불이 옮겨붙었고, 허둥대는 사이에 가로수가 타기 시작했다. 인근 공중전화박스까지 위태로워 보였다. 겁이 덜컥 난 그는 현장에서 도주하고 말았다. 소방차 세 대가 출동했고 경찰차도 왔다. 사건이 종료될 때까지 그는 심장이 터질 것 같았다. 정신이 혼미해지는 느낌이었다. 무사히 집에 도착해서 다음 날 정상적으로 출근했다. 혹시나 체포될까 싶은 두려움에 일주일 동안 조마조마해하며 지냈다. 다행히 경찰은 찾아오지 않았다. 돌이켜보니 불을 낸 직후부터 다른 근심은 잊을 수 있었다. 화염과 현장의 분주함을 지켜보는 흥분감도, 언제 경찰이 찾아올지 모른다는 스릴감도 괜찮았다. 회사일로 스트레스를 받을 때마다 불을 지르고 싶은 충동이 솟구쳤다. 그는 연쇄방화의 경우 불특정 대상을 상대로 하기 때문에 범인을 추적하기가 쉽지 않다는 사실도 알게 됐다. 그렇게 방화가 시작됐다.

한국형사정책연구원에서 발간한 연쇄방화 실태 자료에 의하면, 연쇄방화범은 통계적으로 이삼십 대 남성에, 저학력, 낮은 수준의 고용 상태, 미혼에 혼자 사는 경우가 많다고 한다. 성장 과정에서 학대나 폭행 등의 불행한 일을 겪은 경우도 빈번하게 발견할 수 있다고 했다. 내게 프로파일링이 맡겨졌더라면? 기담은 유력한 용의자 군에서 제외됐을 것이다. 적어도 별다른 단서가 확보되지 않은 초기 단계에서는. 그는 가정을 꾸린, 고연봉 고학력 화이트칼라였다. 직접 발표한 논문도 여러 편 있었고, 아내는 대학 부교수였다. 홧김에 불을 질러 인생을 망칠 위인이라고 보기 힘들었을 것이다. 그만큼 그는 예외적이었다. 과연 무엇이 그를 연쇄방화에 빠져들게 했을까? 그의 내면이 궁금했다.

그는 첫 방화 때의 흥분이 재현되기를 바랐지만, 일은 생각대로 전개되지 않았다. 불이 저절로 사그라지거나, 불이 붙었더라도 휴대용 소화기로 쉽게 제압되었거나, 휴지통이 모두 타버렸지만 그것으로 끝이었거나, 목격자가 생기는 바람에 마치 실수인 척 직접 불을 꺼야만 했거나……. 그런 일이 반복됐다. 그가 원했던 상황은 소방차가 출동하고 구경꾼들이 모여드는 소란스러운 화재현장이었다. 실망 끝에 그는 수법을 바꾸기로 했다. 차량을 대상으로 방화하기로 결심한 것이다.

차량방화로 그가 선택한 장소는 유흥가 주변, 그 번잡함이 급격하게 사라지고 컴컴한 주택가나 오피스타운이 시작되는 곳이었다. 그런 곳에는 차 주인이 술을 마시러 왔다가 주차할 공간이 마땅치 않아 노상에 주차해놓은 차들이 제법 있었다. 처음에는 싸구려 서류가방을 준비해갔다. 가방에는 휘발유가 든 박카스 병과 비교적 오래 탈 만한 옷가지와 전선 뭉치, 그리고 쉽게 불이 붙을 수 있는 종이책을 함께 넣어두었다. 그는 이목이 없을 때를 노려 박카스 병에 담아온 휘발유를 가방에 뿌린 다음, 가방을 차체 아래에 밀어 넣었다. 목격자가 없는 것이 확인되자 재빨리 지포라이터에 불을 붙여 던져놓고 자리를 떴다. 만약 불이 붙지 않는다면? 증거만 잔뜩 남겨놓고 온 것이 아닐까? 돌아서자마자 그는 후회했지만 다행히 결과는 대성공이었다. 소방차 십여 대가 출동했고 거리에는 구경꾼들이 넘쳐났다. 기담은 그들 사이에서 소란을 지켜보는 쾌감을 맛보았다. 스트레스를 날려버릴 수 있어서 짜릿했고, 무엇보다 세상일을 잊을 수 있어서 좋았다.

세 번째 방화도 같은 지역에서 저질렀다. 전과 달리 준비물을 휘발유가 든 박카스병과 지포라이터로 줄였다. 실패할 때를 대비해서 현장에 남겨질 흔적을 최소한으로 줄여야 했기 때문이었다. 이번에는 휘발유를 차의 앞바퀴 타이어 안쪽에 부은 다음 지포라이터를 던져놓고 자리를 떴다. 또다시 대성공이었다.

조서에 이런 대목이 있었다.

"왜 하필 차량을 방화의 대상으로 선택했습니까?"

경찰이 물었다.

"공공기물이 아니고 개인 재산인데다가 비싸잖아요. 불을 지르면 반드시 신고가 되더라고요. 소방차도 많이 오고. 또 왜 그런 거 있잖아요. 차에 불이 붙으면 폭발할지도 모른다는 불안감. 그게 기대됐어요. 휴지통에 방화하는 것과는 차원이 달랐죠."

"왜 주차장이 아닌 노상의 차량을 방화 대상으로 선택했습니까?"

"건물 주차장이든, 옥외 주차장이든, 노상이든 그런 건 중요하지 않아요. 사람들이 많이 모일 수 있고, 그 안에서 편안하게 구경할 수 있는 공간이냐 아니냐, 그게 중요했으니까요."

네 번째 방화에 성공한 직후부터 그는 자신의 중독 증세를 자각했다. 그만두어야지 생각하면서도 멈출 수가 없게 됐다는 의미였다.

다섯 번째 차량방화 때 일이 터졌다. 그는 신중하게 장소를 골랐다. 경찰이 본격적으로 수사에 나섰기 때문에 수법에 있어서 변화가 필요했다. 그의 예상대로 경찰이 방화가 발생한 현장 주변 인파를 촬영하기 시작한 시점이기도 했다.

11월 둘째 주 주말 새벽, 기담이 고른 장소는 홍대 주변이었다. 사람들이 들끓는 대로에서 불과 50여 미터쯤 들어갔을 뿐인데 적막한 골목도로가 나타났다. 길가에 주차돼 있던 차는 여섯 대. 그중 BMW가 눈에 들어왔다. 전부터 고급 외제차를 태워보고 싶었는데, 잘됐다 싶었다. 야구 모자를 꾹 눌러쓴 그는 주머니에 넣어둔 박카스 병뚜껑을 만지작거리며 차에 접근했다. 결정적인 순간에 그는 마음을 바꿨다. 검은색 스타렉스의 뒤창이 조금 열려 있는 게 눈에 띈 것이다. 타이어를 태우면 차체가 전소되지 않을 때가 있어서 불만이었다. 창이 열려 있다면 그 틈새로 휘발유가 든 박카스 병과 지포라이터를 밀어 넣기만 하면 된다. 시간을 절약할 수 있을 것이고, 확실하게 전부 다 태워버릴 수 있다. 골목 끝 귀퉁이의 카페 하나가 마음에 걸렸지만 그는 대범하게 행동하기로 마음먹고 스타렉스로 접근했다. 그는 열려 있는 창 틈새로 박카스 병과 지포라이터를 재빨리 던져 넣고 자리를 떴다. 이제 곧 광란이 일 것이다. 그의 등줄기를 타고 짜릿한 전율이 흘렀다. 과연 비명소리가 들렸고, 사람들이 여기저기서 뛰쳐나오기 시작했다. 그런데 그때까지 그의 머리에 각인돼 있던 소동의 느낌과는 다른 무엇이 있었다. 겁에 질린 울부짖음! 기담은 돌아보았다. 스타렉스 안에 사람이 있었다. 미처 보지 못했던 작은 몸집의 아이였다. 기담은 생각이란 걸 할 겨를도 없이 뛰어갔다. 주먹과 팔꿈치가 으깨질 정도로 창유리를 마구 때려서 깨고 아이를 구해냈다.

아이가 무사함을 확인한 기담은 재킷을 벗어 아이의 몸을 덮어주었다. 그런 다음 꼭 안아주었다.

"괜찮아. 이제 괜찮아."

덕분에 아이는 무사했지만, 기담은 갑자기 흐느껴 울기 시작했다.

신고해! 소방차 불러요! 빨리! 소동 속에서 사람들이 휴대용 소화기를 가져와서 불을 끄기 시작했고, 곧이어 소방차와 경찰차가 도착했다.

기담은 현장에서 체포됐다. 아이를 덮은 그의 재킷에서 지포 라이터 한 개가 주머니 밖으로 툭 하고 떨어진 것이다. 그가 여분으로 챙겨간 것들 중 하나였고, 지금까지 방화 현장마다에서 발견된 것과 동일한 것이었다.

경찰은 그때까지 방화가 일어났던 현장 주변의 CCTV를 모두 뒤져 기담의 모습이 담긴 영상 세 컷을 찾아냈다. 휴대전화 위치정보를 압수수색해서 그의 동선이 방화와 밀접하게 연관돼 있음을 알아냈다. 그의 자택에서 범행에 사용된 것과 동일한 지포라이터 아홉 개를 확보했다. 그리고 그가 자백했다. 자신이 한 짓이었다고.

어려울 것 없는 사건이었고 실형이 확정적이었다. 그런데 검찰에 송치된 직후부터 일이 뒤틀리기 시작했다. 당시 서울지방경찰청 행동과학팀 소속 범죄심리분석관, 즉 프로파일러로서 사건에 참여했던 한 선배가 그때의 상황을 내게 설명해주었다.

"은행 사람들이 하나둘 드나들기 시작하더니, 갑자기 변호인단이 꾸려지는 거야. 무슨 변호인단씩이나. 그게 그럴 사안이 돼? 게다가 죄다 거물급이더라고. 그때부터 성기담도 입을 다물어버렸어. 어? 일이 이상하게 흐른다. 그런 분위기가 감지됐지. 재판이 시작되면 자백한 내용 다 뒤엎고 말을 바꿀 것이라는 소문이 파다했어. 실제로 그렇게 했고. 성기담은 자신이 무고하다, 경찰조사 땐 거짓 자백했다, 그런 식으로 적극적으로 변론하기 시작한 거야. 상대적으로 검사는 완전 햇병아리였거든. 공소장 잘못 기재해가지고 바꾼다 어쩐다 하면서 헤매기도 무지 헤맸고 말이야. 변호인단이 집요하게 파고든 점은 다른 게 아냐. 결정적으로 성기담이 방화하는 장면을 봤다는 목격자가 없었다는 거지. CCTV에서도 그 장면만은 발견하지 못했거든. 걔네들이 이번에는 정신감정 요청을 하더라고. 그건 너도 알다시피 실패했어. 실형이 당연하다고 생각했던 사건을 다툼의 여지가 있는 사건으로 끌고 갔다? 대단하지. 근데 딱 거기까지였어. 제아무리 비싼 변호사 써봐야, 안 되는 건 안 되는가 보다. 그랬는데, 일이 터져버린 거야. 약 보름 사이에 6차, 7차, 8차까지 방화가 발생했고, 사람도 죽었어. 자, 기존의 방화수법과 동일했어. 현장에서 발견된 지포라이터가 이전 증거물과 완벽하게 일치했어. CCTV에 잡힌 용의자 모습이 성기담과 흡사했어. 검사가 버틸 수 있겠니? 당사자는 유치장에 있었으니 그보다 더 확실한 알리바이도 없을 테고. 지금도 생각나는데, 그때 피고 측 언론플레이, 와 진짜 장난 아니었다. 진범은 따로 있는데, 엉뚱한 사람 재판하고 있다면서 언론에서 막 갈겨대는데……, 나 같아도 못 버티겠더라. 검사는 당연히 공소 포기지."

선배가 언급하지 않은 한 가지가 있었다. 7차 방화로 담당수사관이었던 서울지방경찰청 광역수사대 연우준 반장의 네 살 난 딸이 희생된 것이다. 충격적인 일이었고, 그 일이 사건의 흐름을 완전히 바꾸어놓았다. 수사 일선에서는 그 일을 진짜 범인이 연 반장을 조롱하고 있다는 의미로 받아들였다. 은행원의 짓은 아닐 것이라고들 수군댔다.

하지만 그들이 의식하지 못한 것이 있었다.

"선배님 생각은 어땠습니까? 5차 때까지의 방화와 6차, 7차, 8차 방화 사이에 어떤 단절 같은 게 보이진 않았는지?"

내가 물었다.

"당연한 걸 묻고 그러냐. 다르지. 달라도 너무 다르지. 너나 나나, 우리처럼 심리 분석하는 입장에서 보면 6, 7, 8차 방화는 5차까지의 방화와는 전혀 다른 케이스야. 다시 말하면 방화를 저지른 당사자도 달라."

5차 때까지의 방화는 습관성 단순방화, 흥분방화, 연쇄방화, 계획적 방화로 분류할 수 있었다. 방화범이 '현장관찰'을 즐기는, 범행 후 행동을 관찰할 수 있었다. 방화대상은 노상의 자동차. 불특정한 대상으로 한 분노표출과 욕구충족이 혼재돼 있었다. 처음엔 스트레스 풀기로 시작했다가 점차 흥분과 스릴을 즐기는 단계로 변질됐음을 발견할 수 있었다. 장소는 유흥가 주변. 범인은 소란과 이목을 즐기는 타입이었다.

미묘하지만 6차 이후의 방화에서는 본질적으로 다른 점이 스며들어가 있었다. 특히 7차는 수사관의 가족을 표적으로 노린 의도적 방화였고, 범행 장소는 유흥가와는 동떨어진 주택가 골목이었다. CCTV에 노출된 건 6차 방화 때뿐이었고, 7차, 8차 방화 때는 범인이 현장 관찰을 즐긴 흔적을 발견하지 못했다. 사람들 눈에 띄지 않게 방화를 실행한 후 신속하게 도주할 수 있는, 그런 공간에서 발생했다. 방화현장은 소방차 한 대가 겨우 들어갈 만한 좁은 골목도로였기 때문에 구경꾼들은 방화현장과 분리돼 있었다. 결정적으로 기담이 무죄 방면된 이후부터는 방화가 발생하지 않았다. 그러니까 우리 프로파일러의 관점에서 보자면, 적어도 5차 방화까지만 기담의 혐의가 유효했다.

"어필해보셨어요?"

내가 물었다.

"했지. 근데 안 먹히더라고. 우리 쪽 한계이기도 한 게, 범죄수법이 발전하고 진보한 것이다, 란 아주 간단한 저쪽 주장도 뒤엎기가 참 힘들더라. 5차 방화에서는 실패했지만, 이후 지속적으로 사람을 겨냥한 방화를 저질렀다는 것이지. 근데, 사람이 불과 한두 달 사이에 그렇게 변할 수가 있는 거니? 수법의 진보가 있더라도, 내재된 성향이 규정하는 한계가 분명히 있을 텐데. 사람이라면 어느 정도 일관된 패턴을 유지한다는 전제가 있어야 분석도 하고 예측도 하는 거잖아. 안 그러니? 참 미묘한 데가 있단 말이야. 5차 방화 때 차 안에 사람이 있었던 건 내가 볼 때 실수가 맞아. 사람을 겨냥한 게 아니야. 현장에서 피해자를 구조했다가 체포됐잖아. 이후 방화에서부터는 구조 시도가 전혀 없었지. 전혀 다른 성격의 방화야. 한마디로, 동일 인물이 아니야. 전혀 다른 두 인물이 사건에 연루됐어."

우리는 동시에 한숨을 내쉬었다.

"법정에서 직선이 어쩌고저쩌고 진술한 내용에 대해서는 어떻게 생각하세요?"

"어떤 의미에서?"

"그게 정말 방화동기가 될 수 있을까요?"

"류 피디 생각보다 순진하네. 그건 그냥 변호사 코치 받고 쓴 페인트잖아. 조서 다 안 읽어봤어?"

"성기담은 아직까지 진짜 범행 동기를 말한 적 없다는 거죠. 그렇게 읽었습니다."

"나도 그게 궁금해. 공식적으로는 스트레스가 방화의 동기라고 보는데, 그런데 그 스트레스의 원인이 뭐냐는 거지. 끝까지 그걸 숨기더라고. 회사에서 분명 무슨 일이 있었어. 근데 그게 하필이면 말하기 힘든 내용이야."

"그래서 피의자의 입을 막기 위해서 회사가 변호사를 꾸려 도운 것이다? 6, 7, 8차 방화는 성기담의 무죄 방면을 위해 의도적으로 저질러진 범죄다? 마치 성기담의 짓이 아님을 변론하기 위한 장치로. 그런 냄새가 나지 않아요?"

동의한다는 의미로, 선배가 가만히 고개를 끄덕였다.

"근데, 왜 네가 이 사건을 다시 들추는 거지? 내가 보기엔 또 다시 방화사건이 일어나지 않는 한 재수사는 힘들어."

나는 취재 중인 서해 실종살인 사건에 대해서 설명해주었다. 그리고 멘토에 대해서도. 덕적도 노인의 손자를 통해 그자가 직선에 대해 한 말을 들려주었다.

가만히 듣던 선배의 입이 떡 벌어졌다.

"너! 그 멘토란 자가 그날 법정에 있었다고 생각하는구나."

"네."

나는 직선만이 고귀한 인간의 업적이라던 멘토의 발언을 쫓아왔다. 덕적도 문 노인의 손자가 한 말은 멘토에게서 나온 말이었고, 그 발언의 최초 유포자는 기담이었다. 연쇄차량방화사건 피의자로 기소된 그 기담은 법정에서 직선을 예찬하는 괴변을 쏟아냈다. 정신병자라는 낙인을 받아내려는 전략이었는데, 당연하게도 실패였다. 그는 결코 정신병자일 수가 없었다.

그런데 그의 직선 예찬은 뜻하지 않게 누군가에게 감명을 준 것이 틀림없었다. 나는 멘토가 그날 그 법정에 있었다고 확신했다. 판사, 검사, 변호사, 참여관, 속기사, 법정경위, 교도관, 아니면 방청객…… 멘토는 그중에 있었을 거라고 나는 확신했다. 그는 기담의 진술을 들었고, 뼛속에 새겨 두었고, 거사를 치를 때마다 인용하고 있는 중이었다. 내가 조사한 바에 의하면, 그때 기담의 진술을 들었던 사람은 극히 제한적이었다. 법정에 있었던 자, 재판기록을 열람했던 자, 기담의 정신을 감정했던 의사까지 모두 확인해봤다. 남은 것은 기담과 그의 변호인단, 그리고 방청객들이었다.

한참 동안 생각에 잠겼던 선배가 말했다.

"성기담이 했다는 말, 그 직선에 관한 얘기. 듣고 보니 뭔가 있는 거 같아. 네 생각에, 나도 동의한다. 범인은 직선이란 바이러스에 걸린 놈이야. 그리고 한 가지 더. 그 사람들 말이야. 그때 법정에서 성기담을 변호하던 사람들. 이상하게 들릴지 모르겠지만 그 사람들을 보고 있자니 이런 생각이 들었어. 저 사람들은 법 없이는 못 사는 사람들이다. 지배하기 위해 필요하고, 어기기 위해 필요하고, 어긴 다음엔 보호받기 위해서, 법이 필요하다. 아는 교수님이 말한 건데, 그게 무슨 의미인지 너도 곧 이해하게 될 날이 올 거야."

선배와 헤어진 후 나는 과거 기담이 다녔던 은행에 대해서 조사하고 그를 변호했던 변호사들을 수소문해서 찾는 작업에 착수했다.

한편 수사팀 내부에서는 멘토와 기담이 공범 관계일 것이라는 의견이 강하게 제기됐다. 덧붙여서 나는 두 사람의 관계가 10년 전 법정에서도 유효했을지 모른다고 생각했다.

"체포영장 신청하고, 성기담의 소재 파악해."

연 반장의 지시로, 수사팀은 기담을 소환할 채비를 했다.

감투의 유혹

검은머리 외국인

보통은 외국인을 가장한 한국인을 검은머리 외국인이라고 하죠. 국내증권시장이 개방되고 증시에 외국계 자금의 영향력이 커지자, 외국인을 가장해서 투자를 함으로써 주가를 조정하고 그에 따라 이익을 취해왔던 자들입니다. 다른 한편으로는 글자 그대로 외국 국적의 교포를 의미하기도 합니다. 기억나시는지 모르겠는데, 미국에서 대학을 갓 졸업한 이십 대 중반의 교포 2세가 은행 인수합병 문제로 한국에 파견 왔다가, 나 한국에서 왕처럼 살고 있어, 라고 자랑하는 이메일을 동료들에게 돌렸던 일이 있었죠. 자기는 새파랗게 어린 말단에 불과한데, 한국 은행업계에서 내로라하는 인사들이 죄다 만나자고 줄을 서는 데다가 좋은 아파트에, 돈, 여자까지……, 그야말로 황제의 칙사 대접 받고 살았다는 겁니다. 천국이 따로 없었겠죠. 성기담이 휘말린 사건의 경우에도, 이 두 종류의 검은머리 외국인이 모두 관련됐다고 보면 되겠습니다.

—신일수(경제전문기자)

　이정민을 만나기로 했던 날이었다. 밤새 잠을 설쳤던 기담은 피로감에 짓눌린 아침을 맞았다. 짜증과 함께 구질구질한 아파트가 눈에 들어왔는데, 생각해보면 마흔일곱의 삶치고는 초라하기 그지없었다. 전망이 있는가? 자문하면 그런 것도 아니었다.

　기담은 씻기 전에 발가벗은 채로 화장실 거울에 자신을 비추었다. 거울은 찌든 내 나는 텅 빈 화장실만 보여줄 뿐이었다. 그는 지난밤 고민하다가 치워둔 생각을 다시 끄집어냈다. 녀석에게 이 모든 비밀을 털어놓고 동업을 제안할까? 나는 보이지 않은 존재. 사업상으로나, 권력관계에서나 녀석보다 우위를 점할 자신이 있다. 그래, 녀석에게 보이지 않는 내 존재를 알리고 과시하자. 권력과 부로 치환될 나의 잠재력을 보여주자. 그런 후에, 녀석의 노하우를 배우고 분업을 하자.

　"안 될 것도 없지! 그 자식이 도대체 뭐라고! 날 어쩌겠어? 안 그래?"

　그는 자신감을 북돋우기 위해 주먹을 꼭 쥔 채 큰소리로 외쳤다.

　씻고 난 그는 밤새 꺼두었던 자기 명의의 본래 휴대전화를 켰다. 부재중 전화 목록에, 그의 어머니에게서 걸려온 기록이 네 건이나 있었다. 고향 집에 무슨 일이 생긴 것일까?

　기다렸다는 듯이 벨이 울렸다. 어머니였다.

"네, 전화하셨어요?"

받자마자, 수화기 너머에서 노기 어린 목소리가 터졌다.

"인정머리 없는 놈. 오늘 네 아부지 제사다. 전화 한 통이 그렇게 어려워? 뭐가 그렇게 바쁘다고. 야속한 놈……."

멱살이라도 잡힌 양, 정신이 번쩍 든 기담은 달력을 쳐다보았다.

"죄송해요. 일이 좀 있었어요."

"지금 서울 가는 길이다. 바쁘다니 마중 나올 건 없고, 도착하면 전화하마."

전화가 툭 끊겼다.

다시 전화를 건 기담은 어머니가 강릉에서 곧 출발할 것이며, 오후 늦게 동서울 고속버스터미널에 도착한다는 것 정도를 알아냈다. 집을 옮겼으니 도착하기 전에 꼭 연락하라고 당부했다.

어머니라는 존재가 들어오자, 기담은 갑자기 마음이 복잡해졌다. 그는 늦어도 저녁때까지는 감투를 벗어야겠다고 다짐했다. 예민한 분이어서 작은 일에도 불안해하고 커다란 파국이라도 맞을 것처럼 걱정한다. 아들이 나타나지 않기라도 한다면 당장 경찰에 신고할 것이고, 밤잠을 설치실 것이다. 기담은 10년 전 법정에서 반혼절 상태로 가슴을 치시던 어머니를 잊을 수가 없었다.

"일정이 꼬였군. 집중하자, 집중해. 최대한 효율적으로 움직여야 한다."

기담은 정신 똑바로 차리자는 의미에서 자신의 이마를 철썩철썩 때렸다.

이른 시간 집을 나온 기담은 또다시 이동통신사에 들렀다. 이
번에는 아예 이정민의 전화번호 위치정보를 문자메시지를 통해
전송받을 수 있도록 설정해두고 나왔다. 그와 완전한 합의가 이
루어지기 전까지는 조심해야 했다.

이날만큼은 기담이 알고 있는 이정민의 휴대전화가 계속 켜
져 있었다. 처음 도착한 메시지에 의하면 그의 실시간 위치는 서
울 강남의 코엑스였다.

그 시간 멘토는 코엑스의 한 호텔 스위트룸에서 '조 회장'이
라고 불리는 남자를 만나는 중이었다. 그는 법률팀장 김민수였
던 멘토에게 속아서 거액의 투자금을 날린 사람이었다. 두 사람
의 만남은 사교클럽 조찬에 참석했던 그에게 멘토가 기습적으
로 접근함으로써 이루어졌다.

"특별히 조 회장님께만, 원금에 이자까지 쳐서 돌려드리겠습
니다. 대신 소송 건은 잘 좀 처리해주시죠."

멘토는 흥분해 있는 상대가 다른 생각을 품기 전에 재빨리 용
건을 말했다.

조 회장의 얼굴에 금세 화색이 돌기 시작했다.

"나보고 엑스맨 역할을 하란 말?"

"말하자면."

"김 팀장을 어떻게 믿고?"

"저 계속 사업할 사람입니다. 먹튀 할 것 같았으면 회장님 만
날 이유도 없죠. 그리고 어차피 그 돈 출처, 떳떳하게 밝힐 수 있

는 사람 아무도 없어요. 제 입장에서는 소송까지 가지 않길 바라는데, 만에 하나 소송단이 꾸려진다면 차라리 조 회장님이 소송단 대표를 맡으세요. 무슨 말인지 아시죠?"

조 회장이 생각에 잠겼다가, 은밀하게 토로했다.

"사실은 고민이 하나 있네."

"도울 수 있는 거면 도와드리겠습니다."

"내가 지금 출국금지가 된 상황이야. 검찰 수사를 받고 있는 중이거든. 아무래도 나까지 치고 들어올 것 같은데, 피해갈 구멍이 안 보여. 출금 말인데, 어떻게 풀 수 있는 방법이 없을까? 도와주면 그깟 돈 싹 다 포기할게."

멘토는 지금까지 자신이 해왔던 일을 떠올렸다. 문제를 해결하기 위한 직선 긋기. 문제가 닥쳤을 때 한계를 먼저 생각하면 둘러가야 한다. 그랬을 때 필연적으로 뒤따르는 비용의 낭비. 그는 그 낭비를 혐오했다. 아무렇지도 않게 시간과 자원을 낭비하고 사는 인간들이란…….

"출금은 검찰 쪽 일이라 손대기 힘들어요. 리스크가 큽니다. 대신 출금해제보다 더 좋은 게 있습니다만."

조 회장이 귀를 쫑긋 세웠다.

"말해보게."

"새 여권."

"여권? 에이, 굳이 위조여권 같은 걸……. 그럴 필요가 있을까 싶은데……."

"위조여권 말고, 진짜 여권이요. 출생부터 학교, 직장 경력까지 전부 다 진짜인, 살아있는 여권. 여권을 위조하는 것이 아니라, 회장님이 필요할 때마다 그 신분을 빌려 쓰면 되는 것이죠. 입출국할 때 사용하시면 검찰도, 출입국사무소도, 심지어 FBI도 눈치 못 챌 겁니다."

"그게 가능하다고? 어떻게?"

조 회장은 어리둥절한 얼굴이었다.

"안 될 게 뭐가 있겠습니까?"

멘토가 어깨를 으쓱하며 반문했다.

곰곰이 생각하던 조 회장은 멘토가 제안한 진짜 여권의 의미를 깨달았다.

"그럼 진짜 여권 주인은, 어떻게 되는 건가?"

"알고 싶으십니까?"

조 회장이 멘토의 시선을 피했다.

"뭐, 그럴 필요가 없다면야……."

"시간은 얼마나 남아 있습니까?"

조 회장은 경계를 푸는 듯했다.

"3개월 정도. 빠르면 빠를수록 좋겠지만, 그 안에만 해결하면 돼."

"가능하겠네요. 회장님은 짐이나 싸두십시오. 계좌 정리도 해두시고."

조 회장이 멘토의 손을 덥석 잡았다.

"진짜 그게 가능하고, 또 성공하잖아? 그럼 기존 원금에다 다섯 개는 더 얹어서 김 팀장한테 맡기겠네. 난 이제 조선 반도에 더는 미련이 없어. 이번에 나가면 다시는 돌아오지 않는다는 각오 정도는 돼 있네."

두 사람은 환하게 웃으며 악수한 후 헤어졌다.

이제 남은 건 기담. 어떻게 처리해야 할지 멘토는 결정해야 했다. 기담까지 잘 처리하면 경찰의 개입으로 엉망이 된 사태는 대충 수습이 되는 것이었다. 그러고 나면 그동안 모아둔 종잣돈을 발판 삼아, 더 큰 세상으로 나아가는 것이다.

"어디야? 도착했니?"

약속 장소를 향해 출발한 기담은 멘토에게 문자메시지를 보냈다. 수신한 그의 위치정보에 의하면 벌써 호텔에 도착해 있어야 했다.

문자메시지 대신 전화가 걸려왔다. 멘토는 문자메시지 같은 흔적은 남기고 싶지 않았던 것이다.

"난 조금 일찍 출발했거든. 지금 호텔 로비에 와 있어. 넌?"

이날 멘토는 내내 정직하게 말해왔다. 기담은 안심이 됐다.

"난 이제 막 출발해서 경인고속도로. 약간 늦을지도 몰라. 예약은 한 거지?"

"아니, 지금 대실 중이야. 도착하는 대로 전화해. 룸 번호 알려줄 테니까."

기담의 아반떼는 출발한 지 한 시간이 조금 못 돼서 겨우 경인고속도로를 빠져나올 수 있었다. 호텔로 접근하는 과정에서 또다시 정체가 늘어지자, 그는 견딜 수가 없었다. 자신도 모르게 마구 클랙슨을 눌렀고 창을 내린 채 성마르게 욕설을 했다. 사람들이 운전자가 없는 아반떼를 목격하고 놀라곤 했다.

기담은 멘토의 전화를 다시 받고 나서야 흥분을 가라앉힐 수 있었다.

"정민아, 미안한데, 생각보다 늦겠다."

"급할 거 없으니까 천천히 와. 도장 가져오는 거지?"

"당연히 챙겼지."

"잘 생각했다, 인마. 믿을 수 있는 사람이 필요했는데, 정말 고맙다."

"김칫국 마시지 마. 나 아직 결정 안 했거든. 마음 변할지도 몰라."

"내가 말했지? 일단 시작하면 중독성이 너무 강해서 헤어날 수가 없다고. 넌 이제 일등석만 타고 다니는 VIP야. 혹시 아니? 열심히 벌면 언젠가는 전용기나 요트가 생길지."

기담은 왠지 기분이 좋아졌다.

"다른 건 몰라도 수영장 있는 집에, 전용 요리사는 두고 싶긴 하다."

"꿈이 너무 소박한 거 아니야? 일단 넌 돈 쓰는 법부터 배워야 돼. 상상해봐. 네 삶이 어떻게 변할지. 너뿐만 아니라, 현우 그리고 미진이까지, 전혀 다른 차원의 삶을 살게 될 거야. 이제 아버지로서 자부심을 가져도 돼!"

기담은 최면에라도 걸린 듯 멘토의 세계로 빨려 들어가고 있었다. 스스로가 원하는 것일까? 아니면 감투가 유혹하는 것일까?

통화를 마친 멘토는 주차장에 심어둔 용역에게 이제 곧 기담이 도착할 거라고 알려주었다.

용역을 의뢰받는 삼십 대 중반의 남자는 자신의 차 운전석에서 주차장 입구를 노려보고 있었다. 그의 임무는 첫째, 기담의 도착을 확인하고, 둘째, 미행이 있는지 확인하고, 셋째, 기담이 호텔방으로 올라가면 그의 차를 열고 들어가서 원격으로 스위치를 누를 수 있는 화재발생장치를 장착하는 것이었다.

짙게 선팅된 흰색 아반떼 한 대가 주차장으로 들어왔다. 용역은 신중하게 아반떼를 살폈다. 차 안에 누가 탔는지는 알 수 없었지만, 뒤따라 들어온 차는 없었다.

"주차장이야. 몇 호로 가면 돼?"

기담이 멘토에게 전화했다.

"7층 717호로 와라."

멘토는 곧바로 용역에게 전화해서 기담의 도착을 알렸다. 그는 우선 호텔방에서 기담을 제압할 기회를 엿볼 것이고, 쉽지 않으면 주차장에서 제압할 것이다. 어렵지 않게 성공할 수 있을 것 같았다.

용역이 멘토에게 보고했다.

"아반떼 한 대가 들어왔는데요. 미행은 없는 것 같고요, 썬팅이 돼 있어서 차 안에 누가 있는지는 알 수 없는 상황입니다."

주차를 마친 기담이 차에서 내렸다. 과연 이정민을 이해시킬 수 있을까? 투명인간이라니. 상대가 의구심을 갖고 경계할 것이 뻔했지만, 기담은 설득할 자신이 있었다.

용역은 아반떼의 운전석 문이 열렸다가 닫히는 것을 보았다. 하지만 내리는 사람을 보진 못했다. 잘못 본 것일까? 용역은 눈을 깜빡였다.

"내렸어?"

멘토가 다그쳐 물었다.

"확인해보겠습니다."

용역은 기담의 사진을 잠깐 들여다본 후 차를 몰고 나갔다. 주차장을 나가는 척 아반떼를 지나치면서 차 안을 들여다보려고 애썼지만 잘 보이진 않았다. 다만, 차체의 높이를 고려했을 때 사람의 무게가 느껴지지는 않았다. 경험상으로는 빈 차인 것 같았다. 결정적으로 주차장에서 지상으로 올라가는 엘리베이터에 누군가가 방금 탑승했다.

"방금 올라갔습니다. 차는 비었고요."

용역은 얼떨결에 그렇게 보고했다.

"알고 있어. 방금 엘리베이터 탔다는 전화 받았으니까. 부탁한 거 잘 처리해."

호텔방의 멘토는 전자충격기와 마취제를 주입한 주사기, 음료에 탈 수 있는 수면제를 최종적으로 점검하는 중이었다. 다만 그는 예기치 못한 혼란에 빠져 있었는데, 조금 전 받은 기담의 전화 때문이었다.

엘리베이터에 오르기 직전 기담는, "정민아, 말하지 않은 것이 있어"라며, 모호한 얘기를 꺼냈다.

"뭔데?"

멘토는 긴장했다. 설마, 경찰을 달고 온 것일까?

"내 신상에 관한 거야. 사업 아이템으로 괜찮을 것 같아서. 직접 보면 알 게 될 텐데, 마음의 준비를 하라고 미리 일러두는 거야."

"사업 아이템?"

수수께끼 같은 말이었지만, 일단 경찰이 관련된 문제는 아닌 것 같아서 멘토는 한시름 놓았다. 하지만 그는 기담이 슬쩍 흘린 말의 의미를 파악하려고 무척이나 애를 쓰는 중이었다.

기담은 멘토가 말한 717호 앞에 섰다. 심호흡을 하면서 친구가 보여주게 될 반응을 상상해보았다. 아무래도 놀라겠지. 하지만 똑똑한 친구니까 금방 적응할 것이다. 기대 반, 우려 반으로 그는 벨을 눌렀다. 녀석을 놀라지 않게 해야 한다. 첫마디는 어떻게 해야 할까.

마침내 문이 열렸고 멘토가 모습을 드러냈다.

"기담이냐?"

기담은 뜻밖의 난관에 부딪쳤다. 바로 눈앞에 커다랗게 클로즈업돼 있는데도 친구의 표정을 읽어내기가 쉽지 않았다. 생경한 풍경에 그는 잠시 머뭇거렸다. 나는 녀석의 맨얼굴을 보고 있는 것일까? 아니면 내가 이상해진 것일까?

짧은 순간 멘토는 문밖에 아무도 없음을, 기담이 오지 않았음을 확인했다.

"요 새끼 봐라."

무심코 뱉은 멘토의 말 한마디가 기담의 환상을 깨뜨렸다.

그 말에는 표독한 의지와 경멸이 담겨 있었다. 상대의 감정을 잘 읽기 힘든 상황인데도 그 돋아난 가시가 단번에 느껴질 만큼 멘토의 그 한마디는 날카로웠다. 기담은 두려움을 느끼고 두어 걸음 뒤로 물러났다.

위기를 느낀 건 멘토 역시 마찬가지였다. 그는 자신이 통제할 수 없는 변수를 좋아하지 않았기에, 방에 두었던 소지품들을 수습한 뒤 곧장 호텔방을 나섰다.

그때 기담의 휴대전화가 울렸다. 어머니가 건 전화였다. 기담이 재빨리 휴대전화 벨을 껐지만, 그 소리는 멘토를 얼어붙게 하기에 충분했다.

기담이 한걸음 더 뒤로 물러났다.

"거기, 누구야? 누구 있어?"

기담이 서 있는 허공을 향해 멘토가 말했다.

다시 휴대전화 벨이 울렸다. 기담이 또 재빨리 껐다.

멘토가 기담을 향해 한걸음 다가왔다. 그가 손을 뻗으려는 것 같아서, 기담은 그만 후다닥 도망치고 말았다.

그 바람에 놀란 멘토는 주저앉고 말았다.

"뭐야, 저거!"

간신히 일어난 그는 반대 방향으로 뛰었다.

주차장으로 내려간 기담은 아반떼의 운전석 문을 열고 있는 용역을 발견했다. 덫이었던 것이다. 그는 이를 갈았다.

멘토로부터 전화가 왔다. 기담은 어떻게 대응할지 생각하다가 일단 사실대로 말하기로 했다.

"너 지금 어디야?"

기담은 쫓기기라도 하는 듯 작은 목소리로 말했다.

"미안하다, 정민아. 또 그 사람들이야. 좀 이상하다 싶어서, 주차장으로 다시 내려왔거든. 아니나 다를까, 그 사람들이 내 차를 뒤지고 있잖아. 날 쫓아온 것 같아."

"뭐?"

기담은 주차장으로 내려온 멘토를 발견했다. 즉시 전화를 끊고, 배터리를 빼버렸다.

"야, 성기담!"

멘토가 다급하게 소리쳤지만, 통화는 종료된 후였다.

"아오, 다 잡았었는데. 실수했다."

멘토는 아반떼를 뒤지고 있는 용역이 그렇게 멍청해 보일 수가 없었다.

결과적으로 어머니가 나를 구했다. 호텔을 빠져나온 기담은 휴대전화를 켜서 어머니에게 전화했다.

"벌써 도착하셨어요?"

"아깐 회의 중이었니?"

기담은 어머니의 화난 목소리를 들을 줄 알았는데, 생각보다 비난조는 아니었다.

"이제 괜찮아요. 어디세요?"

머뭇거리더니 어머니가 말했다.

"사실은 너 살던 집에 왔는데, 이사했니?"

기담은 머리가 질끈 아파왔다. 어머니가 옛 부천 아파트 앞에서 전화를 한 것이다.

"이사했으니까 서울 도착하기 전에 전화주시라고 했잖아요. 분명히 그렇게 말씀드렸는데."

"못 들었다. 난 또……."

"도대체 언제 출발한 거예요? 점심때쯤 출발해서 저녁에 도착한다면서요?"

"사실은 새벽에 나왔다. 너 괜히 신경 쓰게 할까봐."

어머니의 목소리가 작아졌다.

어떡하지? 아직 감투를 벗지도 못했는데. 기담은 짜증을 냈다. 그러자 어머니는 옮긴 집 주소를 불러주면 혼자서 찾아 가겠다고 고집을 부렸다.

"그게 아니고요, 사정이 있어서 그래요. 그럼 엄마, 주소를 문자로 보내드릴 테니까 택시를 타세요. 문자 확인할 줄 알죠?"

"누굴 바보로 아니?"

"꼭 택시를 타세요. 서울 구로구 고척동이라는 곳인데, 부천에서 가까워요. 15분이면 충분하니까 무조건 택시를 타세요. 알았죠?"

기담은 단단히 이른 다음, 주소를 문자메시지로 보냈다.

그는 선택을 해야 했다. 이정민을 쫓아가야 할까? 어머니를 마중하러 가야 할까?

마침 택시 한 대가 손님을 내렸고, 운전기사는 음료수를 사기 위해 편의점으로 들어갔다. 그 틈을 타서 기담은 택시를 훔쳤다. 그는 냅다 부천 방향으로 속력을 냈다. 어머니가 길을 잃어버리지는 않을까 불안했기 때문에, 따라가면서 지켜봐야 할 것 같았다.

경인고속도로를 타고 부천에 거의 이르렀을 때 기담은 다시 어머니에게 전화했다. 엉뚱하게도 버스 안인 듯한 소음이 수화기 너머에서 흘러나왔다.

"그깟 택시비 얼마 든다고! 왜 또 버스예요?"

"찾아갈 수 있대도."

기담은 한숨이 절로 나왔다. 최소한 보따리 서너 개는 짊어지고 오셨을 텐데…… 본의 아니게 그의 머릿속은 낯선 곳에서 방황하고 있을 어머니에 대한 걱정과 안타까움으로 가득 찼다.

그는 하는 수 없이 속력을 최대한으로 냈다. 전철역을 향하는 버스일 것 같아서 어렵지 않게 따라잡을 것 같았다.

송내역 주차장에 도착한 기담은 사용료를 운전석에 놓아둔 다음 택시를 버렸다. 택시 주인에게는, 공중전화를 이용해서 주차장 위치를 알려주었다.

기담은 송내역 개찰구 근처에서 어머니를 발견했다.

익숙한 1호선을 이용하는 것까지는 별문제가 없겠지만, 개봉역에서 내려서부터가 문제였다. 아파트까지는 마을버스를 타고 가야 하는데, 길이 복잡해서 설명하기가 여간 까다로운 게 아니었다. 기담은 어머니가 역에서 내리는 즉시 다시 한 번 닦달해서 택시를 태울 생각이었다.

기담은 역무원에게 길을 묻는 어머니 옆에 섰다. 어머니가 들고 있는 쪽지에, '개봉역에서 마을버스'라고 적힌 메모가 보였다. 벌써 누군가에게 한번 물어본 모양이었다.

"아, 이 아파트요. 제가 알아요. 여기 가려면 어머니, 개봉역이 아니라, 구일역에서 내려야 해요. 개봉역 다음에 구일역이라고 있어요."

역무원이 엉뚱한 길을 가르쳐주었다. 기담은 낭패란 생각이 들었다. 구일역에서도 당연히 버스는 있겠지만 길이 꼬인다. 무엇보다 기담 자신이 구일역 주변 지리를 잘 몰랐다.

기담은 조금 떨어져서 어머니에게 전화를 걸었다.

"엄마, 잘 가고 있는 거죠?"

"걱정 마라. 전철 타고 버스 타는 것도 해보니까 별 거 아니더라."

"그래서 어느 역에서 내리실 건데요?"

어머니가 적어둔 메모를 읽으려고 눈을 가늘게 뜨고 찡그렸다.

"구우, 구일역."

"내 그럴 줄 알았다. 구일역이 아니고, 개봉역. 송내역에서 탔죠?"

"어? 어떻게 알았니?"

어머니는 깜짝 놀라는 얼굴이었다.

"옛날 집에서 출발했으면 당연히 송내역이겠지. 아무튼 개봉역이에요. 구일역이 아니고. 개봉역에 내려서는 무조건 택시를 타세요. 아셨죠?"

"알았다. 개봉역. 꼭 거기서 내리마."

계단을 내려가던 어머니가 힘이 드는지 잠시 멈춰 섰다. 숨을 골랐다가 또다시 발걸음을 내딛었다. 기담은 짐이라도 들어드리고 싶었지만 뾰족한 수가 떠오르지 않았다.

승강장에서 그가 걱정하던 일이 벌어지려고 했다. 하필이면 개봉역에는 서지도 않을 급행열차가 먼저 도착했던 것이다. 어머니는 보따리 하나를 머리에 이고, 나머지 하나는 오른손에 들었다. 그리고 전동차에 타려는 찰나, 기담은 어머니의 보따리 하나를 잡고 놓아주지 않았다.

"어이쿠, 놔라, 놔! 이거 원 도깨비가 붙었나? 여기 좀 보시오! 학생! 학생, 이것 좀 도와주면 안 될까? 어이구, 문 닫힌다. 아이고야!"

어머니와 기담은 보따리를 놓고 끝까지 줄다리기를 했다. 열차가 떠나가고 나서야 기담은 보따리를 놓아주었다.

"아이고 참 얄궂다. 얄궂어. 서울이라는 데는 도깨비가 산다더니. 별일을 다 당한다."

다음 열차는 역마다 서는 완행이었다. 목적지인 개봉역에도 서는 열차였으므로 어머니는 아들의 방해를 받지 않고 전동차에 오를 수 있었다.

전동차에는 빈자리가 없었다. 어머니는 정거장 수를 세어보더니 그냥 서서 갈 만하다고 생각했는지 문 앞 기둥에 의지해 자리를 잡았다. 기담은 아픈 허리를 손으로 짚고 서 있는 어머니가 안쓰러웠다.

중동역에 이르자 자리가 났다. 어머니가 발견하고 보따리를 챙겨 들었지만 비쩍 마르고 꾀죄죄한 남자가 먼저 자리를 차지했다. 앉자마자 잠이 들 정도로 고단해 보이는 사람이었다. 어머니가 슬며시 보따리를 바닥에 내려놓았고, 열차는 다시 출발했다.

고민 끝에 기담은 전동차의 와이파이 중계기 두 개를 모두 꺼 보았다. 휴대전화에 코를 박고 있던 대여섯 명이 고개를 들었는데, 그중 학생으로 보이는 젊은 녀석 하나가 어머니를 발견하고 자리에서 일어났다. 다리가 아팠는지 어머니는 보따리 위에 퍼질고 앉으려던 찰나였다.

"할머니, 이쪽으로 앉으세요."

학생이 말했다.

"괜찮아. 곧 내릴 텐데 뭘."

예의상 사양한 말이었는데, 학생은 더 권유하지 않았다. 그런데 돌아서던 학생에게도 자리는 남아 있지 않았다. 그새 웬 노신사가 벌써 자리를 차지하고 있었던 것이다. 학생은 머리를 긁적이며 물러갔다.

"사양하지 말고 와서 앉으세요."

노신사의 은테 안경 너머의 근사하게 주름진 눈매가 웃고 있었다.

모직 외투 위에 목도리를 단정하게 걸친 그는 은퇴한 교장선생님 같은 인상을 풍기고 있었다. 평생을 어촌에서 보낸 어머니에 비하면 피부마저 더 하얗고 깨끗했다.

어머니가 얼굴을 붉히고 또 사양했다. 그러자 노신사가 큰소리로 말했다.

"눈 딱 감고 앉으세요. 우리 같은 노인이 바닥에 퍼질고 앉아 있으면 젊은 사람들이 얼마나 불편하겠소? 적당히, 과하지 않게, 대접받아주는 것도 에티켓이에요."

노신사가 느릿느릿 어머니의 보따리를 가져가서 자신이 앉았던 자리에 놓았다. 어머니가 하는 수 없이 보따리를 치우고 그 자리에 앉았다.

"고맙습니다. 덕분에……."

어머니는 노신사를 쳐다보지도 못하고 말꼬리를 내렸다.

"멀리 가세요?"

"개봉역이라던가" 하며, 어머니가 역명을 적어둔 쪽지를 꺼내 보았다.

"금방이구만. 아들네 딸네 집에 가는 길인 것 같구려?"

"아들요."

"마중 나오라고 하지 그랬어요?"

전동차는 부천역에 도착했다가 다시 출발했다. 어머니 옆에 또 자리가 나서 노신사가 나란히 앉았다.

"꼭두새벽에 출발한 걸 보면, 어지간히 빨리 아들이 보고 싶었나 보오?"

노신사가 자꾸 말을 걸었다.

어머니의 입술이 실룩거렸다.

"보고 싶기는요? 자식이 아니라 원수지요. 아무리 바빠도 그렇지 오늘이 아버지 제산데 그것도 모르는 꼬락서니라니. 다음엔 녀석보고 내려오라고 해야지. 어유, 더는 이 고생을 못 하겠어요."

"허허, 마음에 없는 말을! 아들 보고 싶다고 솔직하게 말해도 흉볼 사람 없어요."

"어휴, 다 자기 살기만 바쁘니……."

"바쁜 자식이 노는 자식보단 낫지 않겠습니까?"

노신사가 쓸쓸하게 웃으면서 말했다.

"섭섭하긴 해도 우리가 이해를 해야 돼요. 요즘은 다 그렇게 삽디다."

기담은 승객들의 얼굴을 찬찬히 살폈다. 조금 전까지만 해도 차갑고 퉁명스러웠던 세계였는데, 이제 조금씩 표정이 보이는 것 같았다.

"기이한 일이다."

나직하게 중얼거린 그는 시선을 돌려 창밖을 내다보았다.

덜컹덜컹, 전동차가 때 이른 추위를 가르며 달렸고 창이 비추는 객실에는 그의 모습이 존재하지 않았다. 존재함을, 살아있음을 어떻게 증명한다? 바로 그때, 그는 창에 비치는 무엇인가를 보았다!

전동차가 개봉역에 곧 도착한다는 안내방송이 나왔다.

자리에서 일어난 어머니가 보따리 하나를 머리에 얹고 다른 하나는 오른손에 들었다. 노신사가 도와주었고, 어머니는 고맙다며 몇 번이고 인사를 했다.

전동차가 승강장에 멈추는 순간 흔들린 것과 동시에 노신사가 어머니의 지갑을 빼갔다.

"엄마, 지갑!"

기담은 자기도 모르게 소리쳤다.

어머니는 승객들에 휩쓸려 벌써 내리는 중이었고, 노신사는 다른 전동차 칸으로 옮겨가고 있었다. 분주함 속에서 소매치기를 눈치챈 이는 아무도 없었다. 기담은 노신사를 쫓아 옆 칸으로 뛰었다. 거기까지는 성공했지만 급하게 내리려는 건장한 청년과 정면으로 부딪쳐서 그만 튕겨나가고 말았다. 청년이 어리둥절한 표정을 지었다.

기담은 "소매치기다!"라고 소리치고 싶었지만 그럴 수는 없었다. 전동차 문이 닫히기 직전이어서 추적을 포기해야 했고, 어쩔 수 없이 전동차에서 내리고 말았다.

전동차에서 내린 승객들이 승강장 계단 위로 총총 사라졌다. 어머니는 한참 뒤처진 채 힘겹게 계단을 올랐다. 개찰구를 통과하려던 어머니는 그제야 지갑이 없어졌다는 걸 알고 펄쩍 뛰었다. 기담은 전화를 해서 사정을 들었다.

"혹시 소매치기 당한 거 아니에요?"

"어머나 세상에, 그 영감! 어떻게 그렇게 멀쩡하게 생긴 사람이 소매치기를 하니?"

어머니는 입을 다물 줄 몰랐다.

기담은 어머니의 점퍼 주머니에 만 원짜리 한 장을 슬그머니 집어넣었다.

"아, 그러게 택시를 타라니까. 혹시 따로 넣어둔 돈 없어요? 모르니까 한번 찾아보세요."

"어유, 그런 게 있을라구?"

아들의 말대로 주머니를 뒤지던 어머니가 만 원짜리 지폐 한

장을 쑥 꺼냈다.

"에구머니나! 거 참, 귀신이 곡할 노릇이네. 요지경이야."

기담은 어머니를 따라 전철역 밖으로 나갔다. 택시를 타라고
한 기담의 당부에도 어머니는 버스 정류장을 기웃거렸다.

"아오, 속 터져!"

기담은 할 수 없이 버스 노선을 알려주고 어머니 뒤를 따라 마
을버스에 올랐다. 집으로 가는 길에 뉘엿뉘엿 해가 지고 있었고,
어둠이 내린 창은 버스 안을 훤히 비추기 시작했다.

어머니 곁에 선 기담은 생각했다. 팩스. 틀림없이 팩스였다.
전동차의 창에 비친 건 분명히 10년 전 그 팩스였다. 잘못 보았
을 수도 있었겠지만, 그 팩스의 잔상이 머릿속에서 지워지지 않
는다. 진실을 털어놓아야 할 때가 된 것일까? 그렇게 함으로써
내가 존재함을, 살아있음을 증명할 수 있을까? 지난번에는 어렴
풋하던 짐작이 이번엔 확신으로 바뀌는 기분이었다. 게다가 기
담은 주인 없는 싸늘한 집에 어머니 혼자 두고 싶지 않았다. 이
날만큼은 감투를 벗고 귀가하고 싶었다.

기담은 예전부터 사용하던 휴대전화 팩스 애플리케이션을 통
해서 그 팩스기에 메시지를 보내기로 마음먹었다. 팩스번호는
예전에 알던 그 번호, 메시지는 방화 혐의로 기소될 당시의 사건
번호와 스스로에게 유죄를 선고하는 내용으로 정했다. 그렇게
그는 팩스를 간략하게 작성한 후 송신했다. 이어서 기담은 인천
광역수사대에 전화했고 취재 중인 류문학 프로듀서, 즉 나의 전

화번호를 알아냈다. 비록 전화 통화였지만, 그게 성기담과 나 사이의 첫 조우였다.

"성기담이라고 합니다."

우리는 통성명을 했고, 그가 용건을 꺼냈다.

"말씀드릴 게 있는데, 와주시겠습니까? 관심 있으실 거예요."

"지금 어디 계세요?"

"서울 고척동이에요. 근처 오셔서 전화주시면 나가겠습니다. 가급적 혼자 오셨으면 해요."

"무슨 일 때문인지 여쭤도 될까요? 감이라도 잡고 나가게요."

"10년 전 방화사건 때문에요. 사실은 회사에서 있었던 일 때문인데……, 고백할 게 있습니다. 자세한 건 만나 뵙고 얘기해드리겠습니다."

통화를 끝낸 기담은 비로소 감투를 벗을 수 있게 됐다. 10년 묵은 체증이 내려간 듯 홀가분한 기분이었다.

종점을 앞두고 텅텅 빈 버스는 아파트 진입로 앞 정류장에 도착하고 있었다. 기담은 앞좌석 쪽으로 성큼성큼 갔다. 어머니의 보따리를 빼앗아 들며 그가 말했다.

"어이구, 아들이 그렇게 보고 싶었어요? 이번 정류장에서 내려요."

놀라서 돌아본 어머니는 이상하게 생겨먹은 감투를 들고 서 있는 아들을 발견했다.

어머니는 환하게 밝아지는 얼굴을 감추려고 목소리를 높였다.

"이 녀석아! 오늘 같은 날은 네가 집으로 내려오면 좀 좋아.

으이구!"

끙 하며 일어나는 어머니를 기담은 꼭 안아주었다.

간만의 재회를 만끽한 두 모자는 운이 좋은 날이라고 생각했다. 버스에서 내릴 때까지는.

"성기담 씨 되시죠?"

두 명의 사내가 불쑥 나타나서 기담을 가로막았다. 진 형사와 허 형사였다.

"그렇습니다만."

"인천 광수대에서 나왔습니다."

진 형사가 기담에게 경찰 신분증을 보여주었다.

"광수대요?"

기담은 그제야 광역수사대 사무실에서 본 형사였음을 기억해냈다. 그는 허가 찔린 기분이었지만, 짐짓 태연한 척 말했다.

"무슨 일 때문이죠?"

"우선 신원 확인을 해야 하니까. 신분증 좀 보여주시겠습니까?"

기담이 지갑에서 신분증을 꺼내 보여주었다.

진 형사와 허 형사는 신분증의 사진과 기담의 얼굴을 번갈아가며 쳐다보았다.

허 형사가 무전기에 대고 신병 확보했다고 보고했다. 그런 다음 기담의 모친을 아들에게서 떼어놓았다.

"저희, 왜 왔는지 아시죠?"

진 형사가 말했다.

아파트 진입로 아래에서 기다리고 있었던 연 반장의 차가 기

288

담의 옆에 섰다. 뒷좌석에 탑승해 있던 내가 먼저 내렸다.

나는 기담에게 명함을 건넨 후 말했다.

"죄송해요. 전화 주셨을 때는 이미 체포영장이 발부된 상태였고, 기다리고 있었어요."

체포영장이란 말에 기담의 어머니는 창백해졌다.

당황한 기담이 말했다.

"다 설명할 수 있어요. 최대한 협조하겠습니다. 다만, 오늘 아버지 제사가 있습니다. 어머니도 올라오셨구요. 제사만 지내고 가면 안 될까요? 잠깐이면 됩니다."

운전을 했던 연 반장이 차에서 내렸다.

"오랜만입니다, 성기담 씨."

기담은 연 반장을 똑바로 쳐다보지 못하고 시선을 돌렸다.

"저어, 반장님. 조금만 기다려달라는데요. 오늘 아버지 제사라고."

허 형사가 말했다.

연 반장은 단호했다.

"체포영장 제시했어?"

"아니요, 아직."

허 형사가 머리를 긁적였다.

"누군 봐주고, 누군 안 봐주고? 너네가 뭔데 그런 걸 판단해? 빨리 수갑 채워!"

연 반장이 지시했다.

"수갑이요?"

진 형사가 기담의 어머니가 지켜보고 있다는 신호를 보냈다. 연 반장이 직접 기담에게 체포영장을 보여준 다음 수갑을 채웠다.

"이 시간부로 살인, 사체유기, 사기 등을 공모한 혐의로 체포합니다. 변론의 기회가 있고, 불리한 진술은 거부할 수 있습니다. 잘 아시죠?"

어디서부터 어떻게 설명해야 할지…… 기담은 식은땀이 났다. 무엇보다 주머니에 든 두 대의 휴대전화가 문제였다. 대포폰에는 이정민이 회사원을 죽이는 범죄현장을 촬영한 사진과 동영상이 그대로 저장돼 있었고, 본래 소유의 휴대전화로는 이정민과 여러 차례 통화했던 것이다.

"진 형사, 피의자 통신부터 차단하고, 소지품 수거해."

연 반장의 지시로 진 형사와 허 형사가 기담의 주머니를 뒤졌다. 지갑과 휴대전화 두 대, 그리고 감투를 수거했다. 오열하는 어머니를 뒤로 하고, 기담은 수사팀이 타고 온 위장차에 올랐다.

"걱정하지 마세요. 오해가 있어서 이러는 거니까. 다녀와서 얘기해줄게요."

위장차가 기담을 태우고 떠나갔다. 연 반장은 격정이 치솟는지 눈시울이 뜨거워졌다.

"괜찮으세요?"

내가 물었다.

"류 피디가 대신 운전할래?"

연 반장은 심호흡을 하는 중이었다.

그들이 빠져나가는 방법을 보라

그들의 법

그들은 법 없이는 못 사는 사람들이다. 지배하기 위해 필요하고, 어기기 위해 필요하고, 어긴 다음엔 보호받기 위해서 법이 필요하다.

— 홍병찬(「법사회학 연구」편집위원)

기담에 대한 심문이 시작되자 광수대 사무실에서는 긴장감이 고조됐다.

심문을 맡은 진 형사는 기담의 인적사항과 최근 행적을 확인한 후, CCTV 화면에서 얻은 사진 몇 장을 내밀었다. 사진은 기담의 부천 집으로 멘토가 들어가는 모습을 담고 있었다.

"이 남자 누굽니까?"

"친구입니다. 이름은 이정민. 직업은 변호사이자 펀드 매니저. 지금까지는 그렇게 알고 있었어요."

기담은 이정민을 처음 만났던 중학교 시절을 요약해주었다.

"좋습니다. 일단 이정민이라고 해두죠. 지난 11월 4일, 이정민이 선생님 아파트를 방문했어요. 출입시간을 근거로 계산해보면 한 시간 가량 머물렀다는 얘긴데, 둘이 만나서 뭐했습니까?"

녀석이 장승을 매달았다. 그 사실을 설명할 길이 없어서 기담은 머뭇거리다가 대답했다.

"전 몰랐습니다. 정민이가 어째서 저희 집에 와 있었는지 저도 당황스럽습니다. 집에 찾아오겠다는 연락이나 예고도 없었고요."

"이것 보세요, 성기담 씨! 말이 되는 소리를 하세요! 무려 한 시간 이상이나 한 집에 같이 있어 놓고! 뭐? 몰랐다? 당신들 두 사람 공모한 거 맞죠?"

진 형사가 목소리를 높였다. 연 반장은 지켜보기만 했지만 여차하면 폭발할 것 같은 기세였다.

"공모라뇨? 제가 왜 그런 짓을 하겠습니까?"

"당신 지금 살인사건의 공모 혐의로 불려온 거예요. 알겠습니까? 지어낼 생각하지 말고, 있는 그대로 말씀하세요. 저희, 바로 검증 들어갑니다."

"그게 어떻게 된 것이냐면……, 정민이가 절 해치려 했던 것 같습니다."

"어째서요?"

"녀석을 알고 있는 제가 경찰의 추궁을 받게 되면 곤란해지니

292

까. 문제가 될 소지가 있는 저란 존재를 없애려 했을 겁니다."

"자, 잘 보세요. 연안부두 주차장에서 촬영한 이 동영상. 피해자와 용의자가 같이 있는 장면. 그쪽이 촬영한 거 맞죠? 아주 대놓고 찍었어. 그것도 바로 옆에서. 그리고 당신이 이정민이라고 부르는 그 용의자와의 통화기록. 이거 어떻게 설명할 건데? 그날 이후로도 여러 차례 통화했고, 심지어 만나기까지 한 거 맞죠? 죽이려 한 사람과 통화를 하고 만난다? 장난치십니까? 그리고 당신 지금 멀쩡하게 살아있잖아. 죽이긴 누가 죽여?"

"녀석은 아마 모를 거예요. 제가 본인의 살인 의도를 눈치채고 있는지. 그래서 절 죽일 기회를 보려고 제 주변에 남아 있는 겁니다."

진 형사는 납득이 안 된다며 반론했고 기담은 학원 운영 자금 문제로 이정민과 통화하고 만났던 일에 대해서 부연했다. 이어서 회사원과 광대뼈에 대해서 설명하기 시작했다.

"절 위협하던 청부업자 둘이 있었는데, 죽은 보험회사 그 친구가 그중 한 명이었어요. 그 친구들을 쫓다가 이정민이 배후라는 걸 알게 됐습니다. 처음엔 저도 믿지 않았어요. 그런 녀석인 줄은 몰랐거든요. 그 친구를 수배하세요."

"가서 확인해봐."

연 반장은 곧바로 한 형사를 광대뼈가 입원해 있는 병원으로 보냈고 기담에게는 날 선 경고를 보냈다.

"다시 처음으로 돌아가면, 그렇다 치더라도 당신의 공모 혐의가 부정되는 건 아니야. 늦은 새벽 시간에 당신과 용의자는 단

둘이서 집에 있었어. 살해하려는 사람에게 그보다 좋은 기회는 없지 않겠어? 그런데도 그냥 됐다? 객관적으로 전혀 설득력 없어. 이 동영상이 촬영된 맥락으로 봤을 때 당신 둘은 공모 관계야. 이건 아무리 봐도 숨어서 몰래 촬영한 게 아니거든."

기담은 거친 숨을 토해냈다. 시선을 돌려 손 형사가 만지작거리고 있던 감투를 보았다.

"그건, 설명해도 이해하기 쉽지 않을 겁니다."

"이해는 우리가 할 테니까, 당신은 아는 대로 설명만 하면 돼. 아시겠어요?"

진 형사가 날카롭게 반응했다.

"다 나가 있어."

연 반장이 싸늘하게 뱉었다. 사무실에는 연 반장과 기담, 둘만 남았다. 기담은 차마 고개를 들지 못하고 시선을 내리깔았다.

연 반장이 기담을 노려보았다.

"나, 당신이란 사람에 대해서 잘 알아. 대충 답변해놓고 나중에 재판 가서 뒤집겠다? 그럴 생각이라면, 미리 접는 게 좋아. 현장검증하면 바로 알 수 있으니까. 한 가지만 물어봅시다. 이 질문만큼은 솔직하게 대답해주면 좋겠어. 당신 친구 이정민이라는 자. 중학교 때 헤어진 후에, 나중에 다시 만난 건 언제였소?"

"10년 전, 방화사건으로 재판 받고 있었던 그때."

기담은 솔직하게 대답했다.

"반장님이 무슨 생각하시는지 알아요. 하지만 전 아닙니다. 차량방화는 몰라도 따님 일은 저완 무관합니다."

연 반장은 끓어오르는 분노를 간신히 참고 물었다.

"그렇다면 누가 그랬는지, 누구 짓이었는지 알고 있다는 말?"

기담은 그의 시선을 피하지 않고 대답했다.

"그땐 몰랐어요. 녀석이 그런 일을 벌일 거라고는, 짐작도 못 했어요. 저도 이제야 알게 된 겁니다."

걱정이 돼서 엿듣고 있던 수사관들이 뛰어들어갔다. 하지만 용케 연 반장은 자제심을 발휘해주었다. 너 때문에 내 딸이 죽었다. 그 말만큼은 꺼내지 않았고, 기담의 멱살을 잡았던 것 외에는 별다른 충돌을 일으키지도 않았다.

심문은 잠시 중단됐고 기담은 내게 맡겨졌다. 기담이 자백을 위해 전화를 걸었던 상대가 바로 나였다는 점이 고려됐다. 조사라기보다는 면담이었고, 연 반장이 내게 은밀하게 주문했던 주제는 이정민이었다. 우리 둘만 있는 자리에서 기담은 이정민과의 만남에 대해서 자세히 얘기해주었다.

"정확히 말하면, 재판 받기 몇 달 전이었어요. 방화사건이 있기 전에요. 제가 이혼 문제로 고민하다가 재판 방청이나 해볼까 하고 남부지법에 몇 번 다닌 적 있었는데, 그때 우연히 마주쳤죠."

"2003년 봄쯤 되겠네요?"

내가 물었다.

"네. 그때 정민이는 변호사였어요."

"거의 25년 만에 만나셨는데, 한눈에 알아봤습니까?"

"서로 동시에 알아봤죠. 틀림없이 정민이었어요. 당사자가 아니면 도저히 기억할 수 없는 것들을 서로 얘기했죠. 정민이가 아닐 수가 없어요."

"이정민 씨만의 어떤 신체적 특징 같은 게 있었나요?"

"입술이 눈에 띄게 창백한 편이에요. 약간 보라색에 가까운 그런 빛깔. 그게 정민이의 콤플렉스였어요. 다시 만났을 때 자세히 보니까 화장을 했더라고요. 립스틱 같은 걸 바르고 다녔던 것 같아요. 그냥 보면 잘 모르는데, 저는 알아볼 수 있었어요."

보랏빛이 감도는 창백한 입술? 나는 멘토를 처음 만났을 때를 떠올렸다.

"그럼 몇 달 후, 연쇄방화사건으로 중앙지법에서 만났을 때는 어떤 계기로? 그때도 우연하게?"

"제가 먼저 연락했습니다. 경찰에 체포돼서 조사 받을 때였는데, 아는 변호사라고는 정민이가 유일했기 때문에 일단 급하게 연락했습니다. 도와달라고요. 그랬더니 자기 전문 분야는 아니라서 직접 사건을 맡기는 어렵고, 대신 좋은 변호사 소개시켜준다고 했어요. 근데, 다니던 은행에서 먼저 나서주는 바람에 정민이 소개는 필요 없게 됐습니다. 대신 제가 재판받으러 법원에 갈 때마다 방청석에 있는 정민이를 봤어요. 거의 매번 그랬던 것 같아요. 나를 걱정해주나 보다. 그렇게 생각했죠. 그래서 나중에 녀석한테 상담도 받고 고민도 얘기하고 그랬습니다."

기담이 그렇게 꾸린 변호인단은 국내 최고 로펌 중 하나에 소속된 형사소송 전문가들이었다. 단순히 거액의 수임료만 안겨준다고 구할 수 있는 수준의 변호인단이 아니었다. 평범한 은행원이 고용하기에는 무척이나 생뚱맞은 이들이었다.

나는 결정적인 대목에 이르렀음을 직감했다.

"저한테 전화 주셔서 하실 말씀이 있다고 하셨죠?"

"네."

"지금 하시죠."

그는 목이 메는 듯했다.

"그때 절 변호했던 변호사들……, 사실은 절 변호하려고 했던 게 아녜요."

"어떤 의미에서요?"

"그 사람들은 단지 제 범행 동기가 드러날까봐 걱정이 됐던 겁니다. 피디님도 기억하시겠지만, 저희 은행이 외국계 사모펀드에 매각되는 절차를 밟고 있을 때였어요. 나중에 펀드가 산업자본임이 드러나서 인수 자격조차 없는 것으로 판명이 났지만, 처음에는 헐값 매각인지 여부가 이슈였어요. 논란의 중심에는 저희 은행의 가치를 터무니없이 낮게 평가한 출처 불명의 모호한 팩스가 있었죠. 그 팩스를 누가 작성했는지 저는 알고 있었어요. 알려진 것과는 달랐죠. 차라리 몰랐으면 좋았을 것을. 그때 왜 사실대로 고백하지 못했을까……. 제가 비겁했어요. 그래서 여기까지 온 거예요. 아무튼 그걸 마음에 담아두고 있으려니까 울화가 치밀더군요. 가슴에 뜨거운 불을 담고 사는 기분이었어요. 우연히 방화를 하게 됐는데, 웬일인지 가슴이 뚫리더군요. 그때부터 방화를 시작했습니다. 사람을 죽일 생각은 없었어요. 단 한 순간도. 그러니까 그 변호사들은 제가 아닌, 제가 알고 있었던 비밀을 변호했던 것이나 마찬가지였습니다. 그 비싼 변호사들이 겨우 방화범 하나 변론하겠다고 움직였을까요? 절대 그런 사람들이 아닙니다."

격정이 치솟는지 그는 울먹였다. 기다렸다가 내가 질문했다.

"사람을 죽일 생각은 없었다고 하셨는데, 사람이 죽었습니다."

"그때 차량방화사건. 제가 한 게 맞습니다. 단, 말씀드린 대로 사람을 죽인 적은 없어요. 정말입니다."

"여덟 건의 방화 중에, 희생자가 나왔던 여섯 번째, 일곱 번째, 여덟 번째 방화는 본인과 무관하다? 그 말씀이신 거죠?"

"네."

"누가 한 짓인지 알고 계시죠? 아니면 짐작이라도?"

"이정민."

"그렇게 생각하는 근거는요?"

"마지막 재판 남겨두고 있을 때였어요. 녀석이 구치소로 찾아와서는 그랬어요. 너 이제 곧 나가게 될 거야. 변호사 친구 잘 둬서 고마운 줄 알아. 내가 고맙다고 했더니, 녀석이 하는 말. '오히려 내가 고맙지. 넌 내 스승이거든. 직선의 범죄학. 솔직히 나 감명 받았다.' 피디님, 그게 도대체 무슨 말일까요? 그 말이 자꾸 마음에 걸려요. 직선……. 그 얘긴 사실 제가 그냥 재판 받으면서 횡설수설 한 말인데. 변호사가 그냥 미친 척하라기에. 녀석이 사람을 죽이는 놈이란 걸 알게 되니, 그제야 다 설명이 되더군요. 그건 정민이 짓이에요. 절 무죄로 만들기 위해서 저지른 일."

직선의 범죄학. 살인이라는 금기를 뛰어넘는다면, 돌아가는 법 없이 효율적으로 문제를 해결할 수 있다. 효율적으로 살인을 하는 것이 아니라, 효율적이기 위해 살인을 한다. 나는 직선의 범죄학이 어떤 의미인지 짐작이 갔지만, 멘토가 검거될 때까지는 말을 아끼기로 했다.

자정쯤 체포된 광대뼈가 자백했고 기담의 진술이 지지받았다. 죽은 회사원의 통신기록을 조사한 결과 살인의뢰자는 멘토였음이 유력해졌다.

다음 날 광수대장은 기담의 구속까지 가기는 힘든 사안이라고 판단했다. 혐의를 변론하는 것만큼이나 입증하는 데 있어서도 미스터리한 점이 많았다. 멘토가 그의 가족을 사칭했다는 사실 역시 혐의를 모호하게 만들었다. 수사팀은 하는 수 없이 좀 더 지켜보기로 했고 기담을 정오쯤 귀가시켰다.

하지만 기담은 혹독한 대가를 치러야 했다. 우선, 지난 연쇄방화 건으로 재조사를 받게 됐다. 공소시효 완료 직전이었는데, 그의 자백을 검토한 검사가 기소 절차에 들어가기로 한 것이다.

결과적으로 기담을 조용히 돌려보낸 건 멘토 검거 작전을 위해 약이 됐다.

11월 셋째 주 화요일 밤, 정식 인터뷰를 위해 광수대 사무실에서 만난 연 반장은 자신감에 상기된 얼굴이었다.

"용의자를 체포하기 위한 준비가 끝났다는 얘기 들었습니다." 나는 당장의 쟁점부터 물었다.

"그렇습니다. 내일 인천공항에 용의자가 나타날 확률이 높다고 보고, 우리 수사관들이 대거 동원돼서 검거에 나섭니다."

"그간 용의자를 어떤 방식으로 추적해왔는지 말씀해주실 수 있습니까?"

나는 사건이 종료될 때까지 인터뷰 내용이 공개되지 않을 것임을 확인해주었다.

"피해자가 더 있을지 모른다는 가정 하에, 최근 몇 년간 비자 발급을 받았던 한국계 해외 국적자를 대상으로 전수조사를 했습니다. 그러던 중 뜻하지 않게 최근 비자를 발급받은 사람 중에 용의자가 관심 있어 할 만한 사람을 발견했습니다. 성별, 나이, 직업, 입국 이유와 과정 등이 지난 피해자들과 유사했던 거죠. 비밀리에 당사자에게 문의했더니, 아니나 다를까 SNS상에서 접근 중인 사람이 존재하고, 그가 용의자일 거라는 확실한 심증을 갖게 됐습니다. 교포 혹은 한국계 외국인을 대상으로 하는 헤드 헌팅 업체들이 있는데, 용의자는 그런 업체들에 등록된 구직자들 중에서 범행대상을 물색했던 것으로 보입니다. 범행대상이 정해지면, 다음 단계에서는 한국에 먼저 정착한 제3의 인물로 가장해서 범행대상의 블로그나 SNS상으로 접근을 시도합니다. 범행에 필요한 개인정보를 빼내기 위해서죠. 그런 방식으로 당한 피해자가 바로 김민수였어요. 지금까지 밝혀낸 이러한 범행 수법을 근거로, 우리는 덫을 만들었고 용의자가 걸려들었다고 믿고 있습니다."

부연하자면 다음과 같다. 나와 진 형사가 인천공항 CCTV를 뒤지다가 멘토를 확인하였고 수사팀은 그의 거주지를 추적한 결과 여의도의 한 오피스텔을 특정할 수 있었다. 오피스텔은 깨끗하게 청소돼 있었기 때문에 멘토의 흔적을 더 이상 추적할 수 없었지만, 통신사를 통해 그가 자주 들르곤 했던 인터넷 사이트와 SNS서비스, 그리고 사용했을 아이디를 유추할 수 있었다. 바로 그 아이디와 유사한 패턴의 아이디가 다시 등장한 것이다.

멘토가 접근을 시도했던 대상은 특이하게도 엔지니어였다. 이름은 로버트 한솔 김. 거주 지역은 미국 시카고, 나이는 49세, 포스코에 입사하기 위해서 입국할 예정이었다. 그는 자신의 페이스북에서 꼭 한번은 부모님의 고향 한국에서 일해보고 싶었다는 글로 자신의 한국행 동기를 밝혔다. 사진작가인 다섯 살 아래 동생이 있지만 중국으로 떠난 후부터 관계가 소원해졌고 왕래가 완전히 끊어졌다는 글을 남긴 적도 있었다. 그는 하필이면 중년에 이르러 외톨이가 된 사람이었다. 수사팀은 김한솔에게 연락을 해서 사정을 밝혔다. 그가 흔쾌히 협조에 응하겠다고 했고, 그 다음부터는 수사팀에서 정한 대역이 김한솔의 역할을 했다.

연 반장이 말했다.

"김한솔의 대역이 인천공항 탑승게이트 구역에서부터 투입될 겁니다. 용의자가 접근하기를 기다렸다가 체포하는 것이죠."

멘토. 잠적했던 그가 마침내 무대 위로 오를 차례였다. 그것도 사냥꾼이 아닌, 사냥감으로서.

수사팀에서 짠 각본대로 미끼 김한솔은 멘토에게 입국 스케줄을 알렸다. 멘토는 입국 직후 김한솔이 어디에서 머물지 알고 싶어 했지만, 김한솔은 아직 정해지지 않았다고만 답했다. 반드시 인천공항으로 그자를 불러내기 위해서였다. 인천공항이 위치한 영종도는 섬이므로 멘토를 완벽하게 봉쇄할 수 있는 입지를 갖추고 있었다. 지난번처럼 그가 대리인을 보내지만 않는다면 놓치는 일은 결코 없을 것이다. 연 반장은 자신감을 보였다.

카메라를 끈 후, 나는 궁금했던 질문을 하나 더 던졌다.

"이번 사건 말입니다. 배당받은 게 아니라, 반장님이 직접 맡겠다고 나섰던 거죠?"

"성기담의 재판 끝나고 반년쯤 지났을 때였을 거야. 그자를 변호하던 변호사 중 한 명이 한강에서 변사체로 발견됐지. 한강에서 발견됐다는 점만 빼면, 시체를 담았던 가방, 발치하고 지문을 지운 방식 등 범행수법이 거의 동일했어. 덕적도 인근 바다에서 가방에 담긴 변사체를 건졌다는 소식을 들었을 때, 바로 감이 오더군. 아, 그때 한강 변사체와 서로 관련이 있다. 이번 수사에 착수하면서 내심 성기담을 염두에 두고 있었어. 어떻게든 혐의점을 찾아보려고 노력했었지. 잘난 척하기 좋아하고 가끔 위선적이긴 해도, 사람을 죽일 위인은 아니더군. 이런 식으로 문제가 풀릴 것이라고는 예상 못했어."

멘토와 직접 대면한 적 있다는 이유로 나도 임무를 부여받았다. 입국장에 잠복해 있다가 놈의 출현을 확인하고 즉시 보고하는 것. 그 대가로 촬영을 허락받았다. 나는 조 감독과 또 다른 촬영보조 두 명을 섭외했는데, 멘토를 체포하는 검거 작전 전 과정을 영상기록으로 남기기 위해서는 카메라 한 대로는 부족하다고 판단했기 때문이었다.

이하, 드러난 전모를 바탕으로 연 반장이 지휘한 검거작전을 상세하게 구성한다. 이제 평범한 사람이라면 감히 생각할 수 없는 그들만의 방식을 보게 될 것이다.

한국 시간으로 11월 20일 새벽, 시애틀에서 한국행 여객기가 출발함으로써 검거 작전은 시작됐다.

동원되는 인력은 모두 스물여섯 명. 연 반장을 포함한 수사팀 다섯 명, 형사기동대와 광역수사대의 타 팀에서 차출한 지원 인력 열두 명, 그리고 인천공항경찰대에서 지원하는 열 명의 수사관으로 꾸렸다. 이들은 범인 검거와 이용객들의 안전을 동시에 고려해야 했기 때문에 섬세하게 움직여야 했다. 체포가 완료될 때까지는 공항에 출입하는 기자들이 몰라야 했으므로 보안 유지에도 무척 신경을 썼다. 언론은 수사가 흐지부지되고 있는 줄 알고 있는 터였다.

김한솔을 연기할 대역은 경제팀에서 근무 중인 경력 19년 차인 경위였다. 인천경찰청 인사카드를 모두 뒤져서 김한솔과 흡사한 외모를 가진 그를 발견해낸 것이다. 김한솔의 블로그와 페이스북에 올라가 있던 최근 클로즈업 사진 세 장은 모두 대역의 모습이었다. 그는 인천공항 탑승동에서 대기하고 있다가, 시애틀을 출발한 여객기가 도착하면 내리는 승객들 사이로 섞여 들어갈 예정이었다. 그렇게 하면 멘토를 감쪽같이 속일 수 있을 것이다.

여객기 도착 한 시간 전. 대역과 공항경찰대 소속 수사관 두 명이 공항공사로부터 출입증을 발부받아 면세구역으로 들어갔다. 공항경찰대는 대역을 원거리에서 미행하며 지켜보는 역할을 맡았다.

연 반장과 진 형사는 TSC 터미널보안센터에서 CCTV 화면을 지켜보면서 지휘부 역할을 할 것이다. 가능하다면 용의자가 범행대상을 유인해서 범행의도를 드러내는 순간, 대기하고 있던 검거팀이 덮쳐서 체포한다는 계획이었다. 용의자가 차량을 준비했다면, 그 차 안에 범행도구가 있을 가능성이 높았다.

대역이 빠져나올 입국장 E구역 주변에는, 여행객, 카트운반원, 안내데스크 직원, 투숙객을 마중 나온 호텔직원 등으로 가장한 모두 열 명의 형사들이 배치됐다. 공항철도역이 있는 교통센터와 그 주변 주차장으로 이어지는 출입문 주변에는 여섯 명의 형사들이 배치됐다. 나머지는 공항 버스정류장 주변에 배치됐다. 멘토가 여객터미널 밖에서 발각되면, 이들과 교통센터에 대기 중인 형사들이 주차장과 공항순환로를 커버할 것이다. 또 공항에 나온 작전팀과는 별도로 인천경찰이 인천대교와 영종대교를 봉쇄하기 위해 대기 중이었다. 멘토가 공항 밖으로 도주하거나 공항 내에서의 행방이 묘연해지면 곧바로 섬에서 육지로 가는 다리를 양쪽에서 봉쇄하게 된다.

나는 정장을 입고 선글라스를 착용한 채 입국장 E구역이 내려다보이는 2층의 인터넷카페에 앉아 있었다. 내가 먼저 멘토를 알아보아야 했다. 조 감독은 방송국 로고를 붙인 카메라를 들고 취재진인 것처럼 입국장 앞에 서 있었고, 경찰 몰래 데려온 촬영조수 둘은 여행사 직원으로 위장시켜서 적당히 떨어진 곳에 배치시켰다.

수사팀 몰래 기담도 공항에 와 있었다. 감투를 쓰고 보이지 않는 존재가 된 그는 자신의 눈으로 직접 이정민을 확인하고 싶었다. 기회가 된다면 체포 작전에 도움이 되고 싶었다. 그는 이 모든 일에 자신이 깊이 관련돼 있다는 죄책감을 떨칠 수가 없었던 것이다.

"입국장에 웬 기자들이죠? 연예인이라도 들어올 모양인가."

CCTV 모니터 화면을 지켜보던 연 반장이 TSC 실장에게 물었다. 입국장에서 카메라로 무장한 수십 명이 진을 치고 있었기 때문에 신경이 쓰였던 것이다.

"윤이원이라고, 수배자 한 명이 들어옵니다. 누군지 아시죠?"

실장이 말했다.

"알죠. 구속 각오하고 들어오는 거면, 어지간히 보험 잘 들어둔 모양이네. 실장님, 잘하면 저희 쪽과 겹칠 수도 있겠습니다."

"걱정 마십시오. 금방 빠져나갈 것이기 때문에 큰 문젠 없을 겁니다."

실장이 말했다.

"제발 그랬으면 좋겠는데."

연 반장은 불안했지만, 달리 어쩔 수 있는 건 아니었다.

비행기 도착 30분 전. 잠복 중인 경찰들은 멘토의 인상착의를 머릿속에 집어넣고 그가 나타나기만을 기다리고 있었다.

"검거팀, 제대로 보고 있는 거 맞아? 어떻게 된 거야? 왜 아무도 보고가 없어?"

입국장의 검거팀 경찰들이 착용하고 있던 무선송수신기에 연 반장의 다그치는 목소리가 들어왔다. 용의자가 아직 보이지 않는다는 보고가 이어지자 연 반장은 초조해지기 시작했다.

도착예정 항공기가 관제탑과 착륙을 위한 통신을 주고받고 있다는 소식이 전해졌다. 이어서 전광판에 도착이라는 표시가 떴다.

연 반장이 재촉했다.

"전원 집중! 항공기 도착했다. 용의자가 변장했을 수도 있으니까, 성별, 인종 가리지 말고, 키 170 이상, 나이 마흔 이상이면 무조건 의심하고 봐. 낱낱이 훑어."

비슷한 인상착의를 한 사람이 있다는 보고가 줄을 이었다. 그때마다 나와 진 형사는 용의자가 아니라고 말해주었다. 그사이에 김한솔의 대역은 시애틀발 여객기가 도착하는 탑승동 게이트를 지켜보며 기다리고 있었다. 그는 멘토가 쉽게 알아볼 수 있도록 페이스북 사진과 동일한 정장 차림에 소형 트렁크를 끌었다. 다른 짐은 수화물센터에서 찾을 생각이었다.

"게이트 연다. 토끼는 준비하세요."

CCTV로 보고 있던 연 반장이 '토끼'로 명명한 대역에게 지시했다. 승객들이 도착한 항공기와 연결된 게이트를 통해 쏟아져 나왔다. 대역이 그들 사이로 몰래 섞여 들어갔다. 동행한 형사 두 명이 거리를 두고 미행했다. 대역이 셔틀트레인이 있는 1층으로 내려갈 동안에도 멘토는 보이지 않았다.

"셔틀트레인으로 이동 중. 타깃 보이지 않음."

보고받은 연 반장은 CCTV를 잔뜩 노려보았다. 멘토는 여전히 모습을 드러내지 않고 있었다.

"알아차린 걸까요?"

곁에서 진 형사가 말했다.

"아직은 몰라."

연 반장이 대답했다.

두 사람이 대화를 나누고 있을 동안, 탑승동 주변을 지켜보고 있던 TSC의 모니터링 요원이 다음과 같은 내용을 보고하고 동료들과 공유하고 있었다.

"J 탑승구역. 13시 20분 이륙 상하이행 항공기를 놓친 승객 한 명 발생. 항공사 직원이 안내하는 중. 입국장으로 데려나오고 있다."

이때의 보고내용을 연 반장과 진 형사가 귀를 기울였다면, 어쩌면 멘토의 운명은 바뀌었을지도 모른다. 하지만 두 사람은 대역의 이동경로에 집중한 나머지, 다른 사소한 일에 신경 쓸 만한 여력이 없었다.

"단 한 사람도 놓치지 마. 놈은 반드시 나타난다."

연 반장은 끝까지 집중해줄 것을 주문했다. 대역이 여객터미널에 도착한 후 입국심사장을 통과하고 수하물을 찾을 때까지도 접근하거나 지켜보는 시선은 없었다.

"토끼가 화물 찾아서 내려간다."

공항경찰이 보고했다. 입국장 E구역 출구 앞에 배치된 형사들이 바짝 긴장했다. 멘토가 미끼를 물 수 있는 마지막 타이밍이기 때문이었다.

돌발 상황이 발생했다. 원래 C구역으로 나올 예정이었던 윤이원이 기자들을 피해서 비교적 한산한 E구역으로 출구를 바꾼 것이다. 기습적인 출구 변경 소식이 전해지자, C구역에 있던 취재진 50여 명이 한꺼번에 서편 E구역으로 뛰기 시작했다.

"무슨 상황이야?"

연 반장이 고함을 질렀다.

"윤이원이 입국장을 바꿨습니다!"

진 형사가 말했다.

"개자식, 끝까지 말썽이구만! 전부 정신 똑바로 차리고 잘 보고 있어!"

미행하던 공항경찰이 입국장으로 가고 있는 토끼와 주변을 훑었지만 의심스러운 인물은 없었다. 공항 면세구역은 출입 절차가 까다롭다. 그런 현실을 잘 아는 공항경찰은 용의자가 면세구역에 출현할 가능성을 처음부터 낮게 보았다.

"역시 입국장인가."

연 반장이 중얼거렸다.

"거기도 아직 낌새 없지?"

"네, 안 보여요."

진 형사가 말했다.

"CCTV 상으로도 휑하네요. 이 정도 뒤졌으면 눈에 띌 만한데."

연 반장이 면세구역으로 지시했다.

"토끼, 약 10분쯤 시간 지연시킨 다음 나와 주세요."

대역은 지시대로 화장실에 들러 시간을 지연시켰다.

문제가 된 윤이원이라는 자는 입국장으로 나오자마자 경호원들에 둘러싸였다. 그가 황급히 터미널을 빠져나갔고, 취재진들은 쫓아가면서 카메라 플래시를 터뜨렸다. 원래는 대역과 멘토가 등장했어야 할 주변 일대가 아수라장으로 변했다.

갑작스러운 혼란에 나는 긴장감을 이기지 못하고 자리에서 일어났다. 아무리 둘러보아도 멘토는 보이지 않았다. 그는 도대체 어디에 있는 것일까?

약 30분 전, 멘토는 출국 절차를 끝내고 면세구역 라운지 카페에 앉아 있었다. 대기 중이던 김한솔과는 불과 50여 미터 거리. 먹잇감이 활주로에 도착하기를 기다리던 멘토는 경찰이 자신을 찾고 있는 줄은 꿈에도 몰랐다.

멘토는 세 시간 전 인천공항에 도착해서 가짜 이름과 여권으로 출국수속을 밟았다. 상하이 행 항공티켓을 끊었는데, 실제로 출국할 생각은 없었다. 단지 면세구역으로 입장하기 위해서 출국자 신분이 되었을 뿐이었다. 패스만을 끊고 면세구역으로 입장하게 되면 경찰 눈에 띌 수 있기 때문에 위험했다. 그는 신중한 사람이었다. 마치 같은 항공기편을 타고 온 것처럼 자연스럽게 김한솔에게 접근할 생각이었다. 그래서 그는 입국 게이트에서 타이밍을 재는 중이었다.

마침내 그는 완벽했던 지난번 범행수법을 떠올리며 자리에서 일어났다. 살아있었다면 올해 마흔넷이었을 김민수에게 접근할 때도 탑승동에서부터 공작을 시작했다. 그날, 멘토는 막 도착한 도쿄 발 항공기에서 빠져나오는 김민수를 단번에 알아본 후, 그와 고의적으로 충돌했다.

"죄송합니다. 한눈파느라."

멘토는 김민수가 떨어뜨린 입국신고서를 주워서 되돌려주었다. 김민수가 괜찮다고 웃었고, 멘토는 눈도장을 찍는 데 성공했다. 사냥은 그렇게 시작된 것이다. 김민수가 먼저 입국심사대를 통과했다. 곧이어 멘토가 탑승해야 될 비행기를 놓친 사람인 양 입국심사대를 통과한 후 입국장으로 나갔다. 멘토가 다시 한 번 김민수의 시야를 가로질러 가자, 이번에는 김민수가 멘토를 먼저 알아보고 목례를 했다. 걸려든 것이다!

멘토가 인사말을 건넸다.

"교포신가 봐요?"

김민수가 들뜬 목소리로 대답했다.

"네, 30년 만인데, 이제는 영어가 더 편합니다."

발음이 부정확했을 뿐이지, 김민수의 한국어는 나무랄 데가 없었다.

"우리, 도쿄에서 뵀죠?"

"그랬었나요? 같이 타고 온 줄은 알았지만."

김민수는 멘토를 같은 항공편으로 입국한 승객으로 인정하기 시작했다.

"고의는 아니었고요. 나리타공항에서 전화하시는 거 엿들었습니다. 출국 수속 밟다가."

멘토는 그가 페이스북에 올린 내용을 낱낱이 학습하고 있었다.

"아 그랬군요. 애들과 통화했었습니다."

"어쩐지 그런 것 같더라니. 사실, 저도 자식들 때문에 죽겠습니다. 샌디에이고로 유학간 아들 하나, 딸 하나가 있는데, 이건 뭐, 저를 돈 벌어다 주는 기계로 안다니까요."

두 사람은 서로 공감했다.

"성기담입니다."

멘토가 손을 내밀었고, 김민수가 악수에 응했다.

"김민수입니다."

"우리나라 참 많이 변했죠?"

"네. 근데, 좀 춥네요. 오기 전에 텍사스에 잠깐 살았는데, 날씨부터 적응해야겠습니다."

"서울엔 어떻게 가시려고?"

"호텔로 가는 셔틀이 있다고 들었습니다. 그거 타고 가려고요."

"저는 종로 쪽으로 가는데, 방향이 같으면 제 차 타고 가세요. 호텔서 나오는 픽업 버스는 손님들 모아서 한꺼번에 태워가기 때문에 오래 기다려야 할지도 모르거든요. 게다가 짐도 많으신데."

이어서 멘토는 짧게 다녀온 출장이었고, 비행기 시간 놓칠까 봐 직접 몰고 온 차를 주차장에 세워두었다고 말했다.

"그렇다면, 신세 좀 지겠습니다."

김민수는 흔쾌히 응했다.

멘토의 차를 타면 가족사진이 가장 먼저 눈에 띈다. 기담의 전처와 아들 현우, 딸 민아가 집 정원에 나란히 서서 웃고 있는 사진. 혼자 사는 낯선 중년의 신뢰를 얻기 위한 수단으로서 가족사진은 언제나 효과가 있었다. 멘토는 기담에게서 들었던 가족사를 자신의 삶인 양 주절거렸다. 두 사람은 가족 얘기로 시간 가는 줄도 모르고 영종대교를 건넜다. 김민수는 마치 십년지기 친구를 만난 것처럼 행복한 얼굴이었다. 그런 그가 수면제가 든 음료수를 마시게 되리라고 상상이나 할 수 있었을까. 그는 30년 만에 찾는 고향의 하늘을 바라보며 잠이 들었고, 다시는 깨어나지 못했다. 그러고 나서 초가을, 덕적도 바다에서 변사체로 발견된 것이다. 멘토가 전자충격기를 사용할 필요조차 없었을 정도로 모든 일이 계획대로 순조롭게 진행되던 날이었다.

그런데 이날은 어떻게 된 일인지 김한솔이라는 자가 보이지 않았다. 시애틀 발 항공기가 도착한 게이트 앞을 지나던 멘토는 실망스럽고 허탈했다. 지난번 무대는 여객터미널이었는데, 이번에는 번거롭게도 여객터미널에서 조금 떨어져 있는 별관 탑승동이었다. 처음부터 예감이 좋지 않았던 것도 사실이었다. 다음에는 사냥 전략을 바꿔야겠군. 남은 시간은 약 두 달 반. 의심받지 않을 깨끗한 여권 하나만 구할 수 있다면, 그 대가로 엄청난 보상을 기대할 수 있다. 그는 수고와 위험을 감수할 만하다고 생각했다.

멘토가 승객이 쏟아져 나오던 게이트 입구만을 집중적으로 보고 있었던 것에 반해, 김한솔의 대역은 이미 게이트를 나와 산발적으로 흩어지고 있었던 승객들 사이로 슬며시 섞여 들어갔었다. 그래서 간발의 차이로 두 사람은 어긋났던 것이다.

입국장 앞의 혼란이 수습될 때쯤 토끼가 다시 움직이기 시작했다. 그는 입국장 E구역으로 나간 후 10번 출구를 통과해 택시

승강장으로 나가기로 돼 있었다. 짐은 크고 작은 트렁크 각각 하나. 너무 많은 변수가 있는 버스와 공항철도 대신 택시를 이용하기로 했다.

택시승강장에서 대기 중이던 택시와 콜밴은 형사들이 이미 다 체크한 상태였다. 느닷없이 낯선 택시가 나타나 대역을 태우려 한다면 무조건 의심해야 했다.

대역은 심호흡을 한 후 입국장으로 나갔다.

"어디 숨어 있는 거냐. 마지막 기회야. 숨어 있지 말고 나와서 모습을 드러내라."

CCTV에 비치는 입국장을 뚫어지게 보던 연 반장이 이를 악물었다.

입국장 주변에서 대기 중이던 검거팀은 초긴장 상태로 돌입했다. 모두가 숨을 죽이고 침묵 속으로 빠져들었다. 나 또한 선글라스를 고쳐 쓰고 주변을 샅샅이 훑었다.

대역이 입국장에 등장했다. 그럼에도 멘토는 수사팀 앞에 모습을 드러내지 않았다. 수사팀의 기대와 달리 멘토는 재입국 수속을 마친 후 항공사 직원의 안내를 받아 전혀 엉뚱하게도 B구역으로 빠져나왔다. 그러고는 지체 없이 공항건물을 빠져나간 것이다. 철수할 때는 최대한 빨리. 그의 원칙이었다. 그러나 멘토 역시 아슬아슬한 선을 밟고 나아가고 있었다. 한 끗 잘못 디디면 바로 나락일 순간이었다.

멘토를 잡는다는 생각에 들떠 있던 나는 실망감과 함께 낙담에 빠졌다. 놓치고 있는 게 있을지도 모른다. 멘토는 주변 어딘가에 숨어서 지켜보고 있거나 기회를 노리고 있을 것이다. 덕적도 문 노인이 죽던 날도 그랬다. 나는 가능성의 끈을 놓지 않은 채, 터미널을 가로질러 동편으로 걸었다. 입국장을 처음부터 끝까지 돌아보기로 했다.

막 도착한 중국인 단체 여행객들로 C구역은 활기가 넘쳤다. B구역은 한산했고, 멀리 보이는 A구역은 마중 나온 사람들로 북적거렸다. 전광판의 도착 스케줄상으로는, 시애틀과 삿포로에서 도착한 여행객들이 한데 섞여 있는 것 같았다.

"토끼, 최대한 시간을 끌어주세요."

연 반장이 대역에게 주문했다. 형사들은 각자 위치에서 벗어나 대역을 따라갔다. 대역은 반장의 지시대로 굼뜨게 공항을 나와 횡단보도를 건넜다. 사람들에게 길을 물어물어 도착한 택시 승강장에서도 두리번거리기를 반복했다. 시선을 끌어보려는 갖은 노력에도 끝내 멘토는 모습을 드러내지 않았다.

"허탕인 것 같은데요."

진 형사가 한숨을 쉬며 말했다.

"아직은 몰라."

연 반장은 입술을 깨물었다. 어디서 노출된 것일까? 멘토가 잠복 중인 경찰을 알아본 것이라면 다음 대응이 더 어려워질 수밖에 없는 상황이었다. 용의자가 더 깊숙이 숨어버릴 테니까.

연 반장의 전화벨이 울렸는데, 발신자는 뜻밖에도 기담이었다.

"저 지금 공항에 있어요. 도움이 되고 싶습니다."

기담은 멘토가 처음부터 공항에 나오지 않았던 것인지, 아니면 단지 서로 알아보지 못한 것인지 확인해볼 필요가 있다고 생각했다. 후자의 경우라면 아직 기회는 남았다.

"당신이 왜 지금 여기에 있는 겁니까?"

석연치 않은 전화에 연 반장은 날카롭게 대응했다.

"말씀드렸듯이 저도 놈을 쫓고 있어요. 저한테도 중요한 일입니다."

"당신은 아직 혐의를 다 벗지 못했어. 수사 중인 대상이야."

"어차피 놈을 잡아야만 시비를 가릴 수 있는 문젭니다. 저를 미끼로 쓰세요. 위험이 따른다면 감수하겠습니다."

성기담을 미끼로 쓴다? 용의자를 놓치기 싫었던 연 반장이었지만, 그렇게 합시다, 라고는 선뜻 대답하기 힘들었다.

"미끼로 쓰다니요?"

"말씀드렸듯이 이정민이 절 노리고 있어요. 제가 전화하면 받을 겁니다. 최소한 공항에 있는지 정도는 확인할 수 있을 거예요."

연 반장은 고심했다.

"확실한 겁니까? 성기담 씨가 의심하고 있다는 사실을 모른다는 게?"

"그럴 겁니다."

"해봅시다."

연 반장이 기담의 제안을 받아들였다.

TSC 터미널보안센터로 불려간 기담은 연 반장과 진 형사가 보는 앞에서 이정민에게 전화를 걸었다. 그는 으레 전화를 받지 않았고, 기담은 음성 메시지를 남겼다.

"나야. 지난번에 얘기하다가 만 거 말이야, 마저 끝냈으면 하는데. 사정이 갈수록 여의치가 않네. 전화 부탁할게."

기담의 메시지가 전송된 건 멘토가 공항 야외 주차장에 세워놓았던 렌터카에 막 탑승했을 때였다.

공들여 준비했던 사냥에 실패한 그는 짜증이 났다. 얼마나 더 벌어야 할까? 계산해보았다. 이미 적지 않은 돈을 축적했지만 그것만으로는 부족했다. 궁극적으로는 불안과 고독을 완전히 날려버릴 만큼의 자본을 확보하고, 그 자본의 토대 위에서 자유를 만끽하는 것이 목표였다. 기담이 피의자로 섰던 그 법정에서 보았던 그들에 견주어 보면 자신은 아직 멀었다고 생각했다.

출발하기 전에 그는 꺼두었던 대포폰 세 개를 켰다. 그중 하나에 기담의 메시지가 들어와 있었다.

묵은 숙제를 해결할 수 있는 절호의 기회?

멘토는 기담의 가족사진을 바라보았다. 경찰에게 추적당하고 있는 상황에서 그를 계속 살려두는 것은 위험했다. 그런데 타이밍이 문제였다. 김한솔이라는 대어를 놓친 직후 도착한 메시지라. 덥석 물기엔 불안한 요소가 없지 않았다. 경찰이 개입돼 있을까? 과연 녀석은 아직도 내가 노리고 있다는 사실을 모르고 있는 것일까? 그는 음성 메시지를 다시 들어보았다. 수상한 낌새는 느끼지 못했다. 일단 통화는 해보자. 아니다 싶으면 물러나면 된다.

멘토는 통화버튼을 눌렀다.

"전화했었지? 아직까지 용케 무사하네?"

그의 전화를 받았을 때 기담은 연 반장과 진 형사를 대동하고 면세구역으로 내려와 있었다. 이정민을 속이려면 모든 게 진짜처럼 보여야 했다. 그는 막 도착한 여행객인 것처럼 바퀴 달린 여행 가방을 끌며 전화를 받았다.

"덕분에 살아있다. 이렇게 일찍 답 전화씩이나 주는 걸 보니, 오늘은 안 바쁜가 봐?"

"방금 손님 보내고 시간이 나서. 어디냐? 밖인 것 같은데?"

멘토는 수화기 너머에서 들리는 소음에 귀를 기울였다.

"나 지금 공항. 짐 찾아서 나가는 길이야."

"공항?"

멘토는 기담의 목소리에 섞여 있는, 항공기 도착과 출발을 알리는 장내 방송을 들었다.

"공항엔 왜 갑자기?"

"말도 마라. 그때 그 이상한 사람들 때문에. 또 일도 잘 안 풀리고 해서, 잠수 탈 겸 홍콩 좀 다녀왔다. 요 며칠 생각 좀 정리해봤는데, 아무래도 나 그냥 바로 뜨면 안 될까? 그 제안 아직 유효한 거지? 한국에서 계속 살기가 쉽지 않을 것 같아."

멘토는 진도를 더 나가 보기로 했다. 김한솔을 낚는 대신 앓던 사랑니를 빼는 것도 나쁘지 않았다.

"새끼, 철들었구나. 사실은 나도 공항이야. 주차장에서 막 나가려던 참이었거든."

"인천공항?"

"그래, 인천공항."

"손님 보냈단 게 그 얘기였니?"

"하는 일이 그렇다 보니까 자주 나오게 되네. 어떡할래? 내가 태워줘? 같이 서울로 들어가게."

"좋지."

"그러면, 일단 입국장에서 기다리고 있어라. 짐도 들어줄 겸, 내가 가서 전화할게."

전화를 끊은 멘토는 기담의 가족사진을 쓰레기통에 버리고 트렁크에서 세미정장 재킷과 바지를 꺼내 갈아입었다. 그러는 동안에도 어떻게 하면 위험을 줄이고 안전하게 일을 처리할 수 있을지 궁리했다.

연 반장이 이끄는 수사팀 또한 검거 계획을 다시 짜느라 분주하게 움직였다. 입국장을 중심으로 검거팀을 재배치하는 한편, 공항 출입로에 용의자의 도주를 차단하게 될 차량을 배치했다. 공항경찰대가 추가로 투입돼서 기담의 전화 통화를 분석하기로 했다. 통화 중 주변 소음을 분석하면 전화를 건 멘토의 위치를 판독할 수 있을 것이란 기대에서였다.

"가능하면 여러 번 통화할 수 있게 건수를 만들어주시고. 일단 연결되면 최대한 오래 끌어주세요. 공항에 살다시피 하는 사람들이기 때문에 통화상대자의 위치를 파악하는 데 큰 어려움은 없을 거예요."

기담은 공항경찰로부터 주의사항을 들었다. 원래 입고 있던 옷에 여행 가방만을 빌려서 막 귀국한 차림으로 보이게끔 꾸몄다. 멘토가 지켜보고 있을 것을 대비해서 대역과 마찬가지로 면세구역에서부터 입장하기로 했다.

멘토는 홍콩을 출발해서 막 도착한 항공편을 조회한 후 입국장 C구역과 D구역이 모두 보이는 곳에 자리를 잡았다. D구역에서 먼저 한 무리의 귀국행렬이 쏟아져 나왔는데, 그들 사이에서 기담을 어렵지 않게 발견할 수 있었다. 그는 터미널을 빠져나가면서 기담에게 전화했다.

동시에 기담의 전화와 연결된 터미널보안센터의 전화벨이 울렸다. 긴장이 고조된 가운데 연 반장과 공항경찰대는 통화소음을 분석할 만반의 준비를 갖췄다. 입국장에 나가 있는 형사들에게는 통화 중인 사람을 눈여겨보라는 지침이 내려갔다.

기담은 긴장을 감추는 최대한 밝은 목소리로 응대했다.

"벌써 왔냐? 나는 지금 입국장."

"난 아직 주차장이야. 주차료를 지불해야 되는데, 기계가 말썽이네. 미안한데, 네가 이쪽으로 와라. 1층 실외주차장 A구역이라고, 공항 건물 나오면 바로야. 아, 그리고 미안한데, 커피 좀 부탁하자. 손님 보내느라 하루 종일 긴장했더니 아주 그냥 목이 탄다."

"벌써부터 갑질이냐? 알았으니까 끊어."

터미널보안센터에서 엿듣고 있던 공항경찰이 말했다.

"속이고 있어요. 용의자의 현재 통신 위치, 주차장이 아니라 입국장이에요!"

"입국장? 구체적으로 입국장 어딥니까?"

연 반장이 다그쳤다.

"주변 소음 중에 엘지유플러스 뭐라고 들린 것 같은데요."

통화 내용을 반복해서 듣고 있던 직원 중 한 사람이 말했다.

다른 직원들의 시선이 일제히 CCTV모니터로 옮겨갔다. 누군가가 소리쳤다.

"C구역! 저기 엘지유플러스 부스 앞에! 엘지는 거기가 유일한 거 맞지?"

연 반장이 검거팀에게 소리쳤다.

"입국장 C구역 주변에 용의자 출현한 것으로 확인! 이동해서 수색해!"

기담은 카페에 들러 커피 두 잔을 주문했고, 그사이에 잠복 중이던 경찰들이 C구역으로 이동했다.

멘토는 잔뜩 신경을 곤두세운 채 은밀하게 움직이고 있었다.

손 형사가 가장 먼저 도착했는데, 멘토는 이미 빠져나간 뒤였다. 나머지 형사들도 속속 입국장 C구역으로 집결했지만 용의자는 보이지 않았다.

"빠져나간 것 같습니다."

손 형사가 보고했다.

"괜찮아, 지금부터야! 반은 성기담 따라가고, 나머지 반은 주차장 A구역을 포위해. 놓치면 안 된다. 절대로."

기담은 커피 두 잔을 사들고 공항 밖으로 나갔다. 버스 승차로를 건넌 다음, 택시와 승용차 들이 주로 이용하는 차로를 건너기 위해 횡단보도 앞에서 대기했다. 갑자기 검은색 베라크루즈 한 대가 멈추더니 클랙슨을 울렸다. 조수석 창이 내려가자 이정민이 보였다. 주차장에서 보자고 해놓고 한 박자 빠르게 등장해버린 것이다. 기담은 등줄기가 서늘해지는 걸 느꼈다.

멘토는 무서울 정도로 용의주도했다. 어떻게든 빈틈과 허점을 최소화하고 주도권을 쥐기 위해서 판을 뒤흔드는 재주가 있었다. 검거팀의 절반은 이미 주차장으로 건너갔고, 자신을 따라오고 있던 절반 역시 주차장에 시선이 가 있었던 것이다. 경찰이 베라크루즈의 등장을 파악하는 데 약간의 시간이 필요한 상황이었다.

"많이 기다렸지? 타라."

이정민이 말했다.

"어떻게 잘 빠져나왔네?"

"가방은 그냥 뒷좌석에 넣어두고 앞에 타."

그가 말했다.

"그럴 수야 있나. 짐이 많거든. 트렁크 열어주라."

기담이 커피 두 잔을 건네주며 응수했다.

귀찮았지만 멘토는 트렁크를 열어주었다. 받아든 커피에는 기담 몰래 반응이 빠른 수면제를 탔다.

그사이에 기담은 재빨리 트렁크 안을 조사했다. 특별히 위험해 보이는 것은 없었다. 운전석 옆에 미리 가져다놓은 것일까?

연 반장과 검거팀 역시 용의자의 등장을 알아챘다.

"저 베라크루즈 뭐야? 알아봐, 빨리!"

연 반장이 소리쳤다. 용의자 차량이라는 보고가 곧바로 되돌아왔다. 기담은 멘토의 차에 오르기 직전이었다.

"지금 따죠!"

진 형사가 눈을 희번덕거리며 말했다.

"더 늦으면 성기담이 위험해요!"

마침내 베라크루즈의 트렁크가 닫히고, 형사들이 연 반장의 검거 명령을 기다리고 있을 때였다.

연 반장은 당연해 보였던 그 결정을 미루었다. 그는 용의자 검거에서부터 기소, 재판에 이르기까지 앞으로 전개될 일들을 생각하고 있었다. 용의자는 사람을 유인, 납치, 살해한 자가 분명했지만, 그걸 법적으로 증명하는 것은 다른 차원의 일이었다. 현행범으로 그를 체포할 현장이 필요했다. 희생될지도 모르는 사람은 어차피 기담. 아쉬울 게 없는 상황이었다.

"반장님? 성기담이 탑승하기 직전입니다."

진 형사는 불길한 생각이 떠올랐다. 두 사람 사이의 관계를 감안하면 충분히 그럴 만했다.

"용의자가 확실해? 확인해봐!"

연 반장은 용의자가 맞는지 확인해줄 것을 검거팀에 지시했다.

짧은 순간, 기담 역시 만감이 교차했다. 형사들이 보고만 있었다. 정석대로라면 즉시 이정민을 검거해야 하는 것 아닌가? 차를 수색하면 범행도구들이 나올 것 아닌가? 이정민이 회사원을 살해하던 순간이 떠오르자, 기담은 머릿속이 복잡해졌다. 일단 이정민의 차에 탑승하면 어떤 일이 닥칠지 예측하기 힘들어진다. 그렇다고 버티면서 지체하면 이정민의 의심을 산다. 기담은 품속에 넣어둔 감투를 믿어보기로 했다. 사람을 보이지 않게 만드는 감투의 위력이 그에게 용기를 주었다.

"왜? 앞에 안 타고?"

멘토는 뒷좌석에 오르는 기담이 의아했다.

"원래 VIP석은 뒷자리 아니냐?"

기담은 안전을 위해 뒷좌석에 올랐는데 오히려 괜히 의심을 사는 것 같았다. 그 순간을 견디지 못하고 그는 조수석으로 옮겼다.

"에이, 그럴까?"

"새끼, 싱겁기는."

이정민이 웃으면서 가죽장갑을 낀 손으로 운전대와 기어를 조종했다. 기담은 조수석 문을 닫으면서 후회했다. 긁어 부스럼을 만들었다.

주차장으로 먼저 가 있던 나와 조 감독은 조금 늦게 사태를 파악했다. 그때는 기담이 베라크루즈의 조수석으로 옮겨 타는 중이었다.

"피디님, 성기담 씨가 지금 웬 차에 타는 중인데요."

조 감독이 말했다.

"뭐야! 용의자 아니야?"

"그런 것 같은데요."

"빨리 뛰어!"

나는 조 감독과 함께 우리 차를 향해 죽을힘을 다해 달렸다.

연 반장이 비로소 지시를 하달했다.

"용의자의 차량으로 보이는 검은색 베라크루즈가 공항 진출입로를 따라 출구 쪽으로 이동 중이다. 전 대원 차량에 나눠 타고 추적한다. 성기담 씨가 함께 타고 있으니 안전에 각별히 유의하도록."

그는 영종대교와 인천대교에서 대기 중이던 병력에게도 연락했다.

멘토가 커피 한 잔을 넘겼고 기담은 받아들었다. 마셔도 될까? 약을 탔다면 범행의도를 증명해줄 증거가 될 것이다.

공항을 빠져나갈 동안 멘토가 먼저 커피를 마셨고, 기담은 커피가 쏟아지지 않도록 뚜껑을 꾹 눌러 닫았다.

"홍콩에선 재미있는 일 없었고?"

멘토가 물었다.

"누구 좀 만난 것 빼고는 호텔 방에서 숨어서 지냈다. 사람 할 짓이 아니더군."

"누굴 만났다? 너 설마 돈 꾸러 거기까지 간 거냐?"

멘토는 기담을 살폈다. 커피를 입에 대지 않을 뿐만 아니라, 문 잠금장치를 확인해본다.

"눈치 하나는 진짜. 만나서 퇴짜 먹었다. 됐냐?"

유쾌한 척 말했지만, 기담은 추적 차량이 보이지 않아서 걱정이었다.

경찰은 차량 다섯 대에 나눠 타고 쫓고 있었다. 손 형사와 한 형사가 타고 있는 스타렉스가 가장 선두에 섰고, 그 뒤를 내가 모는 싼타페가 바짝 쫓았다. 연 반장과 진 형사의 소나타가 맨 뒤에서 피치를 올리고 있었다.

공항 진출입로를 벗어난 베라크루즈가 호텔 앞에서 첫 번째 갈림길을 만났다. 신호대기를 위해 멘토는 속도를 줄이기 시작했다. 그의 왼손이 시트 아래로 슬며시 옮겨갔다.

생각보다 일찍 때가 왔다고, 기담은 직감했다. 머리카락이 쭈뼛 서는 공포에 숨이 막혔다. 도대체 경찰은 뭐하고 있는 것일까. 하는 수 없이 그는 품에 넣어둔 감투를 꺼내기로 했다.

기담이 커피를 마시지 않았기 때문에 멘토는 전자충격기를 선택했다. 먼저 상대를 무력화시킨 다음 마취약을 주사하는 방식이었다. 전자충격기는 개조를 통해 위력을 보강했으므로 실패확률은 낮았다. 그는 신호대기를 위해 완전히 멈춘 것과 동시에 전자충격기를 꺼냈다.

성기담이 사라졌다! 어떻게 된 일? 멘토는 이해할 수가 없었다. 지금까지 살아오면서 이해되지 않은 일은 없었다. 이건 도대체…… 헛것을 본 것인가?

조수석의 기담은 얼이 빠져 있는 멘토의 얼굴을 보고 있었다. 인기척을 내지 않도록 안간힘을 써야 했다. 부디 이정민이 손을 뻗지 않기만을 바랐다.

멘토가 혼란에 빠져 있었을 때, 손 형사와 한 형사의 차가 베라크루즈를 앞지르더니 바로 앞에서 가로막아버렸다! 손 형사가 야구방망이를 들고 뛰쳐나왔다.

그가 베라크루즈의 운전석 문을 쾅쾅 두드렸다!

"경찰이다! 문 열어!"

멘토에게 이런 위기는 처음이었다. 영종도에 갇히게 되면 그걸로 완벽하게 봉쇄될 것이라고 예상은 했지만, 실제로 그 일이

닥친 것이다. 이틀 전 미리 답사해둔 공항 인근 지리정보와 차가운 계산이 필요한 시점이었다. 일단 육지로 건너가는 것이 최우선 목표여야 했다.

손 형사는 베라크루즈를 쫓다가 용의자가 전자충격기를 꺼내 드는 장면을 보았다. 그런데 조수석에 있어야 할 성기담이 보이지 않았다. 벌써 제압한 것인가? 더 이상 지체할 수 없었던 그는 방망이로 힘껏 앞 창유리를 내리쳤다. 한 형사도 쇠파이프를 가지고 뛰어와 합세했다.

멘토는 잠깐 후진하는가 싶더니 가속 페달을 힘껏 밟았다. 다시 차가 총알같이 전진했다. 그러고는 가로막았던 스타렉스를 피해 전속력으로 달렸다.

"저 미친 새끼!"

한 형사가 소리쳤다.

베라크루즈가 스타렉스의 범퍼를 부딪치고 갔다.

그때 내가 운전하는 차가 손 형사 일행보다 앞서기 시작했다. 가장 근접하게 멘토를 쫓는 상황이 된 것이다.

"따라가!"

손 형사가 다시 차에 오르며 말했다. 그는 울부짖듯이 무선으로 보고했다.

"용의자 검문 불응하고 도주 중! 현재 해안도로 중간 지점, 전방에 신불IC 보인다!"

무선은 추적 중이던 전 차량에 공유됐다.

나도 무선을 듣고 가속페달을 힘껏 밟았다. 절대 놓치지 않을 것이다.

"손 선배님, 성기담 씨는요?"

진 형사가 무선으로 물었다.

"일단 차 안에 없는 것까진 확인했어."

손 형사가 응답했다.

"트렁크에 있을 가능성은요?"

"현재까진 확인불가."

연 반장의 목소리가 무선을 타고 쩌렁쩌렁 울렸다.

"당황하지 마라. 어차피 독 안에 든 쥐고 놈이 빠져나갈 구멍
은 없다. 전 대원 침착하게 추격한다. 허 형사."

"네."

다른 차량으로 추적에 나섰던 허 형사가 응답했다.

"성기담이 중간에 내렸을지도 몰라. 신호등 있는 곳 중심으로
주변 잘 살피면서 따라와라."

"네, 알겠습니다."

연 반장의 말처럼 퇴로는 없었다. 누가 봐도 무모한 도주였던
것이다. 연 반장의 연락을 받은 인천경찰이 인천대교와 영종대
교를 봉쇄하고 기다리고 있었다. 대기 중이던 순찰차들이 움직
이기 시작했다.

차갑게 일그러져 있는 멘토의 곁에서, 기담은 숨이 막혀 죽을
것 같았다. 멘토는 뒤따라오는 차량 몰래 전자충격기와 주사기
같은 범행도구를 창밖으로 버렸다. 그런 상황에서도 기담은 용
기를 내서 휴대전화를 꺼냈다. 자신이 아는 이정민이 틀림없다,

그가 범행도구를 버리고 있다는 메시지를 보내기 위해서였다.

멘토에 근접해가고 있던 나는 몹시 흥분한 상태였다.

"지금 카메라 잘 작동되는 것 맞지?"

"염려마세요! 그럼 죽입니다."

조수석의 조 감독 역시 신이 나 있었다.

"놓치면 알지? 지금부터는 경찰도 쌩까! 무조건 우리가 먼저야! 우리 방식대로 가는 거야!"

속도제한 이상으로 피치를 올린 나는 멘토의 베라크루즈를 시야에 두게 되었다. 공항신도시 분기점에서 멘토는 시가지 방향으로 빠졌다.

"어쭈, 엉뚱한 곳으로 가는데."

나는 연 반장에게 멘토가 공항고속도로를 타지 않고 시가지 방향으로 차를 내렸다고 알렸다. 어디로 가든 어차피 경찰의 봉쇄를 뚫는 건 불가능하다.

기담은 연 반장에게 보낼 문자 메시지를 작성하고 있었다. 하지만 빠르게 질주하는 중이었으므로 쉽지는 않았다.

그때, 멘토가 휴대전화를 꺼내 번호 '112'를 누르더니 다급한 목소리로 신고했다.

"경찰이죠? 인천공항에서 나오는 길인데요. 쫓아오는 차가 있어요. 공항 주차장에서부터 웬 남자 둘이서……. 네, 회색 싼타페, 차번호는……."

조수석에서 지켜보던 기담은 헷갈리기 시작했다. 이정민이 왜 경찰에 신고를?

쫓기고 있는 양 신고를 마친 멘토는 경찰차 사이렌 소리를 들었다. 승부를 볼 시간이었다. 그는 따라붙는 산타페를 확인한 후 속도를 조금씩 줄였다.

그 산타페는 내가 운전하는 차였다. 조 감독이 촬영하는 카메라에 운전하는 멘토의 뒷모습이 잡혔다.

"앞에서 속력을 줄이고 있어요! 우리 차 너무 빠른 거 아녜요?"

조 감독이 말했다.

"카메라나 신경 써!"

따라잡을 생각에 나는 피가 뜨거워졌다. 어디서 그런 용기가 났는지 모르겠지만, 여차하면 놈의 앞을 가로막을 생각이었다.

시가지를 다시 벗어났다고 생각한 순간이었다. 버스 한 대가 잠시 시야를 가렸다. 나는 운전대를 꺾어 옆으로 빠졌지만, 버스가 다시 시야를 가렸다.

"비켜라, 좀!"

전방 보이지 않는 곳에서 차가 급제동하는 소리와 함께, 날카로운 충돌음이 들렸다.

멘토의 베라크루즈가 가로수를 들이받았다.

그 바람에 안전벨트를 풀고 있었던 기담은 머리를 조수석 앞 유리창에 부딪혔다. 문자 메시지를 미처 다 작성하지도 못한 채였다.

"사고 난 것 같은데요!"

조 감독이 소리쳤다.

베라크루즈가 다시 시야에 등장했을 때는 시커먼 연기가 치솟고 있었다. 충돌사고에 이어 화재까지 난 것이다.

버스가 멈췄고 다른 차들도 멈췄다. 나는 현장을 조금 지나쳐서 차를 세웠다.

"저거 용의자 차 맞지?"

베라크루즈를 발견한 나는 흥분했다.

"네! 앗, 운전석에서 누군가 나오고 있어요!"

"차 안에는?"

"모르겠어요. 연기 때문에 잘 안 보여요!"

우리는 막 불타기 시작한 차를 향해 뛰어갔다. 화마보다는 시커먼 연기가 문제였다.

운전석 차문이 열려 있었고 멘토가 아스팔트 위에 쓰러져 있었다.

"살아있어!"

나는 그의 맥박이 뛰고 있음을 확인했다. 강남파이낸스센터에서 처음 만났던 그 멘토가 틀림없었다.

손 형사를 선두로 연 반장과 수사팀 일행이 줄줄이 현장에 도착했다.

"응급차! 응급차 빨리 불러요!"

말해놓고 나는 차 안을 들여다보았다. 아무도 없었다. 성기담은 어디로 사라진 것일까?

기담은 감투를 쓴 상태로 조수석에 늘어져 있었다. 화염과 유독가스의 위협에 생사를 넘나들고 있었는데, 감투를 벗지 못하면 구원이 요원한 상황이었다.

"잘 찍고 있지?"

사고현장을 생생하게 카메라에 담고 있는 조 감독에게, 내가 물었다.

"문제없습니다! 근데 피범벅 때문에 용의자 얼굴이 잘 안 잡혀요. 도저히 못 알아보겠어요."

"어떻게든 찍어봐."

"불부터 꺼! 그리고 트렁크 열어봐!"

뛰어온 연 반장이 부하들에게 명령한 후 내게 물었다.

"류 피디, 이 사람이 맞아?"

"네."

내가 대답했다.

"틀림없습니다."

진 형사도 멘토임을 확인해주었다.

쇠지레를 가져온 손 형사가 트렁크를 열고 있었다.

나는 조 감독에게 빨리 가보라고 눈치를 줬고, 조 감독이 카메라를 들고 손 형사를 촬영하기 시작했다.

손 형사가 트렁크를 열어젖혔다. 기담은 그곳에도 없었다.

"어떻게 된 거야?"

손 형사가 말했다.

"성기담이 차에서 내린 거 본 사람?"

연 반장이 큰소리로 물었는데, 아무도 대답하지 않았다.

휴대용 소화기를 가져온 한 형사가 하얀 소화분말을 뿌렸다. 분사가 용이하게끔 차 문을 모두 개방한 채였다.

그때 시커먼 재와 허연 소화분말을 뒤집어쓴 사람 모양의 물체가 조수석 밖으로 툭 떨어졌다. 기담이었다. 그는 가까스로 감투를 벗을 수 있었던 것이다.

한 형사는 분사를 멈췄다. 놀란 그는 소리쳤다.

"반장님! 여기요! 성기담 씹니다!"

기담은 숨이 끊어져가는 듯한 피 토하는 소리로 기침을 해댔다. 그러더니 픽 쓰러져 정신을 잃었다.

달려가서 기담임을 확인한 손 형사는 귀신에 홀린 기분이었다. 아깐 분명히 없었는데…….

"반장님, 이쪽이 더 급한 것 같은데요. 가스 중독이에요."

"응급차 도착하면 먼저 실어 보내."

그렇게 지시한 후 연 반장은 기담의 모친에게 전화했다. 경찰임을 밝히고 아들이 다쳤다고 알려주었다.

"반장님!"

멘토를 수색하던 진 형사였다.

"지갑, 신분증 같은 건 없고요. 대신, 이게 나왔습니다."

그가 멘토의 바지주머니에 있었다며 휴대전화를 건넸다.

연 반장이 휴대전화의 전화번호목록을 뒤졌다. 가족 카테고리에 '아버지'라고 입력된 번호가 있었다. 직접 전화를 했더니 나이 든 남자가 전화를 받았다. 연 반장은 휴대전화 주인이 사고로 다쳤으며 곧 병원으로 이송하게 될 예정이라고 설명했다.

손 형사는 용의자의 흔적을 되짚어보기 위해 인천공항으로 되돌아갔다. 허 형사와 한 형사는 차량을 수습하고 용의자가 버렸을지도 모를 신분증이나 범행도구 등을 수색하기 위해 사고현장에 남았다. 연 반장과 진 형사는 기담과 용의자를 인하대병원 응급의료센터로 이송했고, 나와 조 감독은 이들을 뒤따라갔다.

멘토의 부친이 우리 일행보다 먼저 병원에 도착해서 기다리고 있었다. 부친은 대학교수 같은 편안하고 지적인 얼굴에 이제 겨우 50대 후반으로밖에 안 보일 정도로 젊어 보였다.

"전화 받고 왔습니다. 지금 상태는 어떤가요? 괜찮은가요?"

상기된 얼굴의 부친은 응급센터로 실려 온 멘토의 얼굴을 확인했다. 그때 멘토가 눈을 번쩍 떴다.

"죄송하지만, 아드님 이름이?"

진 형사가 부친에게 용의자의 이름을 물었다.

부친은 응급치료가 이루어지는 긴급구역으로 서둘러 사라져버렸다.

"뭐래?"

연 반장이 물었다.

"못 들었는지 대답을 안 하시네요."

"아들이 다쳤으니까 정신이 없는 거겠지. 검사 끝나고 병실 정해지면 그때 다시 확인해. 그리고 자리 지켜. 절대 벗어나지 말고. 언제 어떻게 도주할지 모르니까."

"네, 알겠습니다."

연 반장은 아직 용의자의 진짜 이름도 직업도 주소도 모른다는 게 마음에 걸렸다. 압수수색영장을 발부받아 놈의 지문 정보부터 확인해야겠다고 생각했다.

지원 나온 경찰 네 명이 도착했다. 진 형사가 그들을 두 조로 나누어서 응급센터 출입 현관과 외래병동으로 통하는 복도 쪽 출입구를 각각 지키게 했다.

약 한 시간 후, 기담은 산소마스크를 쓴 채 중증외상치료실로 옮겨졌고, 멘토는 응급실의 일반 병상을 배정받았다.

의료진이 진단 결과는 알려왔다. 기담은 가스중독으로 쇼크 상태인데, 깨어나려면 시간이 걸릴 것이라고 했다. 멘토의 경우에는 더 검사해봐야겠지만 지금까지는 골격이나 근육, 장기에서 특별한 이상을 발견하지는 못했다고 했다.

수사팀은 안도했다. 우여곡절이 있었지만 용의자를 체포하는데 성공했다. 사고는 용의자가 기담을 제압하려는 과정에서 발생한 것으로 추측했다.

"지금 얘기해볼 수 있을까요?"

연 반장은 신속하게 용의자를 신문할 생각이었다.

"지금 당장은 무리일 겁니다."

"다친 데 별로 없다고 하지 않았습니까?"

진 형사가 말했다.

"대신 환자가 기억을 못해요. 아무것도."

순간, 연 반장은 말문이 막혔다.

"아니, 멀쩡한데 왜? 왜 기억을 못해요?"

"기억이 나지 않는다고, 환자 본인이 말하고 있어요. 저희로

서는 믿을 수밖에 없습니다."

의사도 난감하다는 표정을 지었다.

"선생님, 미리 다 짜놓고 쇼하는 겁니다! 속고 계신 거예요!
보면 모르겠어요?"

"경찰 쪽 입장을 이해 못 하는 건 아닌데요, 일단 저희 병원 입
장에서 보자면 지금은 어쨌든 치료가 필요한 환자예요. 말씀주
신 문제는 추가로 검사를 더 해보고 판단하겠습니다. 진정하시
고, 그때까진 기다려주십시오."

"됐고! 반장님, 그냥 생까고 들어가죠!"

흥분한 진 형사가 목소리를 높였다.

"들어가서 저희가 직접 확인해보겠습니다."

연 반장도 의지를 굽히지 않았다.

"여긴 응급환자 구역입니다. 이러시면 곤란해요. 다른 환자들
도 생각해주셔야죠."

의사가 간곡하게 제지했고, 그 바람에 연 반장이 주춤했다. 진
정이 되자 의사가 다짐을 받아두겠다는 듯이 말했다.

"마치 저희가 범죄자 혹은 범죄 행위를 두둔하기나 한 것처럼
말씀하시는데, 저희 병원이나 의료진을 의심하는 건 아니죠?"

"그런 건 아닙니다."

연 반장이 대답했다.

"좋습니다. 그럼 설명할게요. 화재로 인해 가스를 마셨다면
두통이나 구토 같은 가벼운 증상부터, 발작, 호흡마비, 의식상실
등에 이르기까지 다양한 증상이 나타날 수가 있어요. 뇌세포가

파괴되었거나 신경이 자극을 받았다면 단기적 기억상실 증상까지도 흔히 일어날 수가 있단 말입니다."

"알아요, 아는데! 선생님, 그걸 저쪽에서 이용하고 있단 말입니다. 저 자식 말은 절대로 믿으면 안 돼요! 다친 데도 없이 멀쩡하다면서요?"

진 형사가 호소했지만, 의료진은 환자의 말을 믿을 수밖에 없고, 또 환자의 안정이 우선이라는 말만 되풀이했다.

"비켜봐!"

연 반장이 의사를 밀치고 멘토의 병상이 있는 응급실로의 진입을 시도했다.

그때 멘토의 부친인 줄 알았던 남자가 가로막았다.

"환자에게 안정이 필요하다고 병원에서 분명히 경고했습니다. 지금 당장 신문을 한다 해도, 기억을 못해서 대답을 할 수 있는 상황이 아니에요. 협조해주셨으면 합니다."

자세히 보니 멘토와 닮은 구석이라곤 없는 남자였다. 의아한 생각이 들어서 내가 물었다.

"실례지만 누구시죠? 환자의 아버님이라고 하셨는데?"

"변호삽니다."

우리는 충격을 받았다. 용의자가 휴대전화에 '아버지'로 입력해둔 번호가 사실은 변호사의 연락처였던 것이다.

나는 성기담의 진술을 떠올리며 뒤늦게 무릎을 쳤다. 성기담에 의하면 그의 부친은 유년기에 이미 사망했었다. 흥분한 탓에 사소한 사실을 놓치고 있었던 것이다.

연 반장이 변호사와 맞섰다.

"당신, 저 친구와 처음부터 짠 거야. 맞지?"

"공모라도 했다? 그런 얘깁니까? 그 말 책임질 수 있겠어요?"

"지금 이 상황이 당신 눈에는 우연인 것처럼 보여? 니들끼리 입 맞추고 짠 거잖아."

"의뢰인과는 초면이고 전 그냥 전화 받고 온 겁니다만. 저한 테 전화 주신 분 맞죠?"

참다못한 진 형사가 끼어들었다.

"초면? 지랄하고 있네. 둘이 서로 알고 있었으니까, 휴대전화에 그쪽 번호가 저장된 거잖아!"

"전화번호 저장돼 있는 게 뭐가 대수라고? 아는 사람 통해서 소개받았거나, 인터넷에서 찾았겠지."

연 반장이 발끈했다.

"누군지도 모르고, 언제 정신 돌아올지도 모르는 사람인데, 수임료도 안 받고 변호를 해? 니들이 언제부터? 그게 말이 되고 설득이 된다고 생각해?"

"그건 내가 알아서 합니다."

"신분증 좀 봅시다. 변호사증 가지고 있죠?"

진 형사가 손을 내밀었다.

변호사가 신분증을 보여준 다음 경고했다.

"우리 한 가지만 분명히 해둡시다. 날 부른 건 환자가 아니라, 그쪽 경찰이라는 거. 지금 환자는 심각한 부상을 입은 상태에, 아무것도 몰라요. 자꾸 이러면 응급의료 방해 혐의로 고소합니다."

변호사가 응급센터 복도에 걸려 있던 응급의료 방해 금지 조항 안내판을 가리켰다. 위반 시 5년 이하의 징역 또는 3,000만 원 이하의 벌금형.

"이 새끼가 누구한테 협박질이야!"

폭발한 연 반장이 변호사를 밀치고 말았다. 변호사도 이에 맞서 악을 썼고, 다른 경찰들과 병원 경비, 의료진마저 몸싸움에 가세했다.

연 반장과 진 형사는 완력으로 밀어붙인 끝에 응급실로 진입하는 데 성공했다. 나와 조 감독도 놈의 얼굴을 카메라에 담을 준비를 해서 따라 들어갔다.

병상을 가려주는 커튼을 걷어내고 멘토를 보는 순간, 우리는 또다시 충격과 허탈감을 맛보았다.

그는 머리에 붕대를 감았고, 커다란 마스크로 얼굴 전체를 가린 채 누워 있었다. 아무것도 모른다는 멍한 눈빛…… 그 눈빛이 모든 걸 설명하고 있었다. 신문은커녕 촬영조차 불가능해 보였다.

진 형사가 주먹을 쥐고 부르르 떨더니 링거걸이를 부셔버렸다.

"뭐하는 거예요!"

간호사가 소리를 꽥 질렀다.

"환자들 치료받고 있는 거 안 보여요?"

뒤따라온 담당의가 말했다.

"보셨죠? 사정은 알겠는데, 저희도 어쩔 수가 없어요. 환자가 기억이 안 난다 그러면 믿을 수밖에 없으니까. 여긴 병원이고 의료진과 환자 상호 간에 신뢰를 전제로 일을 해야 한다는 점 알아주셨으면 해요. 오해는 말아주셨으면 좋겠습니다. 그리고 죄송하지만 일단은 나가주세요. 환자들이 많이 놀랐습니다."

변호사가 증거로 남기겠다는 듯이 휴대전화 카메라를 들이대며 말했다.

"벌써 여러 번 경고했습니다. 지시에 따르는 게 좋을걸요. 그렇지 않으면 이 영상 공개합니다."

연 반장이 먼저 나가버렸다. 분했지만 우리는 응급실에서 물러날 수밖에 없었다.

이어서 다부진 체격의 남자 두 명이 응급실에 등장했다. 변호사가 그 둘을 멘토의 병상 주변과 응급실 입구에 배치했다.

"그새 경호원까지 섭외한 거야?"

진 형사가 혀를 찼다.

아무리 쥐어짜도 기억이 나지 않는다는 거짓말을 뒤집을 수 있는 방법이 없었다. 철옹성 같은 방어 전략이었다.

"반장님, 일단 긴급체포로 가죠. 그냥 데려갑시다."

진 형사가 말했다.

연 반장은 조용히 울분을 삼켰다.

"지금 데려갔다가 구속에 실패하면 그걸로 잃는 게 너무 많아. 우선은 성기담이 깨어날 때까지 기다렸다가, 어떻게 된 일인지 들은 후에 영장 받아서 지문 찍는 걸로 하자. 하는 데까지 해보는 거야."

긴급체포를 남용하지 말라는 지침을 염두에 둔 것이었다. 이후부터는 절차가 중요했기 때문에 법적으로 고려할 게 많았다.

진 형사가 고개를 갸웃거렸다.

"어째 불안하네요. 워낙에 예측하기 힘든 놈이라."

연 반장이 신중하게 운을 뗐다.

"성기담이 제때 못 깨어날 때를 대비해야 하니까 말이야."

"네, 반장님."

"역삼동 엘스타펀드 직원 중에 용의자 얼굴 확인해줄 수 있는 사람 섭외하고, 투자사기 당한 피해자 중에서도 그렇게 해줄 사람이 있는지 알아봐줘. 긴급하고 중요한 일이니까 무조건 바로 와달라고 해. 얼굴 가리고 있는 마스크 정도는 내 책임하에 벗겨버릴 테니까. 그 정도만 돼도 영장 청구하는 데 문제없을 거야. 반드시 오늘 내로 확인해야 돼."

"알겠습니다."

인천공항경찰대로 되돌아갔던 손 형사가 마침 반전의 가능성을 엿보게 하는 소식을 전했다.

"반장님, 지금 CCTV 보고 있는데요, 용의자가 면세구역까지 왔었어요. 대역과는 간발의 차이로 어긋난 것 같습니다. 이 자식 재수가 좋았어요."

"면세구역이라면, 패스 사용자는 전부 다 조사하지 않았던가?"

연 반장이 물었다.

"출입용 패스가 아니라, 아예 항공티켓을 끊고 들어갔어요. 진짜 출국하는 것처럼 행세를 하고 절차를 밟은 거죠. 그래서 놓친 겁니다. 사용한 여권과 항공티켓, 결제할 때 제시한 신용카드가 있을 테니까, 확보되는 대로 가지고 가겠습니다."

연 반장이 반색했다.

"수고했어, 손 형사. 용의자 얼굴 정면이 찍힌 화면이 있는지 찾아봐줘."

"안 그래도 하나 찾긴 찾았어요. 출국심사 받을 때 찍힌 건데, 고개를 약간 숙이고 있어서 애매하달까요. 아무튼 바로 보내드리겠습니다."

연 반장이 손 형사와의 통화를 끝내고 말했다.

"여권, 신분증, 지갑 등 전부 다 소지하고 있었어. 그러니까 공항과 사고지점 사이 어딘가에 버렸을 거야."

진 형사도 보고했다.

"지난번에 역삼동 갔을 때 저희 가이드했던 여직원이 있거든요. 회사 허락받는 대로 바로 출발하겠답니다. 그리고 용의자한테 당한 투자사기 피해자들이요. 마침 소중 준비 중이라 바로 대표자랑 연락됐습니다. 저녁에 와주겠답니다."

"좋아. 이제 슬슬 윤곽이 보여. 성기담만 깨어나서 증언해주면 되겠군."

"허 형사, 한 형사가 나가 있기는 한데, 현장수색이라 대여섯 명으론 부족할 겁니다."

진 형사가 말했다.

"대장님께 연락해서 바로 병력 동원해. 이쪽으로도 병실 지킬 사람 더 보내달라고 하고. 그리고 진 형사는 렌터카 사업장에 다녀와. 거기서 사용한 신분증 확보하고, CCTV 화면 있으면 그것도 가져와."

"알겠습니다!"

그러고 나서 연 반장은 사고현장에 나가 있는 허 형사에게 전화를 했다.

"네, 반장님."

연 반장은 병원에서 있었던 일을 간략하게 설명해준 후, 사고현장에서의 진척 사항을 물었다.

"국과수에서 사고차량 인계하려고 왔는데요, 몇 가지 나오긴 했습니다. 근데 이게, 우선 방화 같답니다."

"방화?"

"네. 운전석과 조수석 사이 지점에서요, 액체로 추정되는 발화물질에 의해 연소가 시작된 정황이 있어요. 그리고 앞 범퍼가 약간 찌그러진 것 빼고는 충돌에 의한 차체 손상은 별로 없습니다. 아무래도 일부러 들이박은 것 같아요."

"음."

연 반장은 신음소리를 냈다. 성기담이 용의자와 다투다가 사고가 난 것으로 보았는데, 그게 아니다?

"정확히 어떻게 된 일인지는 성기담 씨가 깨어나면 물어봐야 할 것 같습니다. 어쨌거나 의도한 사고와 방화였다면, 용의자한테 뭔가 노림수가 있다는 얘기 아니겠습니까?"

"신분증 같은 건?"

"용의자 것으로 보이는 지갑이 차 안에서 나왔습니다만, 불에 타서 지문은 남아 있는 게 없고요. 신분증, 신용카드는 훼손된 상탠데, 복구할 수 있는지 알아보겠습니다."

"용의자가 범행대상을 제압하기 위해 준비해둔 도구가 있었을 거야. 약이나, 전자충격기, 나이프 같은 거 말이야. 어딘가에 버렸을 텐데 그걸 꼭 찾아."

"아, 전자충격기 하나를 찾았습니다. 상태로 봐서는 버린 지 얼마 되지 않았어요. 용의자 것일 가능성이 높습니다."

"다른 건?"

허 형사가 수첩을 뒤적이면서 언급했다.

"옛날 의관 있잖습니까? 사극 보면 관료들이 쓰던 감투 같은 거요. 그런 게 나왔습니다. 근데 이게 멀쩡하네요. 다른 건 성한 게 없는데, 이 감투만은 좀 낡았긴 해도 그을린 흔적조차 없어요. 워낙 뜬금없어서 일단 체크해뒀습니다."

"허 형사, 거기서 나온 것들은 일단 다 가지고 들어와. 그 전에 사진으로 찍어서 보내주고."

"네, 알겠습니다. 아, 사람이 더 필요할 것 같은데요."

"가고 있으니까 걱정하지 마."

통화를 끝내자마자 허 형사가 지갑과 감투, 전자충격기 등을 촬영한 사진을 보냈다.

곁에서 훔쳐보던 내가 말했다.

"특이한 감투네요. 저번에 성기담 씨가 체포됐을 때도 가지고 있더니만. 단서인가요?"

"왜 이것만 멀쩡했을까? 차량 화재 이후에 탑승했다? 그럴 리는 없을 텐데."

연 반장은 모르겠다는 듯이 갸웃거렸다.

"아, 류 피디는 병원에 남아 있을 거야?"

"네, 일단은."

"기회가 되면 놈의 정면 얼굴 사진 좀 부탁해. 바로 코앞에 있는데, 제대로 나온 사진 한 장 없다는 게 말이 안 돼. 직접 본 사람만도 수십 명인데."

또한 반장은 은근히 내게 변호사를 지켜봐줄 것을 부탁했다. 갇혀 있고 수세에 몰려 수비 중이란 점이 멘토에게 절대적으로 불리했다. 그러므로 출구전략이 반드시 필요할 것이고, 그 일은 변호사를 통해 진행할 것이라는 얘기였다. 어차피 놈의 최종 목적은 도주일 수밖에 없었다. 그럴 목적이라면 최대한 빨리 감행할 것이 분명했다.

연 반장 그 자신은 용의자의 휴대전화에 '아버지'의 이름으로 저장돼 있던 변호사에 대해서 비공식적으로 조사할 생각이었다. 둘 사이의 인연을 파다 보면, 멘토의 진짜 신원을 추적할 단서가 잡힐 것이란 생각에서였다.

멘토는 개인 경호원을 다섯 명으로 보강했다. 겉보기에 경호원인 이들 외에도 환자 혹은 방문객으로 위장한 염탐꾼들을 배치시켜 수사팀을 감시하도록 했다. 그 모든 일을 오직 변호사를 통해서만 처리했다.

변호사가 병상을 커튼으로 완전히 가린 다음 누워 있는 멘토 곁으로 바짝 다가갔다. 그는 경호원 배치 현황과 경찰의 움직임에 대해서 보고했다.

멘토는 은밀하고 낮은 목소리로 짧게 질문하고 용건을 전달했다.

"성기담은?"

"발견된 장소가 차 안이었던 게 확실합니다. 지금은 중증외상치료실 병상에 누워 있는데, 깨어나려면 시간이 걸릴 것 같다고합니다."

멘토는 믿기지 않는다는 얼굴이었다. 보이지 않게 사라질 수있다? 기담은 주행 중인 밀폐된 차 안에서, 그것도 바로 눈앞에서 사라졌다. 멘토는 기담이 사라지기 직전 품에서 꺼내던 옛날감투를 떠올렸다. 워낙 순간적인 일이어서 확실치 않았지만, 멘토가 마지막으로 본 건 바로 그 감투였다. 멘토의 의구심은 지난번 호텔에서의 일, 자신이 부천 아파트에서 분명히 목을 매달았는데도 기담이 살아있었던 일, 청부업자들이 보고했던 내용으로까지 거슬러 올라갔다. 결정적인 순간은 불과 수 시간 전에 있었다. 그가 고의로 충돌 사고를 일으켰을 때, 조수석 앞 유리에누군가가 머리를 부딪쳤다. 시너를 뿌리고 불을 붙였을 때도, 조수석에 분명 누군가가 있었다. 그 누군가가 자신도 모르게 내는찰나의 비명소리를 들었고, 불이 붙었다가 바로 꺼진 사람의 형체가 보였다. 그 존재가 녀석이었던가?

"이건 경찰이 현장에서 발견한 것들 목록입니다. 지갑, 휴대전화, 전자충격기, 그리고 뜬금없기는 한데, 말총으로 만든 옛날식 의관 하나가 나왔습니다."

변호사가 말했다.

"의관?"

"자세한 건, 저도 잘 모르겠습니다. 일단 그런 게 나왔다고만 해서. 저쪽에서 그걸 감투라고 불렀어요."

"그 감투, 가져다주세요. 꼭."

"네. 나머지는 절차대로 진행되고 있습니다. 서초동 팀은 질의서를 보냈고, 긴급하게 필요할 것 같은 자금은 현금으로 대기시켜놓았습니다."

"엑스맨은?"

"이미 봐둔 구멍이 하나 있습니다. 보낼 배달꾼도 찾았고요."

"자금은 다 써도 좋으니까 무조건 오늘 안으로 여길 나가는 걸로 합시다."

약 두 시간 후, 병원에 도착한 손 형사가 휴대전화를 충전하기 위해 주차장의 스타렉스 위장차로 돌아갔을 때였다. 친하게 지내던 고등학교 동창 하나가 운전석 창유리를 노크했다.

"어! 너 웬일이냐?"

손 형사가 오랜 친구를 알아보고 반가워했다.

"손기창이! 잘 지냈어?"

"이야, 여기서 다 만나네! 아주 신수가 훤해졌구나. 사업한다더니 잘 되나봐?"

"한 3년 만이지?"

"나 휴대전화 충전하고 정리할 게 좀 있는데. 잠깐만 들어와라. 10분만 앉아 있다가 이동하자."

손 형사는 활짝 웃고 있는 친구를 차에 태웠다. 서로의 안부를 묻는 것만으로도 지난 몇 년간 떨어져 있어 쌓인 어색함이 허물어졌다.

여운이 채 가시기도 전에, 동창은 가져왔던 펑퍼짐한 가방을 내밀었다. 지퍼를 열어서 안에 든 현금 3억 원과 시가 7억 원에 상당하는 보석과 패물을 보여주었다.

"너, 너 인마, 뭐냐 이거? 어쩌려고 이런 걸……."

손 형사는 숨이 턱 막혔고 말을 더듬기 시작했다.

"다 합치면 한 10억쯤. 도와주면 이런 가방 하나가 더 나간대. 그리고 나도 살고. 미안하다, 이런 식으로 나타나서. 사실은 나……."

동창은 사업 실패로 내몰리고 있는 삶이라고 자신의 처지를 털어놓았다. 불안해진 손 형사는 룸미러와 사이드미러를 번갈아보며 주변을 살폈다.

"기창아, 잘 생각해봐. 나이 마흔셋에 서울도 아닌 경기도에 작은 아파트 한 채 가지고 있다고 이상하게 볼 사람 아무도 없어. 직업도 멀쩡하게 있는데, 그 나이에 전세 전전하는 게 오히려 더 이상하지. 그리고 날 봐서라도."

"거절하면?"

"그 사람들 지는 배팅은 하지 않아. 너도 사실 큰돈 필요한 상황이잖아. 식구가 많이 아프다며? 다 알고 있더라. 이 돈 거절한다고 없었던 일이 되는 건 더더욱 아니니까, 그냥 눈 딱 감고 가자. 이번 한 번만이야. 나 좀 도와주라."

"미치겠네, 진짜."

손 형사는 울 것 같은 심정이었다.

"동의한 걸로 하고, 그 사람들이 원하는 거 전해줄게. 오늘밤에 돌아가면서 병실 지킬 거잖아? 너 차례가 되면 변호사한테 알려줘. 그것만 하면 돼. 나머진 그쪽이 알아서 할 거야. 타이밍이 되면, 넌 눈치 봐서 적당히 시늉해주고. 그리고 거래는 이번 딱 한 번으로 끝날 거야. 아, 이상한 의관 하나가 나왔다던데, 그걸 찾아서 꼭 가져다줘. 중요하다더라."

동창이 변호사의 명함을 돈이 든 가방에 넣고 지퍼를 닫았다. 그는 미안하다는 말을 한 번 더 남긴 채 사라졌다.

손 형사는 가져가라는 말을 끝내 하지 못했다. 신문지상에 부패한 자들이 보도될 때마다 그는 도무지 이해할 수가 없었고, 평생 뇌물 따위에 흔들릴 일은 없다고 생각했는데……, 상대는 그가 생각하던 차원 그 이상의 것을 보여주었다.

밤 9시. 사고현장을 계속 수색하고 있던 한 형사를 제외한 나머지 수사팀 형사들이 병원 로비 카페에 모였다.

연 반장은 허 형사가 가지고 온 감투를 확인했다.

"불에 탄 흔적이 없단 말이야. 외관이 너무 멀쩡해. 자, 정리해보자면, 일단 공항에서 출발했을 때, 성기담이 분명 차에 탑승했어. 손 형사에 의하면 도주 과정에서는 잠시 사라졌고. 그랬는데, 사고가 났을 때 성기담은 차 안에 있었어. 또 이 감투는 최소한 화재가 모두 진압된 후에, 차 안에 놓이게 됐다는 거잖아. 설명할 수 있는 사람?"

연 반장이 물었지만 아무도 대답하지 못했다.

"손 선배, 그때는 혹시 뒷좌석에 있지 않았을까요? 용의자에 의해 제압된 상태로 뒷좌석이나 좌석 아래 바닥에 누워 있다가, 충돌 때 반동으로 튕겨나가서 앞유리에 박았을 수도 있잖습니까?"

허 형사가 먼저 운을 뗐다. 손 형사가 갸우뚱했다.

"검문 불응할 당시에 이미 뒷좌석에도 없었어. 거기까진 내가 확인했어."

"잘못 본 거 아녜요?"

진 형사가 말했다.

손 형사가 고개를 절레절레 흔들었다. 그는 자신도 모르게 감투로 시선이 갔는데, 돈 가방이 연상되자 얼굴이 화끈거렸다.

"그 정도로 정신이 없진 않았어."

연 반장이 들여다보던 감투를 내려놓고 말했다.

"수수께끼는 천천히 풀기로 하자. 지금 당장 중요한 건 피의자 혐의를 입증하는 일이니까. 시간이 없어."

"반장님, 주요한 증거들이 제법 나왔는데, 결정적으로 아직 성기담이 깨어나지 않았습니다."

허 형사가 말했다.

"오늘 깨어나면 좋겠지만 아니더라도 걱정할 필요는 없어. 곧 용의자의 인상착의를 확인해줄 사람들이 도착한다니까, 우선은 투자사기 및 공문서 위조 혐의야. 영장 신청하고 지문 따는 데까지는 그걸로 충분해."

연 반장은 다음 날 날이 밝는 대로 신원불상의 용의자 신체를 대상으로 한 압수수색영장을 신청할 생각이었다. 영장은 발부될 것이고, 지문정보를 토대로 용의자의 신원을 정확히 특정한 후에 본격적인 수사를 진행할 것이다.

이날 수사팀이 확보한 것들은 다음과 같다.

첫째, 용의자가 사용한 여권과 신분증. 이름은 장대식, 43세, 직업은 여행 가이드. 지난 1998년부터 인도네시아에서 거주 중인 교포였는데, 3년 전 현지에서 발생한 폭탄 테러 사고로 가족들이 모두 사망. 혼자 고립돼 지내다가 작년 여름 갑자기 자취를 감췄다. 출입국기록에 의하면, 13개월 전에 한국에 들어왔다. 사진상으로 멘토와 인상착의가 비슷했고, 렌터카 업체에 기입한 이름과 동일했다.

둘째, 인천공항 내 CCTV에 촬영된 용의자의 모습. 티켓을 구매한 후, 출국장으로 이동했다가 항공편을 놓치고 직원의 안내를 받아 되돌아 나왔다.

셋째, 멘토가 도주하면서 버린 것으로 추정되는 전자충격기와 마취제가 담긴 일회용 주사기. 신불IC 옆 풀숲에서 발견됐는데, 지문은 검출되지 않았다.

넷째, 장대식 이름으로 개설된 신용카드. 항공티켓 구매에 사용됐다. 신용카드 사용내역은 영장을 발부받아 조사할 예정이었다.

다섯째, 용의자에게 투자사기를 당한 피해 당사자들. 그들이 용의자의 범죄 행각을 증언해주면 된다.

연 반장이 반원들에게 수사 성과와 일정에 대해 요약해주었다. 그러는 동안 손 형사는 감투를 살피는 척 슬며시 집었다.

"그거 손 형사가 맡아두고 있다가 사무실로 가져가. 다른 증거물도 같이."

연 반장이 감투를 가리키며 말했다.

"알겠습니다."

손 형사가 대답했다.

허 형사가 걱정스러운 얼굴로 말했다.

"성기담 씨는 어떡하죠? 본인이 자청했다고는 하지만, 사고까지 나버렸으니 문제가 커지는 거 아닌지 모르겠습니다."

"괜찮아질 거예요. 설마 무슨 일 있겠어요?"

진 형사가 연 반장의 눈치를 보며 말했다.

기담의 모친이 병원에 도착했다. 연 반장을 대신해서 진 형사가 자초지종을 설명해주었고, 모친은 마저 다 듣지도 못하고 주저앉았다. 진 형사는 용의자의 인상착의를 확인해달라고 요청했지만 기담의 모친은 알아들을 만한 여력이 없었다.

예상치 못하게 인천지검 검사가 직접 병원으로 찾아왔는데, 연 반장은 예감이 좋지 않았다. 검사가 벌써 지휘를 할 단계는 아니었기 때문이었다. 매우 이례적인 일이었다. 게다가 삼십 대 중반으로 보이는, 경험이 일천한 어린 검사였다.

검사는 대뜸 용의자의 또 다른 변호사들이 다녀갔다는 소식을 전했다. 그들이 방대한 양의 소명자료를 제출하고 갔다는 것이다.

"변호인단이요?"

연 반장은 의아했다.

"변호인단만 보면 우리가 무슨 재벌총수, 유력 정치인이라도 치러 가는 줄 알겠더라고요. 비싼 변호사가 무려 셋이나. 그래서 말인데, 최대한 신중하게 가는 게 좋겠어요."

검사는 지레 겁먹은 얼굴이었다.

"절차대로 진행할 겁니다. 염려 안 하셔도 돼요."

연 반장은 놓친 게 없는지 되짚어 보았다. 무엇이 문제인 것일까. 좀처럼 짐작할 수가 없었다.

"우리 쪽에서 수사한 것들 좀 봅시다. 잘못하면 뒤통수 맞을 수도 있겠던데. 압수수색영장 신청할 거죠?"

검사가 물었다.

"네."

연 반장이 수사 자료 정리한 파일을 넘겨주고 기록하지 않은 것은 구두로 요약해서 설명했다.

자료를 뒤적이고 몇 가지 물어보더니 검사가 불길한 언질을 주었다.

"우선 말입니다. 피발부자가 자신의 이름을 장대식이라고 진술했다고 하는데, 이 부분 확인했습니까?"

연 반장은 어이가 없었다.

"장대식은 용의자가 신분증을 위조하기 위해 차용한 이름에 불과합니다. 저희가 다 확인했어요."

"저 자식은 아무것도 기억하지 못한다고 했는데, 모순 아닙니까?"

진 형사가 끼어들었다.

"현재 기억의 일부를 되찾고 있는 중이라네요. 개인적으로 가족이 사망했던 사고 때문에 트라우마가 있다, 그러니까 회복될 때까지는 자극하지 마라. 그렇게 요청한 상태고요."

검사가 피의자 측 변호인단이 제출했다는 진단서를 내밀었고 연 반장과 우리가 돌려가면서 읽었다. 해당 인물의 경우 정신적인 상처가 있고 방어력이 취약한 상태인 만큼, 경찰 조사를 진행함에 있어서 극도로 신중하게 임해달라는, 한마디로 황당하기 그지없는 주장이었다.

"이건 이쪽 병원에서 끊은 진단서가 아닙니다만."

연 반장이 비난조로 말했다.

"참고할지 안 할지는 재판부에서 판단하겠죠."

검사가 대답했다.

"아오, 잡는 것도 지랄이지만, 항상 잡고 나서가 더 문제야. 이 딴 쓰레기가 먹힌다고요?"

허 형사의 입에서 욕설이 튀어나올 것 같았다.

연 반장이 허 형사에게 자제하라고 주의를 주었다.

"어떻게 생각하세요?"

검사는 연 반장의 의견을 물었다.

"피의자의 주요 범행수법 중 하나가 신분 사칭입니다. 저희 수사관이 용의자를 처음 만났을 때는 김민수라는 이름으로 활동하고 있었어요. 이번에 발견된 여권은 김민수가 아닌, 장대식이라는 이름으로 발급이 됐고요. 이 불일치를 해명하고자 하는 취지로 지문조회를 해보자는 겁니다."

연 반장이 대답했다.

검사는 고개를 끄덕였지만, 수긍하는 분위기는 아니었다. 사건의 논리가 뒤바뀌어가고 있음을 눈치챈 연 반장은 불안해지기 시작했다. 용의자가 자신을 진짜 장대식이라고 우기기 시작하면 어떻게 되는 것일까? 그래서 그는 부연했다.

"변호인 측에서 그자의 본명이 장대식이라고 주장한다면, 그걸 확인하기 위해서라도 더욱더 지문조회가 필요한 상황이에요. 원래는 이렇게까지도 할 필요가 없는 너무 당연한 절차인데, 왜 제동이 걸리는지 모르겠습니다."

검사가 걱정스러운 얼굴로 말했다.

"공항에서 사고지점까지 피의자가 도주 중이었다. 그게 우리 쪽 주장인데, 저쪽에서는 다른 얘기를 하고 있어요."

"무슨 말도 안 되는. 도대체 그쪽에서 뭐라고 얘기하는데요?"

진 형사가 끼어들었다.

연 반장이 정리했다.

"뿐만 아니라, 용의자는 저희가 검문을 시도했는데 불응한 혐의도 있습니다. 수사관이 다칠 뻔한 굉장히 위험한 상황이 있었어요."

검사가 말했다.

"저쪽에서 제출한 자료인데, 아무래도 해명이 필요할 것 같아요. 한번 들어보세요."

그가 휴대전화에 담아온 녹음파일을 재생했다. 파일이 재생

되자, 도주 중이던 멘토의 음성이 들렸다.

"경찰이죠? 인천공항에서 나오는 길인데요. 쫓아오는 차가 있어요. 공항 주차장에서부터 웬 남자 둘이서……. 네, 회색 싼타페, 차 번호는……."

수상한 누군가가 자신을 쫓아온다면서 경찰에 신고했던 내용이었다. 누가 들어도 겁에 질려 쫓기는 사람의 목소리였다.

녹음된 시간을 확인해본 연 반장과 수사팀은 아연실색했다. 사고 직전이 틀림없었다. 예상하지 못했던 반격이었던 것이다.

"장대식 씨라고 주장하는 용의자가 인천공항 주차장을 빠져나오면서 경찰에 신고한 내용이에요. 맞죠? 도주 중이란 생각은 안 드는데, 어떻게 생각하세요? 그쪽에서 이걸 들이댈 텐데, 깰수 있겠습니까?"

연 반장은 입을 다물었다. 우리는 다시 한 번 멘토의 위기대응 방식에 감탄했다.

검사가 말했다.

"신원불상의 용의자에 대한 신원확인이 필요하다는 건 인정해요. 그런데 우리 쪽에서 확보한 자료, 저쪽에서 제출한 자료, 다 합쳐보면, 병원에 입원해 있는 사람이 장대식이 아니라고 의심할 만한 틈이 별로 없거든요. 차를 렌트한 사람, 여권, 신분증, 신용카드 발부인, 또 사고 직전에 경찰에 신고한 내용, 본인의 진술까지. 이 사람은 일관되게 장대식이라는 이름을 사용했어요. 그렇죠? 수고가 많다는 건 압니다만, 법적인 문제니까 조금 더 신경 써주면 좋을 것 같아요. 이해 가시죠?"

연 반장이 지지 않고 맞섰다.

"다시 말씀드리지만, 피의자가 누군지 확실히 확인하자는 취지에서 지문을 확보하는 겁니다. 관련 사건이 불특정 다수에 대한 살인 및 유기라는 반사회적 흉악범죄기 때문에 특히 더 중요한 절차이기도 하구요. 그리고 이자는 엘스타펀드의 김민수를 사칭했는데, 그걸 확인해줄 참고인들이 있어요. 그 사람들이 오고 있는 중입니다. 그 증언이면 영장 발부받는 데 문제없을 거라고 생각합니다만."

그때 진 형사가 굳어버린 얼굴로 연 반장을 따로 불렀다.

"반장님, 잠시만."

"왜?"

"어떡하죠? 오기로 했던 참고인들이 오늘 일정 취소하겠다는데요."

진 형사가 방금 연락받은 내용을 알렸다.

"전부 다?"

"네."

연 반장은 순간 자제력을 잃어버릴 뻔했다.

"이유는?"

"저도 잘 모르겠습니다. 갑자기 오늘은 안 된다고 하는데……. 지금은 아예 전화를 안 받습니다."

검사가 무슨 내용인지 물었고, 연 반장이 머뭇거리다가 사실대로 말했다. 용의자의 인상착의를 확인해줄 참고인들이 일정을 취소했다고.

"저도 봤으니까, 제가 확인해드릴 수 있습니다."

내가 나섰다.

"류 피디라고 했습니까?"

검사가 물었다.

"네."

"기획단계에서부터 거의 수사팀처럼 움직였다면서요? 저쪽 변호사가 알고 있으니까 탄핵될 거요. 누가 봐도 공정한 증언은 아닐 테니까."

연 반장과 수사팀이 한숨을 내쉬었고 분위기는 착 가라앉았다.

검사가 계속했다.

"덧붙여서 한 가지만 물을게요. 이 사람 현행범입니까?"

"성기담이라고, 용의자와 같은 차량에 탑승했던 사람이 깨어나면 확인할 수 있습니다."

"그래요. 그럼 그때 확인하도록 하세요. 반장님 본인을 위해서라도 절차를 밟아나갑시다. 정리하자면, 영장 신청하기 전에 자료, 논리 모두 보강하시고, 그런 후에 얘기하는 걸로. 아셨죠? 지금 이대론 무리예요. 그게 제 판단입니다."

연 반장은 더 이상 대꾸하지 않았다. 그는 잊히지 않을 10여 년 전의 법정을 생각했다. 지긋지긋하게도 모든 것이 반복되고 있었다. 방화, 변호사의 거짓말, 오용되고 있는 법 논리, 고의적 착오…….

"자, 그럼."

검사가 마무리하고 일어섰다. 가다가 돌아서서 그가 덧붙였다.

"아, 우리가 이 사람 감시하는 것도 문제가 될 수 있어요. 저쪽에서 문제 삼기 시작하면 우리가 밀리는 싸움이에요. 미리 대비를 해두세요."

"시작부터 태클 장난 아니네. 우리 편인지, 저쪽 편인지 알 수가 있어야지."

진 형사가 병원을 나서는 검사를 보며 한숨을 토해냈다.

"딱 보니까 이 새끼 튈 생각인가 보네. 적당히 시간 끌다가. 그냥 보고 있어야 됩니까?"

허 형사가 의미심장한 발언을 했다.

지켜만 보고 있던 손 형사가 말했다.

"성공한다는 보장이 없거니와, 잘못하면 우리가 치명상을 입을 수 있어. 지금까지 수사한 것 전부가 물거품이 돼."

허 형사와 진 형사의 기가 꺾였다.

손 형사가 연 반장에게 제안했다.

"일단 용의자가 못 빠져나가게 지킬 인력 보강하고, 성기담이 깨어날 때까지 기다려보죠. 저도 불침번 서겠습니다."

연 반장은 냉정을 되찾으려고 애를 썼지만 갈수록 자제하기가 쉽지 않았다. 왠지 싸움에 질 것 같은 인내를 선택하기보다는 한 방을 노리는 맹수가 되는 것이 나을 것 같았다. 그가 입을 열었다.

"류 피디, 카메라 꺼."

나는 군말 없이 동의했고 조 감독이 카메라를 껐다.

연 반장이 형사들에게 말했다.

"지금부터 긴급체포로 용의자 신병 확보한다. 다시 놓치고 우리가 손 떼는 한이 있더라도 일단 놈의 이름, 정체부터 까발리는 걸로 하자. 그러지 않고서는 진도가 안 나갈 거야."

"사무실로 데려가는 겁니까?"

진 형사가 확인하듯 물었고, 연 반장은 단호하게 대답했다.

"수갑 채워서."

허 형사와 진 형사는 반색했지만 손 형사는 걱정이 됐다.

"반장님, 괜찮을까요?"

"뒷일은 내가 책임져. 내가 시켜서 했다고만 해."

손 형사는 가슴이 답답해졌다. 자신이 해야 할 일을 떠올리자 고통스러웠다.

"각자 장비 잘 챙겨. 경호원인지 깡패새낀지 모를 저 덩어리들 다 까야 되니까. 그리고 한 형사한테도 들어오라고 전해. 준비되는 대로 바로 들어간다."

이때가 밤 9시 50분경. 손 형사는 감투를 넘겨주고 첩보를 알려주기 위해 변호사를 호출했고, 멘토는 기담의 감투에 대해서 생각하는 중이었다. 사람을 보이지 않게 만든다? 이치에 맞지 않았지만, 그는 왠지 감투를 시험해보고 싶어졌다.

괴물의 탄생

우산

돈으로 코팅한 우산 써보셨습니까? 비가 알아서 피해갑디다.
LOL.

—J호텔 객실 냅킨에 남겨져 있던 필담의 흔적

기담이 극적으로 깨어난 이유는 응급환자가 발생했다는 소란
때문이었다. 교통사고로 다리가 부러진 환자가 마주보고 있는
긴급구역으로 실려 왔던 것이다. 눈을 뜬 기담은 그 끔찍한 장면
이 보기 싫어서 막 자리를 떠난 어머니의 뒷모습을 보았고, 자신
의 얼굴을 뒤덮고 있던 산소마스크를 느꼈다.

산소마스크를 떼어내자 그는 구역질이 났다. 머리가 어지럽
고 아팠는데, 그래도 견딜 만했다. 자신이 알고 있던 이정민이
바로 용의자였으며, 그가 자신을 헤치려 했다는 사실을 빨리 알

려야 했다. 전자충격기, 주사기 등의 범행도구를 버린 위치도 알려야 했다. 그런 다급함이 그를 일으켰다.

교통사고 환자 두 명이 더 실려 왔고, 기담은 자리 부족 때문에 응급실의 중증구역으로 옮겼다. 그때는 멘토 역시 은밀하게 일을 도모하기 좋은 응급실 맨 구석 병상으로 자리를 옮긴 뒤였다.

안정을 되찾은 기담은 병상의 커튼을 걷어냈다가 얼른 다시 몸을 숨겼다. 건너편 병상에 이정민이 보였던 것이다. 함께 있던 정장 입은 남자가 그에게 서류봉투를 넘겨주었고, 지시를 듣더니 다시 응급실을 나갔다. 놀랍게도 이정민이 서류봉투에서 감투를 꺼냈다.

감투가 왜 저 녀석 손에! 기담은 경악했다. 일이 어떻게 된 것인지는 모르겠지만 감투가 이정민의 손에 넘어간다면 돌이킬 수 없는 재난상황이 닥칠 것이다. 직감적으로 예상이 되는 일이었다.

이정민이 자신의 병상 커튼을 닫았다.

절대 내버려둬서는 안 된다. 기담은 무조건 저지해야 한다는 생각에, 정신없이 그의 병상으로 접근했다.

이정민이 감투를 머리에 써보려는 순간, 바닥에 엎드린 기담이 커튼 아래로 그 순간을 목격했다. 다행히 이정민은 사라지지 않았다. 거울에 자신을 비춰본 이정민은 실망하는 눈치였다.

어떻게 알았을까? 기담은 머릿속이 하얘졌다.

조금 전 서류봉투를 전해주었던 남자가 경호원을 데리고 들어왔다. 기담은 재빨리 이웃 병상의 커튼 뒤로 몸을 숨기고 훔쳐

보았다.

이정민은 남자가 가져온 수술복으로 갈아입었고 얇은 라텍스 장갑을 착용했다. 마지막으로 커다란 의료진용 마스크를 써서 얼굴을 가렸다. 반대로 경호원은 이정민이 입고 있던 환자복으로 갈아입은 후 역시 마스크를 얼굴에 썼다. 흡사 이정민처럼 보였다.

그들이 왜 그렇게 해야 하는지 기담은 이내 알 수 있었다. 연 반장과 수사팀이 이정민을 체포하기 위해 들이닥친 것이다. 응급실 밖에서부터 몸싸움이 있었다. 멘토의 경호원 셋이 격렬하게 막았지만 연 반장과 수사팀은 관록으로 제압했다.

"반항하면 수갑 채워!"

연 반장이 소리쳤고 허 형사가 그중 한 녀석을 작살낸 다음, 수갑을 채웠다.

"혹시 모르니까 손 형사가 도주로 차단하고 있어."

연 반장이 말했다.

"알겠습니다."

손 형사가 엉거주춤 대답했다.

연 반장, 진 형사, 한 형사가 응급실로 치고 들어왔고 곧장 멘토가 있는 병상으로 향했다. 응급실 데스크를 지키던 의료진이 모두 몰려 나와서 항의했다. 연 반장은 엎질러진 물이라고 생각하고 무시해버렸다.

"뭡니까? 영장 가져왔습니까?"

변호사가 항의했다. 진 형사가 변호사를 가볍게 밀친 다음 병상의 커튼을 열어젖혔다. 마스크를 쓴 채 누워 있는 남자가 보였다. 연 반장이 고지했다.

"이 시간 부로 긴급체포합니다. 혐의는 사문서 위조, 사기, 횡령, 배임, 특가법 위반. 본인에게 불리한 진술은 거부할 수 있고, 변론할 기회가 있습니다. 잘 아시죠?"

"경찰이 이래도 되는 거야! 엄연히 대한민국 법으로 정한 절차가 있는데 사람을 함부로 막 체포해도 돼?"

멘토의 변호사가 육탄 저지를 시도하자 응급실은 아수라장이 되었다.

"빨리 데려가!"

연 반장이 소리쳤다. 수술복을 입고 있던 멘토가 그 틈에 도주를 시도했다. 감투를 가운 안쪽에 품은 채였다.

"이정민! 거기 서!"

날카로운 고함소리가 쩌렁쩌렁 울린 것은 그때였다. 기담이 손가락으로 멘토를 가리키고 있었다. 멘토는 순간 멈칫했고, 수사팀은 일제히 멘토를 보았다. 그의 얼굴이 일그러지고 흙빛이 되었다. 진 형사가 변장한 멘토를 알아보고 한발 앞서 그를 막았다.

"너였냐?" 하며 멘토의 마스크를 벗겼다.

동시에 연 반장이 병상에 누워있던 환자의 마스크를 벗겼다. 멘토가 아니었다.

"놓치지 마!"

연 반장이 소리쳤다.

멘토의 변호사가 몸을 던졌다. 하지만 그는 한 형사의 되치기 한방에 나가떨어지고 말았다. 변호사는 허리를 만지며 신음하기 시작했다. 진 형사와 한 형사가 멘토를 제압해서 넘어뜨렸다. 멘토는 몸부림을 쳤지만 균형을 잃고 쓰러지고 말았다. 그 바람에 품안에 있던 감투를 흘렸다. 하필이면 그 감투는 병상 커튼 너머에 쓰러져 있던 변호사 앞으로 미끄러져 갔다. 변호사가 감투를 발견했다. 그 역시 감투가 궁금하기는 했다. 자신의 의뢰인이 왜 그토록 집착하는 것일까? 나름대로 짚이는 게 있었지만 모른 척하고 있던 차였다.

"저놈의 장갑부터 벗겨."

연 반장이 지긋지긋하다는 듯이 말했다.

진 형사가 멘토를 엎어놓고 라텍스 장갑을 벗긴 후 수갑을 채웠다.

체포된 멘토는 수갑이 채워진 채 일어났다. 분하고 짜증이 났지만 웃었다.

"누구신지……? 저 아세요?"라고 했다가, 그는 연 반장이 날린 카운터를 맞고 나가떨어졌다. 나뒹굴던 멘토는 기이한 광경을 목격하고야 말았다. 병상 옆에 쓰러져 있던 변호사가 사라진 것이다. 감투도 보이지 않았다. 그럼에도 병상의 커튼은 변호사로 추정되는 사람의 형체를 드러내며 펄럭이고 있었다. 멘토는 고개를 낮추고 커튼 아래 병실 바닥을 훑었다. 아무것도 보이지 않았다. 변호사와 감투가 동시에 자취를 감춘 것이다.

연 반장은 그러고도 성에 안 차는지 멘토의 뒷덜미를 잡고 일으켜 세웠다가 다시 발을 걸어 넘어뜨렸다.

"왜? 수갑 차보니까 다리가 후들거리지? 이제 시작이거든. 엄살 부리지 마!"

멘토가 벌떡 일어나서 연 반장을 향해 고개를 쳐들고 앙칼지게 악을 썼다.

"뒷감당할 수 있겠어? 너 돈 많아? 부자야?"

"고소하고 싶으면 고소해."

연 반장은 꿈쩍도 않고 받아쳤다.

"김변!"

멘토는 귀가 찢어질 듯한 목소리로 변호사를 불렀다.

"네, 대표님."

오랜 굴종의 세월을 보냈던 변호사는 습관적으로 주눅이 들었다. 그가 커튼을 걷어내고 등장했는데, 벗은 감투는 상의 안주머니에 쑤셔 넣은 채였다.

사실 멘토의 신경은 살짝 부풀어 올라 있는 변호사의 재킷 가슴께로 향해 있었다. 그 안에 숨겨져 있을 감투를 상상했다. 저 감투, 보이지 않는 존재로 만든다? 멘토는 다시 한 번 시험해볼 만한 가치가 있다고 생각했다. 보이지 않는 존재가 된다면? 그는 생각만 해도 황홀했다. 자신이 꿈꾸던 것들을 한꺼번에 이룰 수가 있는 것이다. 세상을 움직일 수 있는 거부를 움켜쥐게 되는 것이다. 진정한 자유를 맛보게 되는 것이다.

멘토는 변호사를 완전히 자신의 부속으로 장악하기 위해 일부러 더 표독하게 몰아붙였다.

"너도! 처먹었으면 돈값을 해야 될 거 아냐! 이것들이 보자보자 하니까. 그러고도 무사할 줄 알아?"

변호사는 거의 울기 직전이었다.

"죄, 죄송합니다."

기담은 친구라고 생각했던 존재의 내면에 그런 살기가 있을 줄은 몰랐다. 생소하고 기이하고 혐오스러웠다. 의료진이 나가 달라며 거세게 항의했다. 연 반장이 데려갈 것을 지시했고 진 형사와 한 형사가 멘토의 양쪽에서 팔짱을 꼈다.

"놔봐, 잠깐만!"

멘토가 뿌리쳤다.

"이정민, 그만해! 넌 끝났어!"

지켜보고만 있던 기담이 참지 못하고 나섰다.

웬걸, 멘토는 여유가 있는 얼굴이었다. 조롱하듯 연 반장과 기담을 번갈아보았다.

그 모습에 우리는 기가 질렸다.

멘토는 꺾이지 않았다. 평범한 사람이라면 벌써 무너졌겠지만 그는 맞섰다. 자백을 한다? 증거가 있다? 그까짓 것들이 무슨 소용이라고. 사실이든 아니든, 그런 건 중요하지 않았다. 확신에 차서 강하게 부정할수록 오히려 상대는 흔들린다. 법정으로만 가면 그는 이길 자신이 있었다. 거물에게는 관대한 법정이니까. 하지만 멘토는 그것보다 더 좋은 패를 가지고 있었다.

"그럽시다. 응급실에서 이러는 것도 민폐니까. 일단 서로 가시죠. 그거면 되죠? 그 전에 변호사한테 말해둘 게 있는데. 한마디면 됩니다."

어느새 차분해진 멘토가 연 반장에게 청했고, 연 반장은 할 수 없이 허락했다.

변호사가 멘토에게로 다가왔다. 멘토는 변호사에게 귓속말로 속삭였다. 진 형사와 한 형사는 멘토의 팔짱을 끼고 있었지만 둘 사이의 대화는 듣지 못했다.

"갑시다."

연 반장이 재촉했다.

상황이 정리된 것을 본 기담이 병실 바닥에 떨어져 있을 감투를 찾아 두리번거렸다. 감투는 보이지 않았다. 어떻게 된 일일까? 설마? 그는 멘토를 살폈지만 감투를 가지고 있는 것 같지는 않았다. 일단 안심이 되었다. 적어도 최악은 면했으니까.

그때는 변호사의 부탁을 받은 손 형사가 병실 전등을 끄려는 순간이었다. 멘토는 감투가 어떨 때 효력이 생기고, 생기지 않는 지 몰랐다. 그는 단지 어둠을 틈타 감투를 탈취할 생각이었다. 감투를 가지고 있는 변호사의 의도가 정확히 무엇인지 모르는 상황이었기 때문에 그것이 최선이었다. 그가 마지막으로 감행할 수 있는 일종의 도박이었던 것이다.

"혹시 머리에 쓰는 감투 못 보셨어요?"

기담이 병상을 정리하던 간호사에게 물어보았다. 바로 그때, 변호사와 손 형사가 동시에 전원을 내렸다. 응급실은 어둠에 빠졌다. 직후에 변호사는 자신의 코뼈가 부러지는 것 같은 충격을 받았다. 멘토가 머리로 들이받은 것이다. 그리고 변호사는 누군가가 자신의 감투를 꺼내가는 걸 느꼈다.

"얼른 불 켜!"

기담은 언뜻 웬 시커먼 물체가 바닥을 기고 있는 걸 보았다. 연 반장이 가장 먼저 휴대전화 플래시를 켰다. 다른 사람들도 휴대전화를 켜거나 열어서 불빛을 밝혔다. 그러나 이미 멘토가 보이지 않게 된 후였다.

"용의자는? 어떻게 된 거야!"

연 반장은 충격을 받은 얼굴이었다. 함께 있던 사람들도 사라진 용의자 때문에 어리둥절해했다.

"입구 봉쇄해!"

연 반장이 소리쳤다.

허 형사가 재빨리 입구를 막았고, 진 형사와 한 형사도 합세했다. 보이지 않게 된 멘토는 연 반장의 허리춤에 있던 수갑열쇠를 탈취했다.

"누구야!"

연 반장은 깜짝 놀랐다. 플래시를 비추었더니 수갑열쇠가 사라지고 없었다. 어둠 속에서 커튼이 차례차례로 펄럭였고 응급카트에 있던 도구키트 하나가 갑자기 바닥으로 쏟아졌다. 사람들이 놀라서 술렁거렸다. 분명 보이지 않는 존재의 흔적이었다.

"이정민!"

기담이 소리쳤다.

"넌 아직 여기 있어! 그거 벗고 얼른 자수해!"

"말도 안 돼."

연 반장은 도무지 믿기지가 않았다. 살아있는 사람이 보이지 않을 리가……. 혼란 속에서, 병상 뒤에 숨어 있던 멘토는 뒤로 찼던 수갑을 푸는 데 성공했다.

"스크럼을 짜세요! 절대로 놈이 못 빠져나가게 해야 돼요! 놓치면 돌이킬 수 없는 일이 벌어져요."

재앙을 예감하는 기담의 목소리에는 공포가 배어 있었다.

나와 허 형사, 손 형사, 한 형사는 나란히 어깨동무를 하고 출입구를 막았다.

"아직 승산이 있어. 수갑을 뒤로 찼으니까."

진 형사가 가스총을 꺼내 수색에 나섰다.

"다른 분들은 그대로 가만히 계세요! 위험합니다!"

연 반장도 테이저건을 빼들고 수색에 합류했다. 두 사람은 작은 소리 하나라도 놓치지 않으려고 온 신경을 집중했다. 다행스럽게도 전등불이 들어왔고, 응급실은 환하게 밝아졌다.

"좋은 생각이 있어요!"

기담이 수혈하고 남은 혈액 팩을 찢어서 뿌리기 시작했다. 사라진 멘토를 검출하기 위해서였다. 잠시 후, 진 형사가 피 묻은 자국을 발견했다.

"반장님. 놈이에요."

연 반장이 돌아보았을 때, 멘토는 이미 응급실 출입구 쪽에 가 있었다. 그가 휘두르는 소화기가 스크럼을 짠 우리를 향해 날아들었고, 손 형사가 머리를 맞았다. 손 형사가 정신을 잃고 쓰러지자 스크럼은 일순간 무너지고 말았다. 멘토였을, 보이지 않는 존재가 한 형사와 내 눈앞을 지나 병실을 빠져나갔다.

한 형사가 먼저 멘토를 쫓아갔다. 의욕이 앞서는 바람에 그는 휠체어와 충돌하고 말았다. 멘토가 기회를 놓치지 않고 그의 무릎을 밟아 부러뜨렸다. 곧이어 연 반장과 진 형사가 멘토의 피 묻은 발자국을 쫓아갔다. 진 형사가 가스총을 썼지만 소용이 없었다. 멘토의 것으로 보이는 신발 두 짝이 응급센터 바로 밖에서 나뒹굴고 있었다. 더 이상 멘토를 추적할 수 있는 흔적은 남아 있지 않았다.

"손 형사님! 손 형사님! 정신 차려요!"

허 형사가 울부짖으며 손 형사를 흔들었다. 의사가 손 형사의 머리에 손을 가져다댔다. 손바닥 전체를 적실 양의 피가 묻어났고, 그가 머리를 대고 있던 병실 바닥은 피로 흥건히 젖기 시작했다.

"이제 끝인가."

기담은 그 재앙을 수습할 길이 막막했다. 장차 세상을 무너뜨릴지도 모르는 괴물이 태어난 것이다. 넋이 나가 있는 기담에게 내가 물었다.

"방금 우리가 본 게 뭐였죠?"

"모르겠어요. 저 괴물이 뭐가 될지. 어떻게 변할지……."

어지럼증을 느끼는 듯 그가 비틀거렸다.

보이지 않는 위험

연쇄살인인가? 아닌가?

연쇄살인인가? 아닌가? 그 문제로 논란이 있었죠. 단순히 사람을 많이 죽였다고 연쇄살인이 되는 것은 아닙니다. 그런 건 대량살인이라고 해요. 연쇄살인이 되기 위해서는 반복성, 패턴성이 발견되어야만 하고, 살인과 살인 사이에 반드시 냉각기가 있어야 합니다. 이 '냉각기'는 별것 아닌 것 같지만 아주 미묘하게 중요한 문제예요. 살인이 이루어진 직후에는 일시적, 부분적으로나마 욕구나 충동이 해소됩니다. 냉각기가 시작되는 것이죠. 이때부터 다음 범행이 의도되고 실행되기까지 범죄자의 내면에서는 다시 자라는 범죄 욕구와 충동, 그에 반해서 억제하려는 의지, 그리고 잡힐지 모른다는 두려움 같은 온갖 감정들이 변형과 변주를 일으키며 마구 뒤섞입니다. 이 혼돈이 바로 어떤 특유의 패턴을 만들어내는 것이죠. 수사학적인 표현이긴 합니다만, 냉각기가 바로 반복성과 패턴성을 만들어낸다고 해도 과언이 아닐 겁니다. 게다가 그 냉각기가 결국에는 유발하고 마는 범죄에는 강박과 어떤 병적인 충동이 내재돼 있습니다. 아주 미묘한 방식으로요. 그래서 전 연쇄살인에는 정신병적인 특성이 있다고 봅니다. 사람들이 연쇄살인을 접하면서 평범하지 않은 두려움을 느끼는 이유는, 바로 그러한 병적인 특성을 감지하기 때문이에요. 그렇다면 멘토의 경우에는 어떤가? 만약 멘토의 살인이 하나의 범죄 플랜, 즉, 동일성을 유지하는 하나의 프로젝트가 진행되는 과정에서 발생한 것이라면 세 명이 죽었든, 열 명이 죽었든 그건 연쇄살인이 아닙니다. 냉각기가 없기 때문이죠. 하지만 멘토 역시 범죄 프로젝트와 또 다른 범죄 프로젝트 사이에 존재하는 어떤 종류의 냉각기를 거쳤다면 얘기는 달라지죠. 처음에는 반신반의했지만, 저는 그가 냉각기 동안 어떤 병적인 강박을 느꼈다고 확신했습니다. 피디님의 표현을 빌자면 '직선을 긋고 싶은 욕구'를 강박적으로 느꼈다고 봅니다. 다만 그 욕구란 것이 직접적으로 살인을 의미하지는 않았을 거예요. 그의 경우에 살인은 그 욕구 해소에 동반되는, 엄밀히 말하자면, 필연적인 것은 아니지만 대개는 필요한 절차였던 것이었죠. 변태적, 가학적 성욕을 가진 사람의 범죄에 폭력과 살인이 동반되는 것처럼 말이죠. 연쇄살인을 정의함에 있어서 아직까지는 이 '필연'과 '필요'의 차이를 구분하지는 않기 때문에 연쇄살인이 명백하다고 생각합니다. 게다가 멘토의 그 욕구란 것 역시 병적인 냄새를 풍기기까지 하니까. 그 사람은 중독된 거예요. 멈출 수가 없기 때문에 자꾸 반복하는 겁니다. 아주 현대적인 범죄죠. 단순히 돈이 궁하다는 이유로 보험금을 노리고 살인을 저지르는 그런 경우와는 다르다고 봅니다.

— 노태성(동국대 경찰행정학과)

수술 후 사흘 만에 깨어난 손 형사는 시신경 손상으로 실명하고 말았다. 그는 낮에도, 밤에도 비명을 질러댔고 간혹 흐느껴 울었다. 그는 거의 미쳐버린 상태에서 자신이 멘토의 돈을 받았다고 떠벌리기 시작했다. 차에서 그가 숨겨놓은 돈 가방을 발견했을 때 수사팀은 비참한 심경이었다. 한 형사의 경우에는 무릎 부상으로 병원 신세를 져야 했다. 연 반장은 말할 것도 없이, 반원 전체가 멘토에 대한 복수심으로 끓어올랐다.

수사팀은 멘토의 손목을 채웠던 수갑에서 지문을 채취했다. 조회 결과 밝혀진 그의 본명은 김남재. 1967년생이며 출생지는 서울이었다. 형제 없이 혼자 자랐고, 부친의 사업 실패로 열두 살이던 해부터 모친과 함께 도피생활을 시작했다. 기담이 알고 있었던 '이정민'이라는 이름은 도피 중이던 당시의 신분을 숨기기 위해 사용했던 가명이었다. 빚 독촉과 수배를 피해 어릴 적부터 다른 이름으로, 가짜인 삶을 살도록 강요받았던 것이다. 멘토가 전국을 떠돌며 사용한 가명은 열 개 이상이었고, 최소 열여섯 번 이상 이사했던 것으로 드러났다. 모친이 사망했다는 기록은 아직 없었다. 살아있다면 모친은 그에게로 접근할 수 있는 마지막 열쇠가 될 것이다.

그리고 늦었지만, 멘토가 마지막까지 사용했던 아지트가 인천 남동공단의 한 창고 건물에서 발견되었다. 병원에서 탈출했던 그날 밤, 그는 아지트에 남아 있던 흔적을 없애기 위해 방화를 시도했다. 그러나 화재는 그의 예상보다 신속하게 진압됐고, 그 사실이 경찰에게 알려진 것이다. 창고 곳곳에서 시체를 담았던 가방, 휴대전화 아홉 개, 마취제 세 종류, 주사기, 비닐하우스 제작용 대형비닐, 마스크, 장갑, 보안경, 지문을 녹일 때 사용한 것으로 보이는 공업용 염산, 2003년식 무쏘 차량 한 대, 그리고 머리카락, 혈흔 등 유전자감식이 가능한 시료 28종이 나왔다. 물론 지문도 검출되었다.

멘토는 그런 것 따위는 신경 쓰지 않아도 되었다. 원하면 언제든지 숨어버릴 수 있었고, 궁극적으로는 보이지 않는 존재였으니까. 그는 어디에나 존재하는 괴물이 되어가고 있었다.

반면에 나는 집 안팎에 CCTV를 설치했고, 자려고 누웠다가 다시 일어나서 했던 문단속을 또 하곤 했다. 독살에 대한 두려움 때문에 냉장고는 항상 비워두었으며 개봉한 음식은 그 자리에서 다 먹어치웠다. 놈이 밀칠까봐 지하철 승강장이나 보도블록 가장자리, 베란다, 낭떠러지 근처에는 가지 않았고, 운전을 할 때면 스프레이를 뿌려서 놈이 차 안에 숨어 있는지 확인하곤 했다. 그를 알았던 모든 사람이 아마 그렇게 시간을 보내고 있었으리라.

기담은 경찰에 주거지 이동 사실을 알린 후 강릉 고향집으로 갔다. 어차피 달리 숨을 곳은 없었다. 놈은 마음먹기만 하면 언제든 찾아낼 것이고 더욱이 그곳이 도시라면 익명으로 숨어들어올 것이기 때문이다. 그렇다면 차라리 한적한 촌에서 지내는 게 낫겠다고, 그는 생각했다. 낯선 이가 등장하면 단번에 드러나고 말 테니까.

그가 태어나 자란 곳은 강릉시의 최북단 주문진에 속한 작고 조용한 마을이었다. 소돌항을 안은 덕분에 전통적으로 수산업이 주된 수입원이었으나, 최근에는 부두시설과 해안도로, 공원이 정비될 때마다 관광산업 또한 소소한 먹거리를 가져다주었다. 그럼에도 사람과 돈을 블랙홀처럼 빨아들이는 지역경제의 중심 주문진항 때문에 상대적으로 발전이 더딘 곳이었다. 단조롭고 한가해서 이방인이 들어오면 금방 표시가 나는 것이다. 그 중에서도 기담의 집은 외진 언덕 중턱에 위치해 있었는데, 멘토의 등장을 관찰하기에는 그야말로 최적의 입지였다. 관광객이 그의 집 주변까지 얼씬거리는 일은 좀처럼 없었던 것이다.

고향집에 도착해서 그가 가장 먼저 한 일은 집 담장에 경보장치를 설치하고, 호신용 가스총을 주문하는 것이었다. 그런데도 안심이 되지 않아서 CCTV를 설치했고, 성질이 지랄 같기로 소문난 개 한 마리를 집에 들였다. 주인에 대한 맹목적 충성심이 유난한 녀석이어서 이웃집 주민조차도 제대로 알아보지 못하고 사납게 짖어대기 일쑤였다.

일과는 단순했다. 매일 느지막하게 일어나 낮에는 항구에서 물고기를 손질하는 어머니의 허드렛일을 돕거나 마을과 어시장, 부두 일대를 산책했다. 구석구석 섬세하게 익히고, 또 밤새 낯선 존재가 출현하지는 않았는지 탐색하기 위해서였다. 가계의 유일한 수입원인 2톤짜리 소형어선을 청소하는 일이 이틀에 한 번 정도 있었고, 어머니를 모시고 병원이나 마트에 다녀오는 일이 불규칙하게 있었다. 지루함을 못 이기는 날에는 주문진항까지 걸어서 다녀오기도 했다. 한번은 새벽 출항하는 어선에 동승해보았는데, 그만 몸살에 걸려 앓아눕고 말았다. 자투리 시간과 일몰 후의 시간 대부분은 뉴스를 확인하거나 인터넷에 올라오는 기이한 소식을 읽으며 소일했다.

SNS와 커뮤니티 게시판 그리고 블로그에, 보이지 않는 존재를 보고하는 글이 속속 올라오고는 있었다. 직접 경험하지 않고서는 믿기 힘든 일이니 만큼, 그것의 존재를 사실로 인정하고 지지하는 이들은 소수에 지나지 않았다.

멘토가 병원을 탈출한 지 열흘째 되던 날, 출입국기록을 저장해둔 메인서버와 백업서버, 백업데이터가 모두 증발했다는 뉴스가 세간을 떠들썩하게 했다. 그밖에도 그를 떠올리지 않고는 설명할 수 없는 현상들이 매일같이 보고되고 있었다. 주요 은행과 금융기관이 매일같이 해킹을 당하는가 하면, 우량기업이 부도가 나고, 지방은행 하나가 통째로 사라지기도 했다. 외환시장과 주식시장에서는 이상거래가 빈번하게 보고되었는데, 불과 보름 사이에 엄청난 규모의 자본이 해외로 빠져나갔다는 소문이 돌기도 했다. 그뿐만이 아니었다. 경찰 데이터베이스가 뚫렸다는 이야기가 들렸다. 누군가의 전과기록이 삭제되고, 그를 추적했던 수사팀의 신상정보가 유출되었다는 것이다. 나의 경우에는 부모님이 살고 있는 집을 담보로 거금이 대출되었다가 증발했다. 우리 가족은 빚더미에 올라 신용불량자로 전락했다. 멘토의 보복은 그런 식으로 일어났다. 그에게는 안전하고 효율적인 방식이었을 것이다.

그 무렵 기담도 은행으로부터 여신을 통째로 회수하겠다는 통지를 받았다. 당황해서 계좌잔고를 확인하던 그는 아파트를 판 대금이 달러로 환전된 후 사라졌음을 알았다. 학원이 매각되더라도 평생 갚지 못할 빚이 남게 된 것이다. 기담은 절망에 빠졌다. 꿈도, 미래도, 자유도 허망하게 사라진 것이다.

미치광이 멘토의 거대한 꿈은 실현되기 직전이었고, 그의 존재와 운명은 우리에겐 악몽이 될 재난을 향해가고 있었다. 그가 얼마나 더 거대해질지 상상하는 건 불가능에 가까웠다. 무엇보다 그를 추종하고 경외하는 이들이 등장하고 있다는 게 문제였다. 과연 누가 멘토의 꿈을 꺾을 수 있을까?

멘토를 놓친 이후, 우리는 각자 찢어져 있었다. 보이지 않은 존재는 두려움의 대상이었고, 함부로 범접할 수 없는 차원에 가 있었던 것이다. 그런 상황에서 내가 기담을 찾아가게 된 건 범죄분석팀을 이끌고 있던 안 경위 때문이었다.

"안녕, 선배. 여기가 말로만 듣던 작업실인 거야?"

안 경위가 멘토에 관한 파일을 잔뜩 싸들고 왔다.

"올 때가 됐는데, 왜 안 오나 했지."

나는 니글거리게 웃고 있는 안 경위를 편집실에서 맞이했다.

나는 그동안 취재하고 촬영했던 자료를 처음부터 끝까지 돌려보며 멘토를 회고하는 중이었다. 변호사이기도 했고, 회계사이기도 했고, 금융컨설턴트이기도 했고, 여행가이드이기도 했고, 또 그밖에 우리가 몰랐던 누군가였지만, 그에게도 분명 한계가 있을 것이다. 나는 그의 삶을 이해하려고 애를 쓰는 한편, 그의 허를 찌를 약점을 찾아내려고 머리를 쥐어짜내는 중이었다.

"선배 말대로 놈은 공항 단골손님이었어. 홍콩, 벨기에, 미국, 영국은 물론이거니와 버뮤다, 케이만군도 같은 조세피난처, 그리고 오세아니아, 중앙아메리카 어딘가의 들어본 적도 없는 온갖 나라들을 돌아다닌 것 같더라고."

"안 경위, 지금 나한테 보고하는 거니? 왠지 결재 맡으러 온 부하직원 같은데."

내가 차를 내주며 말했다.

"그런가? 뭐, 어쨌든. 선배가 분석했던 내용들, 대체로 맞는 것 같단 말이야. 묘하게 설득력 있어."

"특히 어떤 점에서? 답이나 한번 들어볼까."

나는 시험문제를 내는 기분으로 물었다.

"좋아. 이자는 살인을 즐기지 않아. 살인 충동 같은 걸 느끼느냐고 물으면, 아니라고 대답할 사람이야. 필요할 때마다 살인을 실행에 옮겼을 뿐이었지. 일종의 직업 같은 개념? 아마 그랬을 거야. 하기 싫어도 어쩔 수 없이 해야 할 때가 있잖아. 놈의 생각을 굳이 정리하자면 이런 거야. 사람을 죽일 수 있으면 효율적으로 해결할 수 있는 일이 많다. 살인에 대한 금기는 생산성을 떨어뜨린다. 선배가 옳았어. 이 자식은 신종 괴물이야."

내가 받았다.

"살인과 살인 사이의 냉각기는 어떻게 설명하지? 연쇄살인인 만큼 패턴을 만들어내는 냉각기의 성격을 밝혀야 하잖아. 멘토는 살인 충동에 지배받지는 않았어. 살인은 도구일 뿐이었으니까. 대신 다른 종류의 충동을 느끼면서, 그 충동이 유발하는 압박 속에서 살았을 거야. 이를 테면, 성공과 부를 향한 욕망. 경쟁에서 이기고 말겠다는 승부욕. 일종의 중독이었다고 봐야겠지. 그런 병적인 특징이 멘토의 냉각기를 이끌었을 거라고 봐."

"동의해. 녹음했는데, 괜찮지?"

"이번에는 그냥은 안 돼. 내 보고서 인용하려면 각주 달고 출처 꼭 밝혀."

"선배는 은퇴했잖아. 그 보고서, 우리 팀원들이 골고루 나눠 가지면 안될까? 대신 다큐 촬영에 적극 협조할게. 필요하면 섭외도 해주지. 이름만 대. 나 인맥 장난 아닌 거 알지?"

"생각해보고. 일단 멘토에 대해서 읊어봐. 변호사였던 건 맞는 거야?"

"그것도 사칭이야. 성기담을 만났을 때 멘토는 영등포에 있는 한 법률사무소에서 일하고 있었어. 직급은 과장. 심지어 그때는 본명 그대로 활동했더라고. 그러다가 법원에서 우연히 성기담을 만났어. 그때 얼떨결에 변호사라고 둘러댄 것이 화근이었던 것 같아. 성기담에게는 어린 시절 이름 그대로 이정민이라고 말했지. 그러고는 바로 명함 파서 변호사가 됐어. 세상 쉽게 사는 법을 별안간 깨닫게 된 거지. 선배가 말한 대로 직선 긋기. 단, 법률사무소에 있던 동료들은 알아볼 거잖아? 어떻게 했게? 지금 그 사람들 전부 다 실종 상태야. 변호사 두 사람, 사무장 한 사람, 그리고 여직원 하나."

"끔찍하군."

멘토의 행각에 대해서 들을 때마다 나는 매번 섬뜩해졌다. 적응할 때도 됐는데 여전히 참아내기가 쉽지 않았다.

"선배 말대로 본인도 좋아서 한 일은 아니었겠지. 사실 난 그게 더 소름끼쳐. 죽이지 않으면 본인이 죽을 것 같은 강박이 있었던 것도 아니고, 분쟁이나 원한이 있었던 것도 아니고, 죽이면 기분이 좋아지는 것도 아니고. 이해가 안 돼."

그가 고개를 절레절레 흔들었다.

"이자는 살인을 멈추지 않을 거야."

나는 찻잔을 다시 채우기 위해 커피포트가 있는 테이블로 갔다.

"내가 맥 빠지는 소리 해줄까?"

안 경위는 들을 준비가 됐다는 듯이 자세를 고쳐 앉았다.

"들어나 볼까."

"당분간 살인은 없을 거야. 이젠 더 이상 그럴 필요가 없어졌으니까."

"맥이 빠지는 정도가 아니라, 아예 찬물을 끼얹는군. 이젠 프로파일링 같은 거 다 필요 없다?"

"지금까지 조사한 거 붙들고 있어봐야, 멘토의 다음 수순을 예측하는 건 불가능하다는 얘기야. 멘토는 더 이상 함정수사 같은 거에 걸리지 않아. 누굴 사칭할 일도 없고, 범행대상 물색할 일도 없거든."

"또 그 투명인간이니 뭐니 하는 소리군. 선배가 무슨 맥락에서 그런 말 하는지는 알아. 근데 설마 우리가 그런 판타지 소설을 믿을 거라고 생각하는 건 아니겠지?"

"병원에서의 목격자는?"

"정전이었다면서?"

"본 사람이 한두 명이 아니야."

"보이지 않는 존재? 그러니까 아무도 못 본 거잖아. 그게 논리적인 결론이지 않겠어?"

"두고 보면 알겠지. 분석한 자료 코멘트 부탁하러 온 거면, 뭐 검토 정도는 해줄게. 시간이 있을지는 모르겠지만."

"능력 부족으로 은퇴한 사람한테 그런 걸 다 부탁하러 왔을까? 현역 체면이 있지."

"그럼?"

"강릉에 가서 성기담 씨 좀 만나고 와줘. 우린 안 만나겠다네."

"그 사람도 예민해져 있겠지. 나 같아도 모르는 사람 함부로 만나고 싶지 않을 거야. 뭘 알고 싶은 건데?"

안 경위가 사진 몇 장을 꺼냈다. 하나같이 예순은 족히 넘었을 것 같은 여자들의 사진이었다.

"가서, 이분들 중에 멘토의 모친이 있는지 물어봐줘. 옛날에 알았던 사람들을 수소문해봤는데, 너무 오래된 일이라서 잘 기억을 못하더라고. 성기담 씨는 좀 특별한 관계였다니, 알아볼 수 있지 않을까 해서. 이게 마지막 희망이 될지도 몰라."

12월 중순, 전날 내린 눈으로 영동지방 대부분이 설국으로 변해 있던 날이었다. 그는 언제 경매로 넘어갈지 모를 어선 갑판 위에서 눈을 치우고 있었다.

"이 배예요. 아버지가 남긴 마지막 유산. 평생 한전에서 일하시다가 은퇴하셨어요. 사실 이 동네 전봇대는 우리 아버지가 다 세웠다고 해도 과언이 아니었죠. 이 배 이름이 '메리호'인데, 오징어 잡던 배에다가 이런 식의 이름을 붙인 건 근처에서 우리 배가 유일할걸요. 메리가 뭐냐면 아버지가 키우던 개 이름이었죠. 그래서 이 배를 그냥 똥개라고 불러요."

"재미있네요."

내가 말했다.

"여기서 정민이와 정민이 어머님을 처음 만났어요. 늦은 봄이었던가. 저녁 출항을 앞두고 갑판을 청소하고 있었는데, 두 모자가 길을 묻는 거예요. 살 집을 구하는 것 같더라고요. 짐은 딱 보따리 하나랑, 큰 짐 가방 하나. 혹시 방 구하세요? 했더니, 그렇다고 하더군요. 마침 우리 집에 빈방이 있었는데, 잘 됐다고 생각하고 엄마한테 데려갔죠. 정민이가 서울말 쓰고 똘똘하게 생겼다고 우리 엄마가 마음에 들어 했어요."

그가 장갑을 벗어서 털더니 이마에 맺힌 땀을 훔쳤다.

"본명이 뭐랍디까?"

"본명 김남재, 출생지는 서울이었습니다. 부친은 1980년대 후반까지도 살아있었어요. 그때엔 사망한 게 아니었던 거죠."

나는 불에 타다 남은 멘토의 창고를 조사한 결과와 김남재의 성장과정에 대해서 간략하게 설명해주었다.

"김남재……."

그의 본명을 되뇌던 기담은 부두 한쪽에서 눈사람을 만들고 있던 열다섯의 어린 멘토를 보고 있었다.

그날도 밤새 내린 함박눈으로 부두 일대는 하얗게 덮여 있었다. 소년은 바다가 보이는 선착장 끝에서 커다란 눈사람을 만들었는데, 그 가슴팍에다가 '김남재'라는 이름을 새기고 있었다.

"야, 이정민! 뭐하나?"

학교를 마치고 곧장 부두로 뛰어온 기담이 소년의 어깨에 손을 척 올리며 물었다.

"김남재? 김남재가 누군데?"

"친구."

"친구 누구?"

"서울 살 때 알았던 친구."

"그래? 흠, 근데 이거 왠지 나 닮은 거 같은데. 날 모델로 만든 거 아냐?"

기담은 그 옆에다가 자신의 이름을 썼다.

"너 닮은 눈사람은 내가 만들어줄 테니까, 기다려!"

소년 멘토를 회상하면서 기담은 주먹 크기의 작은 눈사람을 만들었다.

"그렇게 말하고 내가 눈을 뭉치는데, 갑자기 정민이가 자기가 만든 눈사람을 발로 차서 뭉개버리잖아요. 야, 왜 그래? 하고 돌아봤죠. 정민이 어머님이 보고 있더라고요. 정민이가 미안해, 라고 말했고, 아주머니는 정민이를 데리고 가버렸어요. 아주머니가 그렇게 무서운 표정 짓는 걸 그때 처음 봤어요. 김남재? 빚쟁이 이름인가? 그땐 그렇게만 생각했었는데. 자기 이름일 줄이야."

기담은 나를 자신의 집으로 안내했다. 그 시절 두 모자가 살았던 곳이라면서 구석방 하나를 보여주었다.

"지금은 기와를 얹었는데 그때는 슬레이트 지붕이었어요. 지붕 빼고는 별로 변한 게 없어요."

부엌까지 합쳐서 다섯 평도 채 안 되는 작은 방에 두 모자가 더부살이에 가까운 삶을 살았다.

"그 일이 있고 일주일 만에 말도 없이 떠났어요. 힌트라도 좀 줄 것이지, 하며 원망했었죠. 여기 오기 전엔 어디서 살았었나요?"

"수원에서 약 1년 정도 살았습니다. 잘 지내다가 갑자기 전학하게 된 계기가 참……, 뭐라고 해야 할지. 어릴 때부터 공부로 날리던 친구였는데, 알고 계셨나요?"

"똑똑하다는 건 짐작하고 있었는데, 학교 성적은 그냥 중간 정도였던 것 같아요."

"도피 생활 중이었기 때문에 모친은 아들이 튀는 걸 바라지 않았던 모양이에요. 학교에서는 공부를 잘하지도 못하지도 말고, 있는 듯 없는 듯 눈에 띄지 않게 생활해라. 그렇게 가르친 거죠. 어기면 매를 들기도 했어요. 자주는 아니고, 가끔. 그런데 한 번은 이 친구가 전교 1등을 해버렸어요. 반에서 15등, 20등 정도 하던 아이가 갑자기 전교 1등을 하니까 더 눈에 띈 거죠. 시험 성적이 거의 만점이었나 봐요. 관심이 급증하자 그에 대한 이런저런 소문이 돌았고, 그 길로 모자가 야반도주를 한 겁니다. 다음

행선지가 여기였어요."

기담은 그 시절 소년이 눈사람을 만들던 그 부두를 말없이 바라보았다. 비록 새로 쌓은 방파제와 정박시설이 들어서 있었지만, 그는 옛 포구의 모습을 선명하게 기억하고 있었다.

나는 가져온 사진 몇 장을 꺼내 보여주었다. 그는 어렵지 않게 하나를 골랐다. 콧날이 오뚝하게 솟은 여인이 환하게 웃고 있는 사진이었다.

"꼭 찾아주세요. 정민이가 어머님을 찾아갈 일이 생길 거예요."

"이유는요?"

그가 주저하다가 말했다.

"확실치는 않아요. 때가 되면 설명해드리겠습니다."

눈이 녹아버리자 기담은 불안해졌다. 마을 진입로가 본래의 바짝 마른 아스팔트 길로 돌아간 것이다. 마을 곳곳의 흙길은 꽁꽁 얼어버려서 발자국이 쉽게 남지 않았다. 멘토가 몰래 숨어들면, 알아차리기가 쉽지 않을 것이다.

기담은 바람에 대문이 흔들리는 소리, 나뭇가지가 부러지는 소리, 낙엽이 바삭거리는 소리에도 쉽게 잠에서 깼고, 한 번이라도 깨면 다시 잠들기가 힘들었다. 언제 놈이 방문할지 알 수 없다는 불확실성 때문에 피가 마르는 시간을 보내야 했다. 꼭 한 번은 찾아올 것이다. 꼭 한 번은…….

12월도 중반을 지나 한 해의 끝을 향해가고 있었다. 이른 아침부터 강풍이 불고 파도가 심상치 않았던 그날, 저녁이 되자 거대한 너울성파도가 작은 항구로 들이닥치기 시작했다. 시스템 오작동으로 예보가 늦었던 탓에 선주들은 일몰 후에야 경보 문자 메시지를 받을 수 있었다. 선주들이 하나둘 부두로 모여들었고 기담도 어촌계장의 전화를 받고 얼른 나가 보았다.

"어쩐지 아침부터 심상치 않더라니. 너울 경보가 늦었어! 늦어도 한참 늦었어!"

어촌계장이 소리쳤다.

"세상에! 오늘 뭔 일 나겠는데! 파도 좀 봐!"

레저용 낚싯배를 모는 선장 조 씨가 말했다.

바다가 미쳐 날뛰는 날에는 어선끼리 서로 충돌해서 침몰하곤 한다. 보통은 크레인으로 어선을 건져서 부두 위로 올려놓는데, 그것이 가장 안전한 방편이었다. 그렇지 않은 날은 굴비 엮듯이 서로 붙들어 매놓거나, 부두에 바짝 붙여서 정박시켜놓아야 했다. 그런데 이날은 그럴 새가 없었던 것이다.

"이것봐들! 당장 크레인 작업 시작할 텐데, 시간이 걸릴 거야! 차례가 늦겠다 싶으면 각자 알아서 판단들 해!"

어촌계장이 선주들에게 일렀다.

뒤늦게 크레인이 어선을 선착장 위로 끌어올리는 작업을 시작했지만 차례를 기다리기에는 여유가 없었다. 기담은 메리호에 올라 장구를 정리하고 정박줄을 부두에 단단히 맸다. 작업이 끝났을 때쯤, 방파제의 보호를 받고 있던 내항이 소용돌이치기 시작했다.

"올 것이 왔구나."

어촌계장이 어금니를 꽉 물었다.

"저기! 누구 배야? 저러다가 가라앉는 거 아니야?"

조 씨가 선외기를 단 작은 낚싯배 한 척을 가리켰다.

얼마 못 가겠다 싶었다. 아니나 다를까, 위태롭게 파도를 타던 낚싯배는 마치 종이배가 뒤집어지듯이 허무하게 전복됐다. 다행히 다른 선박에 피해를 주지는 않았다.

"성 원장, 그쪽 배는 문제없는 거지?"

어촌계장이 기담에게 물었다.

"네, 단단히 매뒀습니다."

"그 집 똥개는 항상 운이 좋았으니까 이번에도 잘 버텨줄 거야. 그래도 혹시 모르니까 정신 똑바로 차리고 보고 있게."

"네."

너울은 먼 바다에서부터 소리 소문 없이 시작된다. 처음에는 암살자처럼 바짝 엎드린 채 접근해오는데, 그때까지는 얼마나 거대한 에너지를 품고 있을지 짐작하기란 쉽지 않다. 놈은 육지에 가까워질수록 서서히 마각을 드러낸다. 파동을 잘 타는 날에는 에너지가 중첩되고 쌓여서 높이가 10여 미터 이상에 이르고, 방파제나 해안도로, 부두 시설을 부수기도 한다. 너울이 풍랑과 다르게 무서운 점은 방파제를 옆으로 돌아서 내항으로 들이닥치기도 한다는 점이었다. 이날이 바로 그랬다. 방파제 주변 지형을 이루는 만(灣) 곡선에 부딪쳐 반사된 너울이 소돌항 안쪽으로까지 파고든 것이다. 내항에 정박해둔 서른 척 이상의 어선들이 미친 듯이 춤을 추기 시작했다. 결국 그중 두 척이 서로 충돌해

파손됐다. 당장에는 배를 구해낼 방법이 없었다. 어선을 미처 선착장에 올려놓지 못한 선주들은 각자 자신들의 배가 살아남기를 바라면서 기도할 수 있었을 뿐이었다.

너울이 내항을 휘젓기 시작한 지 한 시간 만에 기담의 똥개 '메리호'마저 정박줄이 풀려 날뛰기 시작했다.

"어, 어! 배 하나 풀린다! 저거 성 원장 똥개 아냐?"

조 씨가 비명에 가까운 소리를 질렀다. 똥개가 자신의 배를 위협했기 때문에 그는 애간장이 탔다. 기담은 재빨리 뛰어가서 풀어지고 있던 정박줄을 잡기 위해 몸을 날렸다.

"제기랄! 늦었다."

기담은 분했다. 어촌계장이 뒷덜미를 잡지만 않았더라면 그는 바다로 뛰어들었을 것이다.

"미쳤어! 죽으려고 환장했냐고!"

식겁한 어촌계장이 눈을 부라렸다.

"아버지 유산입니다! 아시잖아요? 그냥 두면 침몰할 거예요!"

"누가 그걸 몰라? 송장 치고 싶지 않으니까 물러서!"

기담은 낚싯대를 빌려와 행여 정박줄을 건질 수 있을까 싶어서 던지고 또 던졌다. 결국 허탕만 쳤다. 똥개가 점점 더 주인으로부터 멀어져갔다. 내버려두었다간 내항 가장자리의 암초 혹은 다른 어선과 충돌할지도 몰랐다. 보다 못한 어촌계장이 족히 5미터는 넘음직한 대나무 장대를 가져다주었다.

"감사합니다!"

기담은 장대 끝에 갈고리를 달고 고정시켰다. 그 장대를 들고 메리호와 가장 가까이 정박해 있던 조 씨의 배에 올랐다.

"제발 걸려라! 제발!"

그는 정박줄을 건지기 위해 장대를 바다로 들이밀었다.

눈앞에서 파도가 뱃전을 때리고 부서졌다. 기담은 눈, 코, 입으로 마구 흘러들어오는 바닷물을 훔쳐내기에 바빴다. 눈을 감았다가 뜨면 정박줄은 엉뚱한 곳에 가 있곤 했다.

"이놈의 똥개 새끼, 거기 좀 가만있어! 그런다고 내가 포기할 줄 알아?"

천신만고 끝에 갈고리에 정박줄이 걸렸다는 손맛이 느껴졌다. 됐다!

그는 조심스럽게 장대를 당기기 시작했다. 조금만 더. 그래, 조금만 더. 정박줄의 끝매듭이 장대의 갈고리에 매달려 바다 위로 솟구쳤다. 갑판이 크게 휘청거렸다. 그는 장대를 놓치지 않으려고 몸을 낮추고 무릎을 꿇었다. 난간에 몸을 의지하면서 균형을 잡을 수 있게 됐다. 이제 조금만 더…….

바로 그때 부두 앞길을 지나는 도로에 낯선 아우디 한 대가 등장했다. 하필 그 차가 기담의 눈에 띄었던 것이다. 아우디는 편의점 앞에서 잠시 멈췄다가 다시 출발했다. 번호판을 보니 렌터카였다.

놈일지도 모른다는 강한 의심이 기담의 마음을 뒤흔들었다. 아직 정박줄은 장대 끝에 걸려 있었다. 어떡할까?

그는 장대를 겨드랑이에 끼운 채 휴대전화를 꺼내 어머니에게 전화했다. 신호가 갔지만 어머니는 받지 않았다.

"성 원장! 뭐해? 빨리 잡아채! 그러다 놓쳐!"

부두에서 어촌계장이 소리쳤다.

"당기고 있어요!"

기담은 다시 메리호에 집중했다. 그가 정박줄을 건져내는 동안에도, 어선 한 척이 이웃한 어선을 덮치는 충돌사고가 발생했다.

저놈의 아우디. 집중이 되지 않자 기담은 어머니에게 다시 전화했다. 이번엔 전원이 꺼져 있다는 안내멘트가 떴다. 무슨 일이 생긴 것이다.

"이정민!"

놈이라고 확신한 기담은 장대를 내버려두고 갑판에서 뛰어내렸다. 그러고는 포구를 벗어나 마을을 향해 전속력으로 뛰기 시작했다.

"어디 가? 배는 어떡하고?"

조 씨의 고함소리가 기담의 귀에는 들어오지 않았다. 더 이상 어선 따위가 문제가 아니었다.

죽을힘을 다해 달린 그는 해안로에서 마을로 이어지는 진입로를 통과했다. 집이 있는 중턱까지는 죽 오르막길이었는데, 그 끝에는 버스가 다니는 능선길이 있었다. 그는 민박을 치는 윤씨 집으로 뛰어 들어갔다. 그의 집 담벼락을 넘어 바로 집 앞 골목길에 이르렀을 때 개가 마구 짖고 있었다.

"엄마!"

기담은 대문을 활짝 열어젖히고 돌진해 들어갔다.

낯선 아주머니들이 마루에 둘러앉아 있었고, 그들과 함께 있던 기담의 어머니가 벌떡 일어났다.

"배는? 사고 난 거니?"

기담은 긴장이 풀리면서 머리가 어지러웠다. 기운이 하나도 없는 목소리로 그가 말했다.

"왜 전화기 꺼뒀어요? 놀랐잖아요."

저녁에 다녀간 손님들은 교회 사람들이라고 했다.

너울에 휩쓸린 메리호는 결국 내항을 빠져나가 망망대해의 어둠 속으로 사라졌다. 그 정도 너울을 견디기에는 너무 작은 배였으므로 어딘가에서 전복됐을 거라는 의견이 대다수였다. 선체에 내장된 GPS 신호마저 끊겼던 것이다.

"전에는 절에 다니셨잖아요. 그쪽은 이젠 안 가는 거예요?"

기담이 물었다.

어머니는 마루에 앉아 담장 너머로 보이는 바다에 멍하니 시선을 두고 있었다. 한참 만에 어머니가 대답했다.

"원 시답잖은 소리로구나. 네 할아버지, 아버지 공양드려서 절에 있는데, 안 가긴 왜 안 가? 정월에는 너도 같이 한번 가자구나. 네 이름도 있다."

"교회도 나가고, 절에도 다닌다고요?"

"왜 안 되니? 사람 만나서 얘기도 하고 좋지."

어머니는 일요일 예배는 더러 빼먹지만 봉사활동이나 단체여행 행사에는 절대 빠지지 않는다고 하셨다. 적적하고 외로우셨을 테니 사람들과 함께 시간 보내는 일이 즐거웠을 거라고, 기담은 생각했다.

"배는 죄송해요. 다시 하나 장만할 수 있는지 제가 한번 알아볼게요."

"됐다. 이젠 접어야지. 그것보다, 너 요즘 무슨 일 있니? 얼굴이 왜 그래?"

"아녜요."

기담은 한때 멘토가 살았던 건넌방을 보았다.

"정민이 기억나죠?"

"어떻게 잊겠니? 아버지가 그렇게 가르쳐주었는데도 너는 라디오 하나 못 고쳤지? 정민이 걔는 진짜 못 고치는 게 없었어. 걔엄마만 아니었어도 동네 라디오, 텔레비전은 그 애가 다 고쳐주었을 거다."

"그랬어요?"

"참 똑똑한 아이였어. 시장, 부두에서 삯 심부름을 다닐 때도참 야무지더라. 넌 잘 모를걸."

"엄마, 서울 가서 살래요? 당분간만."

어머니가 마루에서 일어나며 말했다.

"집 놔두고 내가 왜? 아서라. 배는 잊고 얼른 들어가서 자라."

"우리 집에서 살 때 정민이 아버지 살아있었대요. 아버지 죽었다는 건 거짓말이었어요."

"알고 있었다. 말 안 해도 그런 것쯤은 알고도 남아."

"혹시 정민이가 찾아오거나, 아니면 전화를 하면요. 저한테바로 알려주세요. 꼭이요."

다음 날 바다는 언제 그랬냐는 듯이 잠잠해져 있었다. 항구는 부서진 어선과 유실된 시설물로 처참한 상황이었다. 기담은 부두로 나가서 복구 작업에 힘을 보탰다.

오후에 기적이 일어났다.

"성 원장! 빨리 와봐!"

어촌계장이 부두를 청소하던 기담을 이끌고 방파제로 뛰어갔다.

"또 무슨 사고라도 난 겁니까?"

기담은 조마조마했다.

"육십 평생에 이런 일은 처음이야. 처음엔 웬 헛것이 보이나 했지. 저길 봐!"

어촌계장이 가까운 바다를 가리켰는데, 그곳에 똥개 메리호가 거짓말처럼 돌아와 있었다.

"저놈의 똥개 새끼."

기담은 반가운 마음에 목이 멨고 헛웃음이 났다. 다리라도 하나 부러져서 올 줄 알았더니⋯⋯. 배는 휴가 갔다가 돌아온 양 평화롭게 바다에 떠 있었던 것이다.

"기적이다, 기적! 성 원장, 축하해!"

어촌계장이 기담의 등을 토닥거렸다.

집으로 돌아온 건 메리호뿐만이 아니었다. 소매치기 당했던 어머니의 지갑이 우체국 택배로 배달된 것이다. 현금은 사라졌지만 나머지는 모두 그대로였다. 어머니가 지갑 깊숙이 넣어둔 아버지 사진을 꺼내 확인하더니 눈물을 훔쳤다.

돌아올 게 하나 더 남았다. 기담은 이정민이 살던 빈방을 돌아보며 그의 귀환이 멀지 않았음을 예감했다.

기담은 경계를 늦추지 않고 수시로 마을 곳곳을 탐색했다. 집에 있을 때는 망원경으로 마을 진입로와 뒷산 숲을 관찰했다. 먼길이기 때문에 그는 차를 타고 올 가능성이 높았다. 그 차는 안을 들여다볼 수 없을 정도로 짙게 선팅한 차일 것이다. 놈이 언제 찾아올지 몰랐기 때문에 긴장의 끈을 놓으면 안 되었다.

크리스마스를 일주일 앞두고 반갑게도 눈이 왔다. 하루 종일 내린 눈은 정강이를 충분히 덮을 만큼 높게 쌓였다. 기담은 멧돼지 사냥용 덫 두 개와 흰색 페인트 한 통, 그리고 붓을 샀다.

냉정하기 이를 데 없는 놈이다. 그런 놈에게 자비를 베풀 필요는 없겠지.

그는 덫을 흰색 페인트로 칠한 후 눈 내린 마당 구석에 시험 삼아 설치해보았다. 눈과 나뭇가지 등으로 위장하고 나니 감쪽같았다. 그는 아이들 손목 굵기 정도의 나무줄기를 꺾어 와서 덫을 찔러보았다. 덫의 양쪽 이빨이 철썩 하는 소리와 함께 물리면서 나무줄기를 박살냈다. 그 모습이 섬뜩했는지 개가 몸을 낮추고 눈치를 봤다. 발모가지든, 손모가지든 걸리면 빠져나가지 못할 것이다.

그는 마당 구석에 땅을 판 후 그곳에 작은 항아리를 비밀스럽게 묻었다. 어머니를 불러다놓고 항아리 주변에 덫을 설치했다.

"아무리 생각해도 위험해 보여. 엄한 사람 다칠라. 멧돼지가 사람 사는 집까지 들어올 리가 없잖니?"

어머니가 걱정했다.

"먹을 게 없어서 마을까지 내려온단 얘기가 파다해요. 못 들었어요?"

"멧돼지 얘긴 못 들은 것 같은데."

"대비해서 나쁠 건 없죠. 아무튼 여기다가 숨겨놓을 테니까 조심하세요."

기담은 나머지 하나도 근처에 박았다. 개한테도 덫을 보여주고 기억하게 했다.

그는 또 기존의 CCTV와는 별도로, 열화상 감시카메라 두 대를 새로 주문해서 설치했다. 하나는 골목으로 면한 담장과 대문을 볼 수 있도록, 다른 하나는 마당 전체를 볼 수 있도록 방향을 잡았다. 눈에 보이지 않더라도 체온을 가진 존재라면 카메라가 포착할 수 있을 것이다. 카메라가 비추는 화면은 자신의 방에 켜둔 노트북으로 언제든지 볼 수 있도록 설정했다. 테스트도 여러 번 했다. 눈밭을 구르는 개가 노란색과 붉은색이 섞인 이미지로 보였다. 또 도착하자마자 구입했던 호신용 가스총을 꺼내 시험해보았다. 3미터 정도의 거리까지는 가스줄기가 쭉 뻗어나갔다.

다시 며칠이 흘렀다. 기담은 틈만 나면 눈 위에 남은 발자국을 사진으로 찍어 눈에 익히고, 그 발자국의 주인이 누군지 알아보러 다녔다. 그는 웬만한 발자국은 한눈에 알아볼 수 있을 정도가 됐다. 어쩌다가 이방인이 출몰하면 금세 티가 나는 곳이었다. 그곳에 남아 있는 대부분의 흔적은 오랜 습관이 남긴 것이라고 해도 과언이 아니다.

크리스마스를 하루 앞둔 날 저녁이었다. 어머니는 새벽에 교회 성가대가 다녀갈지도 모른다고 말했다.

그 새벽에, 기담은 개가 짖는 소리를 듣고 잠에서 깼다. 마른 침을 꼴깍 삼키고 문틈으로 밖을 내다보았다. 바람 때문에 대문이 덜컹거렸고, 처마에 매달려 있던 고드름 하나가 똑 하고 떨어져 부서졌다. 그리고 반갑게도 눈이 내리고 있었다. 많은 양은 아니었지만, 길 위의 흔적들을 지우기에는 충분했다. 그는 안심하고 잠들었다.

고즈넉한 찬송가 노랫소리에 다시 잠을 깬 것은 새벽 5시쯤이었다. 눈은 그쳐 있었고, 성가대가 한두 집 더 들렀다가 그의 집 앞 골목으로 들어왔다.

그의 어머니는 벌써 마중할 채비를 마치고 마루에 서 있었다.

기담은 불을 꺼둔 채 노트북에 비치는 열화상 카메라의 화면을 들여다보았다. 열 명 정도의 사람들이 무리 지어 있었다. 마당의 개는 엎드린 채 두어 번 컹컹 짖었다. 잠결인 데다가 시야가 흐릿해서 아홉인지, 열하나인지 세는 일이 쉽지 않았다. 어머니가 마당으로 내려가서 대문을 열었다. 중고등학생들과 청년부로 구성된 성가대의 청아한 찬송이 새벽을 울렸다. 어머니는 미리 데워놓은 캔 두유와 은박지로 싼 감자떡을 사람 머릿수대로 내주었다.

"별일 없는 거겠지. 이 새벽에 설마……."

기담은 하품이 절로 나왔다. 성가대가 돌아가고 어머니가 대문을 닫았다. 찬송가 소리가 희미해질 때까지 아무 일도 없었다.

어머니가 돌아와서 방으로 들어가는 걸 확인한 후, 기담은 눈을 감았다.

날이 밝았다.

기담은 일어나서 밖을 내다보았다. 무너지지나 않을까 겁이 덜컥 날 정도로 두께감이 육중한 먹구름이 몰려와 있었다. 앞으로 내릴 눈에 비하면 지난밤에 살짝 내린 눈은 예고편인 듯했다.

크리스마스라고 해서 별다른 건 없었다. 사실을 얘기하자면, 누군가는 더 외로워지는 날이다. 그 냉혈한은 어떨까? 다른 사람과 나눌 감정이 없더라도 외로움만은 느낄 수 있는 것일까? 기담은 갑자기 궁금해졌다.

성가대 때문에 깨어 있느라 피곤하셨던 어머니가 늦잠을 주무셨다. 기담은 마루 앞에 서서 담장 너머로 보이는 마을 진입로 주변을 살폈다. 흰색의 낯선 승용차 한 대가 진입로 옆 공터에 주차돼 있었다. 그는 망원경을 가져와서 자세히 보았다. 구식 소나타였는데, 짙은 선팅 때문에 창이 모두 검은색이었다. 차번호는 알아보기 힘들었지만, 차체 아래에 눈이 쌓여 있는 모습은 식별할 수 있었다. 기담은 망원경의 시선을 주변의 다른 차로 옮겼다. 어젯저녁부터 주차돼 있던 트럭을 발견했다. 그 트럭 아래엔 눈이 쌓여 있지 않았다. 그렇다면 소나타는 눈이 오는 와중에 혹은 그친 다음, 새벽에 들어왔다는 얘기였다.

일부러 저런 낡은 차를 타고 왔을까? 그럴지도 모른다. 영리한 녀석이니까. 기담은 가스총을 휴대하고 산책을 나갔다. 대문 밖 골목에는 새벽 성가대가 다녀간 흔적이 고스란히 남아 있었다. 누가 누군지도 모를 발자국으로 혼란스러웠다. 기담은 꼼꼼하게 발자국 하나하나를 구분해가며 그 흔적을 따라갔다.

골목을 나가면 언덕 위 능선길에서부터 해변으로 이어지는 신작로를 만난다. 그래 봐야 트럭 한 대가 겨우 지나갈 정도로 좁은 콘크리트 길이었다. 그 콘크리트 길을 기준으로 설명하자면, 해변에서 집 앞 골목이 있는 중턱까지는 20여 가구가 살고, 그 위로 능선 길까지는 15가구 정도가 살았다. 기담은 성가대가 이동한 흔적을 따라 오르막길을 걸었다. 걸으면서 그는 새벽에 들었던 찬송을 떠올리며 흥얼거렸다. 그랬는데, 채 20여 미터도 못 가서 그의 허밍이 뚝 그쳤다. 성가대에서 갈라진 듯한 수상한 발자국을 발견한 것이다. 처음 보는 무늬가 찍혔는데, 크기로 보면 분명 남자의 것이었고, 구두가 틀림없었다. 누굴까? 그냥 이웃집 손님일까?

성가대는 오르막길을 따라 죽 올라갔고, 수상한 발자국은 오른쪽 샛길 쪽으로 빠졌다. 샛길을 따라가면 세 가구를 지난 다음에 공터가 나온다. 그 공터에 면한 버려진 빈집이 있는데, 그 빈집에서 기담의 집 뒤뜰 담장을 넘을 수 있었다. 그는 늘 그 빈집이 신경 쓰여서 하루도 빠짐없이 조사했었다.

과연 수상한 발자국은 빈집으로 향했다. 곧바로 가진 않았고, 두리번거리며 왔다 갔다 한 흔적이 보였다. 놈일 수도 있고, 아닐 수도 있었다.

개 짖는 소리가 들린 것 같았는데, 확실하지 않았다.

기담은 몸을 숨기고 휴대전화를 꺼내 어머니에게 전화를 했

다. 열화상 카메라가 새벽 성가대를 촬영한 장면을 확인하라고
할 생각이었다. 노트북을 켜두고 왔기 때문에 일러주는 대로 두
번만 클릭하면 영상을 볼 수 있다. 나눠준 음료수보다 사람 수가
더 많다면 놈일 것이다.

　신호가 오래 반복됐다. 기담은 끊고 다시 걸었는데, 놈이 전화
를 받았다.

　"메리 크리스마스."

　놈이 말했고, 기담은 얼어붙었다.

　"교회 다닌다는 양반이 웬 염주? 신앙이 이렇게 갈대 같아서
야."

　"엄마한테 무슨 짓을 한 거야?"

　"주무시고 계셔. 너 하기에 따라서 쭉 주무시게 될지도 몰라.
이해를 돕기 위해 설명을 해주면, 얼굴에 젖은 수건을 덮을 거
야. 가지고 온 염산을 부어줄 수도 있어."

　휴대전화를 쥔 기담의 손이 파르르 떨렸다.

　"미친 놈. 당장 거기서 나와. 아니면 경찰을 부르겠다."

　"성기담, 카메라로 다 보이거든. 허튼짓 하지 말고, 거기 그대
로 있어. 내 말 듣는 게 좋을걸."

　기담은 담장을 넘으려 했는데, 놈이 뒤뜰 쪽으로 카메라를 돌
려놓았다. 지켜보고 있었던 것이다.

　"죽여버린다!"

　기담이 이를 갈았다.

　"진정하고. 너, 내가 올 줄 알고 있었지? 준비해놓은 걸 보니

까 그렇게 보이는데."

"용건부터 말해라. 들어는 줄게."

멘토가 화를 억제하려는 듯 심호흡을 했다.

"이 감투 말이야. 요긴하게 쓰고는 있는데, 왜 안 벗겨지는 거냐? 쓰고 잠들었더니 이 모양이야. 안 벗겨지는 이유를 모르겠다."

기담은 한줄기 가능성을 보았다. 예감했던 일이 놈에게 벌어진 것이다. 예상대로 멘토는 그 일 때문에 찾아와서 어머니를 인질로 잡았다. 어차피 벌어질 일이었다. 기담은 생각해둔 각본대로 일단 튕겼다.

"왜 안 벗겨지냐고? 그걸 내가 어떻게 알아."

"구라가 늘었구나."

멘토가 전화를 끊었다. 기담은 필사적으로 다시 걸었다. 받지 않다가, 두 번 만에 멘토가 받았다.

"잠깐, 잠깐만!"

기담은 갈등하는 척 뜸을 들였다.

"잘 생각해. 염산 뚜껑 열었다."

기담은 상대가 긴장하고 있다는 게 느껴졌다. 그는 할 수 없다는 듯이 말했다.

"마당에 가면 작은 항아리가 있어. 거기 감투 그림이 그려져 있는 옛날 족자가 들어 있을 거야. 설명서 비슷한 거지. 한자로써 있어서 나도 해독을 다 하진 못했어. 직접 가서 읽어봐."

기담의 연기가 통했다. 놈이 움직이는 것 같아서, 기담은 다급하게 소리쳤다.

"일단, 엄마는 풀어줘!"

기담의 어머니는 입이 틀어 막힌 채 발버둥치고 있는 중이었고, 개는 독약을 먹고 이미 죽어 있었다.

"확인해볼 테니까, 움직이지 말고 그대로 있어!"

기담은 가스총을 확인하고 담장을 넘을 준비를 했다. 놈이 어머니를 데리고 마루로 나오는 기척이 들렸다. 기담은 과감하게 담장을 넘어 집 뒤뜰로 들어갔다.

철컥 하는 소리와 동시에 멘토의 비명소리가 들렸다. 덫이 놈의 손모가지를 물어버렸다!

기담은 마당으로 뛰어갔다.

고통을 억지로 참는 헐떡이는 소리와 함께 놈의 피가 눈 위로 뚝뚝 떨어지고 있었다. 보이진 않았지만, 놈이 팔짝 뛰는 모습이 느껴졌다.

"안 돼! 도망가 얼른!"

멘토의 손아귀에서 벗어난 어머니가 아들을 가로막고 소리쳤다. 나는 가스총을 꺼내 보여줬다.

"전 괜찮으니까! 경찰에 신고하세요!"

보이지 않는 멘토는 덫을 떼어내려고 안간힘을 쓰고 있었다. 기담은 놈이 몸부림치는 곳을 향해 가스총의 방아쇠를 당겼는데, 총구의 안전 노즐을 열지 않아 허둥댔다. 그사이 멘토가 덫을 떼어냈고, 놀랍게도 권총을 꺼냈다.

두 사람은 동시에 쐈다. 총알이 빨랐고, 기담의 어깨를 스치고 지나갔다. 기담은 쓰러졌다. 놈이 권총을 가지고 있다는 사실을 깨달았다.

"날 속였어!"

멘토가 기담의 머리에 권총을 겨누었다. 총구에는 분노가 서려 있었다.

"잠깐만! 얘기할게. 이번엔 진짜야."

기담이 공포에 떨면서 말했다.

"또다시 장난치면, 가족까지 다 죽인다. 미국에 있는 네 아이들까지 전부 다."

기담은 심호흡을 했다. 준비해놓은 대답을 머릿속으로 가다듬었다.

"이 상황에서 왜 거짓말을 하겠어? 들어보면 바로 알 거야. 네가 원하는 답인지, 아닌지."

"어서 말해!"

기담은 놈이 초조하고 있다는 걸 알았다. 한적한 시골에서 총성이 울렸기 때문이었다. 서둘러 마무리 짓고 빠져나가야 할 상황인 것이다.

"넌 지금 몸이 사라져서 보이지가 않아. 그렇지? 그럼 어떻게 해야 될 것 같아? 누가 너한테 보고 싶다는 말을 해주면 돼. 그럼 벗을 수 있어."

"뭐?"

"단, 그 보고 싶다는 말, 반드시 진심이어야 돼. 협박이나 인사 치레로 하는 말은 안 통하더군. 직접 겪어본 거야."

멘토가 총구로 기담의 머리를 짓이겼다.

"그 말 어떻게 믿지?"

기담은 나머지 덫 하나가 놈의 왼쪽 발에서 두 발자국 정도 옆에 있음을 가늠했다. 기담은 멘토를 유인하기 위해 옆으로 슬슬 기어갔다. 놈의 발자국도 옆으로 틀어지고 조금씩 움직였다. 조금만 더 옆으로…….

그런 기대를 하면서 기담이 말했다.

"못 믿겠다면 할 수 없지. 똑똑해서 바로 알아들을 줄 알았는데. 복잡하게 생각하지 말고, 단순하게 생각해. 답이란 건 항상 문제 속에 있는 거니까. 넌 지금 사람들 눈에 보이지 않아. 하지만 영원히 그 상태로 남게 되는 것만큼은 원치 않아. 넌 사람들 앞에 모습을 드러내고 존경받고 싶어 하거든. 문제를 해결하려면 어떻게 해야 할지 잘 생각해봐."

멘토의 침묵이 길어지자 기담이 한마디 더 보탰다.

"왜? 보고 싶다고 말해줄 사람이 없어?"

"짜증나는 룰이군."

멘토가 말했다.

"후훗, 그런 걸 인과응보라고 하는 거다."

누군지 모를 이웃이 대문을 열었다. 무슨 일 있냐며 슬쩍 대문을 밀었던 것이다. 멘토가 대문 쪽으로 몸을 돌렸고, 그 바람에 놈의 신발 끝이 덫에 물렸다. 기담은 덫에서 빠져나오느라 휘청거리는 놈이 그려졌다. 기회였다!

기담은 몸을 일으켜 보이지 않는 존재를 향해 돌진했다. 충격과 함께 리볼버 한 자루가 눈 위로 떨어졌다. 멘토가 무장 해제된 거라고 판단한 기담은 놈의 목을 졸랐다. 그때 짧고 날카로운 칼날이 기담의 옆구리를 파고들었다. 기담이 옆으로 쓰러졌다.

"꼼짝 마!"

어머니가 보이지 않는 존재를 향해 총을 겨누고 소리쳤다. 총구가 마구 흔들렸고, 한눈에도 제정신이 아니었다. 본인도 그걸 알았는지 그냥 방아쇠를 당겨버렸다. 탕!

기담의 어머니가 쏜 총알은 놈을 맞히는 덴 실패했지만 쫓아버리는 데는 성공했다.

"엄마."

어머니는 고통스럽게 피를 흘리고 있는 아들을 향해 달려가서 펑펑 울기 시작했다.

"저는 괜찮아요. 살짝 스친 것뿐이에요."

경찰차 사이렌 소리가 들리기 시작했고, 기담은 자신에게 주어진 마지막 임무를 생각했다. 놈은 지나온 삶의 대가를 치를 수밖에 없는 운명이다. 반드시 대가를 치르게 해주겠다고 그는 결심했다.

병원으로 실려 가는 응급차 안에서 기담은 내게 전화를 했다. 놈이 자신의 모친을 찾아갈 거라고. 그러고 그는 큰 눈이 올 것 같다고 했다.

폭설

보이지 않는

과거에 재산은 금은전이나 엽전, 쌀, 가축, 비단처럼 눈에 보이고 만질 수 있는 것들로 존재하던 시대였잖아요?

도깨비는 그런 것들을 사라지게 만들거나 사라지지 않게 만듦으로써 도깨비감투를 쓴 사람의 욕심과 유혹을 통제할 수 있었을 거예요. 자신의 것이 아니면 도깨비감투를 쓰더라도 남의 눈에 보이니까요. 그런데 현대의 화폐란 주로 전산상으로 표기되고, 그래서 보이지가 않으니, 그런 방식의 통제 수단이 무력화될 수밖에요. 게다가 이젠 돈을 만들어내는 것 자체가 쉬워졌어요. 은행 서버에 접근해서 장부에 숫자만 기입하면 되니까요. 장부 만지는 일쯤은 회계 전문가들에게 그다지 어려운 일이 아니잖아요.

그런 식으로 만들어진 허깨비 같은 돈이 멘토와 같은 금융 사기꾼들에 의해 편향되게 분배되고 있다면 사람들에게 마땅히 돌아가야 할 몫이 직간접적으로 줄어들겠죠.

—우은희(한국은행 부지점장)

멘토를 추적하던 최후의 그날, 무서운 기세로 폭설이 내렸다. 그들이 매수했을 판타지의 세계가 드러날 것만 같은 어둡고 음울한 날이었다.

이번이 마지막 기회다. 우리가 실패하면 놈을 영원히 잡지 못한다. 기다려라, 멘토!

나는 결전을 다짐하면서, 성기담이 내게 전했던 말을 떠올렸다. 그에 의하면, 멘토는 "보고 싶다"라는 말 한마디를 듣기 위해서 모친을 찾아갈 운명이었다. 그의 기지가 용케 통했다. 멘토에게도 약점이 있었던 것이다. 보고 싶다는 말을 해줄 사람이 어머니밖에 없었으니. 그래서 우리는 그의 전화를 받고 멘토의 모친이 치료 중인 원주의 한 요양병원으로 가는 길이었다. 최후의 성전을 위하여.

바람소리마저 잦아들고 눈 결정이 부딪치는 소리가 다 들릴 정도로 완벽한 침묵이 쌓이고 있을 때쯤이었다. 차를 버리고 한 시간 거리를 걸어서 되돌아온 조 감독이 합류했다.

"혼자 있으려니까 좀 무서워요. 진짜 죽을 것 같았어요."

조 감독이 머리에 쌓인 눈을 털어내며 안도했다.

"그건 나도 마찬가지야. 태어나서 눈 때문에 죽을 거 같다는 생각이 든 건 오늘이 처음이거든."

내가 받겼다.

406

"아, 연 반장님도 합류하실 거예요."

조 감독이 수사팀의 소식을 전했다.

"듣던 중 반가운 소식이군. 우리 둘만으론 힘들 뻔했는데. 어서 들어와서 몸 좀 녹여."

나는 커피를 끓여서 조 감독에게 건넸다.

"그나저나 원주까지 갈 수 있을까요?"

조 감독이 커피가 든 종이컵을 만지작거리며 말했다.

"원주는커녕 얼어 죽게 생겼어."

지나온 길 끝에서 연기가 치솟고 있는 모습이 룸미러에 보였다. 내가 먼저 발견하고 말했다.

"우리 뒤쪽에 사고 난 것 같지?"

"추워서 일부러 태운 게 아닐까요?"

조 감독이 말했다.

"그럴 수도 있겠군."

한 무리의 사람들이 우리 차 주변으로 몰려왔다. 연 반장 일행이었다.

"반장님!"

나는 문을 열고 내려서 인사했다.

진 형사와 허 형사도 얼굴을 내밀었고 우리는 재회했다.

"류 피디, 차 좀 치워야겠어."

연 반장이 말했다.

"어쩌시게요?"

"저기 검은 연기 보여? 사람들이 중앙분리대를 녹여서 분리하는 중이야. 지금 이 차 옆에 있는 블록 하나도 제거하면 상행선으로 건너갈 수 있을 거야. 하행선은 더 이상 가망 없어."

수사팀은 고속도로 중앙분리대를 부술 수 있다고 했다. 중앙분리대 일부 구간은 조립식으로 만들어졌기 때문에 요령만 있으면 해체할 수 있다는 것이다.

"당장 하죠!"

나와 조 감독은 망설일 이유가 없었다. 반대편 차선을 타고 역주행한 다음 가장 빠른 인터체인지에서 국도로 내린다. 거기서부터 원주까지는 운에 맡겨본다는 계획. 그렇게 하면 원주에 도착할 수 있을 것 같았다.

수사팀 외에도 장정 열댓 명이 동참했다. 우선 내 차를 옆으로 치운 다음, 얼어 있는 중앙분리대의 이음새 부분에 불을 질러 녹였다. 5톤 트럭과 장정들이 동시에 분리대를 밀기 시작했다. 그러자 분리대가 흔들리기 시작했다.

"거의 다 됐어요! 젖 먹던 힘까지 모두 영차!"

거드는 대신 뒤로 빠져서 촬영하던 조 감독이 외쳤다.

"뭐해? 조 감독도 와서 도와!"

허 형사가 말했다. 장정들은 외투까지 벗어야 했을 정도로 땀이 흥건하게 배 있었다.

조 감독이 거들기 시작하자, 마침내 분리대 조각 하나가 대열을 이탈했고 길이 열렸다. 사람들이 박수를 치고 환호했다.

멈춰 있던 차들이 차례차례 중앙분리대를 넘어 반대편 차선으로 넘어갔다. 우리도 달릴 수 있게 되었다. 비록 느리긴 했지만 우리 다섯 명을 태운 차는 상행선의 차선 하나를 점령한 채 12킬로미터 정도를 거슬러갔다. 하지만 거기까지가 한계였다. 사고가 난 버스 한 대가 길을 막고 있었고, 그 뒤로 끝도 없이 차들이 얽혀 있었다.

"내려서 걷자. 여기서 5킬로만 더 가면 문막이야."

연 반장이 말했다.

그곳에서는 많은 사람들이 고속도로를 탈출하기 위해 무리지어 걷고 있었다. 우리 또한 생필품이 든 가방과 장비를 챙긴 다음 차를 버렸다. 우리는 기필코 멘토의 최후를 보고야 말겠다며 전의를 불태웠다.

문제가 된 사고지점을 지나면서 조 감독이 말했다.

"이젠 상행선도 대책 없겠는데요. 버스라서 치우기도 힘들 테니."

나는 뒤를 돌아보았다.

"벌써 우리 차도 안 보여. 눈이 쌓여서 다른 차들과 분간이 안 가."

"부지런히 걸어야겠는걸."

진 형사가 말했다.

"밤새 걷는 한이 있더라도, 아침 전까지는 도착해야 돼. 놈도 그때까지는 움직이기 힘들 테니까."

연 반장이 말했다.

그날의 광경은 영락없는 피난 행렬이었다. 점점 더 많은 사람들이 차를 버리고 엑소더스에 끼어들었다.

"저것 봐요! 세상의 종말 같지 않아요? 온통 하얘! 하얗다고요! 그리고 사람들은 쫓겨나고 있어요."

조 감독이 말했다.

"우린 지금 엄청난 사건을 겪고 있는 거야. 어쩌면 우리가 멘토를 잡으면 이 사태가 갑자기 끝날지도 몰라. 어쩌면……."

나도 모르게 중얼거렸다.

"네? 뭐라고요?"

"그냥, 빨리 걷자고."

고갯길을 넘을 때 강한 바람이 얼굴을 때렸다. 나는 피하려고 고개를 돌렸다가 미끄러져서 넘어졌다.

"반장님, 저기 트럭 보이세요? 사람이 있어요. 창문이 깨진 거 맞죠? 저렇게 있으면 위험할 텐데."

진 형사가 거의 반쯤 눈 속에 묻혀 있는 트럭을 가리켰다. 우리는 긴 행렬에서 벗어나 트럭으로 접근했다. 트럭에는 노파와 네다섯 살 정도의 작은 여자아이가 추위에 떨고 있었다.

"할머니, 여기 있으면 큰일 나요."

연 반장이 말했다.

아무리 둘러봐도 몸을 데울 도구나 장비는 보이지 않았다. 게다가 깨진 창문 사이로 휩쓸려 들어간 눈이 운전석에 수북이 쌓여 있었다. 단 하룻밤을 나기도 어려운 상태였다.

"아무 데도 못 가."

노파가 넋이 나간 채 웅얼웅얼 대답했다. 이가 다 빠져서 무슨 소린지 알아듣기도 힘들었다. 허 형사와 진 형사가 트럭 뒤의 눈을 털어냈더니, 파묻혀 있던 이삿짐이 드러났다. 단칸방 하나도 다 못 채울 만큼 단출한 살림살이였다.

"둘뿐이세요? 운전했던 사람은요?"

연 반장이 노파에게 물었다.

"몰라."

"버리고 간 모양인데요."

내가 말했다.

"어디까지 가시는데요? 할머니, 목적지요? 이사 어디로 가시기로 하셨어요?"

연 반장이 물었다. 노파는 대답하지 않았고, 연 반장도 더는 묻지 않았다.

"어떡하죠?"

우리는 연 반장을 쳐다보았다.

"내버려뒀다가는 내일을 장담할 수가 없어."

연 반장이 대답했다. 우리는 노파와 여자아이를 데려가기로 했다.

"할머니, 저기 탈출하는 사람들 보이시죠? 기다리고 있어도 아무도 오지 않아요. 저희랑 같이 가시죠. 손녀를 위해서라도."

연 반장은 반강제로 노파와 여자아이를 트럭에서 내리게 했다. 여자아이는 연 반장이 안았고, 노파는 진 형사가 부축했다. 노파는 여러 번 두고 온 이삿짐을 돌아보았다. 고속도로에서의 마지막 고갯길을 넘었다. 멀리 사람들이 모여들고 있는 문막 휴게소가 보였다.

여자아이를 안고 걸었던 연 반장이 지친 기색을 보였다. 여자아이가 미안했는지 걷겠다고 했다. 고집을 피우는 바람에 연 반장이 할 수 없이 내려주었다. 그는 재킷을 벗어서 여자아이에게 입혔고, 여자아이는 그의 손을 잡았다.

우리는 나란히 같이 걸었다. 모두 함께라면 꺾이지 않을 자신이 있었다.

최후

진화

  그들이 우리가 흔히 알고 있는 연쇄살인범들과 결정적으로 다른 점은, 진화가 이루어지는 과정에서 경쟁자들을 누르고 승자가 될 수 있는 자본을 보유하고 있다는 점입니다. 여기서 말하는 자본은 경제적 자본뿐만 아니라, 사회적 지위, 인적 네트워크, 학력 등을 모두 포함하는 자본입니다. 그들의 세계관, 문화, 태도 등이 사람들로부터 지지받는 우세한 코드가 될 수 있습니다. 섬뜩하지만 가능성 있는 얘깁니다. 유영철과 같은 유형은 사람들에게 공포감을 줄지언정 매력이나 존경을 이끌어내지는 못하죠. 하지만 멘토는 다릅니다. 멘토와 같은 유형의 사람들이 최후의 승리자가 되지 않을 거란 보장은 없습니다. 당장 우리 시대에 그런 일이 벌어질 수도 있습니다.

  상상해보십시오. 그들의 차가운 계산논리가 성스러운 말씀이 되고, 그들은 그 말씀을 전파하는 사제가 되어 있는 세상을. 끔찍하지 않습니까?

—이인율, 계간지 『시대』 편집위원

멘토의 모친이 말년을 보내던 요양원은 원주 외곽의 치악산 자락에 위치해 있었다. 폭설이 내리기 일주일 전, 나와 연 반장, 진 형사, 허 형사는 그 요양원으로 모친을 찾아간 적이 있었다.

"여기 온 지 한 5년 됐나? 처음에 여기 데려다줬을 때 빼고는 나도 보질 못했어요. 명절 때 가끔, 큰돈 보낼 때 가끔, 전화를 하긴 하는데, 그것도 요즘엔……. 왜 그러우? 우리 남재가 뭐 잘못한 일이라도?"

일흔두 살인 모친은 고혈압과 퇴행성관절염에, 최근에는 당뇨까지 겹치면서 근력이 약해지고 있었다. 주름이 진 얼굴에서 콧날만이 살아있다는 인상을 주었다.

"어머니, 몇 년 전에 김 변호사가 변론했던 사람이 있었어요. 아주 흉악한 놈인데, 그자가 이번에 다시 수배가 됐거든요. 혹시 김 변호사가 아는 게 있을까 싶어서요. 몇 가지 물어보고 싶은데, 김 변호사와는 연락이 안 닿네요."

연 반장은 멘토가 바로 살인용의자라고 말하지는 않았다. 모친은 아들이 변호사인 것으로 알고 있었으므로 수사팀은 그를 김남재 변호사라는 호칭으로 부르기로 했다. 모친이 옷장 서랍에서 수첩을 꺼냈다.

"전화번호가 있긴 한데, 아마 바뀌었을 거예요. 한번 알아보시구려."

진 형사가 그 번호를 받았다. 모친은 마음에 찜찜한 게 남았는지 설명을 보탰다.

"남재가 어렸을 때, 용돈을 쥐본 적이 별로 없었어요. 살림살이가 빠듯하다 보니 어쩔 수가 없었지. 남편이 사업하다가 사기를 당해가지고, 재산 날려먹은 게 컸거든. 경찰이 수배를 내려서 죽을 때까지 도망 다녔어요. 그럴 줄 알았으면 차라리 자수를 하지. 우리 식구는 이래저래 여유가 없었어요. 그래서 그 애가 혼자 자랐어요. 용돈이 없으니까 친구 만나는 게 점점 뜸해지더라고. 워낙 착했고, 또 내색을 하지 않으니까, 나는 괜찮을 거라고 생각했어요. 학교 마치면 집에서 혼자 숙제하고 공부하고 책 읽고, 내가 일 마치고 집에 오면 설거지하고, 청소하는 거 돕고…… 나는 그렇게 지낸 게 나쁘지 않았거든. 없이 살아서 참 설움도 많이 당했지만, 아들 덕에 나는 잘 견뎠지. 그런데 말이에요, 그땐 몰랐는데, 그게 그 애 마음에 상처가 됐나봐. 뭐가 자꾸 마음에 쌓였던 거지. 커가는 동안 내내……."

모친은 깊은 숨을 들이마신 다음 천장을 쳐다보았다.

"남편이 죽었을 때였어요. 임종할 때도, 장례를 지낼 때도, 그 애가 울지를 않더라고. 멍하니 시키는 것만 하는데, 생각해봤더니, 늘 그런 표정이었어요. 아이고, 이거 뭔가 잘못됐구나. 그 생각이 퍼뜩 들더라고."

그 일주일 사이에 수사팀은 사건을 서울지방경찰청으로 이송하라는 명령을 받았다. 사건파일이 비록 수사팀의 손을 떠났지만 명분은 있었다. 한편으로는 연 반장과 손 반장의 복수를 위해서, 다른 한편으로는 이 희귀한 살인마를 잡을 수 있는 마지막 기회라는 절박함 때문에. 진 형사가 대표로 권총을 반출해왔고 나머지는 가스총과 테이저건을 준비했다.

12월 25일 밤. 우리가 눈 덮인 고속도로를 걷고 있었을 때, 멘토는 이미 요양원에 도착해 있었다.

멘토 역시 폭설 때문에 차를 버리고 탈출해야 했지만, 다행히 원주 톨게이트를 통과한 뒤였다. 반나절을 걸어서 원주시내로 진입한 그는 버스를 타고 인터불고 호텔로 갔다. 호텔 방에 짐을 풀어놓고 나서는 먼지투성이인 상태로 방치돼 있던 코란도 한 대를 훔쳤다. 그걸 타고 행구동 치악산 입구까지 온 것이다. 코란도는 그곳 공터에 방치해두었고, 향로봉으로 이어지는 고문골길 초입에서부터는 도보로 이동했다. 길가에 드문드문 있던 식당과 과수원은 처음 어머니를 데리고 올 때 모습 그대로였다. 요양원과 마주하고 있던 원주공고를 지났을 때 드디어 낯익은 건물이 눈에 들어왔다. 향로노인전문요양원. 그는 앞서 찍혀 있던 발자국들을 밟으며 조심조심 요양원 현관 앞까지 갔다.

현관 앞에는 누군가가 만들어놓은 눈사람이 서 있었다. 멘토는 그 눈사람을 물끄러미 바라보았다. 꽤 오랫동안……

부츠에 묻은 눈을 말끔히 털어낸 멘토는 관리사무실로 잠입해서 어머니의 이름과 어머니가 지내는 호실을 확인했다. 기담이 알려준 방법이 사실이라면 곧 감투를 벗을 수 있을 것이다.

요양원은 적막했다. 원장, 사무국장, 그리고 행정팀 직원들과 비번인 일부 요양보호사, 간호사, 조리사 등이 폭설 때문에 일찌 감치 자리를 비운 상태였다. 봉사단체들이 다녀간 전날의 여운이 남아서 그런지 쓸쓸한 느낌이 더했던 밤이었다.

멘토는 소리를 내지 않기 위해 슬금슬금 계단을 오르고 복도를 걸었다. 2인실인 305호에 귀를 기울였더니, 텔레비전이 켜져 있었다. 어머니의 목소리와 낯선 늙은 여자의 목소리가 번갈아 들렸다. 그는 감투를 벗을 수가 없었기 때문에 어머니와 룸메이트가 잠들 때까지 기다려야 했다.

휴게실로 간 멘토는 구석에 앉아서 텔레비전을 시청했다. 마지막까지 남았던 간호사가 텔레비전과 전기난로를 끄고 가버렸다. 혼자 남은 멘토는 텔레비전을 다시 켜서 뉴스에 채널을 맞췄다. 밤이 깊어지면서 강원도뿐만 아니라, 서울, 인천, 경기도 전역이 눈 바다에 잠겼다는 뉴스가 이어졌다. 그는 감탄하면서 박수를 쳤다. 발자국을 남겨야 하기 때문에 불편하기는 해도, 눈 덮인 장관은 황홀하기 그지없었다. 그 소리에 당직을 서던 선우숙 요양보호사가 휴게실로 들어왔다. 잠깐 둘러본 그녀는 갸우뚱하더니 텔레비전을 끄고 가버렸다.

잠시 요양원 밖으로 눈 구경을 나온 멘토는 현관 앞 눈사람의 가슴에 자신의 진짜 이름을 새겼다.

"김남재."

자정을 조금 남겨두고 멘토는 305호실로 다시 갔다. 텔레비전이 꺼져 있었고, 낮고 고른 숨소리가 들렸다. 그가 살며시 문을 열자 지린내가 코를 찔렀다. 멘토는 서서 어머니가 자는 모습을 내려다보았다. 팔을 활짝 펴서 웅크린 어머니의 머리에서 발끝까지를 쟀다. 몸이 줄어든 것 같았다. 그는 의자를 가져와서 어머니의 침대 옆에 놓았다. 앉아서 한 손으로 어머니의 두 눈을 가렸다.

"엄마."

여러 번 속삭이자, 멘토의 모친이 잠에서 깼다. 모친은 아들이라는 걸 곧바로 알았다. 아들의 손을 만져보고 꿈이 아니란 것도 확인했다.

"남재니?"

"많이 기다렸지?"

모친은 아들의 두 손을 치우려고 애를 썼지만 멘토는 버텼다. 원하는 대답을 들어야 했고, 이차피 보여줄 수도 없는 모습이었다.

"어디 우리 아들 좀 보자꾸나. 얼마나 보고 싶었는데."

어머니가 울먹거리면서 말했다.

보고 싶다, 는 그 말 한마디.

멘토는 감투를 벗을 수가 있었다. 그는 기담이 제대로 알려주었다고 생각했다. 그러나 그가 모르는 것이 있었다. 감투를 벗게 해준 것은 그가 직접 눈사람 위에 새긴 자신의 진짜 이름 석 자였다. 살아있음을, 존재함을 증명해줄 이름. 기담은 거짓말을 했다. 보고 싶다는 말 따위는 감투를 쓰고 벗는 것과 아무런 관련이 없는 것이다.

아들이 어머니의 눈을 가렸던 손을 내렸고, 어머니는 아들을 와락 껴안았다. 그러고 울음을 터트렸다.

"팔은 어쩌다가 다친 거니?"

덫에 걸려 찢어졌던 아들의 팔뚝을 어루만지면서 어머니가 말했다.

"차 문에 끼었어. 별 거 아니야."

룸메이트도 잠을 깼다. 곧 이어 선우숙 요양보호사가 들어와서 감격의 비명을 질렀다.

"어머님이 얼마나 기다리셨는데요! 며칠 전에 아들 만나는 꿈을 꿨다고 했거든요. 들어오시다가 눈사람 보셨죠? 어머님이 특별히 부탁해서 만들어드린 거예요!"

폭설 때문에 고립됐던 요양원이 환하게 밝아졌고 들썩였다. 다른 방의 노인들까지도 모여들었다. 다들 멘토의 방문을 늦은 성탄절 선물이라며 두 모자를 축복했다.

305호실에 모였던 노인들이 각자의 방으로 흩어졌다. 다시 고요한 밤이 찾아왔다. 멘토는 요양원에서 마련해준 간이침대를 어머니 곁에 두고 잠을 잤다. 잠을 이루지 못하던 멘토는 새벽에 눈발이 다시 거세지는 소리를 들었다.

날이 밝자마자 요양원 앞 도로에 제설차가 등장했고, 주민들이 눈을 치우기 시작했다. 그곳 골짜기에서는 길이 한번 얼면 꽤 오랫동안 녹지 않았다. 사람이 와야 먹고사는 그들이었기에, 제설작업에 공을 들였다.

멘토는 아침을 먹고 나서 새로 고용한 자신의 변호사에게 전화했다. 눈이 그치는 대로 자신의 전용 헬기를 보내달라고 지시했다. 그는 오전 내내 요양원 주변을 조사했다. 준비한 실험을 행하기 위해서는 시간이 더 필요했는데, 그러기 위해서는 불청객이 찾아올 때를 대비해야 했다. 오후에는 물리치료 받는 어머니를 도왔다. 그때 모친이 얼마 전 경찰이 다녀갔다는 얘기를 했다.

"방송국 피디라는 사람도 같이 왔던데, 무슨 일 있는 건 아니지?"

"일은 무슨? 다른 일 좀 한다고 변호사 사무실 잠깐 접었는데, 그래서 연락이 안 됐을 거야. 명함 주고 간 것 있으면 줘. 연락해볼게."

"그렇다면 다행이고."

멘토는 모친이 받아놓은 진 형사의 명함을 확인했다. 요양원 직원 중에도 명함을 받은 사람이 있을 게 뻔했다. 거추장스러운 일이 생긴 것이다.

멘토는 감투를 쓰고서 요양보호사들의 사무실 책상과 휴대전화를 몰래 뒤졌다. 경찰과 연락을 했다거나 명함을 받아둔 것 같지는 않았다. 비번인 담당자 중에 그런 경우가 있을 수는 있었다. 한 가지 다행이었던 점은 폭설 때문에 길이 막혀서 상당수가 출근하지 못하고 있다는 것이었다. 멘토는 원장실과 행정팀 사무실을 뒤지다가 사무국장의 명함집에서 진 형사의 명함을 발견했다.

"사무국장님이요? 모레까지 휴가세요. 전해드릴 말씀 있으면 하세요. 제가 메모 남길게요."

"아니오, 괜찮습니다. 여기 며칠 있을 생각이니까. 출근하시면

뵐게요."

행정팀에서 사무국장의 부재를 확인해주었다. 멘토는 계획대로 하룻밤을 더 보내기로 했다. 그는 오후 2시쯤 모친에게는 일이 있어서 외출한다는 말을 남겨놓고 요양원을 떠났다. 언제 다시 돌아올 것이라는 약속은 일부러 하지 않았다.

멘토는 다시 한 번 요양원 주변을 둘러봤다. 요양원 앞 모텔의 숙박자 명단을 조사하고, 요양원 주변에 남아 있던 차량들을 눈에 익혀 두었다. 그런 후에는 요양원 앞길을 따라 그저께 버려둔 코란도가 있는 편의점 삼거리까지 내려갔다. 수북이 눈이 쌓여 있었고 코란도는 그대로였다. 아무도 찾지 않는다는 의미였다.

그는 코란도를 타고 인근 기업연수원으로 들어갔다. 다행히 그곳에 헬기착륙장이 있었다. 연수원 뒤쪽 펜스를 넘으면 요양원까지는 걸어서도 지척인 거리라는 점이 그의 눈에 띄었다.

여차하면 뛰어서 간다? 시간은 얼마나 걸릴까? 그는 연수원 진입로 갓길에 코란도를 버려놓고, 원주공고와 인접한 연수원 펜스를 넘었다. 허벅지까지 눈이 쌓인 숲을 지나고 개천을 건너 요양원 앞길에 이르렀다. 그가 통과했던 길은 연수원에서 요양원에 이르는 직선 도주로였고, 눈이 쌓여 있음을 감안하고도 소요 시간은 15분에 불과했다. 뛰면 불과 10여 분? 그는 탐색에 나서기 전에 봐둔 주변 차량들이 그대로임을 확인했다. 그러고는 감투를 쓴 채 아무에게도 알리지 않고 요양원의 원장실로 몰래 들어갔다.

그때는 해가 지기 시작한 오후 5시 무렵. 우리가 편의점 삼거리에 막 도착한 직후였다. 진 형사가 요양원 행정팀으로 전화를 했다.

　"지난번에 들렀던 인천경찰서 진 형사예요. 305호실 아드님 소식이 궁금해서요. 혹시 그 이후에 연락 있었나요?"

　"아, 김남재 씨요? 어제 밤늦게 오셨다가 어머님 만나고, 오늘 오후에는 잠깐 나가셨어요."

　전화를 받은 행정팀 직원은 멘토가 잠시 외출했으며, 다시 돌아올 것 같다는 식으로 말했다. 됐다! 놈을 잡을 수 있겠다! 우리는 흥분했다. 진 형사가 헛기침을 한 후 느긋한 척하며 물었다.

　"혹시 행선지나, 아니면 언제 돌아오신다는 말씀은 없었습니까?"

　"그런 말씀은 없었다고 하네요."

　"휴대전화 번호는요?"

　"그것도 저희는 잘 모르겠네요. 어머님께 여쭤볼까요?"

　"그러실 필요까지는 없고요. 저희가 나중에 다시 전화 드릴게요."

　허 형사는 렌터카를 구하기 위해 시내로 갔고, 나머지 일행은 요양원 건물 전면이 훤히 다 보이는 그 모텔로 걸어 올라갔다. 잠복이 시작된 것이다.

　연 반장은 멘토가 도주할 수 있는 경로는 딱 두 가지라고 생각했다. 치악산 방향과 원주시내로 이어지는 편의점 삼거리 방향. 원주공고 방향의 숲길을 선택할 가능성도 없지는 않았다. 만약 그쪽으로 도주한다면 나와 카메라를 든 조 감독을 제외하더라도, 강력반 형사 셋이면 충분히 그를 잡을 수 있을 것이다.

"놈이 총기를 소지하고 있다면? 그땐 어떡할 거죠? 보이질 않아서 우리가 불리할 것 같은데. 성기담 씨도 당했잖아요."

내가 물었다.

"놈도 유리하다고만은 할 수 없을걸. 눈 위에 발자국 찍히는 것만 확인하면, 이쪽에서도 집중 사격해버릴 테니까. 빗맞아도 놈은 끝장이야. 발자국에, 출혈흔적까지. 잡히는 건 시간문제가 되는 거지."

"과잉대응으로 나중에 문제 생기면?"

내가 물었다.

"이런 거 저런 거 따지다가 벌써 세 번이나 당했어. 놈이 비무장 상태라면 가스총으로 제압하겠지만, 그렇지 않으면 절대 봐줄 일은 없을 거야. 놈이 총을 쏘든, 흉기를 휘두르든, 우린 그 이상으로 대응할 거야. 그러니까 류 피디도 눈치껏 잘 찍어."

연 반장이 말했고, 진 형사와 허 형사도 이견이 없었다. 징계를 각오하고 온 그들이었다.

밤 10시를 조금 넘긴 시간. 감투를 쓴 채 원장실에서 잠을 자던 멘토가 깨어났다. 낮에 쌓인 피로 때문에 꽤 오랫동안 잤던 것이다. 그가 일어나서 창문의 커튼을 살짝 열고 요양원 앞길 주변을 살폈다. 잠들기 전 그대로였고, 눈발은 약해져 있었다. 원장실 밖 복도에서도 인기척이 들리지 않았다.

같은 시각, 등산객으로 위장한 진 형사와 내가 열화상 감시 카

메라 설치를 위해 요양원 주변을 몰래 돌고 있는 중이었다. 멘토
의 눈에 띄지 않은 것이 천만다행이었다. 감시 카메라는 요양원
앞 정류장이 내다보이는 나무에, 요양원 뒤쪽 길과 공터가 보이
는 창문 처마 아래에, 그리고 요양원 현관 천장에 설치했다.

"이것 좀 봐."

진 형사가 현관 앞의 눈사람을 가리켰다. '김남재'라는 이름
이 희미하게 새겨져 있었는데, 마지막 글자, '재'는 거의 뭉개져
있었다.

"놈이야."

내가 말했다.

원장실 거울 앞에 선 멘토는 자신의 모습이 보이지 않는다는
것을 확인했다. 감투를 벗으려고 애를 썼지만 벗겨지지 않았다.
감투를 쓴 채 잠들었기 때문에 또다시 저주에 걸린 것이다. 그는
지난밤 보고 싶었다고 말한 어머니의 말을 녹음해두었다. 녹음
해둔 그 음성이 과연 효력이 있는지 궁금했다. 감투가 벗겨지지
않을 때마다 매번 찾아오기가 귀찮을 것 같았기 때문이었다.

가슴 떨려 하던 어머니의 말이 녹음기를 통해 재생됐다. 가만
히 듣고 있던 멘토는 감투를 당겼다. 벗겨지지 않자 그는 짜증을
냈다.

그는 흥분과 짜증을 가라앉히기 위해서 기다렸다. 기다리다
가 문득 자신을 비추는 거울에 손가락으로 눈사람을 그렸고 그
위에다가 자신의 이름을 또박또박 썼다.

"김남재."

멘토는 다시 한 번 시도해보기로 했다. 녹음기의 볼륨을 최대치로 높인 후 어머니의 보고 싶다는 말을 재생시켰다. 그러자 멘토는 감투를 벗을 수 있었다.

"후, 앞으로 번거로울 일은 없겠군. 세상 참 편리해서 좋아."

멘토는 마음이 한결 가벼워졌다.

비극을 부르게 될 이 도깨비장난 같은 착각은 어쩌면 그의 운명이었는지도 모르겠다.

두 번째 실험을 위해, 멘토는 원장실을 나갔다.

그는 3층으로 올라가는 계단에서 선우숙 요양보호사와 마주쳤다.

"아, 오셨네요! 언제 돌아온다는 말도 없이 가버렸다고, 어머님이 걱정하셨어요."

"시내에 볼 일이 좀 있어서요. 지금 주무시고 계신가요?"

"아니오, 아직. 주무실 시간이 됐으니까, 그 전에 얼른 올라가보세요."

"근무교대는 언제 하세요?"

"아, 그러게요. 무슨 눈이 이렇게 많이 오는지. 내일까지는 못 나갈 것 같아요."

멘토는 305호실로 갔다. 어머니는 아들이 지난밤에 불쑥 나타났을 때보다 더 반겼다.

두 모자는 냉장고에서 사과와 감을 꺼내 깎아서 나눠먹었다. 룸메이트였던 정 노인은 아껴두었던 곶감을 내주었다.

이날 밤 요양원에 남아 있었던 직원은 모두 여섯 명. 선우숙을 포함해서 요양보호사 세 명, 간호사 한 명, 조리사 한 명, 그리고 행정팀 직원 한 명이었다.

밤이 깊어지자, 요양원 305호실의 불이 꺼졌다. 멘토는 미등을 켜놓고 어머니의 발을 주물렀다. 선우숙이 305호실 앞까지 왔다가, 불이 꺼져 있음을 확인하고 그냥 돌아갔다.

"발이 차지? 발이 따뜻해야 숙면을 해. 잠이 안 와?"

멘토가 속삭였다.

멘토의 모친은 고개를 끄덕였다.

"내일 갈 거니?"

"도로 통제가 풀리면. 눈 때문에 길이 막혀서 지금은 아무 데도 못 가. 눈이 그쳤으니까, 이제 추워질 거야. 따뜻하게 입어야 돼."

모친은 다음 날, 혹은 그다음 날쯤 아들이 떠날 것임을 직감했다. 잠들고 싶지 않았지만 늙고 지친 몸은 버티지 못하고 스르륵 눈을 감았다. 바로 그 직전, 멘토는 눈을 감았다. 아무것도 보지 못하는 상황에서 어머니의 머리에 감투를 씌웠다. 눈을 뜨자 어머니의 모습이 사라져서 보이지 않았다.

"후."

멘토는 맞은편 침상의 정 노인이 잠들어 있음을 확인한 후, 간이침대에 누웠다.

한 해의 끝, 하얗게 덮인 세상, 그리고 야망을 이루기 위한 마지막 성장통…… 멘토는 가슴이 뛰는 걸 느꼈다.

그는 녹음해둔 모친의 목소리로 감투를 벗을 수 있게 됐다고 믿었다. 그에게 어머니는 더 이상 불필요한 존재인 셈이다. 그는 또 다른 실험을 계획했다. 나는 어머니를 사랑하고 있는 것일까? 멘토는 항상 궁금했다. 기담에 의하면, 보고 싶다는 말에 진심이 담겨 있지 않다면 효력이 없다고 했다. 이제 새벽이면 어머니에 대한 자신의 사랑을 확인할 수 있는 것이다.

뒤척이던 멘토는 잠깐 눈을 감았다가 떴다고 생각했다. 그랬는데 벌써 새벽 6시 반. 동 트기 직전의 희뿌연 하늘이 창에 비치고 있었다.

문자메시지가 한 통 들어와 있었다. 헬기를 보냈다는 것. 그는 벌떡 일어나서 요양원 옆 연수원에 착륙지점이 있다는 답을 보냈다. 이제 일을 마무리하는 게 좋을 것 같았다.

멘토는 어머니를 살짝 흔들어 깨우려다가 멈칫했다. 깨운 다음, 어머니의 감투가 벗겨지지 않음을 확인할 것이다. 벗겨지지 않는다면 보고 싶다는 말을 해야 한다. 자신의 그 말이 과연 어머니의 감투를 벗겨낼 수 있을까? 그 순간만큼은 멘토도 주저할 수밖에 없었다.

같은 시각, 모텔에서는 허 형사와 진 형사가 깨어 있었다. 각각 요양원 쪽으로 면한 방과 요양원 앞길 쪽으로 면한 방에서, 멘토가 돌아오기를 기다리는 중이었다.

제설차가 모텔 앞을 지나간 직후였다. 진 형사의 무전기로 허 형사의 목소리가 들어왔다.

"진 형사, 앞길에 웬 남자. 보고 있어?"

"어, 보고 있어. 등산객일까?"

진 형사가 응답했다.

배낭을 등 뒤로 맨 사내가 요양원 앞길을 걸어 향로봉 쪽으로 향하고 있었다. 사내는 야구모자 위에 등산용 겨울재킷에 달린 모자를 덮어썼고, 등산화를 신고 있었다. 단단히 준비해서 길을 나선 복장이었는데, 그래서 지역주민 같지는 않았다.

"형, 캠으로 얼굴 식별 가능해?"

진 형사가 물었다.

"아니. 키는 얼추 비슷한 것 같은데, 모자를 눌러쓰고 있어서, 모르겠어."

게다가 남자는 고개를 숙인 채 걸었다. 얼핏 멘토와 비슷한 체격이었지만 두껍게 덧입은 점퍼 때문에 그렇게 보이는 것인지도 몰랐다.

"이런! 요양원 쪽으로 꺾었어!"

노트북 화면으로 보고 있던 허 형사가 소리쳤다.

사내는 요양원을 지나치는 듯하다가 버스정류장 앞에서 요양원 쪽으로 방향을 휙 바꿨다.

"성기담 씨잖아!"

진 형사가 소리쳤다.

"뭐?"

부상으로 불편해 보이는 걸음걸이. 남자는 기담이 틀림없었다.

"나가서 데려올게!"

진 형사가 취침 중이던 연 반장을 깨운 다음, 총알같이 뛰어나갔다.

덩달아 깬 나와 조 감독은 카메라를 준비했다.

빗자루를 든 주민으로 위장한 진 형사가 모텔 뒷마당에서 곧바로 요양원 쪽 언덕을 기어올랐다. 그렇게 가로질러 가면 기담을 따라잡을 수 있었다.

기담이 인기척을 느끼고 진 형사 쪽으로 돌아봤다. 위협을 느꼈는지 묵직한 쇳덩이를 꺼내 진 형사를 겨눴다. 권총이었다!

"거기 서!"

기담이 말했다.

"경찰이에요!"

기담도 진 형사를 알아보았다.

"여긴 왜 왔습니까? 다쳤다면서요?"

진 형사는 기담의 권총을 압수했다. 총은 멘토가 놓치고 간 리볼버였고, 탄창에는 총알 두 발이 남아 있었다.

기담은 지쳐서 초췌한 얼굴이었지만, 그럼에도 결연한 의지를 뽐내고 있었다.

"불안에 떨며 사는 것보단 기회가 왔을 때 결판내는 게 나아요."

무전기에서 연 반장의 목소리가 흘러나왔다.

"잠복 중이니까 일단 들어오세요. 진 형사, 모시고 돌아와라."

진 형사가 팔을 잡자 기담이 뿌리쳤다.

"놈을 기다리고 있다고요?"

"네."

"언제부터요?"

"어제 오후 늦게부터."

기담이 이해할 수가 없다는 듯이 말했다.

"분명 안에 있다고 들었는데. 지금 취침 중이라고…… 어젯밤에 전화해서 확인했어요."

"네? 김남재가 돌아와 있다고요?"

진 형사는 305호실 쪽 창문을 올려다보았다.

"요양사라는 여자가 분명히 그렇게 말했소. 놈이 나가는 걸 당신들이 보지 못했다면 지금 놈은 여기에 있는 거요."

기담은 틀림없다고 힘주어 말했다.

그것도 모르고 수사팀은 멘토의 귀환을 기다리고 있었다.

멀리서 헬기 소리가 들리기 시작했을 때쯤이었다. 멘토는 자고 있는 모친의 머리에 얹힌 감투를 당겨보았다. 벗겨지지 않았다. 그는 가만히 흔들어 보이지 않는 모친을 깨웠다.

"엄마."

멘토는 어머니가 자신을 빤히 본다는 느낌이 들었다. 보고 싶었어, 라는 말이 쉽게 입 밖으로 나오지 않았다.

"왜 벌써 깼니? 피곤할 텐데."

모친이 일어나 앉았다. 어머니는 머리에 쓰고 있던 감투가 배겼는지 벗으려고 애를 썼다.

"이게 뭘까. 왜 안 벗겨져? 이상하네."

"나 가야 돼."

"벌써?"

"미안해. 사실, 그동안 많이 보고 싶었는데, 사는 게 바빠서."

멘토는 고개를 숙였다.

"아침은 먹고 가야지."

어머니가 말했다.

멘토는 떨리는 손으로 어머니의 머리에 얹혀 있는 감투를 당겨보았다. 콘크리트에 박힌 것처럼 감투는 꿈쩍도 않았다. 분명히 보고 싶다고 말했는데…….

"남재야, 무슨 일 있니? 표정이……?"

눈을 감은 멘토가 입술을 깨물더니 다시 말했다.

"엄마, 보고 싶었어."

멘토는 어머니의 감투를 다시 한 번 세게 당겨보았다. 헛수고였다.

"왜 그러니? 남재야. 화났니?"

"아니."

잠시 침묵이 있은 후에, 멘토는 감고 있던 눈을 떴다. 어머니를 밀치고, 눕히고, 베개로 얼굴을 눌렀다. 어머니가 발버둥 쳤지만, 멘토는 무서운 힘으로 버텼다. 감투를 벗기려면 죽이는 수밖에 없었다.

"총각, 뭐해요?"

잠에서 깬 정 노인이 말했다.

"저희 엄마 못 보셨어요?"

멘토가 되레 물었다.

베개 아래서 그의 어머니가 최후의 경련을 일으키고 있었다.

"나도 방금 깨서. 어디 가셨나? 내가 찾아볼까?"

"아니오. 그냥 주무세요."

"뭐라고?"

"그냥 계속 쳐자라고!"

정 노인은 소름이 끼쳐서 대답을 할 수가 없었다. 일어나서 방을 나가려는데, 억센 손이 자신을 잡아채는 것을 느꼈다. 침대 위로 힘없이 쓰러진 정 노인의 얼굴 위로 커다란 베개가 덮쳐왔다. 마지막 순간, 정 노인은 멘토의 모친이 침대 위에 축 늘어져 죽어 있는 모습과 벗겨져 있는 감투를 보았다.

베개에 눌린 정 노인이 숨이 막혀 몸부림치고 있을 때, 문이 활짝 열리고 경찰이 들이닥쳤다.

"꼼짝 마!"

먼저 들어온 진 형사의 총구가 겨눈 곳은 멘토의 모친이 죽어 있는 침대였다. 말총으로 만든 도깨비감투가 그의 눈에 들어왔다. 놓쳤다고 생각한 찰나의 순간, 열어젖힌 문짝 때문에 보이지 않았던 멘토가 그 문짝을 온몸으로 들이받았다. 문짝에 부딪힌 진 형사가 쓰러졌다.

멘토는 감투를 주워서 자신의 머리에 썼고, 그 순간 연 반장도 들어왔다. 바닥에 쓰러진 채로 진 형사가 방아쇠를 당겼다. 총구가 뿜어낸 탄환은 멘토를 맞히지 못했고, 실패의 대가는 참혹했다. 총을 쥔 진 형사의 손가락을 멘토가 밟아버렸다. 진 형사의 오른손 검지가 부러졌고, 그다음엔 얼굴이 타격을 받고 획 돌아갔다.

"진 형사!"

연 반장이 테이저건의 방아쇠를 당겼다. 하지만 그 전에 온몸으로 돌진해오는 강한 충격을 받고 나동그라졌다. 멘토가 들이 받고 지나간 것이다. 멘토는 나와 조 감독을 그냥 지나친 다음, 계단을 뛰어 내려갔다. 2층을 지나고 1층으로 내려가다가 허 형사와 그 뒤쪽에 서 있던 기담을 만났다. 허 형사가 한 발 쏘았지만 멘토를 맞히지는 못했다. 허 형사 역시 멘토에게 부딪히고 떠밀려서 계단을 굴렀다. 그가 놓친 총을 기담이 주워서 멘토를 향해 겨눴다.

기담은 함부로 쏘지 않고 겨누면서 기다렸다. 멘토는 흠칫 뒤로 물러섰다. 그러고 숨을 죽였다. 기담이 어쩌면 자신을 맞힐 수 있다는 두려움이 든 모양이었다. 총은 애초에 기담이 가지고 온 멘토의 것이었다. 허 형사가 조금 전 탄창을 가득 채웠기에 남은 총알은 네 발.

기담이 결연하게 한 계단 위로 올라섰고, 멘토 역시 뒤로 한 계단 올라서며 물러났다.

"네놈이 어디에 있는지 알아. 내 눈에는 보이거든."

기담이 말했다. 멘토가 슬며시 몸을 옆으로 비틀며 움직였는데, 기담의 총구가 정확히 따라 움직였다. 위쪽에서 연 반장이 내려오는 발소리가 들렸다. 멘토는 승부를 봐야 했다.

탕! 기담이 방아쇠를 당겼고, 멘토는 계단 창문을 깨고 밖으로 몸을 던졌다. 수북이 쌓여있던 눈 더미 위로 멘토의 몸이 추락했다. 눈사람이 부서졌고, 멘토는 덕분에 충격을 피했다.

멘토는 이를 악물었다. 벌떡 일어나서 도주하기 시작했다. 그는 헬기를 몰고 왔을 조종사에게 전화했다.

"지금 갈 테니까, 바로 뜰 준비해! 최대한 빨리!"

기담도 창밖으로 몸을 던졌다. 몸을 일으켜 도주 중인 멘토를 쫓아 뛰었다.

"거기 서!"

다친 진 형사를 제외한 연 반장과 허 형사, 조 감독도 멘토의 발자국을 쫓았다. 선두의 기담은 멘토의 헉헉대는 숨소리가 들리는 듯했다. 그를 향해 한 발을 더 쏘았다. 빗나가고 말았다.

멘토가 요양원 앞길을 가로지르고 개천에 쌓인 눈을 향해 몸을 던졌다. 뒹군 흔적이 크게 남았고, 바위에 부딪힌 그의 비명 소리가 들렸다. 기담은 개천이 내려다보이는 길가 언덕 위에 서서 신중하게 조준했다. 과녁이 크게 흔들리고 있어서 쏘지 못했다. 다시 쫓아 뛰었다. 멘토는 원주공고의 담장을 넘었다. 기담도 질세라 담장을 넘었다. 하지만 착지하고 보니 멘토의 발자국이 보이지 않았다. 운동장 전체가 순백으로 텅 비어 있었다.

아뿔싸! 기담이 뒤돌아보려는 순간, 아직 담장 위에 서 있던 멘토가 덮쳤다. 탕! 기담이 한발을 더 쏘았지만 멘토가 더 빨랐다. 그가 기담의 팔을 치는 바람에 이번에도 빗나가고 말았다. 한 발을 남긴 총이 눈 속에 파묻혔다.

"아침부터 재수 없게!"

멘토가 휘두른 돌덩이가 기담의 머리를 강타했다.

비명을 지르며 뒹구는 기담을 뒤로 한 채 멘토는 또 뛰었다. 연수원에 접한 펜스를 넘고 뒤뜰을 돌아가기만 하면 헬기가 기다리고 있다. 멘토는 헬기 엔진소리를 들으며 전력을 쏟았다.

연 반장과 허 형사가 담장을 넘어왔고, 기담을 추월하며 지나갔다. 연 반장은 파묻혀 있던 권총을 발견하고 가져갔다.

"헬기에요, 헬기! 놈이 헬기를 탈지도 몰라요!"

기담이 소리쳤다. 그도 다시 일어나서 비틀거리며 쫓아갔다.

숨이 턱밑까지 찬 연 반장은 눈앞이 핑 돌았다.

"아빠……."

죽은 딸아이의 음성이 들리는 것 같았다. 여기서 끝장을 내야 한다. 반드시! 그는 악다구니를 내질렀다.

"김남재! 거기 서!"

연 반장과 허 형사가 연수원 펜스를 넘었다.

허 형사가 연 반장을 앞질러 멘토를 바짝 추격했다. 그 바람에 멘토는 헬기 쪽으로 바로 가지 못하고 일단 연수원 건물로 진입했다.

"허 형사, 헬기 쪽으로 가서 지키고 있어! 놈이 못 타게 해야 돼!"

연 반장은 허 형사를 보낸 다음, 연수원 건물로 들어갔다. 쫓아온 기담도 연 반장을 따라 들어갔다.

"괜찮겠소?"

수색을 시작했을 때 연 반장이 물었다. 기담은 복도에 있던 휴대용 소화기를 집어 들었다.

"끝장을 봐야죠. 나한테도 책임이 있어요."

멘토의 흔적은 계단을 올라가지 않았고 1층에 머물렀다. 연 반장과 기담이 조금 더 따라갔더니, 눈이 녹아 지저분해진 발자국이 화장실로 향하고 있는 게 보였다. 화장실 안에서 물소리가 들렸다.

연 반장이 조심스럽게 화장실 문을 열었다. 연 반장이 눈짓을 하자, 기담은 소화기 안전핀을 제거하고 화장실 안을 향해 소화 분말을 뿜어댔다. 그들의 예상과 달리 멘토는 복도에서 지켜보고 있었다. 깨끗한 맨발에, 내복만을 입은 채였다. 연 반장과 기담이 화장실로 들어가는 걸 본 멘토는 소리 없이 건물을 빠져나갔다.

"경찰이에요! 엔진 끄고 문 열어요!"

허 형사가 헬기 조종석 문을 두드렸다. 조종사는 들은 척도 하지 않았다. 이륙할 만반의 준비를 마친 그는 신호가 떨어지기만을 기다리고 있었다.

"아저씨, 내 말 안 들려? 경찰이라고!"

허 형사는 혈압이 올랐다. 그가 문을 깨부술 만한 도구를 찾기 위해 두리번거리기 시작했는데, 멘토가 쇠파이프를 휘둘렀다. 충격을 받은 허 형사는 쓰러지면서도 멘토의 다리를 악착같이 붙잡았다.

"끝났으니까 포기해."

"끝난 건 니들이야!"

멘토가 그의 테이저건을 빼앗아 쏘았다. 허 형사는 그만 맥없이 축 늘어졌고, 멘토는 헬기의 문을 열고 조수석으로 오를 수 있었다.

"출발!"

바로 그때, 연 반장이 조준한 마지막 탄환 한 발이 멘토를 향해 날아갔다. 헬기 때문에 총소리를 듣지 못했을까? 멘토는 그냥 문을 닫았다. 연 반장과 기담은 이륙하려는 헬기 쪽으로 뛰어 갔다. 문짝에도 기체에도 총탄 흔적이 없었다. 탄환이 헬기 안으로 파고든 것이다.

"먹었어. 분명 먹었어!"

연 반장이 말했다.

이륙하던 헬기가 다시 주저앉고 말았다. 조종사가 황급히 벨트를 푸는 모습이 보였다. 기담이 가져온 소화기로 헬기의 조수석 문 유리창을 마구 때렸다. 지친 그 대신 연 반장이 넘겨받아 때리기를 반복했다. 결국 창이 깨지면서 문도 열렸다.

"그대로 있어!"

연 반장이 총을 겨누며 소리쳤다. 헬기 안에서는 어깨에 탄환을 맞은 조종사가 신음하고 있었다. 그의 피가 멘토의 얼굴에도 묻어 있었다.

"김남재."

연 반장이 싸늘하게 뱉었다.

"짜증나는군. 연말이면 집에서 조용히 파티나 할 것이지."

멘토의 한손에는 테이저건이 들려 있었다.

"그거 버려, 얼른!"

연 반장이 윽박질렀다.

"근데 말이야. 나 지금 그 총에 남은 총알 세보고 있는 중이거든."

계산이 섰는지 멘토는 비릿하게 웃어 보였다.

"오판하지 마, 김남재! 그거 겨누면 나도 쏠 수밖에 없다. 그럼

넌 죽어.”

멘토가 조종사에게 말했다.

“신경 쓸 것 없어. 빈총이야. 원주만 벗어나게 해주면 10억 줄
게. 무리인 거 아는데, 수고 좀 해.”

“야 이정민, 너 미쳤어! 그러다 죽어!”

기담이 말했다.

“너 같으면 안 미치겠니? 이 상황에서.”

멘토는 테이저건을 연 반장 앞으로 쑥 내밀었다. 얼굴에 대고
쏠 생각이었다.

“연 반장, 잘 가!”

멘토가 테이저건의 방아쇠를 당기기 전에 총성이 먼저 울렸다.

부상임에도 쫓아온 진 형사가 쏜 것이었다. 왼손으로 쏘는 바
람에 빗나갔지만 효과는 있었다. 연 반장이 자신에게 쏜 것인
줄 알았던 멘토가 까무러치게 놀랐던 것이다. 빈 탄창이 아니었
던가?

멘토가 주춤하는 사이에 연 반장은 그의 팔을 잡고 꺾었다. 뼈
가 부러지는 소리가 났고, 놈은 헬기 밖으로 끌려나왔다.

“개자식!”

진 형사가 멘토 곁으로 다가왔다. 팔이 부러졌는지 멘토는 고
통스러워하며 뒹굴기 시작했다. 그가 흥정을 해왔다.

“당신들, 돈 필요하지? 빈털터리잖아. 날 여기서 보내주기만
하면 말이야. 내가 정말 섭섭하지 않게 해줄게. 어? 괜찮지?”

테이저건의 충격에서 깨어난 허 형사가 멘토의 얼굴을 밟고

짓이겼다.

"닥쳐주면 좋겠는데!"

멘토가 비명을 삼키며 꿈틀거렸다.

"이젠 소용없어. 잘못했다고 빌고 벌을 달게 받는 것 외에는."

기담이 말했다. 멘토는 결코 호락호락하지 않았다. 짜증이 나는 모양이었다.

"내가 우스워? 웃겨? 이것들이 아주 그냥. 두고 봐 너네!"

연 반장이 멘토의 멱살을 잡고 일으켜 세웠다.

"넌 끝까지 구제불능이야."

연 반장은 주먹을 꽉 쥐고 강력한 한 방을 날렸다. 멘토는 기절한 채 뻗어버렸고, 또다시 감투를 벗지 못하는 저주에 빠져들고 말았다. 추적자들은 멘토의 무게로 움푹 파인 눈밭을 둘러쌌다. 그 보이지 않는 괴물을 세상에 폭로할 일을 생각하니 벌써부터 걱정이 됐다.

에필로그

멘토의 가르침

그건 똑똑한 사람들의 종교 같은 겁니다. 단순히 탐욕스럽다, 라는 지적만으로는 녀석을 설명할 수가 없어요. 탐욕이 무질서라면, 녀석의 가르침은 미묘하게도 그 반대를 의미하니까. 그것은 이 세계의 정신 속에서 자라난 교리이면서, 다른 한편으론 바이러스 같은 겁니다. 우리 밖에 존재하면서, 우리가 방심하는 순간 우리 속으로 침투하는 거죠. 특별히 똑똑한 사람들이 감염되기 쉬운 질병이라고 말하고 싶어요. 둔한 사람들은 잘 이해할 수 없을걸요. 지적 우월감. 세상에 대한 존경심을 파괴해버리는 그 자만으로 가득 찬 사람들이 쉽게 감염되는 병이죠. 다른 식으로 말하면 자기 안에 갇히는 병? 더는 설명하기가 힘드네요. 이제 와서 고백하지만 저도 가끔 앓곤 했어요. 감기에 걸리듯이 때때로 그럴 때가 있었던 것 같아요. 피디님은 어떠세요? 그런 적 없었나요? 다행히 저는 이번 일을 통해서 항체를 키운 것 같아요.

—성기담, 구치소에서의 인터뷰

수사팀은 멘토에게 롱코트를 입힌 다음, 수갑과 포승줄로 꽁꽁 묶어 결박했다. 그가 마침내 포박된 모습으로 세상에 등장했다. 요양원 사람들과 원주경찰서 소속 경찰들은 경악했다. 보이지 않는 존재라니!

인천으로 이송하는 동안에도 멘토는 기가 죽지 않았다.

"이 감투 벗기고 싶지? 날 까발리고 싶지? 후, 잘못 생각하는 거야. 너희들이 날 감당할 수나 있을까?"

그의 말대로, 우리는 아직 그의 존재를 감당할 준비가 되어 있지 않았다. 멘토를 다루는 것은 여간 까다로운 일이 아니었다. 보이지 않는 존재였기 때문에 신원을 확인하는 절차부터가 문제였다. 그를 조사하는 모든 과정이 비밀에 부쳐졌다.

경찰은 멘토를 신문할 때마다, 현장검증을 위해 데리고 다녀야 할 때마다 지문판독기와 적외선 카메라를 동원해야 했다. 법정에서도 마찬가지였다. 인정신문 단계에서부터 그의 변호사들이 맹공을 펼쳤다. 우리는 피고가 누군지 알 수 없고 특정할 수 없다. 그런 상황에서는 재판 자체가 성립되지 않는다. 게다가 멘토가 아예 입을 다물어버렸기 때문에 그가 과연 살아있는 인간이 맞나 한 것인지 의문을 제기하는 치도 늘어갔다. 판사도 처음엔 갈팡질팡했다.

재판이 열릴 때면 수많은 전문가들이 불려왔다. 지문을 판독하는 전문가, 생리 현상을 진단함으로써 그가 살아있음을 증언하는 전문가, 특별한 카메라로 그의 존재를 촬영해 보여주는 전문가, 괴이한 옷을 입히고 물감을 뿌려서 그의 형체를 드러내주는 전문가, 유전자 검사를 통해 그를 특정하게 해주는 전문가……. 결국 판사는 피고가 멘토라고 판단했다.

피고의 신원이 김남재인 것으로 인정된 이상, 그다음은 어렵지 않았다. 그 김남재가 사람을 죽이고 문서를 위조하고 부를 가로챘다는 증거는 많았으니까.

이후로는 어땠을까? 한바탕 세상이 뒤집어질 줄 알았는데, 현실은 달랐다. 멘토를 이송하고, 신원을 확인하고, 형을 확정하기까지의 모든 과정이 비공개로, 비밀스럽게 진행된 탓이었다.

지루한 공방 끝에 김남재는 사형을 선고받고 격리됐다. 변호사들도 더는 가망이 없다는 걸 알았는지 그를 떠났다. 거기까지가 멘토의 여정이었다. 내가 그를 마지막으로 본 것은 그가 청송교도소로 이관된 직후였다. 그가 나를 만나고 싶다는 편지를 전해온 것이다.

거의 1년 만에 나는 사람의 형상을 하고 있는 죄수복과 그 죄수복을 칭칭 감고 있는 포승줄을 마주했다.

"보자고 했다면서요?"

내가 말했다. 그가 끄덕끄덕하는 것이 느껴졌다.

"이게 처음이자 마지막일 것 같소. 당신한테 오라고 한 것도 겨우 허락받은 거요. 다시 옮겨가면 어떻게 될지 나도 모르겠소."

그의 목소리는 지쳐 있었다. 내가 알던 멘토일까 싶을 정도로

쇠약해져 있었다.

"여기 계속 계실 거라고 들었는데요."

"아니. 그 사람들이 자꾸 날 감추려고 해."

"그 사람들이요?"

"그래요, 그 사람들. 그들에 비하면 나는 아무것도 아니야. 나 하나 가둬놓는다고 뭐가 달라지겠소?"

그는 억울해하는 것 같았다.

"괜히 왔다는 생각이 드는군요. 당신은 자신의 죄를 인정한 적이 한 번도 없었어요. 혹시나 하고 왔는데…… 굳이 올 필요가 없었어요."

내가 일어나려고 하자, 그가 다급하게 잡았다.

"아니, 아니! 괜히 해본 소리요. 앉아요, 앉아. 뭐든 질문하시오. 다 대답해줄 테니까. 제발 가지만 말아줘. 인터뷰라고 해놓고 특별히 허락까지 맡았어. 아직 시간은 많아."

그는 울먹이기까지 했다. 다른 수감자들과 어울릴 수 없었기 때문에 멘토는 독방에서 지내야 했다. 긴 시간 동안의 완벽한 고립이 멘토를 무너뜨린 것 같았다. 미처 예상하지 못한 일이었다.

"심지어 그곳엔 말이오. 나 자신마저 존재하지 않는 것 같아. 그냥 빈방이야. 아무도 없어. 그런 데서 어떻게 살아? 무서워. 다시 돌아가기가."

나는 그에게 차근차근 질문했다. 어떻게 시작돼서 어떻게 전개된 일인지. 그때 그의 대답이 이 기록의 주요 재료가 되었다. 그는 준비라도 한 듯이 내가 묻지도 않은 것까지 설명해주었다.

그는 기록을 남기고 싶어 하는 것 같았다. 나는 그의 첫 살인이 언제, 어떻게, 어떤 동기로 이루어졌는지 알고 싶었다. 뜻밖에도 그는 기담의 무죄 방면을 위해 저지른 방화 살인이 첫 살인이었다고 대답했다. 여느 연쇄살인범처럼 소년기 혹은 청년기 때 첫 살인이 있었을지 모른다는 내 예상은 빗나갔다.

나는 마지막으로 사람을 죽이면 쾌감을 느끼느냐고 물었다.

"자신감, 성취감. 그런 걸 느끼지. 그런 게 분명 있어. 근데 그건 사람을 죽였다는 것에서 오는 게 아니야. 계획한 어떤 일을 해냈다는 데서 오는 만족이지. 처음 운전면허 따면 다들 좋아하잖아. 비슷해. 이봐, 피디 양반. 사람들이 날 괴물로 보는 모양인데, 난 사람 죽이는 걸 즐기지는 않아. 단 한순간도 그런 적 없었어."

"알고 있습니다. 당신은 살인에서 쾌감을 느끼지 않아요. 당신을 괴물이라고 간주하는 데는 다른 이유가 있어요."

"다른 이유?"

내가 설명했지만 그는 이해하지 못했다.

다섯 시간 정도 인터뷰가 진행되었다. 식사 시간이 되자 더는 그를 잡아둘 수가 없었다. 게다가 그는 목이 쉬어버렸다.

"나도 묻고 싶은 게 있소."

그가 말했다.

"말씀해보세요."

"이 망할 감투가 벗겨지질 않아. 무슨 짓을 해도 소용이 없어. 요양원에선 분명 효력이 있었는데 말이야. 어떻게 된 것인지 아시오? 설마 기담 그 자식이 거짓말을 한 거였소?"

나는 고민이 됐지만 사실을 말해주기로 했다.

"들은 대로 전해 드릴게요. 자신이 존재함을, 살아있음을 증명하면 벗을 수 있다. 어떻게 증명할지는 본인의 마음만이 알 것이다. 성기담 씨는 그렇게 말했습니다."

그가 몸을 뒤로 젖히고 천장을 바라보는 모습이 느껴졌다. 한숨과 탄식이 흘러나왔는데, 그다음부턴 그의 말수가 눈에 띄게 줄었다.

"아, 기담은 어떻게 됐소?"

인터뷰를 마치고 헤어지기 직전 그가 물었다.

"징역 1년. 다음 달에 출소해요."

"부럽군. 너무 봐준 거 아니오? 팩스 얘긴 없었고?"

"증언했어요. 본인이 아는 건 전부 다."

"그랬는데?"

"세상이 뒤집힐 줄 알았는데, 영 반응이 없네요."

"쉬울 줄 알았소? 도장 값 받아먹은 자들이 시퍼렇게 살아있는 마당에. 진짜 몸통은 건들지도 못하고 변죽만 울리다가 끝냈겠지. 나만 억울하게 됐어."

"성기담 씨께 안부 전해드릴게요."

"그러든지. 거기 살았을 때가, 그래도 제일 기억이 남아. 더 살았으면 눈 구경은 실컷 했을 텐데. 잘 가시오, 피디 양반. 내 얘기 잘 좀 써줘."

여러 시설을 옮겨 다녀야 할 것 같다는 멘토의 말은 사실이었다. 시간이 지날수록 그의 수감 사실과 안부를 확인하는 일이 점점 더 어려워졌다. 얼마 전에는 멘토가 굴업도 산 독사에 물려 죽었다는 소문을 듣기도 했다. 사실인지 아닌지 확인할 방법이 없다. 사실이라면 굴업도에서 만났던 최씨의 복수일 것이겠지만, 누군가가 고의로 낸 헛소문에 불과할 수도 있다. 나는 당국이 그의 존재를 감추려 한다는 인상을 지울 수가 없었다. 그의 죄보다는 존재가 더 문제가 됐던 것이다. 생각하기도 싫지만 만에 하나 누군가가 도깨비감투를 노리고 그를 살해했다면 어떻게 되는 것일까? 그랬다면 차라리 똑똑한 자보다는 어리석은 자의 손에 들어갔기를.

언제부턴가 멘토는 존재하지 않았다는 얘기가 흘러나오기 시작했다. 보이지 않는 것을 믿다니. 미신 따위를 믿는 사이비 음모론이나 마찬가지라고들 했다. 분명히 말해두지만 나는 음모론자가 아니다. 음모론이니 아니니, 그런 틀로 바라보는 것 자체를 거부한다. 사실과 사실이 아닌 것. 오직 그렇게 나눌 수 있을 뿐이다.

아, 마지막으로 멘토가 우편으로 보내준 자화상 이야기. 나는 지금 그 자화상을 보고 있다. 크레용으로 그려서인지 어딘지 모르게 어린 티가 많이 나는 그림이다. 그는 자신의 얼굴을 그리고 남은 여백에다가, 가슴에 '김남재'라는 이름이 새겨진 눈사람을 그려놓았다. 그는 과연 감투를 벗을 수 있었을까?

그때 이후로 나는 눈이 올 때마다, 혹은 겨울 풍경을 담은 그림이나 영화를 볼 때마다 멘토를 생각하게 된다. 그가 우리 시대에 던져준 가르침은 무엇일까. 나는 그저 허깨비를 본 것일까.
아니면 누군가의 예언처럼, 그는 세상을 리부팅할 최후의 인간
일까.

여기까지다.

작가의 말

이미 경험한 것, 알고 있는 것, 딱히 특별할 것 없는 진부한 것들이 아닌, 아직 겪지 못한 것, 미지의 것, 어딘가에서 발굴되기를 기다리고 있는 새로운 것 들을 캐내고 세계를 더 알아가는 탐험가의 기분으로 계속해서 이야기를 쓰고 싶다.

이제 두 번째 도전.

집필하는 데 도움을 주신 모든 분들께 감사의 말을 전한다. 후퇴하거나 안주하지 않고 늘 새로운 이야기에 도전함으로써 그분들께 보답하려 한다.

배영익